Knaur.

*Im Knaur Verlag sind folgende Bücher
des Autors erschienen:*
Medusa
Magma

Über den Autor:
Thomas Thiemeyer, geboren 1963, studierte Geografie und Geologie
in Köln. Heute lebt er mit seiner Frau und seinen beiden Söhnen in
Stuttgart und arbeitet als selbständiger Illustrator und Umschlag-
designer.

Thomas Thiemeyer

Reptilia

Roman

Knaur Taschenbuch Verlag

Besuchen Sie uns im Internet:
www.knaur.de

Vollständige Taschenbuchausgabe Februar 2007
Knaur Taschenbuch
Copyright © 2005 by Knaur Verlag
Ein Unternehmen der Droemerschen Verlagsanstalt
Th. Knaur Nachf. GmbH & Co. KG, München
Alle Rechte vorbehalten. Das Werk darf – auch teilweise –
nur mit Genehmigung des Verlags wiedergegeben werden.
Umschlaggestaltung: ZERO Werbeagentur, München
Umschlagillustration: Thomas Thiemeyer
Satz: Ventura Publisher im Verlag
Druck und Bindung: GGP Media GmbH, Pößneck
Printed in Germany
ISBN 978-3-426-63458-5

2 4 5 3 1

Meinen Eltern Hildburg und Manfred,
deren Liebe zur Natur mich tief geprägt hat.

Dann erblickte der Tapfere das verfluchte Ungeheuer
der Tiefe, das mächtige Meerweib;
dem Kampfschwert gab er einen Machtstoß, die Hand
verweigerte den Schlag nicht, so dass das Ringverzierte
auf ihrem Kopf ein gieriges Lied sang.
Da erkannte der Krieger, dass das Kampflicht nicht
schneiden wollte, nicht das Leben schädigen wollte,
denn die Spitze ließ den Herrn in der Not im Stich.

Aus: Beowulf
(Übersetzung des Altenglischen von W. G. Busse)

1

Donnerstag, 4. Februar
Im Regenwald des Kongo

Namenlose Ewigkeit.
Welt aus Jade.
Vergessenes Reich voller Wunder.
Wie ein schwärender, dampfender Ozean aus Chlorophyll überzog der Dschungel das Land. Träge gegen die Ufer der Zeit schwappend, bereit, das Licht der Sonne aufzusaugen, die jenseits des Horizonts emporstieg. Ein neuer Morgen ergoss sich über die Kronen der Bäume und vertrieb die Dunkelheit in die Tiefe des Urwalds.
Mit dem Licht kamen die Stimmen. Das Kreischen der Graupapageien, das Schnattern der Schimpansen, das Zirpen der Vögel. Bunte Farbtupfer stiegen aus dem schützenden Blätterdach auf und fingen die ersten Lichtstrahlen ein. Schwalbenschwänze, Pfauenaugen und Monarchfalter umkreisten einander im schweren Duft der Blüten. Sie tanzten einen taumelnden, berauschten Tanz, der nur vom gelegentlichen Zustoßen hungriger Gabelracken unterbrochen wurde, die blitzschnell auftauchten und nach einem kurzen Aufleuchten ihres stahlblauen Gefieders wieder in der Dunkelheit verschwanden, den Schnabel voller Futter für die immer hungrige Brut.

In den Tiefen des Dschungels war von der Ankunft des Tages noch wenig zu spüren. Die ganze Nacht hindurch hatte es geregnet. Der Morgennebel hing wie eine herabgefallene Wolke zwischen den mächtigen Stämmen der Urwaldriesen und verschluckte jeden Laut.

Egomo lief leichtfüßig über den Untergrund, der knöcheltief mit einer Schicht halbverwester Pflanzenfasern bedeckt war. Der Boden war aufgeweicht und federte bei jedem Schritt. Fast hätte man glauben können, eine Antilope zu beobachten, so flink war der Pygmäenkrieger unterwegs. Er glitt durch die Dämmerung, während er Dornengestrüpp auswich und unter Luftwurzeln hindurchtauchte. Die Tropfen auf seiner Haut funkelten im ersten Morgenlicht wie Kristalle.

Egomo gehörte zum Stamm der Bajaka. Schon früh am Morgen hatte er die einfachen Blätterhütten seines Dorfes verlassen und war in die Finsternis des Regenwaldes eingetaucht. Ziel seiner Jagd war der Zwergelefant, ein geheimnisumwittertes Geschöpf, das alle außer ihm für ein Hirngespinst hielten.

Einige behaupteten, es handele sich um einen jungen Doli, so nannten die Bajaka die scheuen Waldelefanten. Aber er hörte nicht auf ihr Gerede. Er wusste, dass der Zwergelefant keine Einbildung war, und er war sich sicher, wo er suchen musste. Mit federnden Schritten bahnte er sich seinen Weg durch das Dickicht. Irgendwo über dem Horizont war die Sonne aufgegangen, hier unten jedoch, im Reich des ewigen Dämmerlichts, herrschte noch Stille.

Egomo war der Einzige seines Stammes, der behaupten konnte, den Zwergelefanten jemals gesehen zu haben. Drei Jahre war es jetzt her, dass er dem scheuen Bewohner der Sumpfwälder Auge in Auge gegenübergestanden hatte. Seit dieser Zeit war kein Tag vergangen, an dem er nicht auf ihn angesprochen wurde, kein Tag, an dem er nicht an ihn gedacht hatte. Die Skepsis, mit der man seiner Geschichte begegnete, war groß, doch noch größer war die Neugier. Selbst die erfahrenen Jäger lauschten gebannt seinen Worten, und immer wieder musste er von jener schicksalhaften Begegnung erzählen. Mit Schlamm überzogen hatte der Zwergelefant vor ihm gestanden, nur wenige Meter von ihm entfernt, halb verborgen in dem meterhohen Sumpfgras rund um den Lac Télé. Aufmerksam, wie er war, hatte er Egomo sofort bemerkt, doch hatte er noch einige Sekunden verharrt, ehe er mit einem protestierenden Schnauben im Wasser verschwunden war. Vielleicht war das der Grund, warum bisher nur Egomo den Elefanten gesehen hatte: Niemand aus seinem Volk hatte sich jemals so weit an den verfluchten See herangewagt. Der Lac Télé lag in der verbotenen Zone. Es ging das Gerücht, dort lebe ein Ungeheuer. Tief auf dem Grund des Sees warte es darauf, dass unvorsichtige Menschen sich zu nahe an das Spiegelwasser heranwagten, um sie dann zu packen und in die grüne Tiefe zu ziehen. Niemand hatte dieses Wesen bisher zu Gesicht bekommen, doch alle Pygmäen im Umkreis von tausend Kilometern kannten die Sage von *Mokéle m'Bembé*, der so riesig war, dass er ganze Flüsse aufstauen konnte. Hartnäckig hielten sich Gerüchte, dass vor über dreißig Jahren eines jener Ungeheuer getötet worden war. Doch von wem, das wusste niemand. Auch nicht, was man mit dem Kadaver gemacht hatte. Fragte man genauer nach, so hieß es, man habe die Informationen vom Freund eines Freundes eines entfernten Verwandten, der mit großer Wahrscheinlichkeit nicht mehr am Leben war. So verhielt es sich ja immer mit derlei Geschichten.

Egomo hielt kurz inne und hob den Kopf, um sich zu orientieren. Er glaubte nicht an die Existenz des Ungeheuers – die Geschichte war nach seiner Überzeugung in die Welt gesetzt worden, um kleine Kinder zu erschrecken und dafür zu sorgen, dass sie ihren Eltern besser gehorchten. Doch den

Zwergelefanten gab es tatsächlich, genauso wie den Lac Télé. Wie sehr Egomos Schicksal mit dem des Sees verknüpft war, zeigte sich, als eines Tages eine weiße Frau zusammen mit einigen Begleitern in ihr Dorf kam. Es mochte sechs oder sieben Monate her sein. Sie hatte von Nachbarstämmen gehört, dass er der Einzige war, der sich in das verbotene Gebiet vorwagte. Sie lobte ihn für seine Tapferkeit und überhäufte ihn mit Geschenken, nur um etwas über den See und dessen Geheimnis zu erfahren. Irgendwann wurde ihm ihre Neugier jedoch lästig, und als er ihr unverhohlen einen Antrag machte, stellte sie die Schmeicheleien ein. Doch in der Zwischenzeit war sein Ansehen in den Augen der Dorfbewohner gestiegen. Nicht dass er sich ernsthaft Hoffnung gemacht hatte, diese Frau für sich zu gewinnen. Eigentlich hatte er nur Kalema eifersüchtig machen wollen, und das war ihm, so glaubte er, gelungen. Sie ließ sich natürlich nichts anmerken, doch bei ein, zwei Gelegenheiten ertappte er sie dabei, wie sie ihm lange, sehnsüchtige Blicke zuwarf. Da wusste er, dass sie genauso verliebt war wie er. Alles was er jetzt noch brauchte, um sie für sich zu gewinnen, war etwas Zeit und Glück bei der Jagd. Egomo war fest entschlossen, den Zwergelefanten zu erlegen und mit dem toten Tier in sein Dorf zurückzukehren. Und wenn er schon nicht das ganze Tier dorthin bringen konnte, so doch wenigstens den Kopf, einen Fuß oder einen Stoßzahn. Hauptsache irgendeine Trophäe.

Was aus der weißen Frau geworden war, wusste er nicht. Sie war nach ungefähr einer Woche wieder verschwunden, es hieß, zum Lac Télé. Er hatte nie wieder etwas von ihr gehört oder gesehen.

Egomo blieb wie angewurzelt stehen und hob den Kopf, als er ein tiefes, grollendes Röhren vernahm, das durch den Urwald hallte. So etwas hatte er noch nie zuvor gehört. Nicht, dass ihm die Laute von Flusspferden, Wasserbüffeln und anderen großen Tieren fremd waren, aber das hier war etwas anderes. Geradezu unheimlich.

Auch die Geräusche der anderen Waldbewohner waren schlagartig verstummt. Als habe sich der Dschungel in ein riesiges, lauschendes Ohr verwandelt. Egomo presste sich an einen Stamm und griff nach seiner Armbrust. Er hielt die Luft an.

Kurz darauf erklang das Geräusch von neuem. Doch diesmal ähnelte es eher einem Heulen. Einem Heulen, als fegte ein Sturm über die Wipfel der Bäume. Es schien eine Ewigkeit anzuhalten, ehe es erstarb und in der Ferne verhallte.

Egomo lief ein Schauer über den Rücken. Das Heulen hatte wie eine Mischung aus Zorn und Trauer geklungen. Für einen Moment überlegte er, ob es sich vielleicht um einen von diesen Riesen handelte, die man immer öfter dabei beobachten konnte, wie sie sich durch den Wald fraßen. Eines von diesen rostzerfressenen, stinkenden Ungeheuern, die ganze Bäume verschlangen, um Platz für Straßen zu schaffen. Nein, entschied er. Die klangen anders. Sie besaßen keine Seele.

Das Gebrüll stammte von einem Tier. Einem sehr großen Tier.

Es kam genau aus der Richtung, in die er wollte.

13

2

Freitag, 5. Februar
An der kalifornischen Küste

Der Schweißtropfen, der meine Schläfe hinabrann, fühlte sich an wie ein Insekt, das sich einen Weg ins Innere meines Schädels zu bahnen versuchte.

Ich bemühte mich, Klarheit in meine Gedanken zu bringen. Wie lange war ich jetzt schon unterwegs? Waren es zehn Stunden, zwölf oder vierzehn? Die Antwort hatte ich irgendwann nach der Zeitumstellung beim Anflug auf San Francisco verloren. Warum war ich überhaupt hier, und was erwartete mich? Ich versuchte mich zu konzentrieren, doch der Anblick der schwirrenden Rotorblätter über meinem Kopf machte mein Vorhaben zunichte.

»Sie haben wirklich keine Ahnung, warum Lady Palmbridge Sie eingeladen hat, Mr. Astbury?« Die Stimme des Piloten aus dem Helmlautsprecher übertönte blechern das Dröhnen der Hubschrauberturbine. Nur mühsam konnte ich den Blick vom Pazifik lösen, der fünfzig Meter unter uns gegen die Küste von Big Sur brandete. Die Aussicht hatte etwas seltsam Unwirkliches, und ich zwang mich, meine Gedanken vor einem erneuten Abgleiten zu bewahren.

»Ich würde was drum geben, wenn ich's wüsste«, antwortete

ich und hob das Kinn. »Meinen Sie ernsthaft, ich hätte mich in Jackett und Lederschuhe gezwängt, wenn ich vermuten würde, dass mir ein gemütliches Beisammensein bevorsteht?«

»Dann erwarten Sie etwas anderes?«

»Um ehrlich zu sein, ich habe keinen Schimmer von dem, was mich erwartet. Ich weiß nur, dass ich direkt aus London komme und mir ganz wehmütig ums Herz wird, wenn ich an mein Sweatshirt und die Jeans im Koffer denke.«

Der Pilot wandte mir sein Gesicht zu und taxierte meine Kleidung. Dem Blick nach zu urteilen, den er mir hinter seinem Visier zuwarf, schien er zufrieden zu sein.

»Sie haben die richtige Wahl getroffen, Mr. Astbury. Wie Sie wissen, entstammt Lady Palmbridge altem englischen Adel und schätzt gute Kleidung. Auch wenn sie etwas lockerer geworden ist, seit sie in den USA lebt. Nur an der Krawatte müssen Sie noch arbeiten. Der Knoten sitzt schief. Übrigens, ich heiße Benjamin Hiller und bin Mrs. Palmbridges persönlicher Assistent. Genau genommen bin ich ihr Pilot, ihr Chauffeur und ihr Mädchen für alles. Seit dem Tod ihres Mannes vor fünf Jahren braucht sie mich mehr denn je. Nennen Sie mich einfach Ben.«

Er streckte mir seine Hand entgegen, und ich schlug ein.

»David«, entgegnete ich knapp.

Bens Hand fühlte sich warm und trocken an, ganz im Gegensatz zu meiner. Während in mir der Verdacht keimte, dass meine Nervosität ziemlich peinlich wirken musste, blickte ich mich nach einer spiegelnden Oberfläche um. Was Krawatten betraf, so war ich ein Tölpel und ohne Spiegel so gut wie hilflos. Ich trug die Dinger nicht, wenn es sich vermeiden ließ. Ja, mehr noch, ich hasste sie, und das, obwohl man in England schon fast mit Krawatte geboren wurde. Vielleicht auch gerade deswegen. Krawatten und Anzüge, all diese Attribute geschäftlichen Erfolgs waren Dinge, mit denen ich mich nicht abgeben wollte. Sie waren nichts weiter als ein Schutzpanzer, mit dem man sich gegen das tägliche Leben wappnete und unangreifbar machte.

Ich nestelte an dem Knoten herum und überlegte kurz, ob ich erzählen sollte, dass Lord und Lady Palmbridge Jugendfreunde meines Vaters waren und ihre Tochter Emily meine erste große Liebe. Doch ich verwarf den Gedanken wieder, denn ich wollte Hiller nicht unnötig ablenken. Er schien es als sportliche Herausforderung anzusehen, im Tiefflug über die Wellenberge zu gleiten. Vor uns stob ein Schwarm Möwen in alle Himmelsrichtungen davon. Im Licht des frühen Nachmittags wirkten sie wie Schneeflocken. Ich wollte schon fragen, ob die Vögel keine Gefahr darstellten, als ich Hillers Grinsen bemerkte. Er schien nur auf meinen ängstlichen Einwand gewartet zu haben. Doch diesen Triumph wollte ich ihm nicht gönnen. Ich überlegte, wie es sich wohl anfühlte, wenn eines der Rotorblätter gegen die Klippen schlug und in weitem Bogen davonsegelte, während wir ins Meer stürzten.

Kein guter Gedanke.

»Wie ist sie denn so?«, fragte ich, um Ablenkung bemüht.

»Wen meinen Sie? Die Lady? Ich dachte, Sie kennen sich. Ich habe gehört, sie war eine gute Bekannte Ihres Vaters.«

Ich hob die Augenbrauen. Hiller schien mehr zu wissen, als ich ahnte. »Ja, das stimmt«, gab ich zu. »Aber ich war erst zehn, als die Palmbridges uns auf unserem Landsitz besuchten. Der Lord und mein Vater hatten früher viel geschäftlich miteinander zu tun, aber meist in London. Ich bin Lord und Lady Palmbridge nur bei dieser einen Gelegenheit persönlich begegnet, denn sie verließen England kurz darauf und zogen in die USA. Danach riss der Kontakt ab.«

Ben zog die Maschine auf eine Höhe von etwa hundertfünfzig Meter hoch. Ich stieß einen Seufzer der Erleichterung aus.

»Seit dem Tod ihres Mannes ist Mrs. Palmbridge stark gealtert«, sagte er. Er schien seine Chefin zu mögen. »Hat man Ihnen von dem Paket erzählt?« Ich schüttelte den Kopf und blickte ihn fragend an. »Sie erhielt es vor einer Woche. Irgendetwas war in ihm, was sie zutiefst erschüttert hat. Es stammte von ihrer Tochter.«

»Von Emily?«

»Sie kennen sie? Oh ja, natürlich, ihre Anwesen befanden sich ja beide in Hever, nicht wahr? War das nicht dort, wo auch Winston Churchill seinen Landsitz hatte?«

Ich nickte. »Er wohnte gleich nebenan, in Chatwell.«

»Noble Gegend. Emily hat mir viel darüber erzählt und seitenweise Bilder von den edlen Backsteinhäusern gezeigt. Sie können sich vorstellen, dass sich ihre Geschichten von Landausflügen, Butlern und Banketts für einen Jungen, der aus der Bay Area stammt, wie Märchen aus Tausendundeiner Nacht angehört haben.«

»Wie lange kennen Sie und Emily sich denn schon?«, fragte ich und spürte einen Anflug von Eifersucht in mir nagen.

»Ich arbeite in Palmbridge Manor seit ich neunzehn bin. Mein Onkel Malcolm war dort angestellt. Für mich war das eine Gelegenheit, wie sie sich kein zweites Mal bot. Ich habe es nie bereut. Und Emily war einfach zauberhaft.«

Ich nickte. »Das war sie. Aber wir waren ja noch Kinder, damals.« Meine Gedanken schweiften in die Vergangenheit, und ich stellte fest, dass ich häufig an sie gedacht hatte. Emily war, ohne es zu wollen, ein fester Bestandteil meines Lebens geworden – und das, obwohl ich keine Ahnung hatte, wie sie jetzt wohl als erwachsene Frau sein mochte. Im Nachhinein betrachtet, mussten sich alle Freundinnen, die ich im Laufe der Zeit hatte, mit ihrem schattenhaften Bild messen. Eine schwer zu erfüllende Aufgabe, aber vielleicht war genau das der Grund, warum keine meiner Beziehungen länger als ein halbes

Jahr hielt. Jüngstes Opfer dieser mangelnden Bindungsfähig-
keit war Sarah, die wahrscheinlich in diesem Augenblick rot
vor Zorn auf eine Erklärung für mein plötzliches Verschwinden wartete. Und das völlig zu Recht.

»Alles in Ordnung?« Hillers Frage holte mich wieder zurück in
die Gegenwart.

»Entschuldigen Sie«, entgegnete ich. »War nur in Gedanken.
Was war denn in diesem Paket, das die alte Dame so aus der
Fassung gebracht hat?«

»Das weiß ich nicht. Und selbst wenn, dürfte ich mit Ihnen
nicht darüber sprechen. Das betrifft nur Sie und Mrs. Palmbridge. Deswegen hat sie Sie kommen lassen. Ich kann nur so
viel verraten: Es hat etwas mit Emilys Reise in den Kongo zu
tun.«

Meine Müdigkeit war wie weggeblasen. »Was in Gottes Namen
tut sie denn da? Das ist doch eine Gegend, in der seit Jahren
Bürgerkrieg herrscht. Über fünf Millionen Menschen sollen
dort bereits abgeschlachtet worden sein.«

Hiller schüttelte den Kopf. »Da bringen Sie etwas durcheinan-
der. Das, wovon die Nachrichten berichten, spielt sich in der
Demokratischen Republik Kongo ab, dem ehemaligen Zaire.
Emily aber ist in der Republik Kongo, die westlich davon liegt.
Ein wesentlich kleineres Land, das bislang als ruhig galt. Aber
nach meinen Informationen ist dieser Zustand nicht von
Dauer. Alles ziemlich verworren. Doch jetzt entschuldigen
Sie mich bitte. Da vorn ist Palmbridge Manor. Ich muss mich
auf die Landung vorbereiten.« Er bedachte mich mit einem
knappen Lächeln und vertiefte sich in seine Instrumente.

Emily im Kongo? Was hatte sie dort verloren, in der dunkels-
ten Hölle Afrikas? Mir wurde bewusst, wie wenig ich über
Emily wusste. In all den Jahren war sie für mich immer das
Mädchen mit den blonden Zöpfen geblieben. Doch im Gegensatz zu mir schien sie ein abenteuerliches Leben zu führen.

Während ich versuchte, meine Gedanken zu ordnen, tauchte vor uns eine Halbinsel auf, die sich auf steinernen Klippen ins Meer hinausschob. Gekrönt wurde sie von einem Bauwerk, das erstaunlich viel Ähnlichkeit mit dem ehemaligen Anwesen der Palmbridges in Hever hatte, auch wenn es auf eine groteske Art gewachsen zu sein schien – als habe man bei der Übertragung der Baupläne Zentimeter mit Inches verwechselt. Andererseits entsprach es mit seinen Ausmaßen dem Hang der Amerikaner zu übertriebener Größe. Der Backstein leuchtete feurig in der Nachmittagssonne, während sich die vier Ecktürme wie Finger in den Himmel reckten. Über die schmale Halbinsel führte eine Straße zum Anwesen der Palmbridges. Sie endete in einem großzügigen Parkplatz, der von Pinien gesäumt war und auf dem mehrere Fahrzeuge geparkt waren, allesamt Luxuslimousinen, wie ich mit einem Anflug von Neid feststellte. Palmbridges Projekte zur Genforschung schienen sich ausgezahlt zu haben. Soweit mir bekannt war, hatte er ein Forschungszentrum geleitet, irgendwo in der kalifornischen Wüste.

»Bitte halten Sie sich fest, wir landen«, teilte mir Hiller mit, drückte die Maschine in einer sanften Linkskurve herunter und setzte sie sanft auf die Rasenfläche neben dem Parkplatz. Es gab einen kaum spürbaren Ruck, dann erstarb die Turbine.

»Da wären wir«, strahlte er mich an, während er den Helm abnahm. »Willkommen in Palmbridge Manor.«

Er sprang aus dem Helikopter, lief um die silberne Nase herum, öffnete meine Tür und half mir, mich aus den Gurten zu entwirren. Erleichtert darüber, endlich wieder festen Boden unter den Füßen zu spüren, stieg ich aus. Ich schickte mich an, mein Gepäck hinter dem Sitz hervorzuholen, doch Hiller winkte ab.

»Lassen Sie nur, David. Ich kümmere mich darum und werde Ihr Gepäck aufs Zimmer bringen. Ich würde Ihnen empfehlen, gleich nach vorn zu gehen. Die anderen Gäste scheinen schon da zu sein, und die Lady hasst Unpünktlichkeit.« Er nickte mir aufmunternd zu.

Ich stand für einen Moment unsicher auf dem Rasen, während meine Arme wie bei einer Marionette schlaff an meinem Körper herunterbaumelten. Hiller schien meine Verlegenheit zu bemerken und machte mir Mut: »Nur keine Angst, gehen Sie einfach zum Haupteingang. Aston wird Ihnen aufmachen.«

Ich raffte mich auf und eilte auf das prächtige Herrenhaus zu. Der Kies knirschte unter meinen Ledersohlen, als ich den Parkplatz überquerte. Meine Armbanduhr sagte mir, dass ich wegen des Nebels in San Francisco eine halbe Stunde Verspätung hatte.

Am Eingang blickte ich mich verwirrt um. Ich konnte keine Klingel entdecken, nur einen massiven gusseisernen Klopfer in Form eines Drachenkopfes, der mich hämisch angrinste. Ich nahm meinen ganzen Mut zusammen und schlug ihn gegen die Tür. Mein Klopfen verhallte dumpf in den Tiefen des Hauses. Ich wartete eine Weile. Als ich schon glaubte, dass niemand mich gehört hatte, vernahm ich schlurfende Schritte von drinnen. Jemand machte sich an dem Türschloss zu schaffen, dann drehte sich die schwere Pforte in ihren Angeln und schwang auf.

Ein alter Butler in voller Livree öffnete mir mit einem Gesichtsausdruck, der vom Glanz früherer Zeiten erzählte. Es musste sich um einen Import aus England handeln. Kein Amerikaner hätte diese schmallippige Würde ausstrahlen können.

»Gestatten, Sir: Mein Name ist Aston«, stellte er sich mit schnarrender Stimme vor. »Wen darf ich Lady Palmbridge melden?«

»David Astbury.«

»Folgen Sie mir bitte in den Salon, Sir. Sie werden bereits erwartet.«

Ich setzte meinen Fuß über die Schwelle, und es war, als würde ich in eine Zeitmaschine steigen. Der Geruch exotischer Blüten stieg mir in die Nase, genau wie vor zwanzig Jahren, als ich das alte Haus der Palmbridges das erste Mal betreten hatte. Rechts vom Eingang stand eine mannshohe Vase, aus der sich fremdartige Orchideen rankten, wie ich sie selbst während meines Botanikseminars nicht zu Gesicht bekommen hatte. Links strebte ein kleiner Wald seltener Bonsaibäume dem Licht des Tages entgegen. Ich erblickte einen prächtig gewachsenen Ginkgo und eine Zwergmangrove, zwischen denen eine goldene Voliere hing, in der ein Paradiesvogel auf und ab hüpfte. Sein Gezwitscher erfüllte die Eingangshalle mit fremdartigen Melodien.

Aston betrachtete mich von oben bis unten, als ob er mir irgendetwas abnehmen wollte. Doch nachdem er sich überzeugt hatte, dass ich weder Mantel noch Stock oder Hut trug, hüstelte er enttäuscht, wandte sich ab und schlurfte in den Raum rechts von uns. Er ging so langsam, dass ich Zeit genug hatte, mich umzusehen. Mein Respekt vor den Palmbridges wuchs mit jedem Raum, den wir durchquerten. Exotische Pflanzen wechselten mit Bücherregalen, die bis unter die Decke reichten, und erlesenen, alten Möbeln. Die Tische waren mit aufwendigen Intarsienarbeiten versehen, und die Ledersessel sahen aus, als seien sie so bequem, dass man sie freiwillig nie wieder verlassen würde. Ich stammte ebenfalls aus gutem Hause, doch angesichts dieses Prunks erstarrte ich vor Ehrfurcht. Die Familie war schon damals sehr wohlhabend gewesen, aber hier in den USA musste sie ein Vermögen verdient haben.

Während wir im Schneckentempo durch das Kaminzimmer schlichen, konnte ich durch die geschlossene Tür hören, dass im Nebenzimmer gesprochen wurde. Es waren die Stimmen dreier Menschen, wie sie unterschiedlicher nicht sein konnten. Die Frauenstimme war resolut und trocken und gehörte unzweifelhaft unserer Gastgeberin. Die zweite Stimme gehörte einem Mann und besaß einen Akzent, den ich nicht einzuordnen vermochte. Die dritte Stimme ließ mich erstaunt aufhorchen. Sie war kehlig und guttural und mit keiner zu vergleichen, die ich jemals gehört hatte.

Der Butler erreichte die Tür und klopfte an.

»Herein!«, schallte es von drinnen, und Aston öffnete. Mit einem mulmigen Gefühl in der Magengegend trat ich ein.

3

Dichter Tabakrauch schlug mir entgegen. Lady Palmbridge und zwei Männer saßen um einen Couchtisch, rauchten und blickten mich neugierig an.

»Endlich!« Die Gastgeberin stand auf und kam mir entgegen. Ich war überrascht, wie klein sie war. Ihr graues Haar war zu einem Knoten zusammengebunden, und ihre Augen und die Fältchen um ihren Mund zeugten von einem unbeugsamen Willen. Man konnte noch erahnen, dass sie früher eine Schönheit gewesen war.

»Wie schön, Sie zu sehen, lieber David. Ich freue mich, dass Sie meiner Bitte gefolgt sind und sich ins Flugzeug gesetzt haben. Lassen Sie sich ansehen. Wie gut Sie aussehen! Kaum zu glauben, aber aus dem Jungen ist ein stattlicher Mann geworden. Mit einem Gespür für gute Kleidung, wenn ich das hinzufügen darf.« Sie ergriff meine Hand und schüttelte sie herzlich. »Meine Herren, darf ich Ihnen den Sohn meines Freundes und Weggefährten Ronald Astbury vorstellen? Ein Jammer, dass der alte Charmeur nicht mehr unter uns weilt. Er starb vor fünf Jahren, etwa zum selben Zeitpunkt wie mein geliebter Mann. Mit diesen beiden Menschen ist ein Teil meiner Jugend gegangen.«

Sie schien kurz in Gedanken zu versinken, doch dann hob sie ihren Kopf und wandte sich den beiden Männern zu, die sichtlich Mühe hatten, sich aus den schweren Ledersesseln zu erheben.

»Bitte behalten Sie doch Platz«, sagte ich und ging auf sie zu. Die beiden Männer nahmen mein Angebot dankbar an. Der eine, ein fast zwei Meter großer Hüne mit scharf geschnittener Nase und einem hohen Haaransatz, streckte mir seine Pranke entgegen. Sein Unterarm war mit zahlreichen Narben überzogen. »Stewart Maloney«, sagte er. Seine Stimme war, ebenso wie sein Händedruck, überraschend sanft und angenehm. Trotzdem glaubte ich in seinen Augen ein Funkeln zu erkennen, das auf einen unnachgiebigen Willen schließen ließ. Mein Blick fiel auf ein merkwürdig archaisch anmutendes Amulett, das er um den Hals trug. Eine stilisierte Echse, eingefasst in einen runden Rahmen aus Holz, der mit zahlreichen Gravuren verziert war. »Dies hier ist mein Assistent«, stellte er mir seinen Begleiter vor.

Ich blickte ihn überrascht an. Der Mann war ein Aborigine, sein Lächeln reichte von einem Ohr zum anderen. Als ich zu Boden blickte, bemerkte ich, dass er keine Schuhe trug. Er nahm seine kleine Holzpfeife aus dem Mund und reichte mir seine Hand. »Sixpence«, sagte er mit jener unverwechselbaren Stimme, die ich schon durch die Tür gehört hatte. »Freut mich, Sie kennen zu lernen.«

»Ganz meinerseits«, entgegnete ich, nahm seine Hand ... und beging damit einen kapitalen Fehler. Hätte ich gewusst, über was für einen eisernen Griff dieser Mann verfügte, wäre ich vorsichtiger gewesen.

Als er meine Hand wieder losließ, glaubte ich, unter meiner Haut befänden sich nur noch Knochensplitter. Schlagartig wurde mir bewusst, weshalb Maloney mit diesem merkwürdigen Akzent sprach und weshalb mir sein Amulett so bekannt vorkam. Er war ebenfalls Australier, und das Amulett war ein Stammesabzeichen.

Lady Palmbridge lächelte mich an, als hätte sie meine Gedanken gelesen. »Mr. Maloney und Mr. Sixpence haben die Reise von der anderen Seite der Erde aus demselben Grund angetreten, aus dem ich auch Sie hergebeten habe. Doch davon möchte ich Ihnen erst heute Abend nach dem Dinner erzählen. Jetzt würde ich mich freuen, wenn Sie sich alle wie zu Hause fühlten. Was darf ich Ihnen anbieten, David? Brandy, Whisky oder lieber einen Sherry?« Ich blickte kurz auf die Gläser der anderen und entschied mich spontan für Whisky. Nicht weil ich ihn besonders mochte, sondern weil niemand etwas anderes trank. Mrs. Palmbridge nickte Aston zu, der mit wackeligen Schritten auf die Bar zusteuerte. So prunkvoll die Villa auch war, ohne Emily war sie ein luxuriöses Altersheim.

»Scotch oder Bourbon, Sir?«, fragte der Butler.

»Scotch – ohne Eis bitte.« Ich fühlte mich, als würde ich einen halben Meter neben mir stehen. Wo war ich hier nur hineingeraten? Die Lady führte mich zu einem Sessel an der schmalen Seite des Tisches gegenüber von Maloney und Sixpence. Ich ließ mich hineinsinken. Der erste Eindruck hatte nicht getrogen. Die Sessel waren himmlisch. Unsere Gastgeberin wartete, bis ich meinen Drink hatte, dann hob sie ihr Glas. »Auf Sie alle, dass Sie die Mühe auf sich genommen haben, um einer alten Frau aus der Klemme zu helfen. Möge unser Treffen unter einem guten Stern stehen.« Sie kippte den Inhalt ihres Glases in einem Zug hinunter und ließ sich nachschenken.

Während ich noch über das seltsame Benehmen unserer Gastgeberin staunte, fragte ich mich, was diese dunklen Worte zu bedeuten hatten. Der Whisky war wie zu erwarten ausgezeichnet. Weich und ölig rann er die Kehle hinab und erzeugte im Magen eine wohlige Wärme.

»Nun, David, erzählen Sie. Wie gefällt Ihnen das Leben an

der Universität? Ist es immer noch dieselbe Mühle wie zu meiner Zeit?«

Ich blickte verlegen in die Runde. »Das zu beurteilen, fällt mir schwer, Madam, aber ich denke, es hat sich nicht viel verändert, seit Sie studiert haben. Es ist eine sehr träge Institution für jemanden, der etwas bewegen möchte. Immerhin durfte ich vor kurzem meine erste Gastvorlesung über intrazelluläre Signalwege halten. Ein gewaltiger Durchbruch.«

Lady Palmbridge wandte sich an Maloney, der mich mit einer Mischung aus Skepsis und Belustigung anschaute.

»Zu Ihrer Information, mein lieber Stewart: David strebt eine Professur am Imperial College in London an. Das Imperial College ist die zweitbeste Eliteuniversität Englands, wohlgemerkt. Noch vor Oxford, aber leider hinter Cambridge.«

»Nun, ich hoffe, dass wir diesen Missstand in den nächsten Jahren beheben werden«, warf ich augenzwinkernd ein.

»Da bin ich mir sicher. David hat übrigens über ein Thema aus der strukturellen Biologie promoviert, ein sehr viel versprechender neuer Forschungszweig aus dem Bereich der Genetik. Wenn wir mehr Zeit haben, würde ich mich mit Ihnen darüber gern noch ausführlich unterhalten.«

»Mit Vergnügen«, entgegnete ich und nahm einen weiteren Schluck. Währenddessen fuhr Mrs. Palmbridge fort: »David tritt in die Fußstapfen seines Vaters, einem der großartigsten Taxonomen und Artenkundler, der je gelebt hat. Mit dem Unterschied, dass Ronald ein Weltenbummler war. Ihn zog es hinaus, er musste immerzu unterwegs sein. Ich habe noch nie einen so rastlosen Menschen erlebt wie ihn. Mein Mann und er waren Kollegen. Die beiden haben, so viel darf ich ohne falsche Bescheidenheit hinzufügen, wichtige Grundlagenforschung betrieben. Doch genug von der Vergangenheit und zurück zu Ihnen, David. Sie scheinen so ganz anders veranlagt zu sein.«

»Stimmt«, gab ich unumwunden zu. »Vater hat mich lang

genug um den halben Erdball geschleift, dass ich mir darüber klar werden konnte, dass dies nicht das Leben ist, was mir vorschwebt. Ich halte mich am liebsten in meinem Labor auf, mache die Tür hinter mir zu und forsche in Ruhe.«

Lady Palmbridge lächelte wissend, ehe sie sich wieder Maloney zuwandte. »Sie können sich nicht vorstellen, welch dorniger Pfad zwischen einer Assistentenstelle und einer Professur liegt. Einem Mann wie Ihnen, der aus der Feldforschung kommt, wenn ich das so formulieren darf, muss die Universität vorkommen wie ein fremder Planet.«

»Für mich wäre das nichts«, brummte Maloney in sein Glas. »Bei allem Respekt, aber ich halte es da eher mit Ihrem Vater, Mr. Astbury. Ich brauche frische Luft in den Lungen und Adrenalin im Blut. Mit Büchern und Vorlesungssälen kann ich nichts anfangen.«

»Interessant«, hakte ich mit leicht bissigem Unterton nach. »Was für eine Art Feldforschung betreiben Sie denn?«

»Mr. Maloney und sein Assistent sind zwei der besten Großwildjäger auf diesem Planeten«, schaltete sich Lady Palmbridge ein und fügte mit einem Augenzwinkern hinzu: »Sie sind sozusagen dafür zuständig, dass den Universitäten ihre Untersuchungsobjekte nicht ausgehen. Sie gehören zu den wenigen Menschen, die jemals ein lebendes Okapi in freier Wildbahn gesehen und gefangen haben. Was, würden Sie sagen, war der schwierigste Fang Ihres Lebens, Mr. Maloney?«

Maloney zögerte, und ich sah, wie seine Kaumuskulatur unter der perfekt rasierten Haut arbeitete. Er schien unentschlossen zu sein. Schließlich sagte er: »Das war vor drei Jahren auf Borneo, in der Nähe von Ketapang. Ein sechs Meter langes Leistenkrokodil, ein unglaubliches Monstrum. Für ein lebendes Exemplar dieser Größenordnung bekommt man heute auf dem freien Markt umgerechnet eine halbe Million Dollar. Es sah aus wie der Gott der Krokodile.«

»Stammen daher die Verletzungen?« Ich deutete auf seine Unterarme.

»Nein«, sagte er. Für einen kurzen Moment glaubte ich wieder dieses Funkeln in seinen Augen zu bemerken, dann fuhr er fort: »Ich hatte dem Biest drei Betäubungsgeschosse in den Bauch gejagt. Es schlief wie ein Baby, jedenfalls glaubten wir das. Wir wollten es gerade mit einer aufwendigen Hebevorrichtung aus dem Wasser in eine Holzkiste hieven, als es aufwachte, sich befreite und wild um sich schlagend zwischen die Helfer fiel. Sie ahnen nicht, wie schnell ein Krokodil sein kann. Ich war noch nicht mal dazu gekommen, mein Gewehr zu entsichern, da hatte es schon drei meiner Männer getötet. Danach verschwand es, eine Blutspur hinter sich herziehend, im brackigen Fluss.« Maloney nahm den letzten Schluck aus seinem Glas und ließ sich von Aston nachschenken.

»Und wie haben Sie es schließlich gefangen?«, fragte ich.

»Vier Tage hat das gedauert«, sagte er. »Jede Nacht kam das Vieh aus dem Wasser, um sich einen von uns zu holen. In der zweiten Nacht drang es sogar in eines unserer Zelte ein und schnappte sich den Koch.« Er gab ein trockenes Lachen von sich.

»Weshalb haben Sie nicht das Lager gewechselt oder die Jagd aufgegeben?«

Maloney sah mich an, als verstünde er nicht, wovon ich redete.

»Am dritten Tag verließen uns die Helfer«, fuhr er fort. »Sie sagten, wir hätten den Mowuata, den Gott des Wassers erzürnt, und sie könnten uns nicht mehr unterstützen. Also haben Sixpence und ich Posten am Ufer bezogen und gewartet. Und das Krokodil hat auch gewartet, vierzig Meter von uns entfernt im Wasser. Wir konnten seine Augen sehen, die bösartig zu uns herüberschielten, Tag und Nacht. Haben Sie schon einmal einem Krokodil in die Augen gesehen, wenn es Jagd auf Sie macht, Mr. Astbury? Es hat absolut reglose Augen, wie die

Augen eines Toten. Ich sage Ihnen, es gibt nichts Vergleich-
bares auf dieser Welt. Weder Sixpence noch ich schliefen in
dieser Zeit. Die Gefahr, dass einer von uns unaufmerksam wurde, während der andere ruhte, war zu groß. Sechsunddreißig
Stunden saßen wir dem Krokodil gegenüber und warteten. Es
war der härteste Nervenkrieg, den ich jemals ausgefochten
habe. Am Morgen des vierten Tages nach unserer Ankunft
kam das Monstrum dann endlich aus dem Wasser. Langsam
und gemächlich. Es machte keine Anstalten, uns anzugreifen
oder zu fliehen. Es stand einfach nur da, mit hängendem
Kopf und ließ sich von uns betrachten. Zuerst vermuteten wir,
dass es ein Trick war. Krokodile können sehr verschlagen sein,
aber in diesem Fall war es etwas anderes. Seine gesamte
Erscheinung zeugte davon, dass es Frieden mit uns schließen
wollte. Es respektierte uns, weil wir keine Angst vor ihm
hatten.«

»Für ein Krokodil ein sehr ungewöhnliches Verhalten, finden
Sie nicht?«, streute ich ein und verfluchte im selben Augenblick mein vorlautes Mundwerk.

»Warum?« Maloney rutschte auf seinem Sessel nach vorn
und wirkte auf einmal wie ein Raubtier, bereit zum Sprung.
Alle blickten mich erwartungsvoll an. Jetzt hatte ich den
Salat.

»Nun ja, ich habe noch nie davon gehört, dass ein Krokodil
zu einer solchen, sagen wir mal, menschlichen Regung fähig ist. Krokodile sind eigentlich recht dumm. Begriffe wie
Frieden oder Respekt haben im Leben eines Krokodils keine
Bedeutung«, fügte ich hinzu.

»Wenn Sie das sagen.« Maloney schenkte mir ein kaltes Lächeln.

»Wie auch immer ...«, sagte ich, um dem Jägerlatein endlich ein
Ende zu bereiten und die unangenehme Situation zu umspie-
len, »... dann konnten Sie es betäuben, einfangen und die halbe
Million kassieren.«

»Nein.« Maloneys Augen trafen mich mit einer Härte, dass es mir kalt den Rücken herunterlief. »Ich habe es getötet. Mit einem Kopfschuss aus nächster Nähe. Sein Schädel hängt heute in meinem Haus in Leigh Creek. Sie können ihn dort besichtigen, wenn Sie mal in der Gegend sind.«

Die Standuhr im Zimmer schlug Viertel vor sieben, als ich die Kraft fand, aufzustehen und mich fürs Dinner zurechtzumachen. Die Reise hatte mich doch stärker mitgenommen, als ich gedacht hatte, und ich spürte, dass es noch Tage dauern würde, bis ich die Zeitverschiebung überwunden hatte. Andererseits hatte mich der Besuch innerlich sehr aufgewühlt. Ich konnte mir immer noch keinen Reim darauf machen, warum ich eigentlich hier war. Hillers knappe Information über Emily, Lady Palmbridges rätselhafte Andeutungen, und nicht zuletzt die Anwesenheit von Maloney und Sixpence warfen viele Fragen auf. Eines war klar: Maloney und ich konnten uns nicht riechen, das war von der ersten Sekunde an zu spüren gewesen. Seine freundliche Schale verbarg einen knallharten Killer. Ich konnte nur hoffen, dass die Lady nicht die Hoffnung hegte, ich würde mich mit diesem Schlächter anfreunden. In mir sträubte sich alles, als ich an die Geschichte mit dem Krokodil dachte. Was war das für ein Mann, der eine Prämie von einer halben Million Dollar ausschlug, nur um seine Rachegelüste zu befriedigen? Nicht gerade professionell, diese Einstellung.

Ich ging ins Bad, rasierte mich, wusch mir die Haare und zog mich wieder an. Als ich vor dem Spiegel stand und den Sitz meiner Krawatte ein letztes Mal überprüfte, stellte ich fest, wie sehr ich darauf brannte zu erfahren, was mit Emily geschehen war. Lady Palmbridge hatte uns versprochen, das Geheimnis ihrer Einladung nach dem Dinner zu lüften, und ich hoffte bei dieser Gelegenheit auch etwas über Emilys Verbleib zu erfahren. Wie sie jetzt wohl aussah? Vielleicht war sie in den zwanzig Jahren, in denen ich sie nicht gesehen hatte, dick und hässlich geworden? Nein, das war unwahrscheinlich. Schließlich hatte Hiller mit Bewunderung von ihr gesprochen. Sicher war sie immer noch genauso zauberhaft wie früher.

Ich ging zum Fenster und öffnete es. Eine milde Abendbrise trug den Geruch von Seeluft ins Zimmer. Unter meinem Fenster erstreckten sich ein Pinienhain und ein gepflegter Rasen bis zur Felsklippe, hinter der ich das Donnern der Brandung vernahm. In der Ferne hörte ich das Bellen von Seelöwen.

Ich straffte mich und schloss das Fenster. Es war Zeit zu gehen. Aston empfing mich am Treppenabsatz und geleitete mich in den Speisesaal. Links von uns hörte ich das Klappern von Töpfen und Pfannen, und der köstliche Geruch von gebratenem Fleisch stieg mir in die Nase. Himmel, war ich hungrig.

Der Butler öffnete die Tür, und die Ernüchterung holte mich rasch auf den Boden der Tatsachen zurück. Ich war der Erste. »Ich muss Sie leider für einen Moment allein lassen, um die anderen Gäste zu empfangen«, sagte der Butler. »Bitte bedienen Sie sich mit einem Aperitif, wenn Sie möchten.« Er verschwand mit einem Ausdruck im Gesicht, als befürchtete er, ich würde das Tafelsilber stehlen. Falsches Timing, dachte ich, typisch für mich. Andererseits hatte ich dadurch Gelegenheit, den prächtigen Saal näher in Augenschein zu nehmen. Er war, wie es in englischen Adelshäusern üblich war, über und über mit Jagdtrophäen dekoriert. Zwischen einem ausgestopften Auerhahn und dem Kopf eines Keilers entdeckte ich einen hölzernen Langbogen nebst Köcher und Pfeilen mit Raubvogelfedern. Wundervoll gearbeitet und mit Sicherheit wertvoll. Verschiedene Blankwaffen wie Saufedern, Rapiere und Bastardschwerter wechselten mit kunstvoll verzierten Vorderladern. Alles in allem ein Streifzug durch die Waffenkammern der Geschichte, wie es die Engländer liebten. Nur mit dem Unterschied, dass diese Exponate dem Tower of London zur Ehre gereicht hätten. Was mich allerdings mehr faszinierte als alle Waffen, war das Gemälde über dem Kamin. Ein echter Turner, wie ich selbst aus fünf Metern Entfernung erkennen konnte. Es zeigte ein prächtiges weißes Segelschiff, das von einem dunklen Schleppkahn ins Dock gezogen wird. Die Szene badete in dem für Turner so typischen dunstigen Abendrot. Beim Näherkommen entdeckte ich ein kleines Messingschild auf dem Rahmen. *Fighting Téméraire*, war dort zu lesen, *Joseph William Turner 1838*. Auf dem Kaminsims darunter standen einige gerahmte Fotografien von Palmbridge und seiner Familie. Mein Herz machte einen Sprung, als ich eine Großaufnahme von Emily entdeckte, auf der sie fröhlich in die Kamera winkte. Sie musste auf dieser Aufnahme etwa fünfundzwanzig Jahre alt sein und sah ganz anders aus, als ich sie mir vorgestellt hatte. Ihre blonden Haare waren kurz und modisch geschnitten. Ich trat so nahe an das Bild heran, dass meine Nasenspitze es fast berührte. Ihr rundliches Gesicht hatte sich gestreckt, wobei besonders die Nase, die früher klein und stupsig war, hervorstach. Ihr Mund war voll und geschwungen, und ihre Augen schienen voller Tatendrang zu leuchten. In ihnen glaubte ich die Emily meiner Jugendzeit wiederzuentdecken. Ihre ganze Erscheinung sprühte vor Energie und Abenteuerlust. Und plötzlich, als habe jemand ein magisches Tuch zur Seite gezogen, waren die Erinnerungen wieder da. Ich konnte ihre Stimme hören, ihr glockenhelles Lachen und ihren Gesang. Ich erinnerte mich an den Tag, an dem wir beide, nachdem uns unsere Musiklehrerin Mrs. Vonnegut für unseren mangelhaften Fleiß getadelt hatte, im Garten wiederfanden, versteckt hinter dem gewaltigen Holunderbusch, in dem Emily ihre Hütte gebaut hatte. Wir waren einfach weggelaufen und hatten die zeternde und keifende Lehrerin stehen lassen. Es war der Tag gewesen, an dem Emily zum ersten Mal davon gesprochen hatte, abzuhauen. Irgendwohin, egal wohin, nur weg von zu Hause. Die Größe des Hauses bedrücke sie, hatte sie mir gestanden. Es war so einsam und leer, besonders in der Nacht. Wenn ich da war, sei es anders, doch kaum schlösse sich die Tür hinter mir, wäre das Gefühl wieder da. Dann sei es, als würden die Wände auseinander streben und ein Vakuum hinterlassen, das immer kälter und kälter würde. Ich hatte versucht sie zu trösten, doch ohne erkennbaren Erfolg. Ich erinnerte mich, dass sie mir lange und intensiv in die Augen geblickt hatte, und was sie dort sah, schien sie zufrieden zu stellen.

»Hast du eigentlich schon mal ein Mädchen geküsst?« Die Frage traf mich wie ein Blitzschlag. Sie kam einfach so, aus heiterem Himmel. Ich erinnerte mich, wie heiß mir damals wurde, und das lag nicht an der Maisonne, die auf uns herabstach. Natürlich hatte ich noch nie ein Mädchen geküsst, wie auch. Doch das einzugestehen war mir schwer gefallen. Anstatt zu antworten, hatte ich nur stumm den Kopf geschüttelt.

»Möchtest du gerne?«

Ich konnte mich nicht erinnern, ob ich die Frage verneint oder bejaht hatte. Wahrscheinlich hatte ich nur stumm dagesessen, völlig gelähmt, wie die Maus vor der Katze, und hatte abgewartet. Emily hatte mich prüfend angesehen, und dann, noch ehe ich aufstehen und wegrennen konnte, hatte sie ihre Lippen auf meinen Mund gedrückt. Ich erinnerte mich an diesen ersten Kuss, als hätte ich ihn erst gestern erhalten. Es war ein Gefühl gewesen, als regneten tausend Sterne auf mich herab. Niemals, nicht in tausend Jahren, würde ich diesen Augenblick vergessen.

Ich seufzte.

»Ist sie nicht wundervoll?«, erklang Lady Palmbridges Stimme neben meinem Ohr. Ich zuckte zurück, denn ich hatte sie nicht kommen gehört.

»Verzeihen Sie, ich wollte Sie nicht erschrecken, aber Sie waren so versunken in die Bilder, dass Sie mein Kommen wohl gar nicht bemerkt haben.«

»Ich habe gerade eine kleine Zeitreise in die Vergangenheit unternommen«, gestand ich freimütig.

»Oh, das Gefühl kenne ich«, lächelte meine Gastgeberin. »Trösten Sie sich. Wenn Sie erst mein Alter erreicht haben, werden Sie noch viel häufiger in der Vergangenheit schwelgen. Darf ich Ihnen als Entschuldigung einen '69er Amontillado anbieten?«

»Sehr gern«, antwortete ich.

»Wie gefällt Ihnen Ihr Zimmer?«

»Es ist fabelhaft, Madam. Wie das ganze Anwesen ... Es erinnert mich an Ihr altes Haus in Hever. Die Erinnerung daran hat sich unauslöschlich in mein Gedächtnis geprägt.«

»Ach ja, das alte Hever. Waren Sie noch einmal dort seit Ronalds Tod?«

»Nein. Ich habe das Haus verkauft. Es war so voller Erinnerungen, dass es mich fast erdrückt hat. Und sagen Sie selbst, was soll ich mit einem solchen Besitz anfangen? Ich bin für das Stadtleben geboren. Ich habe mir von dem Geld eine schöne Eigentumswohnung gekauft, in der ich sehr glücklich bin.«

»Verzeihen Sie meine Offenheit, aber ich halte es für einen Fehler, dass Sie das Haus verkauft haben«, sagte Lady Palmbridge und gab mir mein Glas. »Glauben Sie mir, je älter man wird, desto mehr zieht es einen zu den Wurzeln der Kindheit zurück. Das werden Sie noch merken. Warum wohl haben mein Mann und ich dieses Gebäude nach den alten Plänen bauen lassen? Wir hatten gehofft, hier wieder Wurzeln zu schlagen, aber soll ich Ihnen etwas sagen? Es geht nicht! Nichts und niemand wird Ihnen den Ort Ihrer Jugend je wiedergeben können.«

Damit hob sie ihr Glas, und wir stießen an. In diesem Moment erklangen Stimmen im Foyer. Offensichtlich waren die beiden anderen Gäste eingetroffen. Die Tür öffnete sich, und die beiden Australier betraten den Raum. Beide trugen sie tadellos sitzende Anzüge, doch schien sich zumindest Sixpence in seinem ebenso unwohl zu fühlen wie ich mich in meinem. Ich musste mir bei ihrem Anblick ein Grinsen verkneifen, sahen die beiden doch aus, als wären sie einer Erzählung von Henry Rider Haggard entsprungen. Auch wenn meine Skepsis Maloney gegenüber sich nicht gelegt hatte, war ich doch neugierig zu erfahren, was diese beiden so unterschiedlichen Menschen zusammengebracht hatte.

»Kommen Sie herein«, sagte Lady Palmbridge mit gewohnt fester Stimme, und ich begann mich zu fragen, wie sie wohl geklungen hatte, als sie noch im Vollbesitz ihrer Kräfte war. »Aston, schenken Sie den Herren ein, was immer sie möchten. Ich hoffe, Sie haben etwas Appetit mitgebracht, denn Miranda, meine Köchin, hat sich für Sie etwas besonders Köstliches einfallen lassen.«

»Ich bin hungrig wie ein Bär«, lachte Maloney und winkte ab, als ihm Aston einen Sherry anbot. »Nicht für mich, mein Freund, vielen Dank«, sagte er zu dem Butler, der bereits eingeschenkt hatte und vor Erstaunen über die Abweisung die Augenbrauen hochzog. »Ich wäre gern noch nüchtern, wenn wir den Grund für unsere Einladung erfahren. Mein Kompliment, Lady Palmbridge, die Zimmer sind fantastisch. Ich hatte mir nicht träumen lassen, dass ich mich in unmittelbarer Nähe zum Meer so wohl fühlen könnte. Wo ich doch eine alte Landratte bin.«

»Wo genau liegt eigentlich Leigh Creek?«, hakte ich nach.

»Im Süden, am Fuße des North Flinders Range.« Als er mein ausdrucksloses Gesicht sah, fragte er: »Wissen Sie, wo Adelaide liegt?«

»So ungefähr.«

»Leigh Creek befindet sich etwa dreihundert Meilen nördlich davon. Eine wilde, unberührte Gegend. Mit sanften Hügeln, dichten Wäldern und fischreichen Flüssen. Dahinter beginnt das Outback, die große endlose Leere ...«

»Euch mag es ja leer erscheinen«, warf Sixpence ein, »aber für uns ist es voller Träume und Erinnerungen.«

»Dann kennen Sie die alten Geschichten?«, fragte ich und fügte erläuternd hinzu: »Ich habe Bruce Chatwins *Traumpfade* gelesen und muss gestehen, dass ich seither fasziniert davon bin.«

Sixpence ließ seine weißen Zähne aufblitzen. »Jeder Abo kennt diese Geschichten. Wir tragen sie in uns.«

»Woher stammt eigentlich Ihr Name?«, fragte ich ihn. »Er ist ungewöhnlich, finde ich.«

Sixpence lächelte, doch irgendetwas in seinem Gesicht sagte mir, dass das Thema ihn belastete. »Das ist der Preis, für den meine Mutter mich an die Maloneys verkauft hat«, antwortete er. »Sechs Pennys und eine Flasche Whisky, das war alles, was Stewarts Vater im Handschuhfach des Wagens hatte, doch das hatte für den Deal gereicht. Wahrscheinlich hätte sogar nur die Flasche gereicht, aber ich bin dankbar, dass er noch etwas Kleingeld dabeihatte, sonst würde ich heute Whisky heißen. Ich war damals noch ein Baby und meine Mutter Alkoholikerin. Wie so viele meines Volkes«, fügte er mit einem Achselzucken hinzu.

»Eine traurige Geschichte«, ergänzte Maloney und legte seinem Freund die Hand auf die Schulter. »Ich war noch ein Dreikäsehoch, keine acht Jahre alt, als mein Vater ihn von den Feldern mitbrachte«, sagte er. »Ich war damals ein Außenseiter in der Familie. Die Schafzucht interessierte mich einen Dreck, und ich hatte mich von meinen Eltern und Geschwistern isoliert. Doch in Sixpence entdeckte ich eine verwandte Seele. Ich kümmerte mich um ihn wie um einen Bruder. Er wurde mein bester Freund und ständiger Begleiter. Heute wüsste ich nicht, was ich ohne ihn täte.« Er lächelte ihm freundschaftlich zu. Ich wunderte mich, wie offenherzig Maloney über seine Vergangenheit sprach. Diese Ehrlichkeit und seine tiefe Verbundenheit zu dem Aborigine ließen ihn auf einmal in einem anderen Licht erscheinen.

Während Sixpence dem Butler das Sherryglas abnahm, das dieser immer noch ratlos in der Hand hielt, wies Maloney auf die Waffen. »Eine hübsche Sammlung haben Sie da, Mylady«, konstatierte er mit fachkundigem Auge. »Besonders diese Muskete hat es mir angetan. Eine echte Enfield, Kaliber 16,5 mm, nicht wahr? Haben Sie damit gejagt?«

»Wo denken Sie hin!«, antwortete sie. »In meiner Jugend war ich zwar an einigen Fuchsjagden beteiligt, aber das war's auch schon. Ich und mein Mann waren immer bestrebt, Leben zu schaffen, statt es auszulöschen. Trotzdem hege ich eine gewisse sentimentale Neigung zu diesen Waffen. Sie erinnern mich, wie so vieles in diesem Haus, an meine Heimat.«

»Dann erübrigt sich wohl die Frage, ob ich Ihnen die Enfield abkaufen kann.«

In diesem Moment läutete Aston die Glocke.

»Es ist serviert.«

37

4

Das Dinner war vorzüglich. Miranda, eine Frau, der man ansah, dass sie auch selbst mochte, was sie am Herd zauberte, hatte ein wunderbares Menü zusammengestellt. Einer getrüffelten Gänseleber und einer geeisten Gurkensuppe waren ein Babysteinbutt auf chinesischem Gemüse sowie eine gefüllte Lammkeule mit grünem Spargel gefolgt. Begleitet wurden diese Delikatessen von exquisiten französischen Weiß- und Rotweinen, die ich bisher nur vom Hörensagen kannte. Als ich schon glaubte, keinen Bissen mehr essen zu können, fuhr Miranda einen Schokoladenfächer mit Orangenconfit auf, zu dem ein vollmundiger Tokajer gereicht wurde.

Es war Jahre her, dass ich so ausgezeichnet gegessen hatte. Maloney und Sixpence schien es ähnlich zu gehen, denn sie lehnten sich mit einem zufriedenen Lächeln zurück, streckten die Beine aus und beobachteten mit einem Ausdruck vollkommener Glückseligkeit, wie Miranda den Tisch abräumte und Kaffee servierte.

»Alles was recht ist, Lady Palmbridge«, sagte Maloney, als die Tür hinter der Köchin ins Schloss fiel, »mit dieser Köchin haben Sie einen exzellenten Griff getan. Ich wünschte, jemand mit ihren Qualitäten ließe sich bei uns finden.« Er öffnete einen Knopf an seiner Jagdweste und streckte den Bauch heraus. »Allerdings wäre das tödlich für meine Figur.«

»Nicht wahr? Wobei ich zugeben muss, dass sie sich heute Abend besonders viel Mühe gegeben hat. Vielleicht, weil wir so selten Gäste haben.«

Maloney entnahm seiner Weste eine silberne Dose, öffnete sie und bot uns eine seiner wohlduftenden Zigarren an. Als wir dankend ablehnten, zuckte er mit den Schultern, nahm sich selbst eine und zündete sie an. »Lady Palmbridge, ich denke, Sie sollten uns nicht länger auf die Folter spannen. Wollen Sie uns nicht endlich verraten, warum Sie uns haben kommen lassen?« Er blies den Rauch in die Luft, und sofort erfüllte ein mildes Vanillearoma den Raum. Alle Augen richteten sich auf unsere Gastgeberin. Sie erhob sich langsam, und ich hatte den Eindruck, es würde ihr schwer fallen, aufzustehen. Das Alter schien jetzt noch deutlicher auf ihr zu lasten. Als sie den Gong schlug, trat Aston, der draußen vor der Tür gewartet hatte, ein. Auf einen Wink seiner Herrin ging er an die Schrankwand, öffnete eine Doppeltür und förderte einen Beamer zutage. Dann dimmte er die Beleuchtung und schaltete das Gerät ein. Ein weißes Rechteck, auf dem ein Firmenlogo abgebildet war, zeichnete sich auf der gegenüberliegenden Wand ab.

»Danke, Aston, das war dann alles«, sagte unsere Gastgeberin. Sie wartete, bis der Diener den Saal verlassen hatte, und begab sich dann zu dem Projektionsgerät.

»Ehe ich Ihnen genau erkläre, warum ich Sie hergebeten habe, möchte ich Ihnen einen kurzen Überblick über *Palmbridge Genetic Engineering,* kurz *PGE,* geben.« Sie setzte den Beamer in Betrieb, und wir sahen einige flache weiße Gebäude aus der Vogelperspektive, eingebettet in eine karge, felsige Wüstenlandschaft. Ein hoher doppelter Maschendrahtzaun umgab das Gelände und ließ es wie den Hochsicherheitstrakt eines Gefängnisses erscheinen.

»Die Anlage wurde bereits in den Siebzigerjahren gebaut«, erläuterte sie. »Damals diente sie noch der Nuklearforschung, was auch die Lage fernab von menschlichen Siedlungen in den Calveras, am Fuße der Sierra Nevada, erklärt. Doch nachdem klar wurde, dass die Atomenergie sich auf Dauer nicht durchsetzen würde, stellte man den Betrieb ein. Für meinen Mann, der mit Viren und anderen aggressiven Lebensformen experimentierte, war dieses Areal natürlich ideal, sowohl was seine Lage als auch seine Sicherheitsstandards betraf. Was Sie auf diesen Bildern nicht sehen, sind die vier Stockwerke, die in die Tiefe reichen. Dort unten befinden sich die Labors der höchsten Sicherheitsstufe, in denen wir an den wirklich interessanten Objekten arbeiten.« Die Kamera sauste auf die Erdoberfläche hinab, vorbei an einem Wachturm, dem Pförtnerhaus und hinein in das Hauptgebäude. Erst jetzt wurde mir bewusst, dass wir eine Computersimulation sahen. Die Wüste, die Sträucher, sogar die Joshua-Bäume, sie alle waren künstlich. Beeindruckt von dem hohen Maß an Realismus ließ ich mich tiefer in die virtuelle Welt hineinziehen.

»Was Sie eben auf der linken Seite gesehen haben, sind die Wohnbereiche und das kleine E-Werk, das die Anlage mit Energie versorgt«, erläuterte sie, und ihrer Stimme war anzuhören, wie sehr es ihr gefiel, über das Lebenswerk ihres Mannes zu sprechen. Alle Mattigkeit war von ihr abgefallen, und plötzlich stand sie so vor uns, wie sie früher einmal gewesen war, eine Frau voller Kraft und Tatendrang.

»Jetzt durchqueren wir den Verwaltungstrakt mit seinen Büroräumen und kommen in die Bereiche, in denen wir mit Mikroben und anderen Kleinstlebewesen arbeiten.« Die virtuelle Kamera glitt vorbei an Umkleideräumen, in denen gelbe Schutzanzüge hingen, während Texteinblendungen uns über die chemischen Duschen informierten, die die Wissenschaftler passieren mussten, wenn sie sich in die tieferen, gefährlicheren Bereiche begaben. Wir sahen die Transfektions- und DNS-Sequenzierungslabors, die mit Rasterelektronenmikroskopen, Massenspektrometern, Autoklaven, Inkubatoren und anderen wissenschaftlichen Apparaturen voll gestopft waren. Unfassbar. Hier befanden sich Anlagen im Wert von Hunderten von Millionen Dollar. Lady Palmbridge lächelte, als sie bemerkte, wie mir der Unterkiefer herunterklappte.

»Wie Sie wissen, hat mein Mann sich seit den Sechzigerjahren ausgiebig mit Genforschung befasst«, erläuterte sie. »Er war inspiriert von den sensationellen Forschungsergebnissen, die Rosalind Franklin und Maurice Wilkins am Kings College in London zwischen 1950 und 1960 über den Aufbau und die Struktur des DNS-Moleküls gewonnen hatten. Es war die Geburtsstunde des Begriffs *Doppelhelix*, des doppelt verschraubten Molekülstrangs, dessen Form uns heute so geläufig ist. Ich studierte damals Chemie, als ich meinen Mann kennen lernte. Wir durften hautnah miterleben, wie Wilkins zusammen mit den Wissenschaftlern Crick und Watson 1962 den Nobelpreis für Medizin in Empfang nahm. Es war eine Zeit des Aufbruchs und der Neuerung, wie es sie seit Einsteins Relativitätstheorie nicht mehr gegeben hatte. Sie können sich nicht vorstellen, was für einen Ruck es gab, beginnend bei den Naturwissenschaften bis hin zur Philosophie, als bekannt wurde, dass alles Leben auf unserer Erde durch vier Basen definiert wird. Wirklich erschütternd aber war die Erkenntnis, dass das, was wir als Seele bezeichnen, sich irgendwo zwischen einfachen chemischen Molekülen verbirgt. Das hatte man sich, bis zu diesem Zeitpunkt, nicht klar gemacht.«

»Vorausgesetzt, es gibt wirklich so etwas wie eine Seele«, warf ich ein. »Der Beweis dafür steht noch aus.«

»Zweifeln Sie daran?«, fragte mich Maloney mit hochgezogenen Augenbrauen.

»Ich glaube nur das, was ich sehe. Alles Leben auf dieser Erde besteht aus Zellen, die durch chemische Prozesse miteinander in Verbindung stehen. Man kann sie sehen und ihre Funktionen entschlüsseln. Aber so etwas wie eine Seele habe ich noch nicht gefunden.«

»Vielleicht gibt es ja Dinge, die sich unserer Wahrnehmung entziehen«, entgegnete der Jäger. »Dinge, die nicht erforschbar sind.«

»Wenn ich das glauben würde, wäre ich wohl kaum Wissenschaftler geworden.«

»Meine Herren«, fuhr Lady Palmbridge dazwischen. »Diese Diskussion muss warten. Wenn Sie nichts dagegen haben, würde ich gern weitermachen.« Sie warf mir einen scharfen Blick zu, und ich nickte betreten.

»Selbstverständlich. Entschuldigen Sie bitte.«

»Als bekannt wurde, wie Informationen verdoppelt und weitergegeben werden konnten«, fuhr sie fort, »geriet die ganze Sache erst richtig ins Rollen. Es gibt bis heute viele ungeklärte Fragen: Wie exprimieren sich Gene, das heißt, wie lassen sie körperliche Merkmale – Augenfarben, Körpergrößen und Hautfarben – entstehen? Wie muss ein Genom, also die Gesamtheit aller genetischen Informationen beschaffen sein, um beispielsweise ein Schaf hervorzubringen? Wie kann man dieses Genom verändern, um Erbkrankheiten auszuschließen, und so weiter. Plötzlich standen enorme Forschungsgelder zur Verfügung, denn auch die Industrie war auf einmal interessiert. Die Wissenschaft hatte ein neues Tor aufgestoßen, und die Welt, die sich dahinter befand, war unvorstellbar groß. Wir merkten damals, dass Großbritannien viel zu klein war, um solch fundamentalen Fragen nachzugehen, und übersiedelten mit unserer Tochter in die USA. Nach dem Tod meines Mannes übernahm ich die

Laboratorien und führte sein Werk weiter.« Sie deutete auf den Projektionsschirm. »In dieser Anlage liegt der Schlüssel zum Geheimnis des Lebens und zur Zukunft der Menschheit. Wie Sie vielleicht wissen, sind wir Teil des *Human Genome Project*. In diesem Labor befindet sich das gesamte menschliche Genom. Analysiert, aufgeschlüsselt und bereit, optimiert zu werden.«

Das war der Punkt, an dem ich zum ersten Mal hellhörig wurde. Alles, was sie vorher erzählt hatte, war mir nicht neu. Doch beim Wort optimieren fuhr mir ein Schauer über den Rücken. So groß meine Differenzen zu meinem Vater auch waren, so sehr war ich doch von seiner Ansicht geprägt, dass nichts unheilvoller war als die Allmachtsfantasien ungezügelter Wissenschaft.

»Was genau meinen Sie damit?«, fragte ich. Lady Palmbridge stoppte die Präsentation und kam lächelnd auf mich zu. Der Lichtstrahl erzeugte Schatten in ihrem Gesicht, die sie fremd aussehen ließen.

»Erschrocken, David?« Das Licht ließ ihre Haut transparent erscheinen. »Haben Sie Angst, ich könnte einem Rassenwahn verfallen und der Vorstellung von einem Übermenschen, wie einst die Nazis?«

Ich wusste nicht, ob ich die Frage verneinen oder bejahen sollte, also hielt ich lieber den Mund.

»Ich kann Sie beruhigen. Nichts liegt mir ferner als der Wunsch, mich als Schöpfer aufzuspielen. Ich will keine Klone, Superkrieger und ähnliche Monstrositäten herstellen. Es mag solche Bestrebungen an anderen Instituten geben, bei uns finden Sie so etwas nicht. Alles, was wir tun, ist solide Grundlagenforschung, um einen Weg zu finden, der dem *homo sapiens* ein langfristiges Überleben sichert.«

»Wieso sollte das nicht ohne Mithilfe der Genforschung gelingen?«, schaltete sich Maloney ein, der in der vergangenen Viertelstunde auffallend ruhig gewesen war.

Lady Palmbridge richtete sich auf. »Dass der Mensch die Schuld an seinem drohenden Untergang selbst tragen wird, ist eine vielfach geäußerte Hypothese. Die Szenarien reichen von Kriegen über Umweltkatastrophen bis hin zu einer schleichenden Vergiftung des eigenen Körpers. Mag sein, dass daran etwas Wahres ist, aber ich bin ein unverbesserlicher Optimist. Der Mensch ist enorm erfinderisch, wenn es ihm an den Kragen geht, und wird für diese Probleme eine Lösung finden. Nein, ich rede von etwas, das die Wissenschaft seit langer Zeit bedrückt. Von dem selbst geschaffenen Fluch, der sich Medizin nennt. Es mag absurd klingen, aber die Fähigkeit, Leiden und Gebrechen heilen zu können, schwächt das Erbgut langfristig. Und zwar auf eine derart fatale Weise, dass dies in ein paar hundert oder tausend Jahren zum Aussterben der Menschheit führen wird.«

Maloney richtete sich auf. »Bei allem Respekt, Mylady, aber das verstehe ich nicht. Wie kommen Sie zu diesen Schlüssen?«

»Was ich eben gesagt habe, ist unter nüchternen, wissenschaftlich denkenden Menschen eine allgemein anerkannte Tatsache, die nur deshalb nicht laut ausgesprochen wird, weil sie unserer Philosophie von einem humanen Leben, von einem Leben voller Gnade und Mitleid, diametral entgegensteht«, sagte Lady Palmbridge. »Nehmen Sie zum Beispiel das Phänomen der angeborenen Sehschwäche. Vor zehntausend Jahren, in der Altsteinzeit, hätte eine Sehschwäche, wie sie durch Mutation des Erbguts immer wieder auftritt, zu einem frühen Tod des betreffenden Individuums geführt. Der arme Kerl hätte schlichtweg nichts getroffen, hätte sich demnach auch kaum paaren und vermehren können. Endstation für das defekte Gen. Heute ist eine Augenbehandlung kein Problem mehr, mit dem Effekt, dass die Information ›Sehschwäche‹ an die nächste Generation weitergegeben wird. Ein anderes Beispiel ist die angeborene Zuckerkrankheit. Diabetes mellitus Typ-1. Nicht zu verwechseln mit Typ-2, die sich durch Fehlernährung entwickelt. Ich rede von der vererbten Zuckerkrankheit. Sie ist heute ohne Probleme mit der Einnahme von Insulin zu behandeln, mit dem Effekt, dass der Prozentsatz der Kranken sich in den letzten Jahren verdreifacht hat. Oder nehmen Sie die steigende Zahl angeborener Herzfehler. Die Liste ließe sich endlos fortsetzen.«

»Und?«

»Dasselbe Prinzip schwächt auch unser Immunsystem. Viren und Bakterien gab es schon immer. Diejenigen, die dagegen immun waren, überlebten und gaben die wichtige Information in ihrem Erbgut an die Kinder weiter. Heute ist das anders. Heute gibt es Impfstoffe, Seren und Antibiotika, die das Leben eines Individuums schützen. Es überlebt, vermehrt sich, gibt seine fehlerhaften Erbinformationen an die nächste Generation weiter, und das Karussell dreht sich weiter. Ein Teufelskreis. Und jetzt denken Sie an die Meldungen in den Zeitungen, die uns seit einigen Jahren beschäftigen. Kein Tag, an dem nicht ein neues Virus entdeckt wird, das den Menschen bedroht. Kaum ein Tag, an dem wir nicht von Aids, Ebola, S.A.R.S. oder Grippeepidemien lesen, Krankheiten, gegen die die moderne Medizin machtlos scheint. Wussten Sie, dass die Grippe, diese harmlose kleine Erkältung, eine Krankheit ist, der jährlich über eine Million Menschen zum Opfer fallen? Die dafür verantwortlich ist, dass jedes Jahr 200 000 missgebildete Kinder auf die Welt kommen? Die Grippeepidemie von 1918 raffte ein Fünfzigstel der Weltbevölkerung dahin und war damit schlimmer als jede andere Seuche, die jemals über den Erdball fegte.«

»Großer Gott, das war mir nicht bewusst«, murmelte Maloney. Wahrscheinlich behagte es ihm nicht, von einem Gegner zu hören, den er nicht mit seiner Elefantenbüchse erledigen konnte. Auch ich wurde unruhig, aber aus anderen Gründen.

Obwohl ich Respekt vor ihrer nüchternen Argumentation hatte, ahnte ich, worauf Mrs. Palmbridge hinauswollte.

»Der Trugschluss«, fuhr unsere Gastgeberin unbeirrt fort, »dem viele Wissenschaftler und große Teile der Bevölkerung erliegen, ist die Annahme, die Viren würden sich mit einem Mal, aus heiterem Himmel, zu immer gefährlicheren, immer bösartigeren Krankheitserregern entwickeln. Aber das ist Unsinn. Viren, in der einen oder anderen Form, hat es schon immer gegeben, manche harmlos, manche so bösartig wie das Hanta-Virus. Sie sind Teil unserer Umwelt und Teil der gesamten Evolution. Nicht sie haben sich verändert, sondern wir. Indem wir uns mithilfe der Medizin aus dem Kreislauf der natürlichen Evolution ausgeklinkt haben, sind wir angreifbar geworden. Wir treten, evolutionstechnisch betrachtet, auf der Stelle, und das wird unser Untergang sein, wenn wir nichts dagegen unternehmen. Hinzu kommt, dass die Bevölkerungszahl rapide zunimmt und die Übertragung von Viren in Ballungsräumen exponentiell schnell verläuft, besonders bei Krankheiten mit kurzer Inkubationszeit. Sie sehen also, wir müssen uns in doppelter Hinsicht beeilen.«

»Schön und gut«, sagte ich und sprang auf. Ich war selbst überrascht, wie heftig meine Reaktion ausfiel, aber es war mir nicht länger möglich, still sitzen zu bleiben. »Gesetzt den Fall, dass Sie Recht haben, so dürfen wir trotzdem nicht damit beginnen, ins Blaue hinein am menschlichen Genom herumzubasteln. Wir haben doch gerade erst damit begonnen, die einzelnen Sequenzen nach ihrer Funktion zu überprüfen. Es wäre viel zu früh, überhaupt daran zu denken, Veränderungen vorzunehmen.«

»Sie sprechen wie jemand, der noch keinen privaten Verlust erlitten hat, David«, erwiderte Lady Palmbridge. »Sie haben noch nicht erlebt, wie es ist, wenn einem ein Mensch unter den Fingern wegstirbt und man nichts dagegen unternehmen kann.«

Ich wollte protestieren, doch sie hob die Hand und sagte: »Bitte regen Sie sich nicht auf. Sie sind ein vorsichtiger und besonnener Mensch. Ich kann Ihre Bedenken voll und ganz verstehen, schließlich ist es noch gar nicht lange her, dass viele seriöse Wissenschaftler sich der grauenhaften Theorie der Eugenik verschrieben hatten. Es stimmt schon, wir dürfen auf keinen Fall versuchen, diese Veränderungen aufs Geratewohl durchzuführen. Nicht ohne einen geeigneten Bauplan, einen *Blueprint*, nach dem wir uns richten können. Aber wie es scheint, werden wir genau diesen bald in unseren Händen halten.«

5

Ich war sprachlos. *Bauplan? Blueprint?* Meine Gedanken bewegten sich zeitgleich in verschiedene Richtungen, ohne jedoch zu irgendeinem Ergebnis zu gelangen. Maloney blickte verwirrt zwischen Mrs. Palmbridge und mir hin und her. Er schien auf eine Fortsetzung des Disputes zu warten, und als dieser nicht stattfand, ergriff er selbst das Wort. »Was für ein Bauplan? Wovon reden Sie, Mrs. Palmbridge? Ich verstehe kein Wort.«

»Ich spreche von einer Art Blaupause. Einem genetischen Code, der uns einen Anhaltspunkt dafür geben könnte, wie ein intaktes Immunsystem bei einer hoch entwickelten Spezies aussehen könnte. Ein Immunsystem, das in der Lage ist, sich flexibel den Angriffen immer neuer Virenmutationen anzupassen«, erläuterte sie. »Dabei käme es gar nicht darauf an, dass das System auf dem neuesten Stand wäre, sprich, dass es heute lebende Virenstämme erfolgreich abwehren könnte. Diese Feinjustierung ließe sich durch Immunisierung sehr leicht am lebenden Objekt bewerkstelligen. Nein, ich rede von einer fundamentalen Neuausrichtung unseres gesamten biochemischen Schutzapparates.«

Ich fasste mir ein Herz und fragte nicht ohne Ironie: »Woher wollen Sie den Bauplan denn nehmen? Vom Schimpansen?«

Lady Palmbridge schüttelte den Kopf. »Ganz und gar nicht. Obwohl das Immunsystem der Schimpansen unserem sehr ähnlich ist. Zu ähnlich möchte ich sagen, denn wir haben bei ihnen die gleichen Anfälligkeiten und Schwächen festgestellt. Das gilt übrigens für fast alle Säugetiere. Nein, es müsste sich um eine Spezies handeln, die unserer ähnlich, aber nicht zu ähnlich ist. Eine Spezies, die über ein ausgeprägtes Gruppenverhalten verfügt, hochintelligent ist und die Fähigkeit zu differenzierter Kommunikation mitbringt.«

»Delphine?«

Sie schüttelte wieder den Kopf. »Meereslebewesen sind für unsere Zwecke nicht geeignet. Es würde zu weit führen, Ihnen das jetzt zu erklären, aber bei ihnen ist das, wonach wir suchen, völlig anders strukturiert.«

Ich seufzte und zuckte mit den Schultern. »Ich geb's auf. Mir fällt nichts ein, auf das Ihre Beschreibung zutreffen könnte.«

Sie grinste und sagte nur ein einziges Wort.

»Saurier.«

*

Ein unangenehmer Gedanke schlich sich bei mir ein: Die Frau hatte den Verstand verloren. Entweder das, oder sie erlaubte sich einen Spaß mit uns. Vielleicht wollte sie uns an der Nase herumführen oder uns auf die Probe stellen. Saurier! Das konnte doch nur ein schlechter Scherz sein. Den anderen schien Ähnliches im Kopf herumzugehen, aber da niemand der Lady gegenüber unhöflich erscheinen wollte, breitete sich betretenes Schweigen aus.

Teils aus Respekt, teils um Distanz zu wahren, nickte ich und gab ein Murmeln von mir, das unsere Gastgeberin glauben machen sollte, ich würde ihr zustimmen. »Interessant.«

Sie fixierte mich mit ihren grauen Augen, und ein ironisches Lächeln spielte um ihren Mund.

»David, Sie sind nicht nur ein Zauberer, sondern auch ein Heuchler«, sagte sie.

»Mylady?«

»In Wirklichkeit glauben Sie mir kein Wort.« Ihr Lächeln verschwand. »Hand aufs Herz: Was ging Ihnen eben durch den Kopf? Haben Sie gedacht, ich sei verrückt? Oder senil? Vielleicht dachten Sie, ich wolle Sie in irgendeiner Form einem Test unterziehen. Sehen Sie sich ruhig um. Vielleicht entdecken Sie ja hier irgendwo eine versteckte Kamera.«

»Ich muss gestehen, etwas in der Art ging mir durch den Kopf. Bitte verzeihen Sie mir.« Ich war völlig verwirrt.

»Da gibt es nichts zu verzeihen, Sie haben ja Recht. Ohne die nötigen Informationen muss einem diese Geschichte wie eine schlechte Kopie von *Jurassic Park* vorkommen. Obwohl der Ansatz nicht schlecht war. Erinnern Sie sich an das Buch oder den Film, Mr. Maloney?«

Der Jäger schüttelte den Kopf, ebenso sein Begleiter. Sie schienen von dem Verhalten und den Worten unserer Gastgeberin genauso verwirrt zu sein wie ich.

»Nun, es ging im Wesentlichen um das Klonen von Dinosauriern aus fossilisierten Blutstropfen, die in von Bernstein umschlossenen Mücken zu finden waren. Die Experimente, auf denen sowohl das Buch als auch der Film basierten, hat es tatsächlich gegeben, doch es stellte sich bald heraus, dass man nur Bruchstücke von Saurier-DNS finden konnte. Die Abstände in den Gensequenzen waren zu groß, um sie zu schließen. Autor und Filmemacher waren sich dieses Problems bewusst und haben in ihrer Geschichte die Lücken mit Frosch-DNS geschlossen, was aus wissenschaftlicher Sicht natürlich Humbug ist. Pure Fantasie. Aber für eine packende Story kann man mal ein Auge zudrücken.

Doch die Idee blieb weiterhin bestehen. Was wäre das für ein Abenteuer, eine Lebensform zu klonen, die die Welt über zweihundertfünfzig Millionen Jahre lang beherrscht hat? Ich rede hier nicht davon, die großartigen Erkenntnisse, die sich daraus gewinnen ließen, für die Einrichtung eines Vergnügungsparks zu missbrauchen. Was meinen Mann und mich sowie Heerscharen anderer Wissenschaftler bewegte, war die Frage: Wie konnte eine so hoch spezialisierte und fortgeschrittene Tiergattung es schaffen, so lange zu überleben? Zweihundertfünfzig Millionen Jahre! Eine unvorstellbar lange Zeit. Wir Menschen existieren, grob gerechnet, erst seit gut drei Millionen Jahren.«

»Dafür haben wir aber schon eine Menge Schaden angerichtet«, brummte Maloney.

»Ich verstehe das nicht«, hakte Sixpence nach. »Warum nehmen Sie nicht das Erbgut einer Tiergattung, die heute noch lebt? Es gibt doch genug Lebewesen, die nicht so anfällig für Virenerkrankungen sind wie wir Menschen.«

Lady Palmbridge erklärte geduldig. »Das hat etwas mit dem Grad der genetischen Spezialisierung zu tun, die eng an den evolutionären Entwicklungsstand gekoppelt ist. Das ist sogar wichtiger als die Tatsache, dass es sich bei Sauriern um Reptilien gehandelt hat. Je ähnlicher das Evolutionsniveau, desto einfacher die Übertragung. Reptilien hin oder her, Sie müssen sich vor Augen führen, dass die Saurier, ähnlich wie wir, in großen Gruppen zusammengelebt haben. Sie waren warmblütig, manche hatten ein Fell. Sie konnten auf eine äußerst komplexe Weise miteinander kommunizieren und waren obendrein sehr intelligent. Wir fangen gerade erst an zu begreifen, wie intelligent sie wirklich waren. Es gibt sogar Forschungen, die besagen, dass sich die Hadrosaurier, eine Form der Entenschnäbler, zu einer Art Echsenmensch weiterentwickelt hätten, wären sie nicht vor fünfundsechzig Millionen Jahren von einem gigantischen Meteoriten vernichtet worden.«

»Saurier und Echsenmenschen. Ich glaube, ich brauche jetzt noch etwas Hochprozentiges«, sagte Maloney und stand auf.

»Da schließe ich mich an.« In der Hoffnung, nicht unhöflich zu erscheinen, folgte ich ihm zur Bar, während wir uns viel sagende Blicke zuwarfen. Maloney schenkte sich wie gewohnt einen Whisky ein, während ich mich diesmal für Brandy entschied. Mit unseren Gläsern bewaffnet, gingen wir zurück auf unsere Plätze.

»Was mir nicht einleuchten will ...«, nahm ich den Faden wieder auf, »... ist die Frage, woher Sie die DNS nehmen wollen, wenn die Sache mit dem Bernstein und dem fossilen Erbgut doch schon gescheitert ist.«

»Was für eine Frage. Wir werden die DNS natürlich einem lebenden Exemplar entnehmen.«

Ich musste mich beherrschen, mich nicht zu verschlucken. Es wäre schade um den Brandy gewesen. Das wurde ja immer absurder. »Einem lebenden Exemplar?«

»Selbstverständlich.«

Sie hatte also doch den Verstand verloren. Aber ich versuchte mir meine Gedanken nicht anmerken zu lassen und spielte das Spiel weiter. »Und wo, glauben Sie, einen lebenden Dinosaurier auftreiben zu können? Etwa im Loch Ness?«

In diesem Moment streifte mein Blick das Foto von Emily über dem Kamin, und für einen Moment wünschte ich mir, sie wäre jetzt hier. Doch sie war ja weit weg ... im Kongo!

Plötzlich hatte ich das Gefühl, als würden die Wände des Raumes sich verschieben. Nein, das war doch nicht möglich!

Niemand konnte so verrückt sein!

Mit einem triumphierenden Blick wandte sich Lady Palmbridge an uns. »Meine Herren, sagt Ihnen der Name *Mokéle m'Bembé* etwas?«

Maloney schüttelte den Kopf. »Nie gehört. Was soll das sein? Klingt irgendwie afrikanisch.«

Mrs. Palmbridge ließ ein schmales Lächeln aufblitzen. »Sind Sie mit dem Begriff Kryptozoologie vertraut?«

Er blickte die alte Dame verwundert an. »Krypto... was?«

»Kryptozoologie – ein Begriff aus dem Griechischen«, erläuterte sie. »Die Lehre von den verborgenen Tieren. Lebewesen, die nur in Legenden existieren und deren Existenz noch nicht bewiesen wurde. Es gibt einige interessante Ansätze in dieser relativ jungen Wissenschaft. Sie bringt frischen Wind in die verstaubten Archive und Studierstuben. Man denke nur an die Entdeckung einer seit fünfundsechzig Millionen Jahren ausgestorben geglaubten Gattung wie dem Quastenflosser.«

»Das war ein Zufallstreffer«, entgegnete ich, der ich mit der Materie zwar nicht vertraut war, aber doch hin und wieder etwas darüber in einschlägigen Zeitschriften gelesen hatte. »In den meisten Fällen stiftet die Kryptozoologie heillose Verwirrung. Es ist ein undurchdringlicher Dschungel aus Mythen und Legenden, in dem sich Fiktion und Realität untrennbar vermischt haben. Die Berichte vom Yeti, von Sasquatch dem Waldmenschen und vom Monster im Loch Ness sind alles Fantastereien. Nichts, womit sich ein ernsthafter Wissenschaftler abgeben würde. Meistens gibt es eine ganz einfache Erklärung für das, was abergläubische Ureinwohner oder malariabefallene Reisende glaubten gesehen zu haben«, ergänzte ich im Brustton der Überzeugung.

»Wer oder was genau ist denn nun ein *Mokéle m'Bembé?*«, unterbrach mich Sixpence.

»Der Begriff kommt aus der Bantu-Sprache und bedeutet so viel wie *großes Tier* oder *Tier, das einen Fluss stoppen kann*«, erklärte Lady Palmbridge, während sie aufstand und ein in Leder gebundenes Buch aus dem Regal zog. »Also ein Tier von solchen Ausmaßen, dass es den Lauf ganzer Flüsse aufhalten kann.« Sie näherte sich unserem Tisch. Das Buch trug den Titel *In Search Of Prehistoric Survivors* und stammte von Dr. Karl P. N. Shuker. Sie schob einen Finger zwischen die Seiten und ließ das Buch an einer bestimmten Stelle aufklappen. »Das ist er.«

Wir scharten uns um den Tisch. Zu sehen war ein unscharfes Foto, das offensichtlich aus einem Flugzeug aufgenommen worden war und einen See inmitten des Urwalds zeigte, aus dem ein schmaler, rüsselartiger Hals ragte. Daneben sah man eine eher unbeholfene Handskizze, die das ganze Tier darstellte. Eine Art Plesiosaurus, wie er vor einhundertfünfzig Millionen Jahren die Meere des Jura beherrschte.

»Ziemlich schlechte Aufnahme«, brummelte Maloney und blies den Rauch seiner Zigarre über das Papier. »Wie groß soll der Bursche denn sein? Das Bild bietet leider keinen Anhaltspunkt, den man als Größenvergleich nehmen könnte.«

»Die Einheimischen berichten von einem Wesen, das etwa vier Meter lang sein soll und tiefe, rollende Laute ausstößt«, erläuterte Lady Palmbridge. »Meiner Information nach handelt es sich aber um ein Tier, das wesentlich größer sein muss.«

»Wie kommen Sie darauf?«, fragte ich. Ich wollte erfahren, was sie noch alles aus dem Hut zaubern würde, um unserer Skepsis zu begegnen. Denn wir alle hatten zu viel gelesen und gehört, um uns von einem unscharfen Foto beeindrucken zu lassen.

»Was ich Ihnen nun zeigen werde«, sagte sie, während wir uns wieder auf unsere Plätze begaben, »sind Videoaufnahmen, die meine Tochter kurz vor ihrem Verschwinden gemacht hat und die zusammen mit anderem Treibgut den Likouala heruntergetrieben wurden.« Ihre Stimme klang zittrig. Das war es also, wovon Benjamin Hiller gesprochen hatte. Die Videobänder mussten sich in dem Paket befunden haben, das die Lady vor einer Woche erhalten hatte.

»Ich brauche Ihnen wohl nicht mitzuteilen, dass Sie über alles, was Sie hier sehen oder hören, absolutes Stillschweigen zu bewahren haben«, fuhr die alte Dame fort. »Sollten Sie versuchen, aus dieser Geschichte Kapital zu schlagen, werden Sie Bekanntschaft mit meinen Anwälten machen. Eine Erfahrung, die ich Ihnen gerne ersparen möchte.« Sie zwinkerte uns zu. »Abgesehen davon, dass Ihnen sowieso niemand Glauben schenken würde. Und jetzt passen Sie bitte auf.«

Das Licht erlosch, und der Beamer projizierte diffuse Bilder an die Wand. Es dauerte etwas, bis ich mich orientiert hatte, doch dann sah ich eine mondbeschienene Wasserfläche, umrahmt von mächtigen Bäumen, die wie dunkle Wächter im Hintergrund standen. Die Stille der Nacht wurde nur vom Zirpen und Gurren einiger nachtaktiver Tiere unterbrochen. Die Wasserfläche war glatt wie ein Spiegel.

Plötzlich stiegen an einer weit entfernten Stelle Luftblasen auf, kleine Wellen kräuselten die Spiegelfläche in konzentrischen Kreisen. Ich hörte das Flüstern einiger aufgeregter Stimmen hinter der Kamera, doch sie verstummten bald wieder. Die Blasen schwollen an, wurden zu einem weißgischtigen Katarakt, der seltsam unnatürlich anmutete inmitten der Stille des Dschungels. Stille? Tatsächlich waren all die anheimelnden Geräusche verstummt, die die Luft zuvor erfüllt hatten. Nur das Blubbern und Schäumen war zu hören und ein Geräusch, das ich nicht so recht einordnen konnte. Ein dumpfes Dröhnen wie von einem versunkenen Ozeandampfer.

Plötzlich durchbrach etwas die Wasserfläche. Ein langer geschwungener Hals, der in einem winzigen Kopf endete.

Obwohl ich diese Erscheinung schon auf dem unscharfen Foto gesehen hatte, erstarrte ich vor Faszination. Es war ein Unterschied, ob man nur ein Foto vor Augen hatte oder ob man dieselbe Aufnahme in der Bewegung und mit der dazu passenden Geräuschkulisse sah. Meine Finger krallten sich in das Leder des Sessels, während ich beobachtete, wie das Ungetüm seinen Hals von links nach rechts wendete, einige Meter durchs Wasser glitt und dann abtauchte. Die Wellen glätteten sich wieder.

Ich faltete die Hände vor dem Mund. Diese Filmaufnahmen waren eine Sensation. Bei dem Tier, das wir soeben gesehen hatten, handelte es sich tatsächlich um etwas noch nie zuvor Gesehenes. Etwas, was noch nie zuvor beschrieben worden war. Überdies war das Bild scharf und klar, was bei Aufnahmen von Kryptiden, wie man diese unbekannten Lebewesen auch nannte, eine Seltenheit war. Ich wollte Lady Palmbridge gerade bitten, die Aufnahme noch einmal abzuspielen, doch Maloney kam mir zuvor.

»Nicht sehr spektakulär«, brummte er. »Der Hals maß ja nicht mal zwei Meter. Sie hatten uns doch etwas Großes versproch...«

Die Worte blieben ihm im Halse stecken, denn auf einmal tauchte der Hals erneut auf. Und diesmal stieg er hoch.

Höher und höher.

Ich hielt den Atem an, als ich erkannte, dass wir uns bei den ersten Bildern getäuscht hatten. Das war kein Hals, und die Verdickung am Ende war auch kein Kopf. Der tatsächliche Kopf durchstieß in eben diesem Moment die Wasseroberfläche, und das, was wir bisher gesehen hatten, war in Wirklichkeit ein langes, geschwungenes Horn, das den Schädel wie ein helmartiger Auswuchs krönte.

Mir stand der Mund offen.

Das Reptil blickte mit tellergroßen Augen über den See und gab dann ein Tuten von sich, das mich in meinem Verdacht bestätigte: Offensichtlich handelte es sich bei dem Horn um ein Organ zur Klangverstärkung, ähnlich wie bei den Hadrosauriern der späten Kreidezeit. Der seltsam anmutende Kopf verharrte noch eine Weile in dieser Position, dann erhob sich das Wesen. Offenbar hatte es sich vergewissert, dass keine Gefahr bestand, wobei ich mich insgeheim fragte, wovor ein solcher Titan Angst haben sollte. Meter um Meter erhob sich das Tier. Ich erkannte einen lang gestreckten Körper, krallenbewehrte Pfoten und eine glänzende, mit grünlichen Tupfen gesprenkelte Haut. Plötzlich tauchte neben ihm ein weiteres, kleineres Horn aus dem Wasser. Ein Jungtier. Ich war fassungslos. Was sich hier vor unseren Augen abspielte, musste selbst für einen Nichtbiologen im höchsten Grade erstaunlich sein. Mir aber kam es vor, als habe sich eine neue Welt aufgetan. Als wäre ich Alice im Wunderland, die tiefer und tiefer in den Kaninchenbau vordringt.

»Was ist das, Mr. Astbury?«, flüsterte Sixpence neben mir. »Haben Sie so etwas schon einmal gesehen?«

Ich schüttelte den Kopf. »Weder gesehen noch davon gehört. Könnte sich um eine eigenständige Gattung handeln. In den Tiefen des Dschungels bestehen die besten Voraussetzungen, um sich über einen langen Zeitraum hinweg unentdeckt und in völliger Abgeschiedenheit zu entwickeln.«

»Was für ein Monstrum. Sehen Sie sich bloß diese Krallen an.«

In diesem Moment geschah etwas in dem Film, das ich nicht einzuordnen vermochte. Ein hohes Sirren oder Pfeifen gellte durch den Dschungel. Dann hörte ich Worte und Gesprächsfetzen.

»Rückkoppelung«, zischte eine Stimme aus dem Lautsprecher. »Du bist mit deinem Kopfhörer zu nah dran. Ja, *zu nah,* sage ich. Schalt das verdammte Bandgerät ab«, fauchte die weibliche Stimme. »*Idiot,* du sollst das Gerät abschalten, hast du nicht gehört? Verdammt, es ist zu spät. Er hat uns bemerkt.«

Tatsächlich blickten die Augen des riesigen Reptils jetzt genau in Richtung Kamera. Es sah aus, als könne es durch die Dunkelheit sehen. Es blähte die Nüstern und ließ seinen Kiefer auf- und zuschnappen und entblößte mehrere Reihen messerscharfer Zähne. Das Jungtier versuchte sich hinter dem mächtigen

Rücken in Sicherheit zu bringen und gab ängstlich quietschende Laute von sich.

»Er will uns angreifen!«, rief die Frau. »Gib mir das Gewehr, ich werde versuchen, ihn uns vom Leibe zu halten. Vielleicht kann ich ihn verscheuchen. Macht, dass ihr zum Lager zurückkommt.« Ich hörte einen dumpfen Schlag und ein Wimmern, dann war das scharfe Klicken einer Waffe zu vernehmen, die durchgeladen wurde. »Pack den Kram und renn zum Lager zurück, ich versuch das Biest in Schach zu halten.«

Ein Schuss krachte. Das Jungtier wirbelte herum. Dann klatschte es leblos zurück ins Wasser. Ein entsetzlicher Schrei drang durch den Dschungel. Das große Biest schien jetzt erst richtig wütend zu werden. Ich hörte noch einen Fluch, dann wackelte das Bild und der Ton verstummte. Was ich dann während der nächsten Minuten sah, ließ mir das Blut in den Adern gefrieren. Es sah so aus, als würde das Lager einem furchtbaren Angriff zum Opfer fallen. Auf einer der letzten Einstellungen waren die Fetzen eines Schlauchbootes und der Teil eines gewaltigen, grün gefleckten Schwanzes zu sehen, dann brach die Aufnahme ab.

Es wurde dunkel im Zimmer.

6

Ein Feuerzeug flammte auf, dann sah ich das Glimmen einer Zigarette. Das Licht ging wieder an und blendete mich mit schmerzhafter Helligkeit.

»Nun, was sagen Sie jetzt?« Lady Palmbridge nahm einen tiefen Zug und blies den Qualm in unsere Richtung. Ihre Hände zitterten. Keiner von uns Männern wusste eine Antwort. Wir schwiegen betreten und versuchten, das eben Gesehene zu verarbeiten. Keine leichte Aufgabe. Jeder Gedanke warf Fragen auf, die wiederum Fragen nach sich zogen – ein Kreislauf aus Unwissenheit und Spekulation setzte sich in Gang.

»Wessen Stimme war das in dem Film?«, fragte ich nach einer Weile. Obwohl ich ahnte, wer da gesprochen hatte, wollte ich mir Gewissheit verschaffen.

»Das war meine Tochter.« Lady Palmbridge zog nervös an ihrer Zigarette. »Die Idee stammte von ihr. Genau genommen war die ganze Expedition ihr Projekt. Zwei Jahre ihres Lebens stecken darin. Zusammen mit ihren vier Helfern hat sie Übermenschliches geleistet. Sie war so nahe dran. So nahe ...«

Stewart Maloney, der bisher schweigsam und nachdenklich dagesessen hatte, beugte sich vor. »Was ist geschehen?«

Lady Palmbridge drückte ihre Zigarette aus und setzte sich zu uns. »Die Aufnahme ist datiert vom 15. September vorigen Jahres. Knapp einen Monat später, am 8. Oktober, wurden Teile des zerstörten Lagers sowie Fetzen eines Schlauchbootes in Kinami, einem Dorf am Ufer des Likouala aux Herbes, angetrieben. Unter allerlei Kleidungsresten, zerbeulten Töpfen und Pfannen und Zeltplanen fand man einen digitalen Camcorder, in dem sich diese Aufnahme befand. Ich wusste von meiner Tochter, dass sie nebenher filmte, denn wir telefonierten fast täglich miteinander. Es war außerordentlich schwierig, das Gerät zu bergen, denn, wie Sie sich denken können, besitzt ein solcher Apparat in diesem Teil der Welt einen astronomischen Wert. Selbst wenn er, wie in unserem Fall, beschädigt war. Wie auch immer ...«, sie strich sich mit dem Handrücken über den Mund, »... alle Nachforschungen über den Verbleib meiner Tochter blieben erfolglos. Das Einsatzteam, das Präsident Sassou-Nguesso an die Unglücksstelle schickte, verschwand spurlos. Ein letzter Funkspruch, datiert vom 3. Dezember, ließ darauf schließen, dass die Soldaten die ergebnislose Suche abbrechen wollten. Alle meine Bemühungen, ein weiteres Team loszuschicken, scheiterten. Der Fall war für die Regierung abgehakt. Deshalb habe ich mich an Sie gewandt, Mr. Maloney. Sie und Ihr Assistent wurden mir empfohlen, weil Sie Erfahrung mit der Jagd auf seltene und gefährliche Tiere haben. Sie sind, wenn ich richtig informiert bin, noch nie mit leeren Händen zurückgekommen.«

»Das ist wahr«, nickte Sixpence. »Wenn wir einer Spur folgen, geben wir nicht auf, bis wir das Tier haben.«

»Ich war sehr beeindruckt von Ihrem Dossier«, entgegnete Mrs. Palmbridge. »Sie müssen wissen, David«, damit wandte sich Lady Palmbridge mir zu, »dass es kaum einen Zoo in der Welt gibt, den die beiden Herren noch nicht beliefert haben. Wenn ich richtig informiert bin, haben sie sogar etliche neue

Spezies entdeckt, darunter drei neue Schlangenarten und ein bisher unbekanntes Baumkänguru.«

»Das liegt daran, dass Six' und ich uns in Gegenden wagen, die noch nie zuvor jemand betreten hat«, fügte Maloney hinzu. »Im Grunde ist es kein Hexenwerk. Wir gehen nur weiter als andere und bleiben länger dort. Unser Geheimnis heißt Hartnäckigkeit.«

»Das ist genau der Grund, weshalb ich Sie brauche. Und Sie auch, David.«

»Mich?«, fragte ich verwirrt.

Sie nickte.

»Aber warum?«

»Weil Sie, um es mit Mr. Maloneys Worten zu sagen, weiter gehen und länger bleiben würden als andere.« Sie sah mich prüfend an. »Sie sind ein ausgezeichneter Genetiker, einer der besten auf diesem Gebiet. Ich brauche jemanden mit Ihren Fähigkeiten dort unten, verstehen Sie? Außerdem mögen Sie meine Tochter noch immer, habe ich nicht Recht?«

Ich war sprachlos. Irgendwie fühlte ich mich wie ein Junge, der beim Stibitzen von Bonbons ertappt worden war.

»Woher ... ich meine, wie kommen Sie darauf ...?«, stammelte ich. Wie konnte sie von meinen Gefühlen für Emily wissen? Sollte ich sie danach fragen? Besser nicht. Sie sah nicht so aus, als würde sie ihre Quellen offen legen. Es war im Grunde auch egal, sie wusste es einfach. Ich spürte, wie sich alle Augen auf mich richteten, und dieses Gefühl war mehr als unangenehm.

»Sie brauchen sich nicht zu rechtfertigen, dazu besteht kein Anlass. Emily hat viel von Ihnen gesprochen, und ich glaube, dass sie sich damals, während der gemeinsamen Schulzeit, in Sie verliebt hat. Es mag Sie trösten oder nicht, aber alle Freunde, die sie während der letzten zwanzig Jahre mit nach Hause brachte, hatten Ähnlichkeit mit Ihnen.«

»Aber wir waren Kinder damals«, entfuhr es mir, »bestenfalls

Jugendliche. Gewiss, ich war über beide Ohren verliebt, aber das ist eine Ewigkeit her. Sie ist jetzt eine erwachsene Frau. Ich weiß gar nichts über sie.«

Lady Palmbridge sah mich aufmerksam an. »Aber Sie würden gern mehr wissen, sonst hätten Sie das Foto auf dem Kaminsims nicht mit solchem Interesse betrachtet.« Ihr Blick wurde ernst. »Bringen Sie mir meine Tochter zurück, David. Oder finden Sie zumindest heraus, was mit ihr geschehen ist. Ich flehe Sie an! Ich weiß sonst nicht, an wen ich mich wenden soll.«

Ich hob meine Hände mit einer Geste der Hilflosigkeit. »Ich weiß nicht, was ich sagen soll. Die ganze Geschichte ist so ... so tragisch. Es tut mir furchtbar leid, aber ich fürchte, ich bin nicht der Richtige für dieses Unternehmen.«

»Sollte es Ihnen um Geld gehen, kann ich Sie beruhigen«, sagte Mrs. Palmbridge, und ich glaubte einen kalten Schimmer in ihren Augen zu bemerken. »Sie können von mir verlangen, was Sie wollen. Das gilt im Übrigen für alle hier Anwesenden.«

»Nein, nein«, wiegelte ich ab. »Das hat mit Geld gar nichts zu tun. Es geht nur darum, dass ich mich einer solchen Herausforderung nicht gewachsen fühle. Ich bin nun mal ein Bücherwurm, der sich am wohlsten fühlt, wenn er in seinem Laboratorium sitzen und forschen kann.«

»Da hatte Ihr Vater aber ganz andere Ansichten.«

»Mein ... Vater? Was hat Ronald denn damit zu tun?«

»Er hielt große Stücke auf Sie. In seinen Briefen schrieb er, wie prächtig Sie sich entwickelten und wie sehr er sich auf den Tag freue, an dem Sie seinen Spuren folgen und sein Lebenswerk fortführen würden. Seite um Seite voll des Lobes. Ich habe sie oben, ich kann sie Ihnen auf Ihr Zimmer bringen lassen, wenn Sie sie lesen möchten ...«

Ich hatte einen Kloß im Hals. In dieser Umgebung reichte die bloße Erwähnung meines alten Herrn aus, um meine Erinnerung an ihn mit einer Intensität zu wecken, die beinahe mit

Händen zu greifen war. Mein Vater. Er war der ruhige Pol in meinem Leben gewesen, der Fels, an den ich mich klammern konnte, seit Mutter gestorben war. Ich war vier Jahre alt, als sie bei einem schrecklichen Autounfall ums Leben kam. Danach war mein Vater ein anderer. Er musste der Enge des Hauses entfliehen, sagte, dass er es nicht mehr ertrüge, weil alles ihn an sie erinnerte. Er wollte hinaus und auf Reisen gehen. Er nahm mich von der Schule und organisierte Privatlehrer, die uns auf seinen ausgedehnten Forschungsreisen begleiteten. Damals spürte ich, wie beängstigend groß die Welt war. Ich erinnere mich noch gut, als ich zum ersten Mal den schnee-bedeckten Gipfel des Kilimandscharo sah, wie er sich weiß leuchtend in den Himmel Tansanias erhob. Oder die grünen, lichtdurchfluteten Usambaraberge mit ihren schattigen Tälern. So vergingen beinahe zwei Jahre. Die Tragödie hatte uns so eng zusammengeschweißt, dass kein Blatt Papier zwischen uns passte. Doch im Gegensatz zu ihm hatte ich mich nie so richtig mit der Weite und dem Licht Afrikas anfreunden können. Vielleicht war das der Grund, warum ich mich am liebsten in geschlossenen Räumen aufhielt.

»David?«

»Lassen Sie bitte meinen Vater aus dem Spiel. Das ist nicht fair«, sagte ich.

Lady Palmbridge sah mich aus ihren unergründlichen Augen an. »Was ist schon fair? Ist es fair, dass Hunderttausende von Menschen jedes Jahr an den Folgen schrecklicher Virener-krankungen sterben müssen? Ist es fair, dass meine Tochter, die sich immer für das Wohl anderer eingesetzt hat, jetzt wahr-scheinlich tot auf dem Grund des Lac Télé liegt? Ich bitte Sie inständig, mir zu helfen. Und wenn Sie es schon nicht für mich tun, so tun Sie es wenigstens für das Andenken Ihres Vaters. Ronald hätte es sich gewünscht.«

Ich spürte, dass meine Vorsätze ins Wanken gerieten, und

verachtete mich im selben Moment dafür. Doch es war schwer, gegen ein solches Übermaß an Gefühlen anzukämpfen. Die Gesichter von Lord und Lady Palmbridge, Emily und meinem Vater wirbelten in meinen Gedanken herum und vermischten sich mit Bildern aus meiner Kindheit zu einem unwiderstehlichen Sog aus Erinnerungen, Träumen und Hoffnungen. Ich spürte, dass es nur einen Weg gab, diese Geister zu bannen und die Vergangenheit hinter mir zu lassen.

»Also gut«, hörte ich mich sagen. Meine Stimme war kaum mehr als ein Flüstern. »Ich werde Ihnen Emily zurückbringen, wenn sie noch lebt. Oder Ihnen zumindest sagen, was aus ihr geworden ist.«

In der Stille, die nun folgte, hörte ich das Schlagen der schweren Standuhr im Nebenzimmer. Zwölf Schläge. Mitternacht. Ich fühlte mich so müde und niedergeschlagen, dass ich auf der Stelle hätte einschlafen können. Die lange Reise, die Enthüllungen der letzten Stunden und der unfreiwillige Ausflug in die Vergangenheit forderten ihren Tribut.

»Lassen Sie den Kopf nicht hängen, David«, hörte ich unsere Gastgeberin sagen. »Ich hätte Sie nicht um diesen Gefallen gebeten, wenn ich annehmen würde, dass Sie der Aufgabe nicht gewachsen wären. Abgesehen davon sind Sie ja nicht allein. Ich stelle Ihnen die besten Leute zur Seite, die es auf diesem Gebiet gibt. Außer Mr. Maloney und Sixpence wird Sie eine Wissenschaftlerin begleiten. Elieshi n'Garong ist Kongolesin, was den Kontakt zur einheimischen Bevölkerung vereinfachen wird. Sie erwartet Sie in drei Tagen in Brazzaville.«

»In drei Tagen?«, brach es aus mir heraus. »Das ist unmöglich. Ich muss am Donnerstag einen Vortrag halten und ...«

»Ist alles schon geregelt. Ich habe mich mit Professor Ambrose in Verbindung gesetzt, und er hat Ihren Urlaub für die gesamte Dauer der Expedition genehmigt. Ihnen werden keine Nachteile entstehen, im Gegenteil. Und wenn Ihre Mission erfolgreich ist, steht es Ihnen frei, über Ihre Erlebnisse zu berichten«, fügte sie hinzu.

»Und was ist mit Mokéle m'Bembé?«

»Dafür sind Ihre Begleiter zuständig. Ich möchte Sie nur bitten, Ihr Wissen einzusetzen, um meine Tochter zu retten.«

Plötzlich fiel mir der animalische Schrei wieder ein, den ich in dem Film vernommen hatte. Misstrauisch hob ich den Kopf.

»Wollen Sie es fangen oder töten?«

»Weder noch«, sagte die Lady. »Ich habe meine Pläne nach Emilys Verschwinden geändert. Beide Alternativen sind zu gefährlich. Sie haben gesehen, was dieses Ungeheuer anrichten kann. Alles, was ich möchte, sind ein paar intakte Zellen, die wir in unseren Labors kultivieren können. Es kann Blut sein, Haut oder anderes Gewebe. Wichtig ist nur, dass die Zellen lebend hier ankommen. Zu diesem Zweck werde ich Sie mit einem speziellen Gerät ausrüsten. Sie werden es mögen.« Ein Lächeln stahl sich in ihr Gesicht, das aber genauso schnell verschwand, wie es erschienen war. Sie ließ ihre Hände auf die Oberschenkel sinken. »Genug geredet. Jetzt, da Sie alles wissen, stehe ich vor der schweren Aufgabe, Sie zu fragen, ob Sie den Auftrag annehmen. Ich hoffe es inständig, denn wenn Sie ablehnen, weiß ich nicht weiter.«

Stewart Maloney wuchtete seine zwei Meter große Gestalt aus den Polstern und blickte uns allen in die Augen. Was er dort sah, schien ihn in seinem Entschluss zu bestätigen.

»Madam, ich glaube für uns alle sprechen zu dürfen, wenn ich Ihnen sage, dass es uns eine Ehre ist, für Sie zu arbeiten. Was mich betrifft, so haben Sie mich überzeugt. Ich würde es mir nicht verzeihen, wenn ich eine solche Gelegenheit ungenutzt verstreichen lassen würde.«

»Ganz meine Meinung«, sagte Sixpence. »Verdammt noch mal, ich kann es kaum erwarten, dieses Biest mit eigenen Augen zu sehen.«

Ich fühlte mich genötigt, auch etwas Positives zu sagen, selbst wenn ich die Euphorie der anderen nicht im Mindesten teilte. »Ich habe Ihnen mein Wort gegeben, und ich stehe dazu«, sagte ich. »Ich hoffe, dass wir Ihnen gute Nachrichten bringen können.«

Ein Strahlen überzog das Gesicht unserer Gastgeberin. »Dann möchte ich mit Ihnen auf gutes Gelingen anstoßen – und natürlich darauf, dass Sie alle wohlbehalten wieder heimkehren. Meine Gebete begleiten Sie. Möge Ihre Mission unter einem guten Stern stehen.« Sie hob das Glas. »Cheers!«

7

Montag, 8. Februar
Imperial College, London

Es goss in Strömen, als das Taxi um kurz vor acht in den Queens Way einbog und mit quietschenden Reifen vor dem blau gestrichenen Falthom Gate der biologisch-zoologischen Fakultät im Londoner Stadtteil South Kensington hielt. Ich drückte dem Fahrer vierzig Pfund in die Hand, verzichtete auf das Wechselgeld und eilte, meine Reisetasche als Schutz über den Kopf haltend, zum Flower Building. Er brüllte noch irgendetwas hinter mir her, aber das interessierte mich nicht. Ich konnte nur hoffen, dass es ein Dankeschön war, angesichts des respektablen Trinkgelds, das er soeben erhalten hatte. Ich fischte in meiner Jackentasche nach der Magnetkarte, um die gläserne Eingangstür zu öffnen, die um diese Zeit noch verschlossen war. Der Kartenleser befand sich direkt neben dem Schild mit der Aufschrift: *Imperial College – Center for Structural Biology.*

Glücklich, dem eiskalten Regen zu entrinnen, trat ich ein. Die Haupttreppe war wegen der umfangreichen Renovierungsarbeiten, die zurzeit überall auf dem Campus stattfanden, gesperrt, und so nahm ich den Umweg über das Kellergeschoss. Als ich den Gang zu meinem Büro entlanghastete, hörte ich, dass am Cryo-Elektronenmikroskop bereits gearbeitet wurde. Besser gesagt: noch gearbeitet wurde. Um diese Uhrzeit konnte es sich nur um Michael Cheng handeln, der es liebte, sich die Nächte an dem gewaltigen Gerät um die Ohren zu schlagen.

»Schon wieder Sie, Mr. Cheng!«, rief ich beim Vorübergehen im Tonfall unseres Dekans, Professor Ambrose. Ich hörte einen dumpfen Schlag, als hätte sich jemand den Kopf gestoßen, und einen chinesischen Fluch, dann tauchte Michaels gerötetes Gesicht auf. »Verzeihen Sie, Dr. Am... Ach, du bist es, David! Das zahl ich dir heim. He, warte mal 'ne Sekunde.« Er wischte die Hände an seinem T-Shirt ab und eilte hinter mir her. »Was sind das für Geschichten, die hier über dich in Umlauf sind? Irgendetwas mit dem Kongo, habe ich gehört. Ist da was dran?«

Großer Gott, dachte ich, Gerüchte verbreiten sich an dieser Universität schneller als ein Lauffeuer. Ich war noch nicht einmal richtig gelandet, und schon hatte Cheng davon erfahren. Die undichte Stelle musste sich im Umfeld von Professor Ambrose befinden. Vielleicht seine Sekretärin? Elisabeth wäre es durchaus zuzutrauen, dass sie Cheng davon erzählt hatte, schließlich gingen die beiden öfter mal zusammen aus.

»Kongo?«, fragte ich, während ich atemlos um die nächste Ecke bog. »Was erzählst du da? Ich verstehe kein Wort.«

»Liz hat solche Andeutungen gemacht.«

Bingo, dachte ich. Auf meine Intuition konnte ich mich verlassen. Ich blieb vor dem Aufzug stehen und sah Cheng in die Augen. »Hör mal, ich weiß nicht, wovon du redest. Ich werde demnächst ein paar Tage im sonnigen Kalifornien verbringen und mir Palmbridge Enterprises ansehen, ein Genforschungszentrum, das einem alten Kollegen meines Vaters gehört. Nichts weiter. Ich habe eine Einladung dorthin erhalten und finde, das ist eine Gelegenheit, die man sich nicht entgehen lassen sollte.«

»Palmbridge, cool«, sagte Cheng. »Hab schon davon gehört.

Die sollen ja weltweit führend in der Virenimmunisierung sein. Nimmst du mich mit?«

»Cheng«, sagte ich mit der warmherzigsten Stimme, die ich aufbringen konnte. »Ich komme gerade erst vom Flughafen, habe kaum geschlafen, stinke wie ein Iltis und muss bald wieder weg. Ich bin praktisch gar nicht anwesend. Folglich kann ich dich auch nirgendwohin mitnehmen. Die Einladung gilt außerdem nur für eine Person. Und jetzt wäre ich dir sehr dankbar, wenn ich für ein paar Stunden ungestört meinen Kram erledigen könnte.«

»Klar. Kein Problem. Hab ja auch noch viel zu tun, ehe mir Ambrose wieder den Saft abdreht.« Er sah mich aus den Augenwinkeln an. »Und du bist ganz sicher, dass du nicht in den Kongo fliegst?«

»Mach's gut, Cheng.« Ich öffnete die Aufzugtür, ließ ihn stehen und fuhr in den fünften Stock. In meinem Büro feuerte ich die Reisetasche in die Ecke und ließ mich mit einem Seufzer der Erleichterung in meinen Arbeitsstuhl sinken. Mein Körper fühlte sich an, als würde er direkt aus einer Schwerkraftzentrifuge kommen. Wie manche Menschen es aushielten, dauernd um den Globus zu reisen, ohne dabei den Verstand zu verlieren, war mir ein Rätsel. Ich jedenfalls war von der Aussicht, morgen schon wieder ins Flugzeug steigen zu müssen, nicht begeistert. Ich hatte noch so viel zu erledigen. Und dann brauchte ich noch dringend eine Mütze Schlaf. Erschöpft ließ ich mich in den Stuhl sinken, faltete die Hände hinterm Kopf und schloss die Augen. Endlich Ruhe.

Als ich das nächste Mal auf die Uhr blickte, war der Zeiger um eine halbe Stunde vorgerückt. Auf den Gängen herrschte nun die übliche Betriebsamkeit.

»Verdammt!« Ich richtete mich kerzengerade auf und rieb mir die Augen. Zum Glück hatte ich nur eine halbe Stunde gedöst. Wäre der Stuhl nur eine Spur bequemer gewesen, hätte ich sicher den Rest des Tages in Morpheus' Armen verbracht. Dabei hatte ich noch so viel zu erledigen. Ich griff nach dem Telefon und wählte eine Nummer. Es hatte keinen Sinn, sich noch länger vor diesem Anruf zu drücken. Mit einem unguten Gefühl wartete ich. Es dauerte nicht lange und eine weibliche Stimme meldete sich.

»Sarah Hatfield, hallo?«

Ich hatte einen Kloß im Hals. »Ich bin's, David.«

Pause.

»Hallo, Sarah, bist du noch dran?«

Die Stimme auf der anderen Seite klang seltsam gepresst. »Du bist ganz schön mutig, hier anzurufen.«

»Ich muss dich sehen. Hast du Zeit?«

»Wann?«

»Sofort.«

Sie zögerte einen Moment. »Was ist passiert?«

»Das kann ich dir am Telefon nicht sagen, aber es ist wichtig. Ich lad dich zu 'nem Kaffee in der Cafeteria ein.«

»Wie romantisch. Du hast doch nicht etwa vor, dich zu entschuldigen, oder?« An der Art, wie sie das letzte Wort betonte, erkannte ich, dass sie genau das von mir erwartete.

»Bitte, Sarah, darüber haben wir doch schon gesprochen.«

»Gar nichts haben wir. Wenn ich deiner Erinnerung mal kurz auf die Sprünge helfen darf: Du hast gesagt, du würdest dich melden, mich zum Essen ausführen oder einfach etwas mit mir unternehmen. Du hast es mir versprochen, erinnerst du dich? Und was ist geschehen? Nichts. *Nada.* Ich weiß nicht, wie du dir das mit uns vorgestellt hast, aber so geht es jedenfalls nicht.«

»Ich würde wirklich gern mehr Zeit mit dir verbringen«, versuchte ich mich herauszureden, »aber ich habe gerade so viel um die Ohren, dass ich nicht weiß, wo mir der Kopf steht.«

»Du lügst – und das weißt du auch ganz genau.« Sarahs Stimme bekam einen kalten Klang. Kein gutes Zeichen.

»Erst vor einer Woche hat meine Freundin Ellen dich und deine Freunde bei irgendeinem Konzert gesehen.«

»... bei den Red Hot Chilli Peppers.«

»Ist mir scheißegal, wer das war«, sagte sie. »Ein paar Tage vorher bist du durch irgendwelche Kneipen getingelt, und so weiter. Tatsache ist, dass du vor mir davonläufst.«

»Das stimmt nicht, Sarah, ich ...«

»Mach's gut, David.«

»Halt, bitte leg nicht auf. Ich tue alles, was du willst. Ich werde es dir erklären und mich entschuldigen, wenn du nur kommst.« Die Stimme am anderen Ende zögerte. »Ehrenwort?«

»Wenn ich's doch sage.«

»Warte mal 'nen Moment.« Ich hörte Geraschel neben dem Telefon, dann war sie wieder da. »Na gut. Ich habe Stanford in der zweiten Stunde, den kann ich sausen lassen. Wenn du möchtest, bin ich in zehn Minuten da. Aber du solltest dir was einfallen lassen, sonst bin ich genauso schnell wieder weg.«

»Danke, Sarah. Bis gleich.« Ich legte den Hörer auf und atmete tief durch. Der schwerste Teil war überstanden. Ich überlegte, ob ich noch jemanden ins Vertrauen ziehen sollte, doch mir fiel niemand ein. In diesem Moment öffnete sich die Tür und Professor J. N. Ambrose trat ein. Mr. Am, wie wir ihn scherzhaft nannten, weil er sich ständig räusperte, war ein großer, übergewichtiger Mann mit einer Halbglatze und einer schwer nachzuvollziehenden Vorliebe für Cordanzüge. Er warf einen Blick über die Schulter, so, als habe er Angst, beobachtet zu werden. Dann huschte er herein, schloss die Tür und fixierte mich über den Rand seiner Nickelbrille hinweg.

»David, David«, sagte er, und in der Art, wie er das sagte, schwang sowohl Tadel als auch Respekt mit. »Sie bringen mich ganz schön in Schwierigkeiten.«

»Sir?«

Er zog einen Hocker zu sich heran und ließ sich geräuschvoll

71

daraufplumpsen. Ich seufzte. Das schien etwas Längeres zu werden. Ich schielte auf die Uhr, denn ich wollte auf keinen Fall die Verabredung mit Sarah verpassen.

»Sind Sie glücklich bei uns?« Ambrose schenkte mir ein Lächeln, das schwer einzuordnen war.

»Nun Sir, ... ja ... im Großen und Ganzen«, fügte ich nach einer kurzen Pause hinzu. »Warum?«

Ambrose blickte erst auf seinen Ehering, dann auf meine Reisetasche in der Ecke. »Sie arbeiten nun schon seit drei Jahren als mein Assistent und haben in dieser Zeit hervorragende Arbeit geleistet. Ich wüsste nicht, was ich ohne Sie täte. Ablage, Archivierung, Korrespondenz, alles tadellos. Wirklich.« Er geriet ins Stocken und räusperte sich ausgiebig. Ich fragte mich, worauf er hinauswollte. Es war normalerweise nicht seine Art, um den heißen Brei herumzureden. »Ihre Arbeiten im Bereich der Protein-Kristallografie haben mich ebenfalls beeindruckt«, fuhr er fort. »Sehr modern.«

Lügner, dachte ich. Alles, was er bisher zu diesem Thema zu sagen hatte, beschränkte sich auf Kommentare wie unnützes Zeug und vergeudete Zeit. Doch da ich die Forschung außerhalb meiner regulären Arbeitszeit betrieb, konnte er dagegen nichts einwenden.

Ambrose wischte sich die Stirn. »Ein neuartiger Ansatz, das muss ich sagen. Sehr unkonventionell, aber man weiß ja nie, was dabei herauskommt, nicht wahr? Auf jeden Fall ein Bereich, der unsere Studenten sehr interessieren wird. Was würden Sie dazu sagen, wenn ich mich dafür einsetze, dass dieser Forschungszweig offiziell in unser Studienprogramm aufgenommen wird? Unter Ihrer Leitung natürlich. Würde Ihnen das gefallen? Oh ja, ich glaube, das würde es.« Er zwang sich zu einem Lachen, doch es klang eher verzweifelt als lustig. Das Ticken der Uhr drang unangenehm in mein Ohr, und noch immer war Ambrose nicht mit der Sprache rausgerückt.

Endlich klatschte er sich mit den Händen auf die Schenkel und sagte: »Es hat keinen Sinn, es Ihnen noch länger zu verschweigen, David. Ich stecke in der Klemme. Vorgestern erhielt ich einen Anruf aus Kalifornien.«

Daher wehte also der Wind. Jetzt war mir alles klar.

»Lady Palmbridge, die Vorstandsvorsitzende von Palmbridge Enterprises, rief mich an. Wir hatten ein sehr langes und intensives Gespräch, in dessen Verlauf sie mir zusicherte, zugunsten unserer Fakultät eine Stiftung von jährlich zwei Millionen Dollar im Gedenken an ihren verstorbenen Mann einzurichten. Die Stiftung soll sowohl der finanziellen Unterstützung des Institutes als auch der Nachwuchsförderung dienen.«

»Das ist ja großartig.«

»Nicht wahr? Aber leider ist dieses großzügige Angebot an zwei Bedingungen gekoppelt. Und beide Bedingungen betreffen Sie.« Er sah mich mit großen Augen an.

»Mich? Was für Bedingungen?«

»Die erste habe ich Ihnen ja schon genannt, nämlich, dass ich einen Lehrstuhl für Protein-Kristallografie einrichte, dessen Leitung Ihnen übertragen wird. Im Grunde geht es nur darum, die Forschungen, die Sie ohnehin schon betreiben, über die zentrale Rechnungsstelle laufen zu lassen und einige Vorlesungen in den allgemeinen Stundenplan zu integrieren. Nichts Aufregendes also.«

»Und die andere?«

»Nun, ... ich müsste Sie aus meinem Dienst entlassen und Ihnen eine Professur anbieten. Wenn Sie das überhaupt wollen«, fügte er hastig hinzu.

»Ob ich das will?« Ich konnte mich kaum noch auf dem Sitz halten. Der Stuhl fühlte sich plötzlich an, als verfüge er über Sprungfedern, die mich in die Luft katapultieren wollten. Eine Professur. An einem Lehrstuhl für Protein-Kristallografie. Das war mehr, als ich mir jemals erträumt hatte.

Ambrose wischte sich erneut über die Stirn und lächelte gequält. »Ja, das habe ich mir gedacht. Ich habe sogar schon angefangen, mich nach einem geeigneten neuen Assistenten umzusehen, aber es ist schwierig. Sehr schwierig. So wenig Kompetenz da draußen. Na ja, aber das ist nicht Ihr Problem ...«

Seine Worte schwirrten in meinem Kopf. Stiftung – Lehrstuhl – Professur. Es war zu schön, um wahr zu sein. Irgendwo im hinteren Teil meines Kopfes klingelte eine Alarmglocke. Warum betrieb Lady Palmbridge so einen Aufwand? War sie sich meiner nicht sicher? Ich beschloss, diesem Gedanken zu einem geeigneteren Zeitpunkt intensiver nachzugehen.

Dr. Ambrose wirkte geknickt, weil ich noch kein Wort des Bedauerns gesprochen hatte, und so sagte ich, um ihn irgendwie aufzumuntern: »Cheng.«

»Wie bitte?«

»Michael Cheng. Haben Sie schon mit ihm über den frei werdenden Posten gesprochen? Er ist pünktlich, zuverlässig und ein guter Student. Ich könnte mir vorstellen, dass er an dem Job interessiert wäre.«

»Cheng.« Ambrose ließ den Namen wie ein Bonbon auf seiner Zunge rollen. »Die Idee ist nicht schlecht.«

»Außerdem hätten Sie ein gutes Druckmittel gegen ihn in der Hand.«

»Und das wäre?«

»Wenn er gut arbeitet, darf er länger ans Elektronenmikroskop, und wenn er schlampt, wird die Zeit eingeschränkt. Zuckerbrot und Peitsche. Sie werden sehen, es funktioniert.«

Professor Ambrose verzog den Mund zu einem respektvollen Grinsen. »Wie haben Sie es nur so lange an meiner Seite ausgehalten? Ich fange an zu glauben, dass Sie einen verdammt guten Professor abgeben werden.«

Ich blickte auf die Uhr und sah entsetzt, dass die verabredete

Zeit schon überschritten war. Ich sprang auf, griff nach meinem Mantel und zog ihn an. Dann drückte ich Ambroses Hände und sagte: »Danke. Danke für alles. Leider muss ich jetzt weg.«

»Sie müssen ... weg?« Die Enttäuschung stand ihm ins Gesicht geschrieben. »Ich hatte gehofft, die frohe Nachricht mit einem ausgedehnten Frühstück bei meinem Lieblingsitaliener feiern zu können.«

»Leider nicht. Aber ich möchte mich nicht verabschieden, ohne Ihnen vorher gesagt zu haben, wie dankbar ich bin, dass Sie sich so für mich eingesetzt haben. Das werde ich Ihnen nie vergessen.« Ein letzter Händedruck, dann eilte ich an ihm vorbei zur Tür hinaus.

»Dann kann ich das Angebot von Lady Palmbridge also annehmen?«, rief er mir nach, ohne auf den ironischen Unterton in meiner Stimme einzugehen.

»Unbedingt!«

»Gut. Und, David ...«

»Ja, Sir?«

»Bereiten Sie uns keine Schande im Kongo. Zeigen Sie sich von Ihrer besten Seite, und kommen Sie vor allem heil zurück!«

8

Der Regen schien an Heftigkeit noch zugenommen zu haben, so dass ich völlig durchnässt war, als ich die Bibliotheks-Cafeteria betrat. Um diese Uhrzeit war hier noch nicht viel los. Außer einer Gruppe japanisch schnatternder Gaststudenten sowie drei Kommilitonen, die in Bücher vertieft auf ihre nächste Vorlesung warteten, war der Raum leer. Am letzten Tisch direkt neben der großen Fensterfront saß Sarah und schickte mir einen vorwurfsvollen Blick entgegen. Mein Herz machte einen Sprung, als ich sie sah. Sarah war nicht unbedingt eine Schönheit, jedenfalls nicht im klassischen Sinne. Manchem mochte ihre Nase zu stupsig und ihr Mund zu groß sein. Doch ihre wundervollen grünen Augen, die alles und jeden zu durchschauen schienen, ihre helle Haut und die Sommersprossen, die ihre irische Herkunft verrieten, machten das mehr als wett. Am stärksten aber beeindruckte mich ihr unerschütterlicher Optimismus. Sie schien in tiefem Einklang mit sich und der Welt zu leben, eine Eigenschaft, die mir völlig fehlte. Die Natur war für sie voller ungelöster Fragen. Sie glaubte fest daran, dass es mehr Dinge zwischen Himmel und Erde gab, als wir uns in unseren Studierstuben träumen ließen.

Merkwürdigerweise erfüllte sie das mit großer Freude und Zuversicht.

Sie hatte die Haare hochgesteckt und trug einen engen weißen Rollkragenpullover, der ihre weibliche Figur betonte. Wie sie so dasaß, hätte man auf die Idee kommen können, dass sie ein romantisches Tête-à-Tête erwartete. Doch weder war ich der geeignete Kandidat dafür, noch bot die Cafeteria das passende Ambiente. Vielleicht wollte sie mir einfach zu verstehen geben, was ich verpasste, wenn ich sie verließ.

»Hallo, Sarah«, sagte ich, während ich den tropfnassen Mantel auszog. »Vielen Dank, dass du so schnell gekommen bist. Ich habe, ehrlich gesagt, nicht damit gerechnet.«

»Ich wollte eigentlich nur wissen, warum du mir in letzter Zeit ständig ausweichst. Keinen meiner Anrufe hast du beantwortet, meine Mails schon gar nicht. An der Uni habe ich dich kaum noch gesehen. Als hätte dich der Erdboden verschluckt.«

Ich seufzte. Sarah hatte allen Grund, sauer auf mich zu sein. Ich empfand zwar immer noch viel für sie, aber irgendwie wollte ein innerer Mechanismus nicht, dass wir beide glücklich miteinander wurden. Kam sie mir zu nah, wich ich zurück. Rückte sie nach, ging ich noch weiter auf Distanz. Naiv wie ich war, hatte ich zwar gehofft, Sarah würde das nicht merken, hatte gehofft, wir könnten gute Freunde bleiben und so weiter. Ein Plan, der von Anfang an zum Scheitern verurteilt war. Dafür, dass wir seit beinahe drei Wochen das erste Mal wieder miteinander sprachen, hielten wir uns beachtlich gut.

»Ich weiß, dass ich mich wie ein Idiot benommen habe«, gab ich zu. »Wenn du möchtest, kannst du mir gern eine scheuern.«

»Das brauche ich gar nicht«, sagte sie. »Du bestrafst dich schon selbst genug.«

»Hm?«

»Siehst du, das ist unser Problem. Du hörst mir nie richtig zu. Ich liebe dich, David, aber du versteckst dich vor der Welt da draußen. Und vor mir. Jedes Mal, wenn ich versuche, dich aus deinem Eremitendasein herauszuholen, verkriechst du dich noch tiefer. Warum nur hast du so eine verdammte Angst vor dem Leben?«

»Ich bin nicht wie du«, sagte ich halbherzig. »Vielleicht hat es auch etwas damit zu tun, dass ich die Erwartungen meines Vaters nie erfüllen konnte. Keine Ahnung. Ich weiß selbst nicht, was mit mir los ist. In mir drin ist ein einziges Durcheinander. Ich habe keine Ahnung, wie ich mit diesen Gefühlen umgehen soll.«

»Liebst du mich?«

Ich hob den Kopf. »Ich empfinde viel für dich, wenn du das meinst.«

»Beantworte doch einfach meine Frage.«

Mir brach der Schweiß aus. Es hatte keinen Sinn. Ich musste ihr die Wahrheit sagen.

»Ja, ich liebe dich, und nein, ich kann nicht mit dir zusammen sein.« Ich lächelte gequält. »Es klingt paradox«, sagte ich, »und der Fehler liegt ganz allein bei mir, wenn dir das ein Trost ist. Wenn es überhaupt je eine Frau in meinem Leben gegeben hat, dann warst du das. Es ist nur so, dass ich mich noch nicht bereit fühle für eine längere Beziehung. Noch nicht, wohlgemerkt. Mehr kann ich im Moment nicht dazu sagen.« Ich zwang mir ein Lächeln aufs Gesicht. »Und jetzt habe ich mich auch noch verspätet.« Ich wollte ihre Hand nehmen, doch sie zog sie weg.

»Ich habe schon begonnen zu glauben, du würdest mich wieder versetzen«, antwortete sie mit einem traurigen Lächeln.

»Mr. Ambrose hat mich aufgehalten. Ich konnte ihm leider nicht entwischen.«

»Was du nicht sagst.« Sie schien mit ihren Gedanken noch ganz weit weg zu sein.

»Ehrlich. Er hat mir eine Professur angeboten.«

78

Sie sah mich an. Ihre Augen schienen noch einen Stich grüner geworden zu sein.

»Wie bitte?«

»Du hast richtig gehört, eine Professur und einen Lehrstuhl. Und das in meinem Bereich.«

»In Protein-Kristallografie?«

Ich nickte. »Was sagst du dazu?«

Sie trank einen Schluck von ihrem Cappuccino, während sie überlegte. Dann sagte sie: »Erst verschwindest du spurlos, dann hört man Berichte über eine Kongo-Expedition und jetzt kommst du damit, dass man dir einen Lehrstuhl angeboten hat. Was zur Hölle läuft hier eigentlich?«

»Es hat sich viel ereignet«, gab ich zu. »Ich weiß auch nicht, was los ist, aber es kommt mir vor wie ein Traum. Ehrlich gesagt, rechne ich jede Minute damit, aufzuwachen.«

»Kannst du mich mal aufklären?«

»Deshalb wollte ich dich sehen. Du bist die Einzige, der ich vertrauen kann. Die Einzige, die überhaupt ein Wort von der ganzen Geschichte glauben wird.«

»Sei dir da nicht so sicher. Aber wie wäre es, wenn du einfach anfängst?«

In der nächsten halben Stunde erzählte ich haarklein, was ich in den letzten Tagen erlebt hatte, von meiner Ankunft in Palmbridge Manor bis zu meinem Gespräch mit Professor Ambrose. Sarah unterbrach mich nur gelegentlich, wenn ich etwas übersprungen oder unklar ausgedrückt hatte. Besonders zu interessieren schien sie meine Verbindung zum Hause Palmbridge und mein Verhältnis zu Emily. Ich musste ihr umfassend erläutern, dass wir fast ein halbes Jahr lang gemeinsamen Privatunterricht bekamen, weil Emilys Hauslehrer einen Schlaganfall erlitten hatte. Nicht ohne einen Anflug von Schuldgefühlen erzählte ich, wie wir uns in dieser Zeit näher gekommen waren, wie wir uns ewige Treue geschworen und uns zum ersten Mal geküsst hatten. Es irritierte mich, dass Sarah so viel Wert auf diesen Teil der Geschichte legte, aber ich fühlte mich verpflichtet, ihr die ganze Wahrheit zu sagen. Als ich fertig war, fühlte ich mich so ausgelaugt und erschöpft wie nach einem Marathonlauf. Mein Magen knurrte. Seit dem dünnen Toast vor vier Stunden im Flugzeug hatte ich noch nichts gegessen. »Ich hol mir schnell einen Kaffee und einen Schokoriegel. Möchtest du auch etwas?«, fragte ich.

Sie schüttelte den Kopf und starrte geistesabwesend auf den Resopaltisch. Ich zuckte mit den Schultern und machte mich auf den Weg zum Süßigkeitenregal.

Als ich zurückkehrte, wirkte sie verändert. Auf ihrer Stirn zeichneten sich tiefe Sorgenfalten ab.

»Schieß los. Was denkst du?«, fragte ich, während ich das Papier aufriss und auf dem zähen Riegel herumzukauen begann.

»Dass du vorsichtig sein solltest.«

»Wie meinst du das?«

Sie hob ihren Blick und sah mir fest in die Augen. »Das mit der Kreatur in dem Film ist fast zu schön, um wahr zu sein. Sollte sich herausstellen, dass die Aufnahme echt ist und es sich wirklich um einen lebenden Mokélé m'Bembé handelt, wäre das die größte Sensation seit der Entdeckung des Quastenflossers. Aber die andere Sache, die da im Hintergrund läuft, klingt, als hätte die Palmbridge Dreck am Stecken.«

»Wie kommst du darauf?«

»Du solltest versuchen, deinen Blick auf die scheinbaren Nebensächlichkeiten zu lenken. Zuerst die Geschichte mit der guten, edlen Emily, die sich so für das Wohl der Menschheit einsetzt. Das passt meiner Meinung nach überhaupt nicht zu ihren Umgangsformen und zu der Stimme, die du gehört hast. Dann dieser Einsatztrupp, den die Lady auf Emilys Spuren gehetzt hat. Meinst du, die Eingeborenen in Kinami haben die Videokamera freiwillig rausgerückt?«

»Vielleicht hat man ihnen Geld angeboten ...«

»Sei bitte nicht so naiv. Derlei Dinge werden in diesem Teil der Welt anders geregelt. Ich sage dir, da ist etwas nicht koscher, und du sollst jetzt die Kastanien aus dem Feuer holen. Um das zu erreichen, pflanzt man dir diese dusseligen Schuldgefühle gegenüber deinem Vater ein. Gleichzeitig macht man dir Hoffnung auf Emily. Und zur Krönung will man dich auch noch mit dieser Professur ködern, ich könnte auch sagen: kaufen. Ich sage dir, das ist so dick aufgetragen, das stinkt zum Himmel.«

»Ich liebe deinen analytischen Verstand.«

Sie lächelte. »Das kommt ein bisschen spät, findest du nicht?«

»Nein, im Ernst. Du hast Recht. Ich hätte es nur nicht so auf den Punkt bringen können.«

»Und was soll jetzt werden? Du willst dich doch nicht im Ernst auf diese Sache einlassen, oder?«

»Doch, ich muss. Zum einen habe ich mein Wort gegeben ...«, Sarah verdrehte die Augen,

»... zum anderen habe ich das Gefühl, es meinem Vater schuldig zu sein.«

»Großer Gott, David, er ist tot. Dass du dein Leben aufs Spiel setzt, macht ihn auch nicht wieder lebendig.«

»Das weiß ich. Aber irgendwie möchte ich mir selbst beweisen, dass seine Erwartungen in mich nicht unbegründet waren.«

Sie seufzte. »Und Emily hat nichts damit zu tun?«

Ich blickte betreten auf das Schokoladenpapier in meinen Fingern. »Doch, natürlich. Ich weiß, es klingt seltsam, aber ich empfinde noch etwas für sie. Ich muss herausfinden, was mit ihr geschehen ist, und diese Sache endlich zu Ende bringen.«

Diesmal war es Sarah, die meine Hand nahm. »Ob du es glaubst oder nicht, aber dieser Grund ist für mich der glaubwürdigste. Tief im Herzen spüre ich, dass Emily der Grund ist, warum es mit uns nicht geklappt hat. Und wer weiß, vielleicht haben wir noch eine zweite Chance, wenn du dich endlich von ihr gelöst hast. Wann soll es losgehen?«

»Morgen früh, kurz vor sieben.«

»Wie bitte?«

»Du hast richtig gehört.«

»Wie soll denn das funktionieren? Eine Expedition dieser Größenordnung erfordert Vorbereitungen! Die können doch nicht einfach ...«

»Deswegen brauchst du dir keine Sorgen zu machen«, unterbrach ich sie. »Meines Wissens sind die Vorbereitungen schon vor Wochen abgeschlossen worden. Es ist alles bestens.«

»Alles bestens nennst du das?«, fuhr sie mich an. »Manchmal bist du so naiv, dass sich mir die Haare sträuben.«

»Wieso?«

»Wenn die Vorbereitungen schon abgeschlossen sind, heißt das doch, dass du in Wirklichkeit nie eine echte Wahl hattest. Denn ohne dich ist die Expedition sinnlos, wie du mir selbst erzählt hast. Es gab also in Wirklichkeit für dich nie die Möglichkeit, Nein zu sagen. Was wäre geschehen, wenn du es trotzdem getan hättest?« Sie sah mich durchdringend an.

Darauf wusste ich keine Antwort.

»Nimm dich bloß in Acht«, wiederholte sie mit Nachdruck.

Als ich weiter schwieg, richtete sie sich auf. »Na ja, es hat keinen Sinn, sich jetzt weiter den Kopf darüber zu zerbrechen. Du hast dich entschieden, und deshalb solltest du so verfahren, wie du es für richtig hältst.«

Ich brachte die Worte nur mit Mühe über die Lippen, so erschrocken war ich über meine eigene Dummheit. Sie hatte natürlich mit allem Recht.

»Wie geht's jetzt weiter? Was soll ich tun?« Sie blickte mich erwartungsvoll an.

Ich überlegte kurz, ehe ich antwortete.

»Check unsere Datenbank nach allen Informationen, die wir

über den Kongo haben, besonders natürlich über Mokéle m'Bembé«, murmelte ich. »Wenn du da nichts findest, ruf bei Professor Michel Sartori in Lausanne an. Lady Palmbridge meinte, dass ich mich mit ihm in Verbindung setzen soll. Er ist Kurator des dortigen Naturkundemuseums und Verwalter des Nachlasses von Bernard Heuvelmans, das ist der bedeutendste Kryptozoologe, der jemals gelebt hat. Vielleicht findet sich dort etwas, was wir brauchen können. Wir müssen jeder Spur nachgehen.«

»Und was machst du?«

»Ich muss als Erstes ins Tropeninstitut und mir die nötigen Impfungen besorgen. Außerdem brauche ich noch Medikamente gegen Malaria und einige Seren gegen die verbreitetsten Giftschlangen. Wenn das erledigt ist, will ich im Internet herausfinden, ob es irgendwelche Hinweise auf die Ereignisse am Lac Télé gibt.«

»Selbst wenn du etwas finden solltest, würde es deinen Entschluss ändern?«

Ich schüttelte den Kopf. »Dafür stecke ich schon zu tief drin. Ich bin ins Wasser gesprungen, und jetzt heißt es schwimmen. Außerdem bin ich ja nicht allein. Was die Wahl der anderen Teilnehmer betrifft, vertraue ich Mrs. Palmbridges Urteil. Maloney und Sixpence scheinen mir die richtigen Leute zu sein, wenn es gefährlich wird. Außerdem haben wir eine Einheimische an unserer Seite. Es wird schon klappen.« Ich lächelte gequält.

»Dein Wort in Gottes Ohr.« Sie schob die Kaffeetasse zur Seite und stand auf, um sich den Anorak überzuziehen. »Dann werde ich mich mal auf den Weg machen. Wann treffen wir uns wieder?«

»Was hältst du vom Inder an der Gloucester/Ecke Cromwell? Neun Uhr? Du bist selbstverständlich eingeladen.«

»Darf ich meinen neuen Freund mitbringen?«

»Du hast ...?«

In ihren Augen blitzte der Schalk, als sie aufstand und den Reißverschluss ihres Anoraks hochzog. »Reingefallen. Also dann bis neun! Und drück mir die Daumen, dass ich was finde.«

Sie schulterte ihren Rucksack und verließ mit großen Schritten die Cafeteria.

Nachdenklich blickte ich ihr nach, bis sie hinter den windzerzausten Platanen verschwunden war. Ich trank den letzten Schluck aus meiner Tasse und blickte missmutig in den Himmel.

Es hatte zu schneien begonnen.

9

Montag, 8. Februar
Lac Télé, Kongo

Egomo erwachte in der Astgabel eines Gumabaums, der
seine mächtigen Zweige über den See ausbreitete. Die Luft
war erfüllt vom Gezwitscher der Vögel, die die Wärme der
aufgehenden Sonne mit schillernden Akkorden willkommen
hießen. In der Nacht war ein kurzer Schauer niedergegangen,
ein letzter Nachklang des schweren Gewitters vom Vortag.
Egomo verzog das Gesicht. Über ihm hatte eine Gruppe Blauer
Meerkatzen beschlossen, eine Ratsversammlung abzuhalten.
Die schnatternden Stimmen der Affen waren zu laut, um sie
länger zu ignorieren. Er strich sich über die Augen und spähte
durch das Blattwerk. Das Wasser des Sees lag glatt und spie-
gelnd zu seinen Füßen, als bestünde es aus einem riesigen
Libellenflügel, in dem sich das Licht des Himmels brach. Sein
Nachtlager war zwar unbequem gewesen, aber es hatte Schutz
vor den Raubtieren geboten, die jede Nacht im Mantel der
Dunkelheit am Rande des Sees auf Beute lauerten. Außerdem
hatte er gehofft, das Schlafen hoch oben über der Wasserfläche
würde jenen Traum begünstigen, der ihm den Standort des
Zwergelefanten verraten sollte. Stattdessen hatte er nur das
Bild einer endlosen Wasserfläche heraufbeschworen, über die

geisterhafte Nebelfetzen hinwegzogen. Unablässig hatten sie ihre Form geändert, waren ihm mal wie Tiere, mal wie verdrehte Menschenleiber erschienen. Seine überreizten Nerven hatten ihm sogar vorgegaukelt, die Gesichter längst verstorbener Ahnen zu sehen, die ihn ermahnten, sich auf keinen Fall weiter dem See zu nähern.

Egomo schob das große Blatt, unter dem er geschlafen hatte, zur Seite und richtete sich auf. Einige Treiberameisen krabbelten über seine Oberschenkel und näherten sich seinen Genitalien. Er pflückte die zentimetergroßen Tiere von seiner Haut und steckte sie in den Mund – eine willkommene Abwechslung in seinem Speiseplan. Er bevorzugte zwar die Eier, aber fernab der vertrauten Umgebung durfte man nicht wählerisch sein. Genießerisch schloss er die Augen. Er liebte diesen leicht bitteren Nachgeschmack, auch wenn er immer Bauchschmerzen bekam, wenn er zu viel von den kribbeligen Baumbewohnern aß.

Als er sein Frühstück beendet hatte, griff er nach seinen Waffen und kletterte an der glatten Rinde des Stamms hinab. Heute war ein guter Tag zum Jagen. Seine Armbrust lag leicht in der Hand, und der Köcher, der mit fünfzehn spitzen und gut ausbalancierten Pfeilen gefüllt war, fühlte sich glatt und geschmeidig an. Egomo war ein guter Jäger. Sein erstes Tier hatte er im Alter von fünf Jahren erlegt, eine Duickerantilope, die sich in einer Astgabel verfangen hatte. Später wurde er von den Männern seines Stammes in allen Techniken unterwiesen, die nötig waren, um das Dorf mit Nahrung zu versorgen. Er war ein gelehriger Schüler, auch wenn er es im Gegensatz zu allen anderen bevorzugte, allein loszuziehen. Der Gefahr, die er dabei einging, schenkte er keine Beachtung. Allein war er schneller und leiser. Und was das Risiko betraf: Bisher war alles gut gegangen.

Vorsichtig lief er durch den Schilfgürtel, der den See umgab.

Dies war das Gebiet der Boha, eines Stammes, mit dem die Bajaka in der Vergangenheit schon viel Ärger hatten. Meistens ging es um die Einhaltung von Jagdgrenzen, manchmal aber auch um Ansprüche auf Frauen. Auf jeden Fall war das Klima zwischen ihnen so feindlich, dass Egomo einer Begegnung aus dem Weg gehen wollte.

Nach einiger Zeit fand er die Stelle, an der er vor drei Jahren dem Zwergelefanten begegnet war. Als er aus dem Schilf hinaus ins Freie trat, stockte er. Der Ort war nicht mehr wiederzuerkennen. Auf einer Fläche von mehreren hundert Metern musste vor einiger Zeit ein schreckliches Feuer gewütet haben. Das mannshohe Gras war niedergebrannt und hatte eine pechschwarze Rußschicht hinterlassen, aus der sich bereits erste grüne Triebe erhoben. War das wirklich dieselbe Stelle? Egomo betrachtete die umliegenden Bäume und kam zu dem Schluss, dass er sich nicht geirrt hatte. Aber was hatte diesen Brand ausgelöst?

Jäger, dachte er. Weiße Jäger. Nur sie konnten so unvorsichtig sein, bei ihrer Suche nach Beute den halben Urwald abzufackeln. War das die weiße Frau gewesen, die durch sein Dorf gezogen war? Hatte sie ihn nicht immer wieder nach dem See gefragt? Möglich war es, denn schließlich hatte sie alles darüber wissen wollen. Wie lang er war, wie breit und wie tief. Vor allem hatte sie wissen wollen, was in dem See war. Doch darüber durfte er nicht sprechen. Schon gar nicht mit einem Weißen. Das brachte Unglück.

Als er jetzt zwischen der Asche auf die Überreste eines Lagers stieß, wurde ihm klar, dass das Unglück bereits begonnen hatte.

Er stocherte mit dem Schaft seiner Armbrust in der schwarzen Erde. Überall fanden sich Glassplitter und verkohlte Kunststoffreste, dazwischen verbogene Eisenstangen und Stofffetzen. Egomo hatte so etwas noch nie gesehen. Etwas Furchtbares musste hier geschehen sein. Später stieß er auf etwas, das ihm merkwürdig vorkam. Er entdeckte einige Stellen, an denen zuvor Gegenstände gelegen hatten. Abdrücke, die von dem aufgeschwemmten Boden noch nicht vollständig wieder aufgefüllt worden waren.

Jemand war hier gewesen. Dieser Jemand hatte nach etwas gesucht und es mitgenommen. Was das gewesen sein mochte, darüber konnte Egomo nichts sagen. Jetzt glaubte er auch Fußspuren zu sehen. Sie waren alt, aber man konnte sie eindeutig erkennen, wenn man gezielt nach ihnen suchte. Er strich mit dem Finger über die Ränder. Es waren Abdrücke, wie sie nur von schweren Stiefeln hinterlassen wurden. Ein Schauer kroch über seinen Rücken, als er sich erinnerte, woher er diese Stiefel kannte. Von Zeit zu Zeit kamen Männer durch sein Dorf. Böse Männer. Sie raubten ihre Nahrung und vergewaltigten ihre Frauen. Diese Männer trugen solche Stiefel. *Soldatenstiefel.*

Er richtete sich auf und ließ seinen Blick schweifen. Er hatte seine Pläne geändert. Der Zwergelefant musste warten. Erst musste er herausfinden, was hier geschehen war.

Eine unerklärliche Angst kroch seinen Rücken empor, als er sich dem See zuwandte und auf die spiegelglatte Wasserfläche hinausblickte. Das Wasser lag still und ruhig unter dem azurblauen Himmel. Irgendetwas war dort und beobachtete ihn, das spürte er.

10

Montag, 8. Februar
Ganesha's Temple

Vor dem Restaurant warteten bereits etliche Menschen darauf, eingelassen zu werden. Wie so oft am Abend war das Lokal voll, doch ich machte mir keine Sorgen, denn ich hatte sicherheitshalber einen Tisch reserviert. Wer in Ganesha's Temple essen wollte, musste darauf gefasst sein, abgewiesen zu werden, denn das Lokal war weit über South Kensington hinaus für seine exzellente indische Küche bekannt.

Ich schob mich an den Wartenden vorbei in den Eingangsbereich und wurde sogleich von Sahir, dem korpulenten Wirt, empfangen. Sahir war ein Sikh, er trug den traditionellen Turban und einen üppigen Vollbart. Er umarmte mich stürmisch und schüttelte mir die Hand. Als Stammgast hatte ich das Privileg, von ihm persönlich an den Tisch geführt zu werden. Ich muss gestehen, dass ich die neidischen Blicke der anderen Gäste genoss.

»David, mein Freund, es ist lange her, dass du mein Gast warst. Komm, setz dich. Ich habe dir einen besonders schönen Platz freigehalten. Isst du allein?«

»Nein, Sarah wird auch kommen.«

»Aaah, Sarah!«, er zwinkerte vergnügt. »Ihr wart schon lange nicht mehr bei mir. Seit wann seid ihr wieder zusammen?« Die Glöckchen in seinem Haar klingelten munter, und ich fragte mich, woher Sahir so genau Bescheid wusste. Hatte diese Stadt nichts Besseres zu tun, als Gerüchte zu verbreiten?

»Wir sind gar nicht ...«, begann ich, aber er hörte schon nicht mehr zu, denn in diesem Augenblick öffnete sich die Tür, und Sarah betrat das Restaurant. Sahir stürmte auf sie zu, und sein Interesse an mir war von einer auf die andere Sekunde erloschen. Als sie an den Tisch trat und ihren Mantel ablegte, ging ein Raunen durch das Restaurant. Sarah trug ein rotes Kleid mit einem atemberaubenden Dekolleté, die gewagtesten Stöckelschuhe Londons und schwarze Satin-Handschuhe, die bis zu den Ellenbogen reichten. Mit einem Seufzer ließ ich mich in meinen Stuhl sinken. Alles, was ich wollte, waren ein gemütlicher Abend und ein ungezwungenes Gespräch unter Ausschluss der Öffentlichkeit. Doch mit Sarah in diesem Aufzug war das ein Ding der Unmöglichkeit. Sie schien es geradezu darauf anzulegen, mir wieder einmal vor Augen zu führen, was ich doch für ein gottverdammter Dummkopf war.

Sahir gab den vollendeten Gentleman. Flirtend und Komplimente verteilend, umschwirrte er sie wie eine fette Hummel den Blütenkelch. Er zog ihr den Stuhl vor, nahm ihr den Mantel ab und zündete die Kerze an unserem Tisch an. Dann beugte er sich vor und berichtete uns mit verschwörerischer Miene von den Schätzen, die er in der Küche versteckt hielt.

»Wenn ich euch einen Tipp geben darf. Es gibt ein wunderbares Tandoori Chicken Masala, aber nicht irgendein Tandoori, oh nein. Die Hühnchen sind so zart, dass sie auf der Zunge zergehen.« Er verdrehte die Augen. »Ein Gedicht.«

»Klingt gut«, pflichtete ich ihm bei, und da auch in Sarahs Augen die Gier aufleuchtete, sagte ich: »Nehmen wir. Zweimal.«

»Ein wenig Brinjal Bhaji vorneweg?«

»Unbedingt. Und bitte mit reichlich Chapatis.« Sahir war berühmt für seine fantastischen Vorspeisen, und es gilt als Todsünde, darauf zu verzichten.

Er nickte zufrieden. »Aperitif?«

»Champagner«, lächelte Sarah. »Den besten. Mein Freund zahlt heute.«

»Das heißt, ich kann mir hinterher zum Essen nur noch ein dünnes Lager leisten«, ergänzte ich zähneknirschend.

Laut lachend entfernte sich Sahir, während ich vorsichtshalber nach meinem Portemonnaie tastete. Sarah schien sich in den Kopf gesetzt zu haben, mich wie eine Weihnachtsgans auszunehmen. Doch das war in Ordnung, schließlich stand ich in ihrer Schuld, und diese Einladung sollte unser Beziehungskonto etwas ausgleichen.

»Erzähl mal«, sagte sie, während sie ihre Handschuhe abstreifte. »Hat alles geklappt mit den Impfungen?«

Ich nickte. »Ich bin vollgedröhnt bis unter die Halskrause. Als ich denen im Tropeninstitut verraten habe, wohin die Reise geht, schienen sie mir von allem die doppelte Ration geben zu wollen. Außerdem haben sie mich gefragt, ob ich noch alle Tassen im Schrank hätte. Kongo?, tobte der Chefarzt. Sind Sie lebensmüde? Was in Gottes Namen wollen Sie im Kongo?

Arbeiten, habe ich geantwortet. Dann suchen Sie sich hier eine Arbeit, hat er gewettert. Unsere Wirtschaft ist zwar am Boden, aber so schlecht geht es uns auch wieder nicht, dass wir für eine Beschäftigung in den Kongo fliegen müssten. Und so weiter. Du kannst dir vorstellen, wie das gelaufen ist.«

»Lebhaft«, lächelte sie und griff nach dem Champagner, den Sahir soeben vor ihr platziert hatte. »Auf dein Wohl.«

»Auf deines.« Der Champagner war ausgezeichnet und vertrieb die düsteren Gedanken, die mich den ganzen Nachmittag lang verfolgt hatten.

Sarah stellte das Glas ab und schmatzte genießerisch. »Das

habe ich gebraucht. Und jetzt erzähl mal: Hast du etwas herausgefunden über den Kongo?«

»Herzlich wenig. Bevölkerungszahl, Fläche, Wirtschaft. Alles uninteressant. Auch die Buchhandlungen scheinen diesen Teil Afrikas komplett aus ihrem Programm genommen zu haben. Keine Reiseführer, keine Bildbände, keine Karten, nichts. Es ist, als würde dieses Land nicht existieren.«

»Das liegt sicher daran, dass es für Reisende uninteressant ist«, entgegnete sie. »Keine Touristen, keine Reiseführer. Hast du mal in der Zentralbibliothek nachgefragt?«

»Schon, aber da gibt es nur Berichte, die über zwanzig Jahre alt sind. Ich brauche aber aktuelle Informationen.« Ich zuckte mit den Schultern. »Hoffentlich hat Maloney sich gut vorbereitet. Ich hasse es, irgendwohin zu fliegen, ohne zu wissen, was mich erwartet.«

»Hast du etwas über den Einsatz des Rettungsteams herausgefunden?«

»Nur Fragmente. Es gibt Berichte, nach denen in dieser Gegend Aufstände stattgefunden haben. Der Zeitpunkt stimmt ungefähr mit der angeblichen Rettungsaktion überein, aber ich muss gestehen, dass ich langsam beginne, deine Befürchtungen zu teilen.«

»Inwiefern?«

»Dort scheint etwas vorgefallen zu sein, das alle Beteiligten vertuschen wollen. Aber egal wie man es auch dreht und wendet, ich werde nie etwas erfahren, wenn ich mich nicht selbst dorthin bemühe.«

»Da hast du wohl Recht, aber meine Einstellung zu diesem Unternehmen kennst du ja. Ich halte es nach wie vor für Irrsinn.«

»Was hat deine Recherche ergeben?«, fragte ich, um möglichst schnell das Thema zu wechseln. Sarah griff in ihre Handtasche und zog einen dicken Packen Computerausdrucke hervor. Sie schien ihre Arbeit wie immer mit Perfektion erledigt

zu haben. »Du solltest wissen, dass es sich bei den Likouala-Sümpfen, in denen Mokéle angeblich leben soll, um ein Gebiet handelt, das so groß ist wie Großbritannien. Achtzig Prozent davon sind unerforscht, so die offizielle Regierungserklärung«, erläuterte sie, während sie durch die Papiere blätterte. »Es ist einer der letzten weißen Flecken auf unseren Landkarten. Die Legende von Mokéle reicht bis zu den Anfängen der Erforschung des Kongo zurück. Zum ersten Mal wurde er in den Berichten des französischen Missionars Abbé Proyart erwähnt, 1776 war das. Danach noch etliche Male von Forschern, hauptsächlich Deutschen wie Hans Schomburg, Carl Hagenbeck und Joseph Menges, die die Gegend durchquerten. Ich habe dir alles ausgedruckt, damit du dich im Flugzeug nicht langweilst. In den Zwanzigerjahren wurden einige Expeditionen gestartet, die ausschließlich dem Ziel dienten, Mokéle zu finden. Doch wirklich gesehen hat ihn niemand. Die ganzen Berichte beruhen auf den Aussagen von ortsansässigen Pygmäen. Man hat ihnen Bilder verschiedener großer Tiere vorgelegt, über die sie heftig diskutierten. Doch so richtig in Fahrt kamen sie erst, als man ihnen einen Bildband mit Sauriern vorlegte. Beim Anblick einer Illustration von *Parasaurolophus* waren sich alle einig. Das war Mokéle m'Bembé. Immer wieder wurde es als riesiges Monster beschrieben, halb Nashorn, halb Drache, mit einer Körperlänge von fünf bis zehn Metern.«
Ich nickte. »Die haben wahrscheinlich nur den Kopf oder Teile des Oberkörpers gesehen und das Horn als Teil eines Nashornschädels identifiziert. Vermutlich verlässt das Tier so selten das Wasser, dass man nie den gesamten Körper zu Gesicht bekommt. Vielleicht haben sie auch Jungtiere beobachtet.«
»Dann würden die Spuren, die man gefunden hat, von ihnen stammen. Man fand Trittsiegel mit einem Durchmesser von neunzig Zentimetern und einem Abstand von zwei Metern, was auf ein relativ kleines Tier hindeutet. Wie dem auch sei,

eine ganze Zeit wurde es dann still um den legendären Kongo-saurier, bis die Amerikaner und Japaner Interesse zeigten und eigene Expeditionen organisierten. Zwischen 1972 und 1992 starteten nicht weniger als zehn Teams in diese Region, die jedoch nicht mehr mitbrachten als einige seltsame Fotos und einen verwackelten Film. Das war's. Ich habe das Gefühl, da wurde viel Zeit und Geld verpulvert.«

Ich strich mir übers Kinn, als ich die Papiere überflog. »Vielleicht. Vielleicht auch nicht. Alle Quellen berichten übereinstimmend, seltsame Geräusche gehört zu haben. Geräusche, die keinem anderen Großtier dieser Region zuzuordnen sind. Man fand Fußspuren und Schneisen im Wald, die nur von einem riesigen Lebewesen stammen konnten. Alles in allem sehr mysteriös. Hätte ich nicht den Film bei Mrs. Palmbridge gesehen, ich würde glauben, einem gewaltigen Betrug auf der Spur zu sein. Aber ich habe ihn gesehen, und die Bilder lassen keinen Zweifel. Ich hab's oft versucht, glaub mir. Hast du sonst noch etwas herausgefunden?«

»Nichts über Mokéle.«

Ich trank enttäuscht den letzten Tropfen aus meinem Champagnerglas. »Schade.«

»Es gibt aber etwas Interessantes über den See zu berichten.« Sie sah mich mit ihren grünen Augen an.

»Erzähl.«

»Nicht hier.«

Ich blickte erstaunt in ihr Gesicht und sah ein schelmisches Grinsen. »Was soll das heißen: nicht hier? Sind die Informationen top secret? Werden wir etwa von Herren mit schwarzen Sonnenbrillen beobachtet?«

»Das nicht gerade.«

»Aber was ist es dann? Ich verstehe nicht ...«

»Brauchst du auch nicht. Lass dich einfach überraschen. Ah, ich glaube, da kommt unsere Vorspeise.«

11

Gegen elf zahlte ich. Wir verließen das Restaurant und stiegen in das Taxi, das bereits seit mehreren Minuten auf uns wartete. Die Fahrt in Sarahs Wohnung im Londoner Stadtteil Bethnal Green, in der Nähe des Victoria Parks, dauerte etwa zwanzig Minuten. Schon während der Fahrt hatte ich das Gefühl, dass Sarah mich nicht nur mit Informationen versorgen wollte. Immer wieder kam es zu zarten, beinahe zufälligen Berührungen, die für sich genommen vielleicht nichts bedeutet hätten. Aber mit der Art, wie sie dabei ihre Beine übereinander schlug und mich ansah, sprachen sie eine eindeutige Sprache. Es war ganz klar, wie sich der Abend in ihren Augen entwickeln sollte, und ich wusste nicht, was ich davon halten sollte. Unter anderen Umständen wäre ich mit einer solchen Frau an meiner Seite der glücklichste Mann der Welt gewesen. Aber an diesem Abend war es für mich die reine Qual. Als wir ankamen und ich den Taxifahrer bezahlt hatte, war ich froh, der Enge des Autos entfliehen und etwas Abstand zwischen mich und Sarahs Avancen bringen zu können.

Ich streckte mich und blickte nach oben. Die schneegefüllten Wolken hatten einem sternenklaren Nachthimmel Platz gemacht. Es war windstill. Frost lag in der Luft. In diesem Moment dachte ich, wie seltsam es sein mochte, morgen aus dem Flugzeug zu steigen und die feuchte, dreißig Grad warme Luft auf meiner Haut zu spüren. Es kam mir vor, als würde ich zu einem fremden Planeten fliegen.

»Na, schwere Gedanken«, sagte Sarah, während sie mir leicht ihre Hand auf die Schulter legte.

»Mir ist kalt«, sagte ich.

»Lass uns hochgehen. Ich werde dich schon wieder aufwärmen«, grinste sie und schloss die Tür auf. Während sie vor mir die Treppe hinaufstieg, konnte ich den Blick nicht von ihren Rundungen abwenden. Sarahs geschmeidige Bewegungen hatten eine geradezu magische Anziehungskraft. Ich musste grinsen. Das jahrtausendealte genetische Programm funktionierte tadellos. Und das Verblüffende daran war, es fühlte sich fantastisch an. Nicht zum ersten Mal kam ich mir vor wie eine Marionette, die an unsichtbaren Fäden durchs Leben getragen wird. Gefesselt, aber mit einem Lächeln im Gesicht.

Als wir an ihrer Tür im obersten Stock des viktorianischen Bürgerhauses anlangten, beschloss ich, noch eine Weile so zu tun, als wären die Fäden nicht vorhanden. Das verschaffte mir wenigstens für den Moment die Illusion, ich wäre Herr der Lage.

»Ich mach es uns schnell etwas wärmer«, sagte sie und eilte durch die Zimmer, um überall die Gasheizung aufzudrehen. Ich stand unentschlossen in der Wohnungstür.

»Was ist denn? Komm rein und mach es dir bequem. Du kennst dich doch hier aus«, rief mir Sarah über die Schulter hinweg zu. »Ich muss noch schnell alle Ventile öffnen. Du kennst ja diese alten Gasetagenheizungen. Umständlich, aber dafür werden sie schnell heiß.«

»Hmm«, nickte ich.

Während ich ins Wohnzimmer schlenderte und mich umsah, kam mir deutlich zu Bewusstsein, dass Sarah für alles, was sich innerhalb dieser Wände befand, hart gearbeitet hatte. Sie war nicht mit einem goldenen Löffel im Mund zur Welt gekommen wie ich, sondern hatte von Anfang an hart arbeiten müssen. Umso überraschender war es, dass ihre Wohnung viel gemütlicher und stilvoller eingerichtet war als meine. Da standen Polstermöbel, die sie bei irgendeinem Trödler in der Portobello Road gekauft hatte, neben Bücherregalen und Kleiderschränken aus preiswerten Designerläden in Notting Hill. Ich sah indische Kerzenhalter, eine tibetanische Gebetsmühle, Kunstdrucke von Kandinsky und Chagall. Ein wildes Sammelsurium. Aber merkwürdig, es passte alles zusammen, fügte sich zu einem harmonischen Ganzen, das Leben und Wärme ausstrahlte.

»So«, sagte Sarah, als sie händereibend zu mir ins Wohnzimmer kam, »noch ein paar Minuten, und es wird richtig kuschelig. Verdammt, ist das in den letzten paar Stunden kalt geworden. Hatte der Wetterbericht nicht eine milde Luftströmung vorhergesagt?«

»Hab ich auch gehört. Aber du weißt ja, wie das ist«, stimmte ich ihr zu. »Wir bekommen zwar immer mehr Satelliten, die die Erde umkreisen wie ein Hornissenschwarm und dabei auch noch Millionen von Pfund verschlingen, aber das Wetter macht trotzdem, was es will ...« Ich zuckte mit den Schultern. »Hat doch auch etwas Beruhigendes, dass manche Dinge immer noch dem Willen der Natur gehorchen.« Sie lächelte, und ich vernahm etwas Hintergründiges in ihrer Stimme. »Was kann ich dir zum Aufwärmen anbieten, Glühwein, Port oder Absinth?«

»Absinth?«

»Yep. Es enthält das Nervengift Thujon. Das lässt einen schön weich in der Birne werden, und darauf stehst du doch, oder?«

»Klingt gut«, sagte ich und ließ mich in einen Sessel fallen. »Wie kannst du dir nur immer all dieses Zeug merken? Ich habe schon Schwierigkeiten, mir eine einfache Einkaufsliste einzuprägen.«

»Ich lese ab und zu auch mal Dinge, die mit der Uni nichts zu tun haben.« Sarah stellte zwei bauchige Gläser auf den Tisch, über die sie speziell perforierte Löffel legte. Dann platzierte sie je einen Zuckerwürfel darauf und übergoss die Konstruktion mit einer ölig grünen Flüssigkeit. »Feuerzangenbowle?«, grinste ich.

»So ähnlich, ja.«

Der Geruch von Anis stieg mir in die Nase. Sarah verdünnte den Inhalt des Glases mit etwas Wasser, bis er hellgrün und milchig wurde, und zündete die Zuckerwürfel an. Blaue Flammen züngelten empor. Das Feuer spiegelte sich in ihren Augen, die dieselbe Farbe wie der Absinth zu haben schienen. Nachdem der Würfel zur Hälfte geschmolzen und ins Glas getropft war, nahm sie die Löffel herunter und rührte so lange, bis sich der restliche Zucker gelöst hatte.

»Auf dein Wohl«, sagte sie. »Auf eine gute Reise und vor allem eine gesunde Heimkehr.«

Als sie das Glas absetzte, glänzten ihre Augen feucht. Ob das auf die Schärfe des Getränks oder auf ein plötzliches Gefühl von Traurigkeit zurückzuführen war, wusste ich nicht. Ich vermied es, danach zu fragen, denn mir stand der Sinn nicht nach einem schwermütigen Gedankenaustausch. Fest stand nur, dass der Absinth, so mild er auch schmeckte, im Bauch wie Lava brannte. Im Nu vertrieb er die Kälte aus meinen Gliedern.

»Ein Teufelszeug«, bestätigte ich anerkennend. »Er wärmt nicht nur, er macht auch noch munter. Aber zurück zum Thema. Du wolltest mir noch etwas über den Lac Télé erzählen.«

Sarah nickte, stand auf und schaltete ihren Computer an. »Du hast den Geduldstest bestanden«, grinste sie. »Auch wenn es schwer gefallen ist, oder? Aber ich will dir nicht nur etwas sagen, sondern vor allem etwas zeigen.«

Ich stand auf und gesellte mich zu ihr. Kaum war der Bildschirm hochgefahren und der Browser aktiv, hämmerte Sarah die Internetadresse der *Wildlife Conservation Society* ein. Danach klickte sie auf den Unterpunkt Kongo. Es dauerte nicht lange, bis sich die Seite aufgebaut hatte.

»Eine kongolesische Naturschutz-Organisation?«

Sarah schüttelte den Kopf. »Die WCS ist eine der größten Umweltschutzorganisationen der Welt, gegründet 1895, mit Sitz in New York. Die Abteilung Kongo ist nur eine Unterorganisation, aber eine sehr aktive. Ihr solltet euch vorsehen, dass die euch während eurer Jagd nicht in die Parade fahren. Es gibt an die zehn Reservate in der Republik Kongo, die von der WCS betreut werden, wobei der Ndoki-Nationalpark wohl der bekannteste ist. Doch auch das Lac-Télé-Reservat ist geschützt, und es gibt mit Sicherheit Ärger, wenn ihr dort ohne Erlaubnis auf Raubzug geht.«

»Ich kann nur hoffen, dass Lady Palmbridge entsprechende Vorsorge getroffen hat, sonst wird es ein kurzer Ausflug«, teilte ich Sarahs Bedenken. »War es das, was du mir zeigen wolltest?«

»Nein, das Beste kommt noch. Sieh mal, hier.« Damit klickte sie in der Kopfzeile auf den Menüpunkt Lac Télé, und in kürzester Zeit baute sich ein Artikel über den sagenumwobenen See auf. Ich konnte meine Erregung nicht verbergen, als ich die Aufnahme betrachtete.

Da lag er. Er sah aus wie eine riesige silberne Schale inmitten eines endlos scheinenden Gewirrs aus Bäumen, Sträuchern und Wasserpflanzen. Erst jetzt, im Angesicht dieser grünen Hölle, wurde mir bewusst, auf was für ein verrücktes Unternehmen ich mich da eingelassen hatte. Kein Mensch konnte diese Wildnis durchqueren, am wenigsten ich.

Sarah schien meine Gedanken erraten zu haben. »Ganz schön abgefahren, sich vorzustellen, dass du bald da unten auf einem der unzähligen Wasserkanäle herumschippern wirst. Erinnert ein wenig an *Herz der Finsternis* von Joseph Conrad, nicht wahr? Ich habe übrigens noch ein Exemplar dieses Buches in meinem Regal gefunden. Das solltest du mal lesen. Aber ich warne dich: Es ist nichts für schwache Nerven. Wenn du möchtest, kannst du es mitnehmen. Es liegt da drüben. Ich will es aber wiederhaben, versprochen?« Sie schenkte mir ein warmes Lächeln.

»Danke«, murmelte ich, obwohl ich nur mit halbem Ohr zuge-hört hatte. Das Foto auf dem Bildschirm nahm mich immer mehr gefangen. Irgendetwas war seltsam, doch ich kam nicht drauf, was es war. Der See hatte etwas von einem gigantischen Auge, das in den Himmel starrte und in dessen Iris sich das gesamte Universum spiegelte. Seine Ränder waren merkwürdig scharf umgrenzt und wirkten wie mit der Schere ausgeschnitten.

Ich spürte, wie Sarah mich beobachtete. Das Gefühl war mir unangenehm. »Also, ich passe«, gab ich zu. »Da ist etwas seltsam an diesem See, aber ich kann es nicht erklären.«

Sarahs Finger glitt über den Monitor. »Es ist die Form. Er ist kreisrund.«

Natürlich! Das war es. Der See sah aus wie mit dem Zirkel gezogen.

Ich beugte mich vor. »Gibt es eine Karte von diesem Gebiet? Ich würde mir das gern mal von oben ansehen.«

Sarah ließ ihre flinken Finger über die Tastatur gleiten und zauberte eine topografische Übersichtskarte der betreffenden Gegend auf den Bildschirm. Es war eindeutig ein Kreis.

»Wie ist das nur möglich?«, murmelte ich. »Sieht fast aus wie ein erloschener Vulkan. Wie ein Maar, in dessen Krater sich Wasser gesammelt hat. Aber es kann kein Vulkan sein. Die Gegend ist flach wie ein Handschuh.«

Sarah schüttelte den Kopf. »Kein Vulkan, stimmt. Es ist ein Impakt.«

»Ein was?«

»Ein Meteoritenkrater.«

Ein merkwürdiges Kribbeln breitete sich über meinem Rücken aus. »Bist du sicher?«

»Das berichten jedenfalls die Fachzeitschriften. Grobe Schätzungen gehen davon aus, dass der Einschlag vor ungefähr achtzig Millionen Jahren stattfand.«

»Das hieße: in der oberen Kreidezeit.«

Tief in Gedanken versunken murmelte ich vor mich hin: »Kreidezeit, Saurierzeit.«

»Was hast du gesagt?«

Ich schüttelte den Kopf. »Nichts Wichtiges. Nur so ein Gedanke. Die obere Kreidezeit war die Blütezeit der Dinosaurier, ehe sie vor fünfundsechzig Millionen Jahren, am Ende der Kreidezeit, ausstarben. Neueste Forschungen gehen davon aus, dass sie durch eine kosmische Katastrophe ums Leben kamen. Durch den Einschlag eines Asteroiden von den Ausmaßen einer Großstadt. Er schlug auf der Yukatan-Halbinsel in Mexiko ein, mit einer solchen Wucht, dass sich ein Krater von zweihundert Kilometern Durchmesser bildete. Die Ränder sind noch heute zu erkennen. Der Einschlag blies so viel Staub in die Atmosphäre, dass die Sonneneinstrahlung getrübt wurde und sich die globale Temperatur um einige Grad abkühlte. Für die Saurier und andere hoch spezialisierte Tiergattungen bedeutete es das Aus. Sie konnten sich nicht schnell genug anpassen. Die Zeit der Säugetiere war angebrochen.«

Sarah berührte mich wie zufällig am Knie. »Unsere Zeit.«

Ich schlürfte an meinem Absinth und grinste. »Es gibt allerdings Theorien, dass zumindest eine Saurierart die Katastrophe überlebt hat. Kleine, fleischfressende, warmblütige Saurier, die ein Federkleid ausgebildet hatten.«

Sarah sah mich erstaunt an. »Ich verstehe nicht ...«

»Vögel. Unsere netten, zwitschernden Gartenbewohner sind nichts anderes als eine Weiterentwicklung kleiner Raubsaurier. Wenn du mal einen Strauß in vollem Galopp gesehen hast, kannst du es sogar ein Stück weit nachvollziehen.«

Sie grinste. »Woher weißt du das alles, wo du dir doch nicht mal eine Einkaufsliste merken kannst?«

»Steht alles in meinem Playboy-Abonnement«, grinste ich. »Du weißt schon, in den Artikeln, die man liest, wenn man mit den Hochglanzbildern und den Artikeln über schnelle Autos durch ist.«

Sie hob abwehrend die Hände und lachte. »Hätte ich bloß nicht gefragt. Aber was haben die beiden Einschläge miteinander zu tun? Dir ist doch vorhin ein Gedanke gekommen, den du nicht ausgesprochen hast.«

»Weil er zu abwegig ist. Zu unwissenschaftlich. Es war nur so eine Idee: Falls ein Meteoriteneinschlag in der Lage war, die Saurier auszulöschen, könnte ein anderer es vielleicht einer kleinen Gruppe ermöglicht haben zu überleben, verstehst du?«

»Nicht wirklich.«

Ich seufzte und blickte auf die Uhr. Es war schon nach zwölf. »Ich eigentlich auch nicht. Ich weiß nur, dass ich hundemüde bin und morgen um Viertel vor sieben ins Flugzeug steigen muss. Wenn ich jetzt gleich in meine Wohnung fahre, bleiben mir noch etwa vier Stunden Schlaf.«

»Dann bleib doch hier.« Sie schaltete den Computer aus und blickte mir tief in die Augen. Ich hielt ihrem Blick stand, und plötzlich entdeckte ich wieder diesen grünen Schimmer.

»Ich weiß nicht, ob das so gut wäre.«

»Du könntest jetzt sowieso nicht schlafen. Absinth wirkt wie ein Aufputschmittel.«

»Hab ich auch schon gemerkt.«

»Schlafen kannst du auch im Flugzeug.« Mit diesen Worten begann sie den Reißverschluss ihres Kleides zu öffnen. Sehr langsam. Die Träger glitten von ihren Schultern und entblößten ihre Brüste. Ich fühlte, wie meine Widerstandskräfte schwanden. Und als sie mich küsste und meine Hand auf ihre nackte Haut legte, spürte ich, dass ich den Kampf verloren hatte.

12

Dienstag, 9. Februar
Lac-Télé-Reservat

Das Gewitter, das den Himmel zerriss, war schlimmer als alles, was Egomo bisher erlebt hatte. Prasselnder Regen in einem Inferno aus Licht und Schatten. Angsterfüllt drückte er sich an den Stamm eines Gummibaums. Er konnte nicht glauben, dass dieses Unwetter ausgerechnet ihn heimsuchte und ausgerechnet an diesem Ort. Ein weiterer Blitz tauchte den Dschungel bis hinunter ins Unterholz in grelles Licht. Keine Sekunde später donnerte es ohrenbetäubend. Ein Knall, wie ihn Egomo noch nie zuvor gehört hatte, brandete durch den Wald, brach sich und wurde vielfach zurückgeworfen. Egomo lief ein Schauer über den Rücken. Er hatte schon viele Gewitter erlebt, aber dies war kein gewöhnlicher Donner gewesen. Es hatte geklungen, als ob etwas in der Luft zerrissen wäre.

Schlagartig erinnerte er sich an all die unheilvollen Botschaften, die er erhalten hatte, seit er vor fünf Tagen sein Dorf verlassen hatte. An den schrecklichen Schrei, an den Traum von den Geistern der Ahnen und an die Verwüstung am See. Seine ganze Reise stand unter einem bösen Omen. Die Zeichen waren überall gewesen, er hatte sie nur nicht wahrhaben wollen, hatte in seiner Verblendung nicht erkennen wollen, dass die

Götter ihm nicht wohl gesinnt waren. Wäre nicht der Spott und der Hohn, mit dem man ihn empfangen würde, er wäre schon längst wieder heimgekehrt. Doch jedes Mal, wenn er kurz davorstand aufzugeben, hatte er an die Gesichter der Daheimgebliebenen gedacht. Besonders die Enttäuschung in den Augen von Kalema könnte er nicht ertragen. Bisher hatte der Gedanke an ihre Schönheit immer genügt, ihn zum Durchhalten zu bewegen, aber jetzt war Schluss. Dieses Unwetter war eindeutig zu viel. Es gab keine Respektlosigkeit, keine Schadenfreude, keine Häme, die schlimmer sein konnte als das hier. Er konnte später immer noch einen zweiten Versuch wagen, irgendwann, wenn die Götter sich wieder beruhigt hatten.

Aber dann wurde ihm bewusst, dass er sich selbst belog. Ein ›Später‹ würde es nicht geben. Einmal Versager, immer Versager. Würde er den Mut aufbringen, noch einmal loszuziehen? Egomo starrte hinauf in die Finsternis des Blätterdachs, wo die Baumwipfel wie unheilige Kreaturen aus der Schattenwelt auf ihn herabblickten. Er presste seine Waffe an die Brust und fing an zu weinen, so sehr übermannte ihn die Scham. Was war er nur für ein erbärmlicher Krieger. Jämmerlicher Feigling, schalt er sich. Wie konnte er jemals erhobenen Hauptes zu seiner Familie zurückkehren?

In diesem Augenblick tauchte ein weiterer Blitz die Dunkelheit des Waldes in gespenstisches weißes Licht. Und da sah er ihn. Direkt vor seinen Füßen, nur wenige Schritte entfernt. Ein Fußabdruck. Das Wasser, das sich in ihm gesammelt hatte, leuchtete für einen Wimpernschlag im Widerschein des grellen Himmels auf. Den darauf folgenden Knall hörte Egomo schon nicht mehr, so überrascht und erschrocken war er über die Größe des Abdrucks. Er war riesig. Eine lang gestreckte Fläche, von der drei Klauen nach vorn und eine nach hinten ragten. Das Ganze größer, als wenn er sich ausgestreckt auf den Boden gelegt hätte. Ein schrecklicher Gedanke nahm in Egomos Kopf Gestalt an. Keine Frage oder Vermutung, sondern eine unumstößliche Gewissheit.

Mokéle m'Bembé.

Kein anderes Wesen hätte eine solche Spur hinterlassen können. Er untersuchte den Abdruck. Er war keine vier Stunden alt, sonst hätte ihn der Regen schon längst unkenntlich gemacht. Der Untergrund war an dieser Stelle lehmig, so dass sich die Spur besonders deutlich abzeichnete.

Egomo lehnte sich zurück. Es existierte also wirklich, das sagenumwobene, geheimnisvolle Ungeheuer. Dann waren all die Geschichten und Legenden wahr.

Egomo atmete schwer, während er versuchte, seine Gedanken unter Kontrolle zu bringen. Das Wesen war hier entlanggelaufen. Hier, nur wenige Schritte von dem Ort entfernt, an dem er stand. Allein die Vorstellung, dass es sich hier aufgehalten hatte und womöglich immer noch aufhielt, versetzte ihn in höchste Alarmbereitschaft. Wie weggeblasen waren alle Zweifel und Ängste. Zurück blieb nur der uralte Instinkt des Jägers und der Wille zu überleben.

Egomo duckte sich, verschmolz mit dem Boden des Regenwalds und wurde unsichtbar für die Augen des Feindes. Mit zwei, drei schnellen Handgriffen hatte er seine Armbrust geladen und begann der Spur zu folgen. Das war nicht leicht, denn der Regen hatte sie zu großen Teilen zerstört. Aber er war ein zu guter Spurenleser, als dass er sie verlieren würde. Doch er achtete darauf, nicht einfach hinter den Fußabdrücken herzutappen, wie es die Weißen taten, sondern arbeitete sich in gebührendem Abstand zu ihnen vorwärts. Von Strauch zu Strauch und von Baum zu Baum, so wie er es von klein auf gelernt hatte. Dabei vergaß er nicht, sich nach allen Seiten abzusichern. Manche Raubtiere, allen voran Leoparden, hatten die Angewohnheit, ihre eigene Spur zu verlassen und sich rechts und links davon auf die Lauer zu legen. Die Spur führte immer weiter weg vom See, eine mannsbreite Wasserrinne entlang, die in Schlangenlinien nach Süden führte. In eine Gegend, in der Egomo erst einmal gewesen war. Einer unheimlichen Gegend. Dort wuchsen aus unerklärlichen Gründen keine Bäume. Es war eine Zone, in der es nur Gras gab, und die ihm, dem Waldbewohner, keinen Schutz bot.

Egomo blickte kurz nach oben. Das Unwetter zog weiter, und der Regen ließ nach. Aus weiter Ferne konnte er noch vereinzelt Blitze durch das Blätterdach leuchten sehen, aber sie waren bereits weit entfernt, und der Donner drang nur noch als schwaches Echo an seine Ohren.

Zeit sich zu beeilen, wollte er die Spur nicht verlieren. Die Abdrücke begannen sich durch das Aufquellen des Bodens bereits zu verformen. Bald würden sie vollständig verschwunden sein.

Er spurtete durch den Wirrwarr von abgerissenen Blättern und zerbrochenen Ästen, die der Sturm aus den Baumkronen gefegt hatte, während er sich bemühte, seine Deckung nicht zu vernachlässigen. Mit der Zeit wurde ihm jedoch klar, dass er sich keine Sorgen zu machen brauchte. Das Unwetter schien die Bewohner des Waldes verschreckt zu haben. Sämtliche Tiere, die normalerweise die Baumwelt bevölkerten, waren verstummt. Egomo konnte das nur recht sein, denn er musste nicht mehr befürchten, in einen Hinterhalt zu geraten, und kam viel schneller voran.

Etwa eine halbe Stunde später bemerkte er, wie sich der Wald zu lichten begann. Erst vereinzelt, dann immer deutlicher entstanden Lücken im Blätterdach, durch die das Licht eines stumpfgrauen Himmels drang. Nur noch wenige Schritte und er hatte die Waldgrenze erreicht. Er blieb stehen und verschnaufte. Vor ihm breitete sich eine endlose Grasfläche aus. Der Saum des Waldes, der wie eine grüne Palisade wirkte,

verlor sich irgendwo in der trüben und mit Feuchtigkeit ge-
sättigten Ferne.

Egomo beschirmte seine Augen. Der plötzliche und starke Licht-
einfall blendete ihn. Nein, entschied er innerlich, er mochte
diese Gegend nicht. Sie war fremd und voller Gefahren. Nicht
wie eine Bai, eine von diesen kleinen, überschaubaren Lich-
tungen, auf denen sich vorzugsweise Elefanten oder Gorillas
tummelten. Auch nicht wie der Lac Télé, bei dem es sich ja
immerhin um eine Wasserfläche handelte. Dies hier war anders. Es gab keinen Grund dafür, warum der Wald hier plötzlich
endete.

Egomo seufzte. Die Spur oder das, was von ihr übrig geblieben
war, verlief schnurgerade hinein in das Gras, weg von der
schützenden Dunkelheit des Waldes. Dorthin konnte und wollte er ihr nicht folgen. Es war zu bedrohlich, denn es war das
Jagdgebiet der Hyänen, Wildhunde und Leoparden, die sich
zwischen den mannshohen Grasstauden verbargen und alles
angriffen, was dumm genug war, sich in das Labyrinth vorzu-
wagen.

Er machte es sich auf dem Boden bequem und öffnete seinen
Proviantbeutel. Darin befand sich neben einer ledernen Trink-
flasche, ein paar Feigen, Zwergdatteln, Muskatblüten und
etwas getrocknetem Affenfleisch auch alles, was er brauchte,
um ein Feuer zu entzünden: ein Stück Eisen, Flintstein und
getrocknete Zunderpilze.

Aber was sollte er jetzt essen? Er entschied sich für die Feigen
und hob das zähe Fleisch für später auf. Er mochte es ohnehin
nicht besonders, denn es schmeckte muffig. Wenn er ehrlich
war, mochte er Fleisch nur frisch gebraten von der Feuerstelle.
Schon beim Gedanken daran lief ihm das Wasser im Mund zusammen, und während er auf einer süßen Feige herumkaute,
entschied er, dass es heute Abend Frischfleisch geben sollte.
Mokéle m'Bembé hin oder her, er hatte jetzt lange genug von

Trockennahrung gelebt. Außerdem hatte er vor, sich für seinen Mut zu belohnen. Es sollte aber ein wirkliches Festmahl werden. Eine Meerkatze oder ein Pinselohrschwein durfte es schon sein. Mit dem Gedanken an diese Delikatessen beendete er seine Rast, trank noch rasch einen Schluck und richtete sich auf. Er würde dem Saum des Waldes folgen und sehen, wohin er ihn führte. Wenn er Glück hatte, würde er das Ungetüm irgendwo entdecken. Groß genug war es ja. Was er dann tun sollte, konnte er immer noch entscheiden, wenn es so weit war. Erlegen würde er es sicher nicht, aber vielleicht fand er eine Klaue oder Schuppe, die er als Trophäe mit nach Hause bringen konnte. Was wäre das für ein Verlobungsgeschenk!

Leichtfüßig machte er sich auf den Weg und folgte dem Waldrand nach rechts. Das Gelände war dort übersichtlicher und nicht so zugewuchert. Er war noch nicht weit gelaufen, als er einen merkwürdigen Geruch wahrnahm.

Rauch!

Schnuppernd hielt er die Nase in die Luft und versuchte herauszufinden, aus welcher Richtung der Wind kam. Das Feuer lag genau in der Richtung, in die er wollte. Egomo prüfte seine Armbrust, in die immer noch ein Pfeil gespannt war, dann pirschte er sich vorwärts. Lautlos, Schritt für Schritt, alle Sinne aufs Äußerste gespannt.

Je näher er dem Brandherd kam, desto deutlicher wurde ihm bewusst, dass dies kein normales Feuer war. Verbranntes Holz roch anders, genau wie Blätter und Gräser. Auch verbranntes Fleisch hatte einen anderen Geruch. Es roch wie ... wie ...

Egomo erschrak. Es roch wie das verwüstete Lager am See. Doch diesmal war der Brandgeruch frisch und beißend. Er erinnerte sich an die verkohlten Kunststoffteile, die Kabel, die halb vergraben im Uferschlamm lagen, das zersplitterte Glas. Kalter Schweiß trat ihm auf die Stirn. Er fühlte, dass er dem Ziel sehr nahe war.

Nur widerwillig trugen ihn seine Füße vorwärts. Jeder Muskel in seinem Körper war gespannt, bereit, beim geringsten Anzeichen einer Bedrohung die Flucht zu ergreifen. Er konnte bereits dünne Rauchschwaden erkennen, die etwa dreißig Meter von ihm entfernt zwischen den mannshohen Grasbüscheln aufstiegen. Wäre er doch bloß größer, dann könnte er sehen, was da vor ihm lag. So aber war er praktisch blind. Wie ein Kind mit verbundenen Augen tastete er sich voran, mitten hinein in etwas, was ihn das Leben kosten konnte. Trotzdem wollte er jetzt nicht stehen bleiben. Er musste einfach sehen, was dort lag, musste endlich erfahren, was geschehen war. Nur noch ein paar Meter ... langsam ... langsam.

Und dann sah er es.

Es dauerte einen Moment, bis er begriff. Seine Augen weiteten sich vor Entsetzen, als er immer neue schreckliche Einzelheiten erkannte.

Egomo schlug die Hände vor den Mund und fiel auf die Knie. Die Armbrust rutschte über seine Schulter zu Boden und der Proviantbeutel entglitt seinen zitternden Händen. Nie zuvor hatte Egomo etwas so Erschütterndes gesehen. Er verfluchte sich für seine Neugier. Warum hatte er nicht aufgegeben? Warum war er nicht heimgekehrt zu seiner Familie und seinen Freunden?

Obwohl sein Magen beim Anblick der vielen Toten rebellierte, begann sein verwirrter Verstand zu überlegen, was hier geschehen sein mochte. Waren dies die Leichen der weißen Frau und ihrer Männer? Nein, eindeutig nicht. Dies hier waren die Körper von Soldaten, er erkannte es an den zerfetzten Uniformen, den verbogenen Waffen und den markanten Lederstiefeln. Ihr Profil entsprach genau dem Abdruck, den er am Ufer des Sees gefunden hatte. Um sich zu vergewissern, hob er einen davon hoch, ließ ihn aber sofort wieder fallen, als er den Fuß bemerkte, der immer noch darin steckte. Was für ein grauenvoller Ort. War dies das Werk von Mokéle m'Bembé? Wenn ja – was für ein gnadenloses Raubtier hauste da in den Tiefen des Wassers? Es schien noch um vieles schlimmer zu sein als in den Erzählungen.

Plötzlich bemerkte er eine Bewegung am Rande seines Sichtfelds. Eine der zerstückelten Leichen bewegte sich. Egomo glaubte zunächst an einen Irrtum. Doch dann hörte er ein Wimmern. Ein Überlebender.

Vor Grauen fast gelähmt, näherte sich Egomo dem zerfetzten Körper. Den süßlichen Geruch von frischem Blut und verbranntem Fleisch nahm er kaum noch wahr. Er musste seine ganze Willenskraft aufbringen, um sich nicht zu übergeben, während er über die herumliegenden Leichenteile stieg. Plötzlich sah er, was sich da bewegte. Ein gelblicher Kopf, zwei helle Augen mit senkrechten Pupillen und ein erschreckend weißes Gebiss.

Der Leopard, in dessen blutverschmierter Schnauze ein halber Unterarm hing, ließ ein kurzes Grollen hören, ehe er sich geschmeidig umdrehte und im hohen Gras verschwand. Egomo verfluchte sich für seine eigene Dummheit. Wie hatte er das bloß vergessen können? Der frische Aasgeruch würde über kurz oder lang sämtliche Raubtiere der nahen Umgebung anlocken. Merkwürdig, dass sich nicht schon viel mehr Tiere zum gemeinsamen Festessen eingefunden hatten. Er befand sich hier in höchster Gefahr und musste so schnell wie möglich verschwinden.

In diesem Augenblick erklang ein Grunzen. Ein tiefer, dumpfer Laut, der das Gras niederzudrücken schien und den Boden in Schwingung versetzte. Ein Laut, der das Blut in seinen Adern gefrieren ließ. Direkt hinter ihm.

Egomo glaubte einen heißen Lufthauch in seinem Nacken zu spüren. Er schloss die Augen in der Gewissheit, dass sein Leben hier endete. Schon bald würden seine Eingeweide neben denen der unglücklichen Soldaten liegen.

Ganz langsam erhob er sich und drehte sich um. Das Schnauben war jetzt sehr nah. Die Luft, die aus den Nüstern des gewaltigen Tieres drang, fuhr ihm durch die Haare. Sie war warm und roch nach brackigem Wasser.

Er hob den Kopf und richtete seinen Blick auf das riesige Wesen, das wie aus dem Nichts hinter ihm aufgetaucht war und aus tellergroßen Augen auf ihn herunterstarrte.

13

Dienstag, 9. Februar
Flug Air France Nr. 896

Meine sehr geehrten Damen und Herren, hier spricht Ihr Kapitän. Wir verlassen jetzt unsere Reiseflughöhe von elftausend Metern und nähern uns Brazzaville. Die voraussichtliche Ankunftszeit beträgt 17.15 Uhr, bei strahlendem Sonnenschein und zweiunddreißig Grad Celsius.«

Die näselnde Stimme aus dem Cockpit weckte mich aus einem wohligen Halbschlaf. Ich schlug die Augen auf und blickte irritiert auf meine Armbanduhr. Ich hatte tatsächlich zehn Stunden geschlafen, ohne zu essen, zu trinken oder zur Toilette zu gehen. Ich konnte mich nicht einmal mehr an den Start erinnern, nur noch daran, wie Sarah mich mit quietschenden Reifen nach Heathrow gefahren hatte, wie ich buchstäblich im letzten Augenblick eingecheckt hatte, wie wir uns zum Abschied geküsst hatten und ich durch die Zollkontrolle geschlüpft war. Ich hatte noch das Bild vor Augen, wie sie hinter der Absperrung stand und mir zuwinkte, während ihr Tränen übers Gesicht liefen. Danach war ich in ein großes, dunkles Nichts gefallen.

Die Erinnerung an den gestrigen Tag und die Nacht wirkte seltsam unwirklich in der klimatisierten Stahlhülle des

Flugzeugs. Ich streckte mich und sagte mir, dass ich so ziemlich alles verpasst hatte, was meinen Flug hätte aufregend und unterhaltsam machen können. Ich hatte die Alpen verschlafen, das Mittelmeer, die Sahara und die Überquerung des Äquators. Ich würde niemandem zu Hause erzählen können, wie abenteuerlich eine Reise über sechzig Breitengrade hinweg war, welche Farben die Wüste und welche Struktur das Meer hatte. Aber, um ehrlich zu sein, es machte mir nicht das Geringste aus.

Verwundert blickte ich an mir herab. Um meinen Hals schmiegte sich ein aufblasbares Nackenkissen, von dem ich keine Ahnung hatte, wie es dorthin gekommen war. Während ich die Luft abließ, starrte ich durch das Fenster nach unten. Was ich dort sah, verschlug mir den Atem. Ein hauchdünner weißer Streifen bildete die Übergangszone zwischen zwei endlosen Farbflächen, die eine blau, die andere grün. Wir waren zu hoch, um Einzelheiten erkennen zu können, doch es konnte sich nur um das Meer und den Dschungel handeln. Den endlosen, atemberaubenden Dschungel.

Ich konnte weder Straßen noch Felder oder Siedlungen ausmachen, nur Bäume. Abertausende von Bäumen, so weit das Auge reichte.

»C'est formidable, n'est-ce pas?«, sagte eine tiefe Stimme neben mir. Ich sah überrascht auf und blickte in das Gesicht eines gut aussehenden Schwarzen, der seinen Kopf vorstreckte, um ebenfalls einen Blick auf die grüne Endlosigkeit zu erhaschen.

»Das ist meine Heimat«, fuhr der Mann fort. »Dort unten bin ich geboren.« Er murmelte einen Namen und streckte mir seine Hand entgegen. Ich lächelte bemüht, während ich seinen Gruß erwiderte und dabei vergeblich versuchte, mich zu erinnern, wie ich in Paris das Flugzeug gewechselt hatte. War es möglich, dass ein gesunder Mensch solche Gedächtnislücken haben konnte? Vielleicht hatte meine Amnesie ja mit totaler

Übermüdung und einer erhöhten Dosis Thujon zu tun. Mein Blick wanderte über die Köpfe der Passagiere. Außer mir befanden sich nur noch zwei weitere Weiße im Flugzeug. Erwartungsvolles Gemurmel erfüllte die Kabine, und über allem lag der warme, süßliche Geruch von Schweiß.

»Was hat Sie denn nach Paris geführt?«, nahm ich den Faden wieder auf, denn der Mann neben mir brannte offensichtlich darauf, das Gespräch fortzusetzen.

»Geschäfte«, kam es wie aus der Pistole geschossen. »Ich bin Kunsthändler«, fügte er hinzu und hob seinen Arm, um mich vom Wahrheitsgehalt seiner Worte zu überzeugen. Zahlreiche kunstvoll geflochtene Bänder umschlangen sein Handgelenk, an denen Metallscheiben, die nach Gold aussahen, Holzstücke und Elfenbeinkugeln miteinander um die Wette klingelten. Alles war mit wundervollen abstrakten Gravuren überzogen, die im Licht der einfallenden Sonne überraschend lebendig wirkten.

»Wunderschön«, gab ich zu. »Ich habe die afrikanische Handwerkskunst schon immer bewundert, aber das hier ist wirklich außergewöhnlich. Von welchem Stamm?«, fragte ich, in der Hoffnung, mich nicht als völliger Laie zu outen.

Der Mann schien meine Unkenntnis sogar willkommen zu heißen. Verschwörerisch lächelnd beugte er sich zu mir herüber. »Das erraten Sie nie. Pygmäen. Hätten Sie gedacht, dass die zu so etwas fähig sind?«

Ich wusste nicht, wie ich diese Bemerkung einschätzen sollte, daher hielt ich lieber den Mund. Nach meinen Informationen besaßen die Pygmäen in ihrem Land keinerlei Rechte. Sie wurden behandelt wie die unterste Schicht des Bodensatzes, und ich tat sicher gut daran, mich nicht schon im Flugzeug auf eine Diskussion über Unterdrückung einzulassen.

»Schön, nicht wahr, und günstig dazu«, fuhr der Schwarze neben mir unterdessen fort, ohne zu merken, dass meine anfängliche Sympathie für ihn zu schwinden begann. »In Paris sind sie zurzeit ganz wild danach. Es gibt sogar eine neue Kunstrichtung, die auf Motiven der Pygmäen beruht. Damit ist im Moment viel Geld zu verdienen.«

Ich tippte auf das Elfenbein. »Ist der Export von Elfenbein nicht verboten? Ich dachte, Elefanten stehen nach internationalem Recht unter Schutz.«

»Sie stammen aus Zuchtbeständen«, wiegelte der Mann ab. Für meine Ohren ein wenig zu hastig. Irgendwo hatte ich gelesen, dass die Bestände der Waldelefanten in den letzten zehn Jahren um beinahe die Hälfte geschrumpft waren. Schuld waren wohl Händler aus dem Sudan und der Republik Zentralafrika, die weiterhin ungehindert wilderten. Ob der Kunsthändler in solche Machenschaften verwickelt war oder nicht, vermochte ich nicht zu sagen.

»Heute gibt es für jedes Stück aus Zuchtbeständen ein Zertifikat«, deklamierte er derweil unverdrossen. »Mein Aktenschrank ist voll davon. Die Jagd nach Elfenbein ist zu Ende.« Er hüllte sich kurz in Schweigen, doch dann tippte er mit dem Finger an die Plexiglasscheibe. »Wissen Sie, wie man die Küste da unten bis vor kurzem noch genannt hat? ... Goldküste. Elfenbeinküste. Sklavenküste.« Er nickte bedeutungsschwer. »Dies hier war eine Hochburg der Sklaverei. Die Stoßzähne der Elefanten wurden von Sklaven aus dem Dschungel hierher transportiert und verschifft. Und das alles zum Wohle des weißen Mannes. Damit sich die Reichen in ihren Bürgerhäusern dem Traum von einem unberührten, unschuldigen Afrika hingeben konnten. Pervers, nicht wahr? Sehen Sie, da unten hat es stattgefunden. Ist noch gar nicht so lange her.«

Ich begann mich unwohl in meiner Haut zu fühlen.

Der Kunsthändler klopfte mir aufmunternd auf die Schulter. »Machen Sie sich keine Gedanken, die Zeiten sind vorbei. Jetzt ist alles anders.« Er hob seine Stimme, damit, wie mir

116

schien, möglichst viele Reisende seine Worte hören konnten. »Jetzt sind wir eine Republik. Wohlanständig, gerecht und marxistisch. Mit einer Regierung, die sich um das Wohl jedes Einzelnen sorgt.«

Ich runzelte die Stirn. Sprach er so laut, weil er ernsthaft an den Wahrheitsgehalt seiner Worte glaubte, oder weil er befürchtete, dass sich im Flugzeug unfreundliche Lauscher befanden, die ihn bei einer der zuständigen Behörden anschwärzen konnten?

In diesem Moment ertönte wieder die Stimme des Kapitäns aus dem Cockpit. »Meine sehr verehrten Damen und Herren, hier spricht Ihr Kapitän. Wir befinden uns im Landeanflug auf Brazzaville. Wir werden in einer Viertelstunde landen. Zur rechten Seite sehen Sie den Kongo, der in seinem Unterlauf durch die Demokratische Republik Kongo fließt. Er ist der wasserreichste Fluss Afrikas und ergießt sich mit fünfzigtausend Kubikmetern Wasser pro Sekunde in den Atlantik.«

Ich wandte meinen Kopf, und als ich aus dem Fenster blickte, fühlte ich, wie mein Herz einen Sprung machte. Da war er, der sagenumwobene Kongo. Der gewaltigste Strom Afrikas. Ein silbrig glänzendes Band, das sich durch den Urwald fraß wie eine fette Schlange, während er sich vielfach windend ins Meer ergoss. Was für ein imposanter Anblick. Selbst hier, aus etwa siebentausend Metern Höhe, wirkte er Ehrfurcht gebietend. Was für ein kümmerliches Rinnsal war dagegen die Themse, wie sie in ihrem Unterlauf eingezwängt von Industrieanlagen und schmuddeligen Docks dem Meer entgegenvegetierte. Verglichen damit verkörperte der Kongo eine geradezu rohe Kraft. Unbezwingbar und wild. Als ich ihn da so liegen sah, wurde mir mit aller Deutlichkeit bewusst, dass ich den Schutz und die Geborgenheit meiner Heimat endgültig hinter mir gelassen hatte. Ich stand im Begriff, ein Abenteuer anzutreten, das mein ganzes Leben verändern konnte.

»Da ist er«, sagte mein Nachbar mit einem Glitzern in den Augen. »Der Fluss, der alle Flüsse schluckt. Das Grab des Weißen Mannes. So wurde er bei seiner Entdeckung genannt. Wussten Sie, dass die gesamte Region nur deshalb so spät erforscht wurde, weil der Kongo nicht schiffbar war? Der gesamte Unterlauf bestand auf einer Länge von etwa dreihundert Kilometern aus Strudeln, Katarakten, Wasserfällen und Stromschnellen und bildete ein unüberwindliches Hindernis in der damaligen Zeit. Nur ein paar wirklich hartgesottene Missionare und Forscher schafften es, ins Innere vorzudringen, zu Fuß, wohlgemerkt, aber auch da warteten unzählige Gefahren auf sie. Nur den Wenigsten gelang es, mit heiler Haut zurückzukehren. Selbst heute noch ist der Kongo für seine Tücken bekannt. Trotzdem lieben wir den Fluss. Er ist die Hauptschlagader unseres Kontinents, erhält die gesamte Region am Leben. Ohne ihn gäbe es hier nichts.« Er sah mich neugierig an. »Sie haben mir noch gar nicht erzählt, was Sie eigentlich in unser Land führt. Und erzählen Sie mir nicht, Sie wären ein Tourist. Im Kongo gibt es nämlich keine Touristen.«

Ich hatte auf diese Frage schon lange gewartet und mich entsprechend gewappnet. »WCS, Wildlife Conservation Society«, log ich. »Eine biologische Forschungsexpedition in den Ndoki-Nationalpark.«

Ich spürte, wie er sich versteifte. »Sie nehmen mich auf den Arm.«

»Keineswegs«, erwiderte ich und lehnte mich entspannt zurück. »Es ist ein groß angelegtes Projekt mit dem Ziel, die Bestände der Waldelefanten zu ermitteln. Die Franzosen sind beteiligt, die Amerikaner und natürlich wir. Wir genießen die volle Unterstützung seitens der Regierung«, fügte ich noch hinzu, aber das war schon nicht mehr nötig. Der erste Schlag hatte bereits gesessen. Für die letzten Minuten unserer Reise wurde der Kunsthändler sehr einsilbig. Und er hat doch Dreck am Stecken, dachte ich, sonst hätte er souveräner reagiert. Ich versuchte noch ein-, zweimal das Gespräch wieder aufleben zu lassen, aber es war vergebens. Selbst als das Flugzeug unter dem Beifall der Passagiere butterweich aufsetzte und den Runway entlang zu dem pseudofuturistischen Hauptgebäude des Maya-Maya International Airport fuhr, vermied er jeden Blickkontakt. Von seinem Schmuck war keine Spur mehr zu sehen, denn er hielt seine Hände auffallend gewissenhaft unter seinem Burnus verborgen. Um ehrlich zu sein, er interessierte mich auch nicht mehr, denn ich war viel zu sehr damit beschäftigt, die neuen Eindrücke aufzusaugen, die sich draußen vor dem Fenster boten. Eigentlich gab es nichts Spektakuläres zu sehen, nur ein paar flache, rostige Wellblechgebäude am Rande des Rollfelds, Betonplatten, zwischen denen Grünzeug wucherte, und dichte hohe Baumreihen jenseits des Maschendrahtes. Trotzdem war dieser Anblick von einer Fremdheit, die mich sofort in ihren Bann schlug.

Als das Flugzeug stoppte, ging das große Gedränge los. Da ich kein Handgepäck aus einem der oberen Verschläge holen musste und zudem sehr weit vorne saß, gelang es mir, das Flugzeug als einer der Ersten zu verlassen. Auf der silbernen Treppe hielt ich kurz inne. Die Hitze schlug mir entgegen wie eine Mauer. Es mochte um die fünfunddreißig Grad warm sein, und sofort bildete sich ein Schweißfilm auf meiner Haut. Die Luftfeuchtigkeit war beinahe mit Händen zu greifen. In der Luft lag der Geruch von Moder und verrottenden Pflanzen. Wie im Tropenhaus des Londoner Zoos, dachte ich, während ich die Treppe hinunterstieg und zum Shuttlebus ging. Ich mochte diesen Duft und seine belebende Wirkung.

Im Nu war das wackelige Gefährt voll und fuhr schlingernd Richtung Hauptgebäude. Ich bemerkte, dass es hier von bewaffneten Militärs nur so wimmelte. Junge Burschen, achtzehn bis zwanzig Jahre alt, die ihre Kalaschnikows im Anschlag hielten und nur darauf zu warten schienen, dass irgendetwas passierte. Es wurde nicht besser, als wir das Gebäude betraten. Sie waren praktisch überall, an jedem Durchgang, jeder Tür, jeder Treppe und vor allem an der Gepäckausgabe. Dort stand ein ganzer Pulk. Und was das Schlimmste war, sie schienen mich zu beobachten. Mir kam es vor, als würden mich ihre Blicke überallhin verfolgen. Vielleicht weil ich zu diesem Zeitpunkt der einzige Weiße war, vielleicht aber auch, weil ich mich so fehl am Platze fühlte. Sie riechen meine Angst, schoss es mir durch den Kopf. Ich war froh, als ich endlich meine beiden Reisetaschen in den Händen hielt und Richtung Zollkontrolle entwischen konnte.

Dort stieß ich auf das erste größere Hindernis. Es trat in Form eines bulligen, zwei Meter großen Sicherheitsoffiziers an mich heran und gab mir mit seiner gesamten Ausstrahlung zu verstehen, dass mit ihm nicht zu spaßen sei. Er signalisierte mir, die Arme zu heben und die Beine zu spreizen, was ich natürlich sofort tat. Trotzdem hatte ich, während er mich abtastete, das Gefühl, als würde er sich schon allein durch meine Anwesenheit provoziert fühlen. Er redete in einer Sprache auf mich ein, die ich nicht verstand. Ich bin gewiss kein Sprachgenie, aber neben Französisch und Italienisch verfüge ich noch über rudimentäre Sprachkenntnisse in Suaheli, ein Relikt aus meiner Zeit in Tansania. Nichts davon half mir weiter. Wahrscheinlich handelte es sich um Kikongo oder Lingala, eine der beiden Landessprachen. Vielleicht sollte ich ihn auch gar nicht verstehen, sondern mich nur unwohl fühlen. Falls das in seiner Absicht lag, so hatte er Erfolg. Irgendwann griff er in meine Hemdtasche und zog meinen Kugelschreiber heraus, mit dem er mir vor der Nase herumfuchtelte. Er klang nun deutlich lauter und aggressiver. Bald gesellte sich ein kleinerer Mann zu uns, der mir den Wortschwall in akzentfreies Französisch übersetzte.

»Er fragt Sie, wie es Ihnen gelungen ist, eine Waffe an Bord zu schmuggeln.«

»Wie bitte? Das ist mein Kugelschreiber, mit dem ich seit Jahr und Tag schreibe. Wer kommt auf die Idee, dass ich den als Waffe einsetzen könnte?«

Der Große hielt mir den Stift vor die Nase und tippte mit dem Finger auf die Spitze. Anscheinend hatte er jedes meiner Worte verstanden.

»In unserem Land wären Sie damit nicht durch die Kontrollen gekommen«, erläuterte der Kleine.

»Jeder Zahnstocher ist gefährlicher als das da«, protestierte ich.

»Aber jetzt bin ich schon mal da. Was wollen Sie machen, mich wegen eines Kugelschreibers wieder zurückschicken?« Noch während ich das sagte, merkte ich, dass ich einen Fehler begangen hatte. Der große Wachmann versteifte sich, packte mich am Arm und zog mich mit sich. Der andere lief nebenher und setzte eine amtliche Miene auf. »Wir müssen Sie einer Routineuntersuchung unterziehen«, sagte er. »Nichts Aufregendes, nur die Kontrolle Ihrer Papiere, Impfzeugnisse und Einreisevisa. Ich hoffe, Sie haben alles griffbereit. Bitte folgen Sie uns, ohne Widerstand zu leisten.«

Mir war die Sache mehr als peinlich, und als ich das schadenfrohe Gesicht des Kunsthändlers sah, wäre ich vor Scham am liebsten im Boden versunken. Die Wachmänner führten mich in ein spartanisch eingerichtetes Büro und schlossen die Tür. Der Große pflanzte sich sogleich davor, damit ich ja nicht auf die Idee kam, auszubüxen. Der andere nahm währenddessen auf der gegenüberliegenden Seite des nikotinfleckigen Resopaltisches Platz. Hinter ihm hing ein Porträt des amtierenden Regierungschefs, Denis Sassou-Nguesso. Mit einer knappen Handbewegung bot er mir einen Stuhl an. Plötzlich wurde mir klar, dass er derjenige war, der in Wirklichkeit das Sagen hatte. Wortlos streckte er mir seine Hand hin, eine Geste, die ich sofort verstand. Ich händigte ihm sämtliche Papiere aus, denn ich fühlte, dass dies nicht der rechte Augenblick war, um den bockigen Touristen zu spielen.

Schon als er mein Impfbuch öffnete, merkte ich, dass mir Ärger bevorstand. Er schüttelte den Kopf und befingerte das Dokument, als würde eine ansteckende Krankheit von ihm ausgehen.

»Das sieht leider nicht gut aus«, bemerkte er nach einer Weile. »Ihre Impfbescheinigung ist unvollständig.«

»Ist doch nicht möglich«, widersprach ich energisch. »Die Impfungen wurden exakt nach den erforderlichen Standards durchgeführt. Ich habe die Liste selbst gesehen.«

Wieder blätterte er die Seiten durch. »Und wo ist der Cholera-Bescheid? Ich kann ihn nicht finden.« Er warf mir das Impfbuch mit einer lässigen Bewegung über den Tisch.

»Cholera? Die Impfung ist nach den aktuellen Bestimmungen der WHO gar nicht notwendig. Es gibt keine Fälle von Cholera im Kongo.«

»Das sagen Sie. Uns liegen andere Informationen vor. Ich darf Sie nicht in unser Land lassen. Zu Ihrem eigenen Schutz, wohlgemerkt. Tut mir leid, aber Sie müssen nach London zurück.« Er zuckte mit den Schultern in einer Geste gespielten Bedauerns.

Ich spürte, wie mir der Boden unter den Füßen weggezogen wurde. »Aber es muss doch eine Möglichkeit geben. Vielleicht, dass ich die Impfung hier erhalte. Es ist von äußerster Wichtigkeit ...«, fügte ich hinzu, in vollem Bewusstsein, wie jämmerlich meine Argumente klingen mussten.

Überraschenderweise schien er genau auf dieses Stichwort gewartet zu haben. »Nun ...«, setzte er an und strich mit seinen Händen über die Resopalplatte, als ob er ein imaginäres Tischtuch glättete. »Es gibt eine Möglichkeit. Aber es ist nicht legal, verstehen Sie? Ich müsste einiges in Bewegung setzen, um das für Sie zu arrangieren, und würde dabei meinen Kopf riskieren. Aber wie gesagt, machbar wäre es schon.« Er schenkte mir ein gequältes Lächeln, und ich ahnte, worauf dieses Gespräch hinauslief. Ich wollte gerade ansetzen, ihn nach dem Preis für seine Dienste zu fragen, als das Telefon klingelte. Er hob ab, und ich merkte an seinem Gesichtsausdruck und den finsteren Blicken, die er mir zuwarf, dass der Anruf etwas mit mir zu tun haben musste. Es schien ihm nicht zu gefallen, was er hörte. Das wiederum konnte nur Gutes bedeuten.

Er legte auf und richtete einige Worte an seinen bulligen Kollegen, der daraufhin das Zimmer verließ. Als er sich mir zuwandte, überzog wieder ein Lächeln sein Gesicht, doch diesmal wirkte es betont freundlich. Er zündete sich eine Zigarette an und hielt mir die Schachtel hin.

»Möchten Sie?«

Ich schüttelte den Kopf.

Der Mann nahm einen tiefen Zug und begann dann, mit warmer, freundlicher Stimme zu sprechen: »Ich habe mich noch gar nicht vorgestellt. Mein Name ist Josèphe Manou, Leiter des Sicherheitsdienstes«, er tippte auf sein Schulterabzeichen. »Mr. Astbury, verzeihen Sie die Unannehmlichkeiten, aber die Sicherheitsbestimmungen sind zu unser aller Schutz. Wir sind das Land in Äquatorialafrika mit den härtesten Einreisebestimmungen, und das aus gutem Grund.« Er nahm einen weiteren Zug. »Sehen Sie, jährlich sterben viele tausend Menschen an den Folgen von Vireninfektionen. Wir dürfen daher mit unseren Vorsichtsmaßnahmen nicht nachlässig sein und müssen jeden zurückweisen, der nicht über den nötigen Impfschutz verfügt.« Er stand auf und begann im Zimmer auf und ab zu gehen. »Und als ob das nicht schon genug wäre, haben wir auch noch Probleme mit der inneren Sicherheit. Seit jeher schon stehen wir im Zentrum des Interesses internationaler terroristischer Vereinigungen, doch seit dem 11. September

2001 hat sich die Lage beträchtlich verschärft. Sie haben die Wachmannschaften sicherlich bemerkt.« Er klopfte mit der Hand gegen eine Fotowand, auf der die Köpfe der meistgesuchten Terroristen zu sehen waren. »Wir sind hier alle sehr angespannt, das werden Sie sicher verstehen. Verzeihen Sie, wenn Mandegu vorhin etwas grob vorgegangen ist. Tja, und was Sie betrifft ...«, er setzte sich wieder und blätterte noch einmal in meinem Pass herum, als wäre es ein Buch, in dem aufregende Dinge zu lesen waren, »... Sie haben Besuch.« Er schlug den Pass zu und schob ihn mir wieder hin.

Von wem, wollte ich fragen, aber da öffnete sich schon die Tür, und der Mann, den der Leiter des Sicherheitsdienstes als Mandegu bezeichnet hatte, trat ein. In Begleitung einer jungen schwarzen Frau. Sie trug Bluejeans und ein T-Shirt, auf dem das verwüstete Gesicht des Rocksängers Iggy Pop zu sehen war. Ihr Haar war zu vielen kleinen Zöpfen geflochten, und ihr Gesicht war schmal und von außerordentlicher Schönheit. Die Frau wirkte zunächst verschüchtert und ängstlich, doch ich erkannte schnell, dass das eine Fehleinschätzung war. Als sie den Mund öffnete, ging ein Wortgewitter über dem Sicherheitsleiter nieder, dass diesem Hören und Sehen verging. Während sie auf ihn einschimpfte, fuchtelte sie ihm mit einem Dokument vor der Nase herum. Zwar verstand ich kein Wort, aber ihre Gestik und Mimik deuteten an, dass sie über meine Behandlung äußerst verstimmt war. Josèphe Manou hob abwehrend die Hände und versuchte sich zu rechtfertigen, aber gegen die resolute Frau hatte er keine Chance. Er entriss ihren Fingern das Dokument, überflog es, stempelte es ab und gab es ihr zurück, den Durchschlag behielt er für sich.

»Mr. Astbury, darf ich Ihnen Mademoiselle n'Garong vorstellen? Sie kommt im Auftrag der Universität und wird sich von nun an um Sie kümmern.« Damit warf er mir einen amüsierten Blick zu. »Hiermit entlasse ich Sie aus unserer Obhut und wünsche Ihnen noch einen schönen Aufenthalt in unserem herrlichen Land.« Er streckte mir seine Hand entgegen. »Au revoir, Monsieur.«

Das war alles. Keine Erklärung, keine Entschuldigung, nichts. Au revoir. Ich war so verblüfft ob der Schnelligkeit, mit der auf einmal alles vor sich gegangen war, dass ich nicht mal mehr die Frage stellen konnte, was zur Hölle denn nun eigentlich mit meiner Cholera-Impfung war. Aber dazu blieb keine Zeit. Die Frau drängte mich aus dem Zimmer, und ehe ich mich versah, befand ich mich bereits an Bord eines brandneuen Renault Mégane und auf dem Weg nach Brazzaville.

14

Idioten«, murmelte die Frau neben mir, während sie mit halsbrecherischem Tempo über die schlecht asphaltierte Straße Richtung Stadtzentrum bretterte. »Hirnverbrannte Idioten.«

»Wen meinen Sie?«

Sie warf mir einen kurzen Blick aus den Augenwinkeln zu, dann konzentrierte sie sich wieder auf das Verkehrschaos vor uns. »Diese verdammten Militärs«, entgegnete sie und setzte trotz des Gegenverkehrs zu einem Überholmanöver an. »Die tun, was sie wollen. Irgendwann werden sie hier den ganzen Laden übernehmen. Sie wussten seit Tagen von Ihrer Ankunft.« Sie schlug mit der Hand auf das Lenkrad. »Ich haben ihnen alle Unterlagen persönlich vorgelegt, einschließlich Ihres Passbilds. Sie wussten, wie Sie heißen, sie wussten, wie Sie aussehen, und sie wussten, wann Sie eintreffen. Es kann also kaum ein Zufall gewesen sein, dass man ausgerechnet Sie herausgefischt hat. Was wollten sie überhaupt?«

»Sie haben behauptet, mein Impfschutz wäre nicht in Ordnung. Ich hätte keinen Choleraschutz – was ja auch stimmt. Aber ich dachte ...«

»Cholera, hm? Da hat man Sie reingelegt. Es gibt zurzeit keine Fälle von Cholera im Kongo.«

»Das habe ich ihnen auch gesagt, aber sie haben sich stur gestellt und behaupteten, sie müssten mich zurückschicken, wenn ich mich nicht sofort impfen ließe.« Ich schüttelte den Kopf. »Wenn es hier keine Cholera gibt, was sollte dann die Aktion?«

Aus der Art, wie sie mich ansah, schloss ich, dass sie mich in diesem Moment für ein Wesen von einem anderen Stern hielt.

»Es ging natürlich um Geld. Irgendwie haben sie trotz unserer Geheimhaltung erfahren, dass Sie ein Mitglied der Expedition sind. Sie dachten wohl, sie könnten einen Teil unserer Gelder in die eigenen Taschen abzweigen. Wäre ich nicht zur Stelle gewesen, man hätte Ihnen alles abgeknöpft, was Sie besitzen. Man hätte Sie ausgezogen bis aufs Hemd, wie man so schön sagt.« Sie zwinkerte mir zu. »Wäre sicher ein netter Anblick gewesen. Übrigens, nennen Sie mich Elieshi. Ich arbeite an der Naturwissenschaftlichen Fakultät der Universität Brazzaville«, fügte sie hinzu und reichte mir ihre Hand. Dabei unterbrach sie nicht für eine Sekunde ihren kriminellen Fahrstil.

»David«, entgegnete ich mit einem besorgten Blick nach vorn. Zum wiederholten Mal versuchte ich den Gedanken abzuschütteln, was wohl geschehen würde, wenn eines der entgegenkommenden Autos ausnahmsweise nicht ausweichen würde.

Doch der Adrenalinschub machte meinen umnebelten Verstand schlagartig wieder klar. Was war ich doch für ein vergesslicher Dummkopf. »Großer Gott, bitte entschuldigen Sie meine Unaufmerksamkeit«, sagte ich. »Sie sind die Biologin, die uns in den Norden begleiten wird, nicht wahr?« Ich hoffte, Sie merkte nicht, wie peinlich es mir war, dass ich sie im ersten Moment nicht erkannt hatte.

»So ist es. Freut Sie das?«

»Nun ich ... äh.« Ich fühlte mich ertappt. »Schon ... ja. Ich dachte zuerst, Sie wären nur irgendeine Institutsangestellte.«

Mein Gott, wie sich das anhören musste. Ich stammelte herum wie ein Teenager.

»Klingt nicht sehr überzeugend«, sagte sie in gespieltem Ernst. »Gefällt Ihnen etwas nicht an mir?« Sie blickte mich herausfordernd an.

»Nein ... ja. Wie war noch mal die Frage?« Ich spürte, wie mir die Schamesröte ins Gesicht stieg. Sie lachte. Es machte ihr offensichtlich einen Heidenspaß, mich in Verlegenheit zu bringen, aber ich konnte nicht entsprechend locker darauf reagieren. Lag das an meiner Müdigkeit, ihrer dunklen Hautfarbe oder an ihrer ganz und gar extrovertierten Art?

»Ich habe gehört, Sie arbeiten am Lehrstuhl für strukturelle Biologie. Was genau machen Sie da?«, fragte sie, während sie sich zwischen zwei Laster quetschte.

»Ich untersuche Proteine, die mittels intrazellulärer Signalwege das Zellwachstum und die Zelldifferenzierung bei gesundem Gewebe steuern, und wie diese Prozesse bei Deregulation an der Krebsentstehung beteiligt sind. Außerdem befasse ich mich mit Reaktionsabläufen einzelner Proteine und erforsche die Techniken der Protein-Kristallografie.«

»Davon habe ich noch nie gehört.«

»Sie dient dazu, die atomare Architektur von Proteinen zu enträtseln. Die Eiweiße werden kristallisiert und mit Synchrotronlicht bestrahlt. Die resultierenden Beugungsmuster lassen Rückschlüsse auf die Struktur des Protein-Moleküls zu. Was wiederum beim Prozess des Klonens von großer Wichtigkeit ist.«

»Klingt spannend«, sagte sie völlig emotionslos, dann ging es wieder mit Schwung auf die Gegenfahrbahn.

Ich musste mich ablenken, und das gelang mir am besten, indem ich meine Begleiterin verstohlen musterte. Jetzt, bei Tageslicht, sah sie noch schöner aus. Ihre Nase war gerade und schmal, was für diese Region eher ungewöhnlich war. Doch sie schien nicht der Typ zu sein, der übertriebenen Wert auf Äußerlichkeiten legte. Schon dieses T-Shirt. Nichts gegen Iggy Pop, der war cool, aber ich hätte niemals vermutet, dass man sich in diesem Teil der Welt als Angestellter einer Universität derartig locker kleiden konnte. Ein dünner Schweißfilm bedeckte ihre Haut, und ich musste gestehen, dass mich das anmachte. Ich musste an Sarah und die letzte Nacht denken und seufzte.

»Sind eigentlich Maloney und Sixpence schon eingetroffen?«, versuchte ich das Gespräch in andere Bahnen zu lenken.

»Yep. Sind gestern mit der Abendmaschine gekommen. Das sind ja zwei komische Vögel. Dieser Maloney ist echt scharf, ein echter Großwildjäger. Mann, ich habe gedacht, diese Typen seien längst ausgestorben. Die zwei haben sich gleich ins Institut chauffieren lassen und damit begonnen, die gesamte Ausrüstung zu checken. Ich habe kaum drei Sätze mit ihnen wechseln können. Eigentlich hätte ich gern ein paar neue Informationen erhalten, über den Ablauf der Expedition und so, aber kaum dass wir im Institut waren, haben sich die beiden schon verkrümelt.«

»Ja, sehr gesprächig sind die nicht. Aber zu Ihnen: Was machen Sie so?« Ich versuchte das Gespräch in eine andere Richtung zu lenken, denn ich fand es befremdlich, dass Elieshi so wenig über die Expedition zu wissen schien. Ich hatte vermutet, sie würde in alle Einzelheiten eingeweiht sein. Dass dem nicht so war, verunsicherte mich. Elieshi schien aber von mir kein ausführlicheres Briefing zu erwarten.

»Mein Spezialgebiet ist die Bioakustik.« Sie griff in das völlig überfüllte Handschuhfach und fingerte mit zielsicherem Griff eine Packung Wrigleys hervor. »Kaugummi?«

Ich schüttelte den Kopf. »Bioakustik? Hat das etwas mit Walgesängen zu tun?«

Sie steckte sich den Kaugummi in den Mund und strich sich danach über das Haar, so dass die Zöpfchen klingelten. »Unter anderem. In den Fünfzigerjahren hat die amerikanische Marine ein Netzwerk von Unterwassermikrofonen, so genannte Hydrofone, entwickelt, um damit feindliche Schiffe zu erkennen. Kalter Krieg, verstehen Sie?«

Ich nickte.

»In den Neunzigerjahren gewährte die Navy dann endlich zivilen Wissenschaftlern Zugang zum I.U.S.S.-Netzwerk, dem *Integrated Underwater Surveillance System,* einem Patent zum Aufspüren von Tönen im unteren Frequenzbereich. Eigentlich war es dafür gedacht, feindliche U-Boote aufzustöbern. Es eignet sich aber auch hervorragend für Töne, wie sie von Walen ausgesandt werden. Seitdem ist es möglich, die Wanderung der Wale weltweit aufzuzeichnen und zu dokumentieren.«

»Und was haben Sie damit zu tun? Ich meine, Wale gibt's hier ja wohl nicht, oder?«

Sie grinste schelmisch. »Nein, ich befasse mich mit Landbewohnern – mit den größten allerdings.«

»Elefanten?«

»Korrekt, Herr Professor.« Sie schob sich einen weiteren Kaugummi in den Mund, dadurch konnte ich sie noch schlechter verstehen, als das bei dem Poltern des Wagens auf der unebenen Straße ohnehin schon der Fall war. »Loxodonta cyclotis. Waldelefanten. Ich habe in den letzten Jahren für den WCS umfassende Forschungen betrieben, mit dem Ziel, Anzahl und Sozialverhalten dieser hochgradig vom Aussterben bedrohten Art zu ermitteln. Elefanten senden, genau wie Wale, niederfrequente Töne aus, viele davon sogar im Infraschallbereich, einer Tonlage also, die unterhalb der menschlichen Hörgrenze liegt.«

Während ich das hörte, musste ich an meinen Flugnachbarn denken. Zufälligerweise hatte ich mit meiner Notlüge, etwas mit dem WCS zu tun zu haben, gar nicht so weit danebengelegen. Elieshi schien nicht zu bemerken, dass ich mit meinen Gedanken abgedriftet war. Sie plauderte munter weiter: »Mit dem richtigen Equipment lassen sich die Laute hörbar machen, aufzeichnen und sogar optisch darstellen. Eine revolutionäre neue Technik. Ist natürlich ein Haufen Elektronik, den man da mit sich rumschleppt, besonders die Batterien der *ARU's*, der *Auto Recording Units,* sind schwer, aber dafür funktioniert das System dann auch über einen Monat lang. Können Sie mir so weit folgen, Professor?«

»Wieso nennen Sie mich eigentlich immer Professor?«

Sie schnalzte mit der Zunge, blieb die Antwort aber schuldig. Ich starrte aus dem Fenster. Draußen zogen die ersten Slums vorbei, Vorboten der Stadt. Mir war ein Gedanke gekommen, der mich beunruhigte. Ich begann zu begreifen, warum man Elieshi engagiert hatte. Wenn man die Laute von Elefanten aufzeichnen und verfolgen konnte, gelang das vielleicht auch mit Tönen, die der Kongosaurier von sich gab. Die Frage war nur: Wusste sie, wonach wir suchten? War sie sich der Gefahr bewusst, in die wir uns begaben?

»Na, Professor, wo drückt der Schuh?« Sie warf mir wieder einen dieser Blicke zu.

»Danke, alles bestens.«

»Ich hoffe, Sie nehmen es mir nicht übel, wenn ich das sage, aber Sie wirken so ... so englisch.«

»Englisch?«

»Genau. So zugeknöpft. Als hätten Sie ein Lineal verschluckt. Haben Sie eine Freundin?«

Die Frage kam so unvermutet, dass ich schon wieder sprachlos war. »Ich ... nein. Ja ... doch. Aber nicht direkt.«

»Also was denn nun? Man weiß doch, ob man eine hat oder nicht. So schwer kann doch eine solche Frage selbst für einen Engländer nicht sein.«

Ich seufzte. Die Situation entsprach nicht dem, was ich erwartet hatte. Dieses Versteckspiel gefiel mir nicht. Außerdem nervte mich Elieshis Art, mich immer wieder als Tölpel zu entlarven.

»Doch, ist sie«, sagte ich. »Es ist eine komplizierte Geschichte, und ich habe keine Lust, jetzt darüber zu reden. Es war eine kurze Nacht und ein langer Flug. Zehn Stunden lang habe ich in einer Sardinendose gesessen, mit so einem beschissenen Nackenkissen um den Hals. Ich bin müde und möchte einfach nur etwas Ruhe haben.«

»Okay, okay, ich sag ja nichts mehr.« Sie hob beide Hände in einer Geste der Entschuldigung vom Lenkrad. Ich zuckte schon wieder zusammen angesichts des Lkws, der sich von vorn näherte.

»Könnten Sie bitte ...«, ich wischte mir den Schweiß von der Stirn, als Elieshi zwischen zwei dicht aufeinander fahrenden Autos einscherte, »... ein wenig langsamer fahren? Ihr Fahrstil ist wirklich gewöhnungsbedürftig. Wenn Sie nicht möchten, dass ich mich in Ihrem Auto übergebe ...« Ich ließ den Satz unvollendet.

»Ist nicht mein Auto«, erwiderte sie knapp. »Ist Regierungseigentum. Die wären sicher nicht begeistert, wenn sie ein dreckiges Auto zurückbekommen. Das würde eine Menge Papierkram nach sich ziehen.«

Zu meiner Erleichterung drosselte Elieshi das Tempo.

Der Rest der Fahrt verlief in völligem Schweigen. Ich hatte mich zurückgelehnt und war mit meinen Gedanken bei Sarah, während draußen die Baracken der Slums vorbeizogen. Die letzte Nacht war wundervoll gewesen. Zärtlich und leidenschaftlich. Welch ein Kontrast zum heutigen Tag. Wehmütig blickte ich nach draußen.

Je mehr wir uns dem Stadtkern näherten, desto mehr wuchsen unansehnliche Betonblöcke aus dem Boden, die den Charme der frühen Siebzigerjahre versprühten. Flott hochgezogen, waren den Bauherren unterwegs die Gelder ausgegangen, so dass fast alle Gebäude unvollendet waren. Manchen fehlte sogar die Verglasung, was viele Händler aber nicht davon abhielt, sich in diesen Etagen niederzulassen. So etwas wie Sicherheitsvorschriften schien es hier nicht zu geben, und so sah man Menschen, die heftig miteinander verhandelten, während es neben ihnen zwanzig Meter in die Tiefe ging. Aber wäre tatsächlich mal einer abgestürzt, er wäre weich gefallen. Die Straßen waren mit Fußgängern derart übervölkert, dass es keinen Handbreit freien Boden gab. Händler, Passanten, Geschäftsleute und Bettler tummelten sich zwischen den Autos, Mopeds und Fahrrädern und brachten den Verkehr fast völlig zum Erliegen. Obstverkäufer priesen Mangos, Papayas und Ananas an, die, zu abenteuerlichen Pyramiden gestapelt, auf wackeligen Holzkarren lagen.

»Rushhour, nicht wahr?«, bemerkte ich in Elieshis Richtung, die gerade dabei war, einen fahrenden Händler gewaltsam zur Seite zu schieben, der uns Tageszeitungen anzudrehen versuchte. Überhaupt schien mir, als sei besonders unser Auto zum begehrten Ziel von Krämern aller Art geworden. Kein Wunder, saßen wir doch in dem einzigen Fahrzeug weit und breit, das keine nennenswerten Rostschäden aufwies.

»Keine Rushhour, nein. Dummerweise haben sie heute Morgen die Peripherique gesperrt. Es gibt keinen anderen Weg als durch dieses Getümmel.« Sie drehte die Scheibe herunter und rief einem Trupp von Fahrradfahrern vor uns etwas hinterher, das, auch ohne dass ich ein Wort verstand, höchst unfreundlich klang. Die Worte verfehlten nicht ihre Wirkung, und der Trupp löste sich anstandslos auf. Als wir an ihnen vorbeifuhren, gab es Gelächter und Gejohle. Elieshi reckte ihre Hand mit erhobenem Mittelfinger aus dem Fenster.

Danach ging es besser voran. Wir hatten das Schlimmste

hinter uns. Keine zehn Minuten später hatten wir das Universitätsgelände erreicht. Das Gebiet war großräumig umzäunt, und der Wachmann, der uns am Pförtnerhäuschen in Empfang nahm, ließ sich meine Ausweispapiere zeigen. Elieshi und er schienen gut befreundet zu sein, denn sie scherzten und lachten eine Weile. Dabei hatte ich mehr als einmal das Gefühl, dass es um mich ging. Da ich nicht als schlechter Verlierer dastehen wollte, lächelte ich ebenfalls, und als der Mann die Schranke hob und uns durchwinkte, warf ich ihm einen fröhlichen Gruß zu. Elieshi blickte mich schief an, steuerte den Mégane um eine Reihe von Holzhäusern herum und stellte ihn auf dem Besucherparkplatz im Schatten einiger Fächerpalmen ab.

»So, da wären wir. Willkommen an der Universität von Brazzaville. Schnappen Sie sich Ihre Taschen und folgen Sie mir.« Sie griff nach einem Pappkarton, der auf der Rückbank lag und stieg aus. Ich ging zum Kofferraum, holte meine beiden Taschen heraus und eilte ihr hinterher. Sie ging auf eine Reihe von weiß getünchten Holzbaracken zu, vor deren Fenstern schwere Eisengitter angebracht waren. Als wir Nummer zwölf erreicht hatten, klemmte sie sich die Schachtel unters Kinn, zog einen riesigen Schlüsselbund aus der Hosentasche und schloss auf. Innen empfing uns brütende Hitze, vermischt mit einem Geruch von Desinfektionsmitteln und Mottenkugeln. Die Einrichtung bestand im Wesentlichen aus einem Bett, über dem ein langes Moskitonetz hing, einem termitenzerfressenen Kleiderschrank und einem Sessel, der so brüchig aussah, dass sich nur ein Lebensmüder freiwillig darin niedergelassen hätte.

»Das sind unsere Gästehäuser. Etwas Besseres werden Sie in der ganzen Stadt nicht finden. Fühlen Sie sich ganz wie zu Hause«, sagte sie, doch ich hatte den Eindruck, dass sie es überhaupt nicht so meinte. »Wenn Sie möchten, können Sie noch ein wenig schlafen und sich frisch machen.« Sie blickte auf die Uhr. »In einer guten Stunde, um halb sechs, treffen wir uns draußen auf dem Parkplatz und gehen etwas essen. Okay?«

»Wo sind denn die anderen?«, fragte ich.

»Ich vermute unten an den Docks. Sie wollten bis zum Abend den Großteil der Ausrüstung verladen haben, damit wir morgen früh zeitig starten können.«

Ich setzte mich auf den Rand des Bettes. »Was denn, schon morgen? Das geht aber alles ziemlich plötzlich.«

»Time is money, nicht wahr? Lady Palmbridge ist zwar reich, aber so reich nun auch wieder nicht. Außerdem ist sie ungeduldig. Immerhin handelt es sich ja um die Rettung ihrer Tochter.«

Ich runzelte die Stirn. Vielleicht wusste Elieshi doch mehr, als ich vermutete. Ich wagte jedoch nicht danach zu fragen, ehe ich mit Maloney und Sixpence geredet hatte. »Ja, stimmt schon. Ist denn das Material schon verpackt?«

»Darum habe ich mich bereits gekümmert. Was Maloney und Sixpence dabeihaben, weiß ich nicht, sie haben mir den Inhalt ihrer Kisten nicht gezeigt, aber es war nicht gerade wenig. Was mich betrifft, so habe ich die letzten drei Wochen fast ausschließlich damit verbracht, Zelte, Kocher, Proviant, Medikamente und technisches Gerät zusammenzustellen. «

Ich pfiff durch die Zähne. Elieshi schien ganz schön anpacken zu können, wenn es nötig war. Es tat mir leid, dass wir so einen schlechten Start gehabt hatten. Sie klemmte sich ihren Pappkarton unter den Arm, wandte sich zum Gehen und deutete nebenbei auf das Mückennetz. »Ich würde Ihnen übrigens dringend raten, das da zu benutzen. In Brazzaville leiden siebzig Prozent der Bevölkerung unter Malaria.«

»Danke«, brummte ich. »Ich werde dran denken.«

Als sich Elieshi zum Gehen wandte, fiel mir noch etwas ein. »Was ich Sie noch fragen wollte: Haben wir auch einen Geigerzähler dabei?«

»Wozu das denn?«

»War nur so ein Gedanke. Ich habe mich vor Antritt der Reise etwas näher mit dem See befasst und bin auf einige Ungereimtheiten gestoßen, denen ich gern nachgehen würde. Wenn es sich irgendwie einrichten ließe, einen dabeizuhaben, wäre das hilfreich für mich.«

»Einen Geigerzähler«, sie drehte gedankenverloren einen Zopf um ihren Finger. »Garantieren kann ich es nicht, aber ich werde es versuchen. Bis dann.«

»Bis ...«, wollte ich noch antworten, doch da war die Tür bereits ins Schloss gefallen.

15

Als ich erwachte, war mir, als schiene der Mond in mein Gesicht. Ich blickte mich um und sah, dass ich am Rande eines Sees saß, der sich wie eine Spiegelfläche vor mir ausbreitete. Das Wasser war so ruhig, dass ich erst mal die Hand in das kühle Nass tauchen musste, um mich zu überzeugen, dass ich nicht träumte. Das Wasser fühlte sich ölig an, und als ich die Hand wieder herauszog, bildeten sich Wellen, die sich in konzentrischen Kreisen ausbreiteten und sich in weiter Ferne verloren. Der klagende Ruf einer Eule hallte über das Wasser. Einsam war es hier. Einsam und kalt. Mein Atem kondensierte in der Luft zu Nebelwölkchen, die gespenstergleich in der mondhellen Nachtluft verwehten. Ich blickte mich um, auf der Suche nach einem vertrauten Gesicht, aber ich war allein. Aus irgendeinem Grund wagte ich es nicht, laut zu rufen. Die Stille hatte etwas Heiliges, und ich wollte sie nicht mit profanem Gebrüll entweihen. Ich blickte an mir herab. Merkwürdigerweise befanden sich keine Schuhe an meinen Füßen, und meine Kleidung hing in Fetzen an mir herunter. Zudem bemerkte ich voller Schrecken, dass meine Haut mit Schürfwunden und Prellungen übersät war. Ich wusste nicht, woher diese

Verletzungen stammten. Es war, als habe sich ein Schatten auf mein Gedächtnis gelegt, den ich nicht zu durchdringen vermochte.

Schwerfällig und unter großen Schmerzen begann ich mich aufzurichten und ein Stück des grasbewachsenen Ufers entlangzugehen. Der Boden fühlte sich weich und angenehm an, und es dauerte nicht lange, da spürte ich meine Verletzungen kaum noch. Langsam, geradezu traumwandlerisch, umrundete ich den See, der mich wie ein großes schwarzes Auge anzustarren schien. Ich fühlte mich unbehaglich, so ganz allein in dieser fremden Umgebung, und ich hatte gerade beschlossen, dem merkwürdigen See den Rücken zu kehren, als ich vernahm, wie in seiner Mitte Luftblasen aufstiegen. Erst vereinzelt, dann in immer größerer Menge sprudelten sie empor, bis sie zu einer schäumenden Fontäne wurden. Immer höher und höher schoss das Wasser empor, bis die Wassertropfen im gleißenden Licht des Mondes einen feinen Regenbogen auf den Himmel zeichneten. Es war ein wunderbarer Anblick. Wunderbar und erschreckend zugleich. Während ich noch fasziniert zu den mannigfaltigen Lichtbrechungen hinaufstarrte, stieg etwas Dunkles aus den Tiefen des Sees an die Oberfläche. Schwarz und glänzend tauchte es auf, erhob sich über die Spiegelfläche und löschte den funkelnden Regenbogen aus. Es war riesig, und es kam auf mich zu. Ich wollte fliehen, doch dann merkte ich, dass meine Füße festgewachsen waren. Schlingpflanzen hatten sie eingesponnen und verhinderten, dass ich mich auch nur um einen Zentimeter bewegen konnte. Wie gelähmt musste ich zusehen, wie das schwarze Etwas näher und näher kam. Als es nur mehr eine Armlänge von mir entfernt war, richtete es sich zu seiner vollen Größe auf und öffnete seine Augen. Zwei funkelnden Smaragden gleich blickten sie auf mich herab und schienen sagen zu wollen: »Was tust du hier? Wie kannst du es wagen, meinen heiligen Ruheplatz mit deiner

Anwesenheit zu entweihen?« Doch tatsächlich hörte ich außer dem Gluckern des Wassers, das in öligen Schlieren seinen langen Hals herunterfloss, keinen Laut. Das Wesen mit den grünen Augen hob den Kopf, blähte seine faustgroßen Nüstern und ließ ein tiefes Grollen in seiner Kehle ertönen. Und dann, ich konnte es kaum glauben, begann es zu sprechen. Langsam und ungelenk, als hätte es seine Stimme seit Hunderten von Jahren nicht mehr benutzt. Zuerst verstand ich nicht, was es sagte, denn das Wesen sprach langsam und in einer Tonlage, die für das menschliche Ohr kaum mehr zu hören war. Doch nach einer Weile vernahm ich Worte, die mir vertraut waren. Worte in meiner Sprache.

»Wachen Sie auf, Mr. Astbury«, sagte das Wesen. »Ich habe Hunger.« Mit diesem Satz öffnete die Gestalt ihr gewaltiges Maul und spie eine eklige, weiße Flüssigkeit auf mich herab.

*

Mit einem Ruck fuhr ich auf und fand mich eingesponnen in weiße Fäden. Eine Schrecksekunde lang glaubte ich, es handele sich tatsächlich um den klebrigen Speichel der Bestie, aber dann stellte ich fest, dass es nur das Moskitonetz war.

»Na, Mr. Astbury, schlecht geträumt?«

Ich fuhr zusammen. Im Sessel gegenüber saß Stewart Maloney.

»Oh Mann, haben Sie mir einen Schreck eingejagt«, murmelte ich, nachdem ich mich erholt hatte. »Müssen Sie sich denn so anschleichen?« Ich angelte nach meiner Hose, die ich irgendwo neben das Bett geworfen hatte, und zwängte mich hinein.

»Ich habe geklopft wie ein Verrückter, aber Sie haben so tief geschlafen, dass nicht mal eine Horde Elefanten Sie hätte wecken können.« Maloney streckte sich genüsslich. »Ist es nicht herrlich hier?«, sagte er, ohne auf meinen Vorwurf einzugehen. »Dieser Geruch, diese wunderbaren Temperaturen. Ist mal was anderes, als immer nur im Labor zu hocken, was? Heute werden Sie eine ganz neue Welt kennen lernen, seien Sie also gewappnet. Sie sollten übrigens besser aufpassen«, sagte er, nachdem ich auch mein T-Shirt wiedergefunden und angezogen hatte.

»Worauf denn?«

»Sie haben zu nah am Moskitonetz gelegen«, sagte er und deutete dabei auf den weißen Stoff. »Wenn Ihre Haut direkten Kontakt mit dem Netz hat, können die kleinen Biester sie trotzdem stechen. Sie haben sich doch Medikamente gegen Malaria besorgt, oder?«

»Ja, Lariam. Man sagte mir, es sei das beste Mittel, das es zurzeit gibt.«

Er nickte. »Es wirkt allerdings wie eine Keule. Danach sind Sie erst mal ein paar Tage außer Gefecht gesetzt. Mein Rat: Reiben Sie sich mit Nelkenöl ein, und lassen Sie sich nicht stechen. So, dann wollen wir mal. Ich hoffe, Sie haben Appetit. Ich bin jedenfalls hungrig wie ein Bär.«

Erst jetzt fiel mir auf, dass seine Augen grün waren. Smaragdgrün. Ich begann mich zu fragen, welche tiefere Bedeutung der Traum haben mochte, doch Maloney ließ mir keine Zeit. Er schleuderte mir meine Boots vor die Füße und wuchtete sich aus dem Sessel. »Ich warte draußen auf Sie, Mr. Astbury. Beeilen Sie sich.«

Ich zog die Schuhe an, stopfte mein Hemd in die Hose und eilte ins Bad, um mich zumindest zu kämmen und mir die Zähne zu putzen. Der Rollladen hing an einer Stelle etwas herunter, so dass ich einen Blick durch das milchig angelaufene Glas nach draußen erhaschen konnte. Maloney spazierte geradewegs auf den Renault Mégane zu, an dem sich auch schon Elieshi und Sixpence eingefunden hatten. Sie unterhielten sich, während das Licht der untergehenden Sonne karmesinrote Strahlen über den Himmel warf. Es musste mindestens sechs Uhr abends sein. Schnell noch eine Hand voll Wasser ins Gesicht, dann war ich fertig und auf dem Weg nach draußen. Über dem Parkplatz und dem dahinter liegenden Universitätsgebäude gingen bereits die ersten Sterne auf. Das Kreuz des Südens war als markantes Sternenbild zu erkennen, ein Leuchtfeuer am Firmament.

»Ah, da kommt ja unser Langschläfer«, scherzte Sixpence, als ich mich näherte. Er ging auf mich zu und schüttelte mir die Hand. »Schön, Sie wiederzusehen, David.« Er knuffte mir scherzhaft gegen die Schulter, und ich hatte das Gefühl, dass er sich ehrlich freute. »Nach unserem Gespräch bei Lady Palmbridge haben sich unsere Wege ja ziemlich schnell getrennt. Hatten Sie einen guten Flug? Wir haben uns schon Sorgen um Sie gemacht. Schwere Träume, nicht wahr? Das kenne ich. Hier im Süden träumt man dauernd davon, von irgendetwas gefressen zu werden.« Er plauderte wie ein Wasserfall, doch ich genoss den Wortschwall. Er hatte etwas Beruhigendes inmitten der fremden Umgebung. Just in diesem Augenblick flammte nebenan eine Straßenlaterne auf und tauchte den Parkplatz in natriumgelbes Licht.

Wir öffneten die Türen und stiegen ins Auto. Elieshi am Steuer, neben ihr Maloney, Sixpence und ich hinten. Die Biologin fuhr los und steuerte das Fahrzeug an einigen Studenten vorbei, die soeben einen der Hörsäle des Hauptgebäudes verlassen hatten. Im Gegensatz zu Elieshi waren sie alle schick gekleidet, trugen weiße Blusen und Röcke oder schwarze Anzüge mit Krawatte. Unsere Begleiterin schien hier einen Sonderstatus zu genießen.

Während wir zum Haupttor hinausfuhren und auf die vierspurige Avenue einbogen, dachte ich daran, wie gern ich jetzt zu Hause wäre. An meiner eigenen Universität, fernab von dieser schweißtreibenden Hitze und den Moskitos. Wie gern hätte ich jetzt in meiner Stammkneipe gesessen, dem *Angels*, mit einem

Bitter in der Hand und einer soliden Portion Fish and Chips vor mir. Vielleicht würden Paula und Martin noch dazustoßen, dann würde es mit Sicherheit wieder spät werden. Andererseits spürte ich jetzt das Adrenalin durch meine Adern strömen. Ich brannte darauf zu erfahren, welches Geheimnis sich hinter unserem Auftrag verbarg. Verdammte Zwickmühle.

Elieshi kutschierte uns mit gewohnt halsbrecherischer Geschwindigkeit in Richtung Stadtzentrum. Doch diesmal war mir das Tempo egal. Sollten sich doch die anderen darüber ärgern. Ich war ausgeruht und wartete gespannt auf das, was der Abend für mich bereithielt.

Wir passierten den Palais du Peuple, den Marché de Plateau und die berühmte Kathedrale von Brazzaville. Die besseren Viertel mit ihren zweistöckigen, weiß gestrichenen Häusern im Kolonialstil, den schmiedeeisernen Balkonen, flachen Dächern und gepflegten Vorgärten flogen nur so an uns vorbei, und ehe ich mich versah, befanden wir uns wieder im brodelnden Stadtzentrum. Seit den frühen Nachmittagsstunden hatte sich hier nicht viel verändert. Die Straßenhändler priesen noch immer lautstark ihre Waren an, und einer von ihnen versuchte sogar, uns eine armdicke Maniokwurzel ins Auto zu schieben. Glücklicherweise reagierte Sixpence geistesgegenwärtig und drehte die Scheibe hoch. Elieshi fuhr uns an die Uferpromenade und stellte das Auto gegenüber der US-Botschaft ab, vor der zwei grimmig dreinblickende Wachen standen. Ein kurzes Gespräch und ein saftiges Trinkgeld später kam sie zu uns zurück.

»So, das Auto ist sicher. Es gibt keinen besseren Platz in der ganzen Stadt, wenn man nicht mit dem Taxi heimfahren will. Unser Restaurant liegt gleich um die Ecke, folgen Sie mir.«

»Sehen Sie sich das an«, sagte Sixpence zu mir und deutete auf den Kongo, der an dieser Stelle so breit war, dass man das gegenüberliegende Ufer kaum noch ausmachen konnte. »Der

Malebo-See und die Ile de Mbamou. Auf der anderen Seite liegt das ehemalige Zaire. Sehen Sie sich all die vielen Boote an. Ist das nicht ein unglaublicher Anblick?«

Ich musste ihm Recht geben. Hunderte von kleinen Fischerbooten lagen auf dem Wasser, und in jedem brannte eine kleine Öllampe. Ich hatte das Gefühl, auf einen funkelnden Nachthimmel zu blicken. Die Insel, die der Kongo zu beiden Seiten weitarmig umfloss, ragte wie eine schwarze Burg inmitten des Sees auf. Ein letzter Schimmer des vergangenen Tages strich über ihre Flanken. Es war ein Bild, wie es keine Kamera auf der Welt hätte einfangen können. Ich wünschte mir, Sarah hätte das auch sehen können. Sie liebte solche Momente, die sie als magische Augenblicke bezeichnete. Ich wäre gern noch etwas am Wasser entlanggegangen und hätte meine Füße in den Fluss gehalten, der träge gegen die Uferbefestigung schwappte, doch Elieshi zog uns Richtung Innenstadt, und wenige Minuten später standen wir vor dem Restaurant mit dem blumigen Namen Serpente d'Or.

»So, da wären wir«, sagte sie, während sie uns die Tür aufhielt. »Der beste Vietnamese in der Stadt. Nord-Vietnamese, um genau zu sein.«

»Warum gehen wir nicht traditionell essen?«, fragte ich beim Hineingehen. Sie runzelte die Stirn. »Sie meinen afrikanische Küche? Haben Sie die schon mal gekostet?«

»Nein«, gestand ich freimütig ein. »Auf den Reisen mit meinem Vater hatten wir immer einen pakistanischen Koch dabei. Deshalb bin ich ja so neugierig.« Ich bemerkte, wie Maloney und Sixpence sich zuzwinkerten.

Elieshi stemmte die Hände in die Hüften. »Erstens glaube ich nicht, dass Ihnen fettes Ziegenfleisch mit Maniokwürfeln und gekochter Banane besonders gut schmecken würde«, sie grinste, »und zweitens werden Sie dazu im Verlauf der Reise noch genug Gelegenheit haben. Einen guten Asiaten werden Sie im

143

Urwald hingegen kaum finden. Und jetzt hinein mit Ihnen.«
Sie gab mir einen kleinen Stoß und ließ die Tür hinter uns
zufallen.

Das Restaurant war gut besucht. An den geschmackvoll de-
korierten Tischen wurde im Dämmerschein der Lampen leise
geredet. Die Bedienung, eine hübsche Vietnamesin mit kurz
geschnittenem, pechschwarzem Haar, führte uns an unseren
Tisch und zündete eine Kerze an. Mir fiel sofort auf, dass für
fünf Personen gedeckt war.

»Erwarten wir noch jemanden?«

»Der Abgesandte des Forschungsministeriums wird uns noch
einen kurzen Besuch abstatten«, erläuterte Elieshi. »Er wollte
uns die Reisedokumente, die wir innerhalb der Staatsgrenzen
brauchen, persönlich vorbeibringen.«

Stewart Maloney runzelte die Stirn. »Er wird uns doch hoffentlich keine Scherereien machen, so kurz vor der Abreise.«

Elieshi zuckte mit den Schultern. »Das weiß man nie so genau. Kann sein, dass er Sie einfach nur kennen lernen und
Ihnen Glück wünschen will, kann aber auch sein, dass er Sie
des Landes verweisen möchte. Lassen wir uns doch einfach
überraschen.« Ich wunderte mich, wie offen Elieshi über ihr
Land und ihre Regierung sprach. Als stünde sie über all diesen
Dingen. Sie schien in vielerlei Hinsicht ein Paradiesvogel
zu sein.

»Na bestens«, sagte Maloney. »Ich glaube, ich brauche jetzt erst
mal einen Aperitif. Haben Sie Whisky?«, wandte er sich an die
Kellnerin, die die ganze Zeit geduldig gewartet hatte.

»Wir haben einen Talisker Single Malt, wenn Sie mögen«, sagte
sie. Ich entdeckte den Anflug eines Lächelns in ihrem Gesicht.
Maloney nickte anerkennend. »Talisker, hm? Sehr schön.« Er
rieb sich die Hände. »Ein Single Malt von der Isle of Skye, den
kann ich Ihnen empfehlen.«

Elieshi und Sixpence schlossen sich an, doch mir war ein

144

kühles Bier lieber. Die Bedienung verschwand und kam kurz
darauf mit drei Whiskygläsern und einer Flasche Primus wieder. »Was ist denn das für eine Marke?«, fragte ich erstaunt,
während ich mir einschenkte. »Belgisch?«

»Von wegen.« Elieshi tat entrüstet. »Echtes kongolesisches
Bier, hier gebraut und abgefüllt.« Sie hob ihr Glas. »Auf eine
erfolgreiche Expedition und eine gesunde Heimkehr.« Maloney
lächelte sie charmant an. »Darauf stoße ich gerne an. Cheers.«

Wir bestellten uns, auf Empfehlung der hübschen Asiatin, eine
große Reistafel mit Meeresfrüchten und setzten unsere Unter-
haltung fort. Elieshi schüttelte den Kopf und lachte. »Loxodonta
africana pumilio. Ich muss Ihnen gestehen, ich kann es kaum
erwarten, endlich loszuziehen. Habe ich ein Glück, dass Ihre
Wahl auf mich gefallen ist.«

Ich hob erstaunt den Kopf. »Was haben Sie gerade gesagt?«

»Ich sprach von Loxodonta pumilio, dem Zwergelefanten. Das
Tier, hinter dem auch Emily Palmbridge her war. Ich frage
mich, was ihr wohl zugestoßen ist. Na, egal. So lange schon
wünsche ich mir, endlich mal ein Exemplar vor die Kamera zu
bekommen, doch es waren nie Gelder für eine eigenständige
Forschungsreise zu bekommen. Zu uninteressant, hieß es, zu
wenig erforscht. Als ob man ein Problem damit aus der Welt
schafft, dass man es ignoriert. Und dann immer das dumme
Argument, dass es ihn gar nicht geben würde, dass er nur ein
Hirngespinst sei. Ich bin überzeugt davon, dass er lebt, irgendwo da draußen. Und wir werden ihn finden.« Damit hob sie ihr
Glas und leerte es in einem Zug. Ich blickte verstohlen zu
Maloney, aber der gab mir mit einem eindeutigen Blick zu
verstehen, jetzt den Mund zu halten.

Hatte ich es doch geahnt. Elieshi hatte keinen Schimmer, was
das eigentliche Ziel unserer Reise war. Oh, wie ich es hasste,
immer Recht zu haben. Aber warum hatte man sie nicht eingeweiht? Hatte man befürchtet, dass sie sonst abgesprungen

wäre? Wohl kaum. Eine Legende wie Mokéle m'Bembé zu suchen, hätte sie wahrscheinlich noch viel mehr in Aufregung versetzt als die Suche nach dem Zwergelefanten. Was also mochte der wahre Grund sein?

Während ich noch betreten in mein Glas starrte, fuhr die Biologin fort, voller Begeisterung von der bevorstehenden Expedition zu reden. »Wissen Sie, dass ich während meiner bisherigen Forschungen über Waldelefanten bereits damit begonnen habe, nebenher einen Ordner über Zwergelefanten anzulegen? Hat natürlich niemand erfahren, denn dann hätte man mir das gesamte Projekt streichen können, aber ich hab's trotzdem gemacht. Ich habe sogar Spuren gefunden und fotografiert und die Bilder dann bei einer Präsentation ganz unauffällig unter die anderen Aufnahmen gemischt. Nur um mal zu sehen, was passiert.«

Maloney beugte sich vor. »Und was ist passiert?«

»Nichts!« Elieshi schlug die Hände auf den Tisch. »Absolut nichts. Die Herren Gelehrten haben sich die Aufnahmen angesehen und entschieden, dass es sich um die Abdrücke juveniler Waldelefanten handelt. Dabei lagen die Aufnahmen echter Jungtiere direkt daneben, und Sie können mir glauben, die sehen anders aus. Solche Vorfälle haben mich darin bestärkt, meine Forschung im Geheimen weiterzuverfolgen. Mein Ordner ist schon so dick«, sie legte ihre Hände mit zehn Zentimeter Abstand übereinander, »und wie es aussieht, werden wir ihn jetzt gut brauchen können.«

»Das ist genau der Grund, warum wir uns an Sie gewandt haben«, sagte Maloney. »Sie sind nicht nur eine Kapazität in Sachen Bioakustik, sondern sind auch mit unserem Zielobjekt bestens vertraut. Eine Kombination, die weltweit einzigartig ist. Überdies sind Sie ausgesprochen hübsch, wenn Sie mir diese Bemerkung gestatten.« Aus dem Augenwinkel bemerkte ich, wie er mit einer beinahe zufälligen Geste ihre Hand berührte.

Sie lächelte, und ich spürte, wie sich in mir etwas verkrampfte. Was hier ablief, war nicht in Ordnung. Schlimm genug, dass Maloney Elieshi über die wahre Absicht unseres Einsatzes im Unklaren ließ, jetzt begann er auch noch mit ihr zu flirten. Plötzlich öffnete sich die Tür des Restaurants, und zwei Männer betraten den Raum. Sie trugen Maßanzüge, machten aber nicht den Eindruck von Geschäftsleuten, im Gegenteil. Beide waren breitschultrig und gedrungen, und ich glaubte Schulterholster für Handfeuerwaffen unter dem feinen Stoff zu erkennen. Bodyguards, ging es mir durch den Kopf. Im nächsten Moment schwang die Tür erneut auf, und ein schmächtig gebauter älterer Mann mit einem Ziegenbärtchen kam herein. Er sah sich kurz um, wies den beiden Wachposten ihre Positionen zu und kam dann zu uns herüber. Unter seinem Arm trug er einen Aktenkoffer, den er eng, beinahe ängstlich gegen seinen Körper presste, als ob er befürchtete, einer der Gäste könnte aufspringen und ihm den Koffer entreißen. Mit leicht gebeugter Haltung blieb er mit einem Abstand von über einem Meter vor uns stehen. Verlegen hüstelnd schien er darauf zu warten, dass wir ihn zu uns an den Tisch baten. Elieshi stand auf und begrüßte ihn. »Schön, dass Sie Zeit gefunden haben, Monsieur. Meine Herren, darf ich Ihnen Staatssekretär Jean Paul Assis vorstellen, den Leiter des Forschungsministeriums«, sagte sie in ungewöhnlich offiziellem Tonfall. Sie konnte also auch anders, wenn sie wollte, dachte ich belustigt.

»Dies sind Mr. Maloney, Mr. Sixpence, die schon gestern eingetroffen sind, und Mr. Astbury, der erst heute zu uns gestoßen ist.«

Der Beamte nickte unmerklich und räusperte sich. »Ah, Mr. Astbury. Wie ich hörte, gab es Schwierigkeiten bei Ihrer Einreise.«

»Nun, ich ...«

»Wirklich unverzeihlich, was da geschehen ist. Ich möchte

mich ganz offiziell im Namen unseres Präsidenten bei Ihnen entschuldigen und Ihnen versichern, dass so etwas nicht wieder vorkommen wird.«

Stewart Maloney ergriff das Wort und begrüßte unseren Gast in gewohnt weltmännischer Art. »Vielen Dank, Monsieur. Das war nicht weiter schlimm. Mademoiselle n'Garong hat die Situation, wie Mr. Astbury uns berichtet hat, souverän gemeistert«, fügte er mit einem Lächeln hinzu. »Aber möchten Sie sich nicht zu uns setzen? Es wäre uns eine Ehre.«

»Sehr gern«, nickte Assis, und Elieshi zog den Stuhl am Kopfende des Tisches vor. Der Beamte setzte sich, wobei er tunlichst auf seinen feinen Anzug achtete. »Ich möchte Sie nicht lange stören und hoffe, wir können das Geschäftliche regeln, ehe Ihr Essen kommt.«

»Was möchten Sie essen?«, fragte Elieshi, die sich wieder an ihren Platz gesetzt hatte. »Wir würden uns sehr freuen, wenn Sie uns Gesellschaft leisteten.«

»Nein, vielen Dank. Ich bin heute Abend beim amerikanischen Botschafter und seiner reizenden Gattin zu Gast. Außerdem verträgt mein Magen die Schärfe der vietnamesischen Küche nicht mehr. Aber ich danke Ihnen für die Einladung.« Seine perfekt manikürten Hände legten den Aktenkoffer auf den Tisch und ließen die Schlösser aufschnappen. »Der Grund meiner Anwesenheit ...«, begann er und sprach dabei so leise, dass wir alle ein Stück näher rückten, »... ist folgender. Lady Palmbridge rief mich heute Morgen an und sicherte mir eine weitere beträchtliche Summe zu, wenn ich alles, was in meiner Macht steht, in die Wege leite, um Ihnen eine erfolgreiche Expedition und eine sichere Heimkehr zu ermöglichen.«

Ich atmete auf. Anscheinend wollte man uns Unterstützung geben. Ich musste gestehen, dass mir die Aussicht, allein mit Sixpence und Maloney gegen das Monster anzutreten, seit jeher nicht behagt hatte, und die Aussicht, einen bewaffneten

Begleitschutz zur Seite gestellt zu bekommen, ließ Hoffnung in mir aufkeimen.

Indessen fuhr Assis fort: »Lady Palmbridge bat mich, darauf zu achten, dass dem Forschungsobjekt kein Schaden zugefügt wird. In dieser Beziehung waren ihre Wünsche klar und unmissverständlich. Nun lässt sich so etwas natürlich nicht garantieren, das wissen Sie so gut wie ich. Besonders Sie, Mr. Maloney, werden das bestätigen können. Aber Lady Palmbridges Argumente waren so überzeugend, dass ich ihre Bitte nicht abschlagen konnte.« Er lächelte verschmitzt und ließ einen Goldzahn funkeln. »Nun ist der Norden unseres Landes leider ein sehr unsicheres Gebiet, das kaum zu kontrollieren ist. Immer wieder kommt es zu Zusammenstößen zwischen unserer Bevölkerung und Banditen aus dem Sudan oder aus dem ehemaligen Zaire. Wir wollen mit dem Völkermord, der dort drüben stattfindet, nichts zu tun haben, aber nun fangen sie an, ihre Konflikte in unser Land zu tragen ...« Er schüttelte den Kopf. »Schrecklich ist das, schrecklich. Nun ja, damit wären wir beim eigentlichen Grund meines Besuches.« Er entnahm seinem Koffer einen Stapel Dokumente, alle mit vielen Stempeln und Unterschriften versehen. »Diese Papiere garantieren Ihnen freies Geleit in allen unseren Provinzen. Die Militärstreifen, auf die Sie möglicherweise stoßen werden, sind angewiesen, jeden, der durch unser Land reisen will, zu kontrollieren und sofort festzunehmen, sollte er nicht über die nötigen Freigabepapiere verfügen. Diese Dokumente sind sozusagen Ihre Carte blanche. Verlieren Sie sie nicht.«

Damit überreichte er uns den Papierstapel, schloss den Koffer und blickte uns erwartungsvoll an.

Ich wusste nicht, ob ich lachen oder weinen sollte. Wie es aussah, bekamen wir doch keinen bewaffneten Begleitschutz. Glaubte er allen Ernstes, dass sich die Gefahren, denen wir auf unserer Reise begegnen würden, mit diesem Stapel nichtiger

Schriftstücke aus der Welt schaffen ließen? Was sollten wir damit anfangen, wenn wir dem Kongosaurier tatsächlich gegenüberstanden? Ihm damit vor der Nase herumwedeln oder ihm den Ordner gar in den Rachen werfen, auf dass er daran ersticken sollte? Meinte er allen Ernstes, dass sich eine Horde schlecht gelaunter Milizen davon beeindrucken ließ? Nur ein Bürokrat, der noch nie einen Fuß aus seinem Büro gesetzt hatte, konnte so etwas glauben. Trotzdem lächelten wir artig und nahmen die Mappe mit den Unterlagen an uns. Der Staatssekretär rieb sich freudig die Hände, als sei er glücklich, die lästige Pflicht endlich hinter sich gebracht zu haben. Wahrscheinlich beglückwünschte er sich innerlich dafür, wie clever er sich aus der Affäre gezogen hatte und dass er nun endlich in den Genuss seiner wohlverdienten Prämie kommen konnte. Er winkte die Bedienung herbei und flüsterte ihr etwas ins Ohr. Dann wandte er sich wieder an uns. »So, nachdem das geregelt ist, möchte ich Sie noch zu einem Glas Champagner einladen.« Dann blickte er mich an. »Erlauben Sie mir eine Frage, Mr. Astbury. Welche Funktion übernehmen Sie innerhalb der Gruppe? Sie sind derjenige, über den ich am wenigsten Informationen erhalten habe, und Sie müssen wissen, ich bin ein schrecklich neugieriger Mensch.«

Das glaube ich dir aufs Wort, dachte ich im Stillen, doch ich ließ mir nichts anmerken. Aller Augen waren nun auf mich gerichtet.

»Ich bin selbst überrascht, wie schnell alles ging«, begann ich, während ich mein Bierglas umklammert hielt. »Ich denke, der Hauptgrund für meine Teilnahme ist, dass ich eine Zeit lang sehr eng mit Emily Palmbridge befreundet war. Lady Palmbridge sieht in mir wohl weniger einen Forscher als einen Lebensretter. Obwohl ich nicht weiß, inwiefern ich für diese Rolle qualifiziert bin.«

Der Staatssekretär setzte eine betroffene Miene auf. »Ich verstehe. Emily Palmbridge ist eine wunderbare Frau. Ich habe sie persönlich kennen gelernt. Sie sprühte vor Ehrgeiz und Enthusiasmus. Eine Wissenschaftlerin von echtem Schrot und Korn. Nicht so wie die meisten anderen, die sich nur in ihren Studierstuben verkriechen.« Ich spürte Maloneys ironischen Blick auf mir ruhen. »Es ist eine Schande, dass unsere Männer nicht in der Lage waren, die Ursache für die Tragödie zu ermitteln oder etwas über ihren Verbleib herauszufinden«, fuhr der Politiker fort. »Um ehrlich zu sein, nach der Bergung der Videokamera haben wir nie wieder etwas von den Männern gehört. Wahrscheinlich sind sie dem Angriff irgendeines Söldnertrupps zum Opfer gefallen.« Er lächelte gequält. »Sie werden verstehen, dass wir keine weiteren Soldaten entbehren können. Sie alle werden momentan zur Sicherung unserer Grenzen benötigt, und wir verfügen nicht über die Ressourcen, eine groß angelegte Suchaktion durchzuführen.«

»Dafür haben Sie ja uns«, sagte Maloney. »Ohne Ihnen nahe treten zu wollen, glaube ich, dass wir dieser Aufgabe besser gewachsen sind als Ihre Leute. Wir arbeiten im Verborgenen und mit größerer Diskretion, wenn Sie wissen, was ich meine.« Bei dieser Bemerkung warf er Assis einen Blick zu, der mich irritierte. Es schien, als teilten die beiden ein Geheimnis. Ich wagte nicht zu fragen, was während der Bergung der Kamera geschehen war, doch ich spürte, dass man offensichtlich Stillschweigen vereinbart hatte. Und ich erinnerte mich an Sarahs Warnung.

In diesem Moment wurde der Champagner serviert, und wir stießen auf eine erfolgreiche Reise an. Jean Paul Assis leerte sein Glas mit undiplomatischer Schnelligkeit und tupfte sich den Mund mit der Stoffserviette ab. Dann winkte er seine Bodyguards heran und ergriff seinen Koffer. »So, es ist Zeit. Ich hoffe, Sie halten mich nicht für unhöflich, aber ich muss Sie nun verlassen. Wie gern hätte ich noch länger mit Ihnen geplaudert, aber Sie wissen ja: Termine. Nur eines hätte mich noch interessiert ...«, er fuhr sich mit der Hand über seine kurzen, weißen Haare. »Wie kommt es, dass die Amerikaner plötzlich so ein großes Interesse an dem Thema Zwergelefanten haben?«

Die Frage ließ mich erstaunt auffahren.

Er wusste also von nichts. Das Geheimnis, das zwischen ihm und Maloney bestand, hatte offenbar nichts mit unserem Auftrag zu tun. Mehr noch, es schien, als habe der Staatssekretär, und mit ihm die gesamte Regierung der Republik Kongo, nicht die geringste Ahnung, was das eigentliche Ziel unserer Operation war. Die Lüge vom Zwergelefanten existierte offenbar, seit Emily zum ersten Mal einen Fuß in dieses Land gesetzt hatte.

Assis' Frage schien Maloney nicht zu überraschen, im Gegenteil. Er machte den Eindruck, als ob er geradezu darauf gewartet hatte. »Oh, das ist leicht zu erklären«, schmunzelte er. »Das Zauberwort heißt Genforschung. Wie Sie wissen, ist Lady Palmbridge Aufsichtsratsvorsitzende eines der führenden Unternehmen dieser Branche.«

»Ja, das ist mir bekannt.«

»Ein Lebewesen zu klonen, das viele für ausgestorben halten und das obendrein so niedlich ist wie der Zwergelefant, würde der Genforschung einen ungeahnten Schub an Sympathie einbringen. Und eine Menge Geld, wenn man diese Tiere züchten und an Zoos verkaufen könnte. Der wirtschaftliche Profit aus den Lizenzerlösen könnte ihren Staatshaushalt auf Jahre hinaus sanieren.«

»Dann haben Sie also gar nicht vor, ein lebendes Exemplar außer Landes zu schaffen?«

»Das war nic Tcil unseres Planes. Alles, was wir wollen, sind ein paar DNS-Proben, aus denen wir dann die Klone züchten.«

Assis hüstelte verlegen. »Ein schöner Traum. Besonders in den

Augen der ortsansässigen Naturschutz-Organisationen, denen, das darf ich Ihnen verraten, Ihre Expedition seit Anbeginn ein Dorn im Auge ist. Der Traum hat nur einen Haken. Es gibt keinen Zwergelefanten. Das Ganze ist nur eine Legende, genau wie die Geschichten von Mokéle m'Bembé.« Er lachte trocken. »Eine Ausgeburt der Fantasie.«

Wir standen auf, um unserem Gast zum Abschied die Hand zu schütteln. »Wir werden sehen, Monsieur Assis«, sagte Maloney. »Wir werden sehen.«

16

Mittwoch, 10. Februar

Dumpfe Schläge donnerten gegen meine Zimmertür.
»Sind Sie fertig?«, hörte ich Sixpence von draußen rufen.
»Bin gleich so weit«, rief ich zurück und wischte mir den restlichen Rasierschaum aus dem Gesicht. »Nur noch einen kleinen Moment.«
Der Tag begann mit der gebührenden Aufregung und Ungeduld. Heute würde es endlich losgehen. Schon der Gedanke daran versetzte mich in freudige Erregung. Die Zweifel und Ängste, die mich gestern fast noch erdrückten, hatten sich still und heimlich in die hinterste Ecke meines Bewusstseins verkrochen. Übrig geblieben war die Vorfreude auf das bevorstehende Erlebnis. Endlich hatte mich das Abenteuerfieber gepackt, und zwar mit Haut und Haaren.
Ich putzte mir schnell die Zähne und grinste mein Spiegelbild an. Dann warf ich alles in meinen Waschbeutel, verstaute ihn in meinem Rucksack, sandte noch einen letzten prüfenden Blick durchs Zimmer und verließ den Bungalow. Sixpence erwartete mich auf dem obersten Treppenabsatz. »Schick gemacht für den großen Tag?«, lachte er und klopfte mir auf die Schulter. Dabei fiel mir auf, dass er heute Sandalen trug. »Was

ist das denn?«, fragte ich scherzhaft. »Heute ausnahmsweise mal nicht barfuß?«

»Auf Reisen nie. Aber sobald ich irgendwo ankomme und wieder festen Boden unter den Füßen spüre ...«, er machte eine Bewegung, als würde er seine Schuhe in hohem Bogen wegwerfen.

»Haben Sie keine Angst vor Schlangen und ähnlichem Getier?« Er winkte ab. »Kein Problem. Australien ist voll davon, und ich habe von klein auf gelernt, damit umzugehen. Ich lasse sie in Frieden und sie mich, so einfach ist das. Und wenn doch mal etwas passiert ...«, er machte eine Geste, als ob er sich eine Injektion in den Arm setzte. Mir fiel auf, dass Sixpence in erster Linie mit den Händen sprach. Sie waren dauernd in Bewegung, kommentierten oder unterstrichen das Gesagte oder erzählten eine ganz eigenständige Geschichte. Als wir über den Parkplatz gingen, sah ich mich überrascht um. »Nanu, wo sind denn die anderen, und wo ist unser Auto?«

»Schon unten am Fluss. Stewart wollte Elieshi beim Verstauen der letzten Geräte zur Hand gehen. Was diese Frau alles angeschleppt hat«, er schüttelte den Kopf. »Einen Geigerzähler und viele andere Geräte, die aussehen, als wären sie schwierig zu bedienen. Haben Sie eine Ahnung, was das soll? Seltsam. Wie auch immer. Auf uns wartet ein Taxi draußen vor dem Tor.« Er blinzelte mich schelmisch an. »Was halten Sie von ihr?«

»Von Elieshi? Tja also ...«

»Sie können sie nicht leiden, oder?«

»Ist das so offensichtlich?« Ich hob entwaffnend die Hände. »Okay, okay, ich gebe es zu, wir mögen uns nicht besonders, aber das beruht auf Gegenseitigkeit. Die Frau ist mir einfach eine Nummer zu angriffslustig.«

»Ziemlich burschikos, das muss ich zugeben«, sagte Sixpence, während wir das Universitätsgelände verließen und auf das wartende Taxi zugingen. »Außerdem habe ich das Gefühl, dass sie sich für Stewart interessiert.« Der Fahrer des Taxis stieg aus, als er uns sah, nahm mir meine Tasche ab und öffnete uns die Türen. »Hafen, Dock 18.« Sixpence drückte dem Fahrer einen Geldschein in die Hand.

»Mir kam es eher so vor, als würde er sich für sie interessieren«, sagte ich, als ich mich auf die Rückbank des winzigen Nissan Micra quetschte. Sixpence schüttelte entschieden den Kopf. »Da täuschen Sie sich.«

»Wie können Sie da so sicher sein?«

»Weil ich ihn kenne. Mademoiselle n'Garong wird bei ihm auf Granit beißen.«

»Wieso denn? Ich meine, auch wenn ich Elieshi nicht besonders mag, so ist sie doch immerhin eine attraktive Frau. Und wenn eine Frau sich in den Kopf gesetzt hat, einen Mann herumzukriegen, schafft sie es meistens auch.«

»Mag sein, aber Stewart ist anders.«

»Er wird doch nicht schwul sein ...?«

Sixpence sah mich an, als verstünde er nicht, wovon ich spreche, und schüttelte dann den Kopf. »Nein. Es ist etwas geschehen. Etwas, das weit zurückliegt. Eine schlimme Sache. Damals hat er geschworen, sich nie wieder auf eine Frau einzulassen. Und Schwüre sind ihm heilig.«

Aus einer Eingebung heraus fragte ich: »Hat das etwas mit den Narben auf seinen Armen zu tun? Sie sehen aus wie rituelle Ritzungen.«

Er wich meinem Blick aus.

»Wollen Sie es mir nicht erzählen?«

»Das steht mir nicht zu«, schüttelte er den Kopf. »Aber vielleicht erzählt Stewart es Ihnen eines Tages selbst. Er scheint Sie ins Herz geschlossen zu haben.«

Ich blickte ihn verwundert an. »Den Eindruck hatte ich bislang nicht. Mir kam es eher so vor, als könne er mich nicht leiden.«

»Ich kenne ihn besser«, widersprach Sixpence. »Er ist ein

Mann, der von Haus aus abweisend wirkt. Stewart kann seine Gefühle nicht zeigen, aber es ist, wie ich sage. Er respektiert Sie, weil Sie Ihre schützende Heimat verlassen haben und sich dem Abenteuer stellen. Sie hätten den Auftrag genauso gut ablehnen können. Aber Sie haben etwas gewagt, und das rechnet er Ihnen hoch an.«

*

Etwa zehn Minuten später erreichten wir die hinteren Docks. Ich war so in Gedanken versunken, dass ich erst jetzt bemerkte, dass es in diesem Teil des Hafens kaum noch Schiffe gab. Ich konnte nur ein paar Fischer ausmachen, die hier anlegten, um die Ausbeute ihrer nächtlichen Fahrt an Land zu bringen. Abgesehen von ihren winzigen Auslegerbooten wirkte der Kai so gut wie ausgestorben.

»Wo ist denn unser Schiff? Ich hoffe, Sie haben nicht vor, den Kongo mit diesen kleinen Nussschalen zu befahren.«

Mein Begleiter hob überrascht die Augenbrauen. »Schiff? Was reden Sie denn da? Hat Ihnen denn niemand etwas gesagt?«

»Wer soll mir was gesagt haben?«

Sixpence konnte seine Erheiterung nur mit Mühe verbergen, blieb mir aber eine Antwort schuldig. Verwundert blickte ich mich um. Selbstverständlich hatte ich angenommen, wir würden mit einem Schiff den Kongo hinauffahren. Unser Taxi bog um die nächste Lagerhalle und ich erkannte, worüber er sich so amüsierte. Der Grund für seine gute Laune schaukelte auf zwei Schwimmern sanft auf dem Wasser, hatte einen orangefarbenen Rumpf mit weißen Streifen, Tragflächen und einen Propeller.

Ein Flugzeug.

Besonders groß sah es allerdings nicht aus. Knapp zehn Meter lang mit einer Spannweite, die nicht mehr als fünfzehn Meter betrug. Überdies wirkte es etwas heruntergekommen.

»Mich trifft der Schlag«, brach es aus mir heraus. »Wo haben Sie denn die alte Kiste aufgetrieben?«

»Diese Kiste ist eine De Havilland DHC-2 Beaver, eines der leistungsfähigsten Transportflugzeuge, die je gebaut wurden. Seit fünfzig Jahren ununterbrochen im Einsatz. Und man kann sie mieten.«

»Teuer?«

»Astronomisch, aber wie sagte doch Mrs. Palmbridge am Abend unseres Empfangs so treffend, Geld spielt bei diesem Unternehmen keine Rolle. Eigentlich wird die Maschine nur gebraucht, um reiche Geschäftsleute hin und her zu transportieren. Stammt eigentlich aus Kanada, ein echter Oldtimer, aber unübertroffen in puncto Zuverlässigkeit. Außerdem hat sie einen entscheidenden Vorteil gegenüber luxuriöseren Maschinen ...«, er zwinkerte mir zu. »Sie ist dafür ausgelegt, selbst auf kleinsten Wasserflächen zu landen. Wenn Sie wissen, was ich meine.«

Das Taxi hielt, und Sixpence drückte dem Fahrer nochmals einen Geldschein in die Hand. Freudestrahlend half dieser uns, das Gepäck auszuladen, ehe er sein Auto wendete, uns in eine Staubwolke hüllte und davonfuhr. Außer uns beiden sowie Maloney und Elieshi, die das Flugzeug beluden, konnte ich niemanden ausmachen. »Kein Pilot?«

»Brauchen wir nicht«, sagte Sixpence.

In diesem Moment kam uns Maloney den hölzernen Steg entgegen, seine ölbeschmierten Hände an einem Lappen abwischend und mit einem breiten Grinsen im Gesicht. »Da seid ihr ja endlich. Wurde schon langsam ungeduldig.« Er klopfte mir auf die Schulter. »Ich wollte Ihnen noch dafür danken, dass Sie gestern so fabelhaft mitgespielt haben.« Er warf einen kurzen Blick auf das Flugzeug, wo Elieshi sich aufhielt. »Sie verstehen schon, was ich meine.«

Meine Laune verdüsterte sich. »Das ist ein Thema, über das wir noch reden müssen.«

Er musterte mich, dann nickte er. »Gut. Einverstanden. Aber bis es so weit ist, haben wir noch viel zu erledigen. Ich habe eben noch mal den Ölstand geprüft«, sagte er. »Sieht gut aus.«

»Pilot, Techniker, Sie beide scheinen so eine Art Allroundgenies zu sein«, sagte ich. Um Maloneys Mund spielte ein feines Lächeln. »Genies vielleicht nicht, aber es gibt kaum ein Fahrzeug, das wir nicht warten oder bedienen können. Das ist notwendig fürs Überleben, wenn man sich, Hunderte von Kilometern von jeglicher Zivilisation entfernt, in der Wildnis befindet. Was würden Sie denn machen, wenn Ihnen im Outback ein Reifen platzt? Die Straßenwacht anrufen?«

Die beiden Australier lachten.

»Aber ein Flugzeug? Ich muss schon sagen, ich bin beeindruckt.«

»Na, dann lassen Sie sich noch mehr beeindrucken und kommen Sie an Bord. In wenigen Minuten geht's los.« Er klopfte mir freundschaftlich auf die Schulter. Dann nahm er Sixpence beiseite, und ich hörte, wie die beiden in ein Fachgespräch über optimale Gewichtsverteilung und andere Details versanken. Mit meinem Rucksack in der Hand ging ich den wackeligen Holzsteg entlang bis unter die Tragfläche, stieg auf einen der Schwimmer und dann zwei Metallstufen hinauf in den Rumpf des Flugzeugs. Elieshi, die sich in gebückter Haltung im hinteren Teil des Rumpfes am Gepäck zu schaffen machte, bemerkte mich und half mir beim Einsteigen.

»Guten Morgen, Professor«, sagte sie gut gelaunt. »Ist das nicht fantastisch? Was halten Sie davon?«

»Na, ich weiß nicht ...« Ich blickte mich skeptisch um. Das Flugzeug hatte schon von außen klein gewirkt. Innen aber war es geradezu winzig. Jeder Quadratzentimeter war voll gestopft mit Kisten, Taschen und Säcken, so dass ich Mühe hatte, mich um meine eigene Achse zu drehen. Außerdem verursachte mir die gebückte Haltung schon jetzt Rückenschmerzen.

»Ach, jetzt seien Sie nicht so ein Griesgram«, lachte die Biologin. »Klar ist es eng. Deswegen haben wir uns ja auch genau überlegt, was wir mitnehmen. Die Zuladung ist begrenzt, aber dafür ist es ein Flugzeug. Das heißt, wir sind in drei Stunden am Ziel. Haben Sie eine Ahnung, was es heißt, den Fluss mit einem Schiff hinaufzufahren?« Sie schüttelte energisch den Kopf. »Ich habe die Prozedur zehnmal über mich ergehen lassen, und ich sage Ihnen: Nie wieder! Es ist die Hölle. Ach übrigens, ich habe den Geigerzähler. Ein kleines, unauffälliges Gerät, kaum größer als eine Uhr. Es ist hier hinten in meinem Gepäck.«

»Sehr schön«, erwiderte ich geistesabwesend. Ich war mit meinen Gedanken immer noch bei unserer Luftkutsche. »Schiffe haben aber auch ihre Vorzüge«, murmelte ich. »Mit ihnen kann man wenigstens nicht vom Himmel fallen.«

Sie schüttelte den Kopf. »Sie haben eine Art an sich, die mich wahnsinnig macht. Ihnen kann man nichts recht machen. Furchtbar, ist das in England so üblich?«

In diesem Moment steckte Sixpence den Kopf durch die Tür. »Kleine Ehekrise?«

»Keineswegs«, entgegnete Elieshi mit einem giftigen Seitenblick auf mich. »Wir unterhalten uns gerade über die Vorzüge des Fliegens.«

»Na, wenn das so ist, kann's ja losgehen. Tut mir leid, aber die vorderen Türen sind wegen Korrosionsschäden leider außer Funktion. Wenn ich mal dürfte ...« Er quetschte sich an mir vorbei auf den Pilotensitz, dicht gefolgt von Maloney, dessen riesiger Körper kaum durch die Luke passte. »Möchten Sie vorn sitzen, Mr. Astbury? Dann können Sie den Ausblick besser genießen.«

Ich sah unsicher zu Sixpence, doch der winkte mich fröhlich zu sich. »Klar. Gute Idee, Stewart, dann lernt unser junger Kollege gleich, wie man fliegt.« Er grinste. »Könnte ja sein, dass mir etwas zustößt und wir einen zuverlässigen Copiloten brauchen. Kommen Sie, Mr. Astbury, setzen Sie sich neben mich.«

Während mir immer noch die Ohren von dem Wort Korrosionsschäden klingelten, befand ich mich auch schon auf dem Platz des Copiloten, mit einem bananenförmig gekrümmten Lenkrad vor meiner Nase, das mit seinem Pendant auf der Pilotenseite durch ein Y-förmiges Teilstück verbunden war.

»Haben Sie schon Flugerfahrung?«

Ich verneinte vehement.

»Drehen Sie mal dran«, forderte Sixpence mich auf, »und dann ziehen Sie den Knüppel zu sich ran.« Als ich seinem Wunsch Folge leistete, bemerkte ich, dass sich das Lenkrad auf der Pilotenseite wie von Geisterhand mitbewegte. »Synchron geschaltet«, sagte er lächelnd. »Falls ich einschlafe, können Sie übernehmen. Und jetzt sehen Sie mal raus.« Er drehte an dem Lenkrad, und ich sah, wie sich die Klappen an den Tragflächen hoben und senkten. »Querruder«, erläuterte er. »Damit leiten Sie eine Kurve ein. Ziehen oder Drücken des Knüppels betätigt das Höhenleitwerk am Heck, und die beiden Pedale hier unten sind für das Seitenleitwerk zuständig, das sich ebenfalls am Heck befindet. Wenn Sie also eine Kurve fliegen wollen, betätigen Sie erst das Querruder, treten dann das Pedal in die entsprechende Richtung und ziehen den Knüppel leicht zu sich, damit die Maschine nicht absackt. Alles klar? Dann wollen wir mal. Stewart, machst du uns los?« Maloney balancierte über den Schwimmer und löste die Seile, mit denen das Flugzeug an der Kaimauer befestigt war. Dann kletterte er wieder hinein, schlug die Tür zu und zog seinen Gurt stramm. »Mann, ist das eng hier hinten«, hörte ich ihn fluchen. »Mr. Astbury, dafür schulden Sie mir was.«

»Können Sie den Sitz nicht nach hinten schieben?«

»Wohin denn bitte? Da hinten ist alles voll gestopft. Fünfhundert Kilo Ausrüstung! Damit liegen wir schon über dem zulässigen Gesamtgewicht. Ich glaube nicht, dass sich der Sitz auch nur einen Zentimeter bewegen lässt. Aber egal, es geht auch so. Sind ja nur drei Stunden. Also mein Freund, Start frei.« Er berührte sein Stammesabzeichen mit den Lippen und steckte es in den Hemdausschnitt.

Ich beobachtete, wie Sixpence Schalter betätigte und Knöpfe drückte sowie an einem Hebel zog, unter dem das Wort ›Flaps‹ stand. Dann drückte er einen roten Knopf, und der Motor sprang mit einem Rülpsen an. Gewaltige Abgaswolken hüllten uns ein.

»Ganz schön laut«, rief ich ihm zu.

»Der wird gleich noch viel lauter«, gab Sixpence zurück und bewegte einen Hebel nach vorn, den ich zunächst für eine Handbremse gehalten hatte. Im nächsten Augenblick ging die Drehzahl des Motors hoch, und der Propeller verschwamm zu einer durchsichtigen Scheibe. Das ganze Flugzeug begann zu vibrieren und setzte sich in Bewegung. Wir glitten hinaus auf den Fluss, der an dieser Stelle kaum Strömung hatte, und nahmen Fahrt auf.

Die Vibrationen verwandelten sich in Stöße und dann in handfeste Schläge, als das Flugzeug mit zunehmender Geschwindigkeit über das Wasser fegte. Eine Schleppe von Gischt hinter uns herziehend, steuerten wir auf die Mbamou-Insel zu.

Bald fiel mir auf, dass wir uns immer noch nicht in der Luft befanden. »Gibt's Probleme?«, fragte ich.

»Die Kiste ist schwer wie ein Wal«, schnaufte Sixpence. »Ich bekomme sie kaum hoch. Verdammte Scheiße, wir haben viel zu viel geladen. Ich hab's dir doch gesagt, Stewart.«

»Du hast mir gesagt, dass die Beaver das schaffen würde, das hast du gesagt. Jetzt sieh zu, wie du uns hochbekommst, da vorn sind Fischerboote.«

»Verdammt! Halten Sie mal kurz das Steuer, ich muss das Treibstoffgemisch verändern«, sagte Sixpence, während er abtauchte und mit ausgestrecktem Arm versuchte, an einen Regler zwischen seinen Füßen zu gelangen. Als er ihn fast erreicht hatte, machte das Flugzeug einen Hopser, und wir hoben uns ein wenig aus dem Wasser. Blitzschnell tauchte Sixpence wieder auf. Die Fischerboote waren jetzt sehr nahe. Er riss den Knüppel zu sich heran und dann, keine Sekunde zu früh, hoben wir uns aus dem Wasser.

Langsam zogen wir in den blauen Morgenhimmel hinauf, der mit rosa Wölkchen gesprenkelt war.

»Glück gehabt«, seufzte unser Pilot, und ich konnte die Erleichterung in seinen Augen sehen. »Noch mal gut gegangen. Fragt sich nur, ob uns ein solches Manöver auf dem Lac Télé auch gelingt.«

Jetzt, da wir uns in der Luft befanden, lief der Motor erstaunlich leise. Ich begann mich zu entspannen und blickte nach unten. In etwa dreihundert Metern Tiefe schipperte ein Dampfer in Richtung Hafen. Er zog einige Schleppkähne, die über und über mit Menschen bedeckt waren. Elieshi deutete nach unten und rief: »Da unten ist unsere Fähre. Sie kommt gerade von Impfondo zurück. Na, möchten Sie immer noch tauschen?«

Ich sah die vielen Menschen und schüttelte den Kopf. »Nein, Sie hatten vollkommen Recht. Fliegen hat schon seine Vorteile.«

Sie gab mir einen freundschaftlichen Klaps. »Guter Junge.«

Unter uns zogen die letzten Ausläufer der Stadt dahin und verloren sich zwischen Feldern und Plantagen. Wir schlugen einen nördlichen Kurs ein, der uns nach einer Weile über eine vielfach gefaltete Hügelregion führte. Aus den Hügeln wurden Berge, während die Zahl der Siedlungen immer weiter abnahm.

»Wie nennt sich dieses Gebiet dort unten?«, fragte Maloney, das Gesicht an die Scheibe gepresst.

»Das ist die Région de Plateau«, antwortete Elieshi. »Wir befinden uns ziemlich genau über dem Léfini-Reservat. Eine einsame Gegend, wenn man von der N 2 absieht, die dort drüben verläuft.« Sie deutete aus dem Fenster. »Wenn Sie genau hinschauen, können Sie sie sehen. Es ist die große Verkehrsachse des Kongo. Sie führt von Brazzaville im Süden bis nach Ouesso im Norden des Landes. Leider tangiert sie überhaupt nicht die Gegend, in die wir wollen, sonst hätten wir auch das Auto nehmen können«, fügte sie mit einem Grinsen hinzu.

»Waffenstillstand«, lachte ich und hob die Hände. »Ich ergebe mich. Mittlerweile habe ich mich so an die kleine Kiste gewöhnt, dass ich gar nicht mehr tauschen möchte. Wann haben Sie eigentlich mit der Fliegerei angefangen, Sixpence?«

»Großer Gott, wenn ich das noch wüsste«, antwortete der Aborigine. »Fliegen ist wie Fahrrad fahren. Wenn man es einmal gelernt hat, kann man sich nicht mehr an die Zeit davor erinnern. Ich habe mir meine Sporen auf einer alten Piper erworben, aber eigentlich sind alle Flugzeuge gleich: Wenn man eines kennt, kennt man sie alle. Die Grundlagen der Aerodynamik sind immer gleich, und für die Instrumente gibt es ja zum Glück Handbücher. Wollen Sie es mal versuchen?«

Ich spürte einen Kloß im Hals. »Muss das sein?«

»Nun kommen Sie schon, es ist leicht, das versichere ich Ihnen. Und wenn wirklich etwas passiert, gefährden wir wenigstens keine unschuldigen Menschenleben. Sie haben es ja gehört, dies ist eine einsame Gegend.«

»Sehr beruhigend. Na gut, was muss ich tun?«

»Die Grundlagen kennen Sie ja schon. Jetzt müssen Sie nur noch ein Gefühl für das Flugzeug entwickeln. Versuchen Sie es.« Und damit ließ er das Steuer los.

Die Maschine reagierte augenblicklich, kippte mit der Nase nach vorn und begab sich in einen abenteuerlichen Sinkflug. Ich zog den Knüppel zu mir und fing das Flugzeug ab. Allerdings hatte ich es zu gut gemeint, denn kurze Zeit später schossen wir steil nach oben. Eine Weile ging das gut, doch dann schaffte es der Motor nicht mehr, und die Maschine kippte wieder nach unten. »Überzogen«, rief Sixpence mit einem schadenfrohen Grinsen. »Versuchen Sie es mal mit sanfteren Bewegungen.«

Meine schweißnassen Hände rutschten am Lenkrad ab, als ich mich bemühte, den Sturzflug abzufangen.

»Muss das denn wirklich sein, Six'?«, hörte ich Maloney von hinten brummeln. »Du hast doch bestimmt Wichtigeres zu tun, als Mr. Astbury Flugunterricht zu erteilen.«

»Nur noch ein wenig Geduld«, entgegnete dieser. »Es dauert nicht mehr lange. Er hat den Bogen bald raus.«

Und tatsächlich, nach drei endlos scheinenden Minuten bekam ich die Maschine unter Kontrolle. Sie hörte auf zu bocken und zu wiehern und folgte brav meinen Anweisungen.

Ich atmete durch. Meine Hände zitterten, und ich fühlte, wie mir der Schweiß an den Schläfen herablief. Das Steuer fest umklammert, rechnete ich jeden Moment mit einem erneuten Ausbrechen des Flugzeugs. Doch nachdem nichts geschah, begann ich mich zu entspannen und das Fliegen zu genießen. Ich ließ mich von Sixpence sogar dazu ermutigen, einige Kurven zu fliegen, und nachdem mir das gelungen war, fühlte ich mich wie ein König. Es war ein erhebendes Gefühl, so über den Wolken zu schweben, mit nichts weiter als etwas Metall und Kunststoff unter dem Hintern.

»Glückwunsch, Mr. Astbury«, sagte Sixpence. »Damit haben Sie sich Ihre ersten Sporen verdient. Zur Belohnung dürfen Sie jetzt ganz übernehmen, während ich es mir bei einem Frühstück gemütlich mache. Wer hat noch Hunger?«

»Moment mal, das können Sie doch nicht tun. Ich weiß ja noch nicht mal, wo es hingeht.«

Sixpence tippte mit seinem Finger auf eine der zahlreichen

Armaturen. »Sehen Sie das Altimeter? Unsere Höhe liegt bei viertausend Metern, das ist in Ordnung so. Versuchen Sie die zu halten.« Er tippte auf eines der Anzeigeinstrumente. »Das hier ist der künstliche Horizont, den halten Sie schön in der Mitte, und auf dem Kompass folgen Sie Nordnordost, in Ordnung? Um den Rest brauchen Sie sich im Moment keine Sorgen zu machen.«

»Zu Befehl.« Ich salutierte schneidig. Sollten die anderen doch an so profane Dinge wie Essen denken, ich hatte jetzt die Verantwortung. Ich war der Kapitän, und meine Mission lautete, die mir Anvertrauten sicher ans Ziel zu bringen. Yes, Sir.

Während das Steuerrad unter meinen Fingern vibrierte, flog ich uns hinaus in den heller werdenden Morgen. Nur wenige Minuten später hatten wir die letzten Überbleibsel menschlicher Zivilisation hinter uns gelassen. Rings um uns herum gab es jetzt nur noch Bäume, in weiter Ferne lag ein silbriges Band. Der wilde, unbezähmbare Kongo, das Grab des Weißen Mannes.

17

Egomo erwachte aus seiner Ohnmacht. Sein Gesicht lag im nassen Lehm, sein halb geöffneter Mund schmeckte die feuchte Erde. Er hatte Mühe, die Augenlider zu heben. Sein Gesicht, seine Hände, seine Arme, sein gesamter Körper waren mit Lehm bedeckt, der ihn aussehen ließ wie ein seltsam geformtes Stück Baumrinde. Mühsam und unter Schmerzen erhob er sich. Der Geschmack von Erde mischte sich mit Blut. Er strich sich über die Lippen.

Die Ereignisse der letzten Stunden rollten über ihn hinweg. Das schreckliche Massaker, das Auftauchen des Ungeheuers und dann seine panische Flucht durch den Urwald. Er hatte völlig den Kopf verloren, war einfach gerannt, gerannt, gerannt. Immer weiter, bis er vor Entkräftung und Verzweiflung ohnmächtig zusammengebrochen war. Dabei musste er wohl zurück zum See gelaufen sein, denn er befand sich fast genau an der Stelle, von der aus er aufgebrochen war.

Er sah an sich herab. Sein Körper war auf der einen Seite über und über mit Schürfwunden bedeckt. Manche von ihnen waren so tief, dass er durch den Lehm hindurch das rohe Fleisch schimmern sah. Als ob das noch nicht genug war, schmerzte seine Schulter, als habe ihm jemand ein glühendes Messer hineingestoßen. Mit zitternden Fingern ertastete er die Stelle und zuckte zusammen. Irgendetwas in seinem Inneren knirschte. Verzweifelt bemüht, bei Bewusstsein zu bleiben, rollte er sich auf seine gesunde Seite und begann, nach seiner Habe zu suchen. Er fand nichts. Weder seinen Proviantbeutel noch seine Waffe. Doch dann fiel ihm wieder ein, dass er sie ja im Grasland zurückgelassen hatte.

Mechanisch, wie eine dieser seelenlosen Maschinen, die sich durch den Urwald fraßen, stand er unter Aufbietung aller Kräfte auf. Das Lager der weißen Frau, das er heute Morgen entdeckt hatte, lag nur wenige Meter links von ihm, sein Schlafbaum irgendwo rechts. Langsam schlurfte er durch den Grasgürtel einige Meter hinein in das kühlende, wohltuende Nass, tunlichst darauf bedacht, nirgendwo anzustoßen. Er ging in die Hocke und begann sich zu waschen. Vorsichtig und mit zusammengebissenen Zähnen löste er den Lehm von seiner schmerzenden Haut. Mit jeder Sekunde wurde ihm das Ausmaß seiner Verletzungen deutlicher. Die Schnitte und Schürfungen waren tief und selbst mit den richtigen Heilkräutern nicht binnen einer Woche zu heilen. Noch gravierender war der Bruch des Schlüsselbeins. Sein linker Arm baumelte wie ein nutzloses Anhängsel an ihm herab. Jeder Versuch, ihn zu heben, wurde mit einem glühenden Stich quittiert. Der Verlust seiner Armbrust wog nur noch halb so schwer, denn er hätte sie sowieso nicht spannen können. Seufzend schöpfte er sich mit seinem gesunden Arm Wasser ins Gesicht. Das half ein wenig.

Mit der nüchternen Kaltblütigkeit eines erfahrenen Jägers berechnete er seine Chancen für eine unbeschadete Heimkehr. Er wog die Zeit ab, die er benötigen würde, um sein Dorf zu erreichen, und setzte sie in Beziehung zu seinem körperlichen Zustand. Als er auch bedachte, dass er seinen Proviant und seine Waffe im Grasland verloren hatte, war die Sache klar. Er würde es nicht schaffen.

Dieser Gedanke war von solch ernüchternder Einfachheit, dass er sich setzen musste. Es gab keine Fragen mehr zu beantworten und keine Entscheidungen mehr zu treffen. Er würde sterben, so einfach war das.

Diese Erkenntnis mündete in eine innere Ruhe, betäubte den Schmerz in seiner Schulter und breitete sich von dort wohltuend über seinen gesamten Körper aus. Es war die Gelassenheit der Beute im Angesicht des Jägers. Alle Ängste und Sorgen schienen gebannt. Es entsprach genau dem Gefühl, von dem die Alten ihm immer wieder erzählt hatten. Der Tod war nichts weiter als ein anderer Bewusstseinszustand, eine Fortführung des Lebens auf einer anderen Ebene. Nichts, wovor man sich fürchten musste. Im Gegenteil. Etwas, auf das sich zu warten lohnte. Und genau das würde er tun, hier sitzen und warten.

Er reckte sein Gesicht in die Sonne und ließ ihre warmen Strahlen über seine Haut streicheln. Ein leichter Wind hatte eingesetzt, der sich in seinen Haaren verfing und den Duft des Wassers zu ihm herübertrug. Ja, so hatte er sich das vorgestellt.

In diesem Moment vernahm er ein Geräusch, das sich überhaupt nicht in seine Vorstellung vom Jenseits fügen wollte. Es klang wie das Brummen einer riesigen, zornigen Hornisse. Egomo schlug die Augen auf, doch das Geräusch wollte nicht weichen, mehr noch, es schien näher zu kommen. Jetzt konnte er auch hören, dass es sich um einen Motor handelte. Aber er trieb keine von diesen riesigen Waldmaschinen an, dafür war er zu klein.

Was im Namen der Götter war das? Egomo seufzte. Die Wirklichkeit hatte ihn wieder, der Tod musste warten.

Er erhob sich und spähte in Richtung Süden, aus der das Brummen kam. Es erinnerte ihn an ein Geräusch, das er vor vielen,

169

vielen Jahren vernommen hatte. Damals war er noch ein Kind gewesen, und sein Vater hatte ihn mit auf die Jagd genommen. Nie würde er das Erstaunen und die Angst in den Augen seines Vaters vergessen, als plötzlich ein Fluggerät über ihre Köpfe hinweggedonnert war. Das silberne Geschoss war wie aus dem Nichts aufgetaucht und dann wieder verschwunden. Seitdem hatte er nie wieder einen metallischen Vogel gesehen, und er hatte schon angefangen zu glauben, dass er sich das alles nur eingebildet hatte. Doch das Brummen, das jetzt sehr laut wurde, überzeugte ihn vom Gegenteil. Ihm blieb gerade noch genug Zeit, sich unter einem Strauch zu verstecken, als ein schwarzer Schatten über ihn hinwegglitt. Und dann sah er es. Es war tatsächlich ein Flugzeug. Merkwürdig sah es aus, mit seinen zwei dicken Anhängseln, die unter dem Rumpf baumelten. Auch seine Farbe, Orange mit weißen Streifen, wirkte befremdlich bunt. Die Maschine umrundete den See in einem großzügigen Bogen, und Egomo begann sich zu fragen, wie die Welt von da oben betrachtet wohl aussehen mochte. Plötzlich senkte sich die Nase des Fluggerätes, und ihm dämmerte, was nun geschehen würde. Es wollte landen.

Aber wo? Hier gab es nur Bäume und Sträucher, so weit das Auge reichte. Sie würden das zerbrechliche Gefährt zerfetzen, noch ehe es den Boden berührte. Ein schreckliches Unglück wäre die Folge.

Egomo klammerte sich an einen Zweig und schickte ein Stoßgebet zu den Göttern. Sein Bedarf an Katastrophen war für heute gedeckt.

Das Flugzeug war mittlerweile so weit nach unten gesackt, dass ihm ein verrückter Gedanke kam. Vielleicht würde es doch kein Unglück geben. Vielleicht handelte es sich bei den beiden Anhängseln um Boote, und das Gefährt würde auf dem Wasser aufsetzen. Egomo sprang auf und verfolgte das Schauspiel mit weit aufgerissenen Augen.

Seine Intuition hatte ihn nicht getrogen. Die Maschine kam vom Himmel herab, immer niedriger, setzte auf und rauschte, in aufspritzende Gischt gehüllt, über das Wasser. Dann wurde sie langsamer und schwamm wie ein Kanu in die seichte Uferregion rechts von ihm, nur wenige hundert Meter entfernt. Die kreiselnden Blätter an der Spitze wurden langsamer, und mit einem letzten Husten erstarb das Brummen. Stille kehrte ein. Dann öffnete sich die Tür und ein großer weißer Mann mit einem breitkrempigen Hut kam zum Vorschein. Er blickte sich um, tänzelte dann über den Schwimmer, sprang mit einem gewaltigen Satz an Land und befestigte das Fluggerät mit einem Seil am Ufer. Egomo wurde erst jetzt klar, dass dieser künstliche Vogel, wie alle Maschinen, von Menschen bedient wurde. Seine scharfen Augen offenbarten ihm, dass es mindestens drei oder vier waren, die sich im Inneren des Flugzeugs befanden. Nun erblickte er auch eine Frau, die aus dem Flugzeug kletterte, zu erkennen an ihren Zöpfen und den Brüsten, die sich unter ihrem schreiend bunten Hemd abzeichneten. Eine Schwarze, wenn auch nicht von seinem Stamm. Die anderen Passagiere zogen es vor, sich nicht blicken zu lassen. Was wollten diese Fremden hier, und vor allem, warum waren sie ausgerechnet auf dem See gelandet? Wussten sie denn nicht um die Gefahr, die von dem Wasser ausging? Wahrscheinlich nicht, wie sollten sie auch? Er selbst hatte die Geschichten von Mokéle m'Bembé ja lange Zeit als Märchen abgetan.

Egomo hielt sich die schmerzende Schulter und stand auf. Der Tod hatte zu warten. Erst musste er diese Menschen beobachten, herausbekommen, was sie hier wollten. Je nachdem, wie sie sich verhielten, würde er sie in das Geheimnis, das diesen See umgab, einweihen und sie warnen.

Vorausgesetzt, es blieb ihm genug Zeit dazu.

18

Helfen Sie mir mal mit der Kiste«, brüllte Maloney mir aus dem Flugzeug zu. »Ich kann das verdammte Ding nicht allein tragen.«

»Warten Sie, ich bin gleich bei Ihnen«, rief ich, während ich versuchte, den Wasserkessel auf dem Ständer des schmalen Campingkochers auszubalancieren. Endlich hielt die wackelige Konstruktion, und ich eilte zu Maloney. Mit der größten Leichtigkeit sprang ich vom Ufer aus auf den Schwimmer, als ob ich noch nie etwas anderes getan hätte. Das Flugzeug war mir schon richtig ans Herz gewachsen. Die rostige alte Kiste mit all ihren Macken und Empfindlichkeiten strahlte etwas geradezu Menschliches aus. Schon seltsam, dass sich ein solches Gefühl überhaupt auf ein lebloses Objekt übertragen ließ.

»Hier, halten Sie das«, kommandierte Maloney, als ich bei ihm eintraf. Schnaufend und schwitzend versuchte er neben mir auf dem Schwimmer Fuß zu fassen.

»Meine Güte, ist die schwer«, bemerkte ich. »Was ist denn da drin? Bleigewichte?«

»Ausrüstung.«

»Was Sie nicht sagen.«

Maloneys Fuß rutschte von der schmalen Eisenstufe ab und landete hart auf dem Schwimmer. Er stieß einen Fluch aus, als das Flugzeug zu wippen begann und uns die Kiste zu entgleiten drohte. Nur mit Mühe gelang es uns, das Gleichgewicht zu halten und die gewichtige Zarges-Box unbeschadet an Land zu wuchten. Schwer atmend ließ ich mich wieder neben dem Kaffeewasser nieder, das mittlerweile fröhlich sprudelte. Sixpence und Elieshi bauten hinter den Bäumen die Zelte auf, was ihnen einen Riesenspaß zu bereiten schien, denn die beiden kicherten unentwegt. Ich griff nach einem Stofftuch, hob den Topf von der Flamme und goss das Kaffeepulver auf. Ein belebender Geruch verbreitete sich. Ich bot Maloney eine Tasse an. »Jetzt weiß ich immer noch nicht, wofür wir da eben unser Leben riskiert haben.«

Der Hüne nahm einen Schluck aus der Tasse. Dann stellte er sie ab und ließ die Schlösser der Truhe aufschnappen. Ich erstarrte, als sich der Deckel hob.

»Zufrieden?« Er grinste mich an, während er sich ganz unverblümt über mein Erstaunen amüsierte. Waffen. Mit einem Blick erfasste ich, dass die Truhe wohl so ziemlich alles enthielt, was jemals zum Töten von Menschen erdacht worden war. Ich sah Gewehre, Messer, eine glasfaserverstärkte Armbrust nebst Pfeilen, Zielfernrohre sowie Unmengen an Munition. Auch mehrere Reihen zylindrischer Kunststoffdosen sowie eine Kabelrolle und eine Art Tastensensor befanden sich darin. Auf meinen fragenden Blick hin erwiderte Maloney: »C4.«

»Was?«

»Plastiksprengstoff. Eine kleine Reserve, falls alles andere versagt.« Er lehnte sich zurück und hob seine Tasse. »Schmeckt übrigens ausgezeichnet, Ihr Kaffee.«

»Ist das nicht etwas übertrieben?«

»Ich bin gern gut vorbereitet. Außerdem brauchen wir für jedes Tier eine spezielle Waffe, so wie Sie für jedes Handwerk auch ein spezielles Werkzeug benötigen.« Er griff nach einer doppelläufigen Schrotflinte und ließ seine Finger über den Schaft gleiten. »Ich bezeichne das als die Erotik des Tötens. Können Sie mir folgen?«

»Ehrlich gesagt, nein«, gab ich zurück. »Nicht dass wir uns missverstehen. Der Auftrag lautete doch, das Tier nicht zu töten. Es hieß, wir sollten eine Genprobe entnehmen und dann wieder verschwinden.«

»Schon, aber Sie vergessen die Hauptsache.«

»Mmh?«

»Ich rede von Ihrem Auftrag. Von der Rettungsmission und von Ihrer christlichen Pflicht, am Leben zu bleiben.« Mit einem schmalen Lächeln hockte er sich neben mich und nippte an seinem Kaffee. »Was Emily Palmbridge und ihrer Expedition zugestoßen ist, könnte auch uns zustoßen«, fuhr er fort. »Die Frau hatte bestimmt nicht vor, sich an diesem idyllischen Fleckchen Erde zur Ruhe zu setzen. Es ist etwas geschehen, auf das sie nicht vorbereitet war, und ich habe nicht vor, ihr Schicksal zu teilen.« Damit lud er das Gewehr durch, legte es an seinen Platz zurück und ließ den Deckel der Box zufallen.

»Wir wissen ja noch gar nicht mal, ob sie wirklich tot sind«, murmelte ich. »Verdammt ...« Beim Versuch, das Taschenmesser zusammenzuklappen, hatte ich versehentlich auf die Schneide gedrückt. Ein dicker Tropfen Blut quoll aus der Wunde hervor. Ich steckte den Daumen in den Mund, aber der Schnitt war tief und die Blutung ließ sich nicht stoppen. Ein Anflug von Panik überrollte mich. »So ein Mist!«

»Was ist denn los?« Maloney schien von meiner heftigen Reaktion überrascht zu sein.

»Haben Sie etwas zum Desinfizieren dabei? Hier wimmelt es von Krankheitserregern«.

»Nur die Ruhe.« Er öffnete eine seiner Gürteltaschen und förderte ein kleines Päckchen zutage. »Lassen Sie es noch ein wenig bluten, das müsste zur Reinigung der Wunde ausreichen, und dann kleben Sie das hier drauf.« Er hielt mir ein Pflaster hin. »Mag sein, dass es hier mehr Keime gibt als bei uns, aber so schlimm ist es nun auch wieder nicht.«

»Sie haben wohl noch nicht gesehen, was ein Virus wie Ebola bei einem Menschen anrichten kann«, gab ich zurück, während ich hastig die Wunde verschloss. »Haben Sie noch nicht gesehen, wie die Schleimhäute in Mund, Nase und Augen sich auflösen und zu bluten beginnen, wie Muskeln und Organe sich in flüssigen Matsch verwandeln und das Opfer unter unaussprechlichen Qualen zugrunde geht?«

»Haben Sie?«, fragte er mit einem leicht amüsierten Blick.

»Bisher nur in einem Film, während eines Pathologieseminars. Aber das hat mir gereicht.«

Maloney strich über sein Kinn. »Ohne Ihnen nahe treten zu wollen, aber Sie sind wirklich ein Vollblutwissenschaftler.«

»Wie meinen Sie das?«

Er betrachtete mich mit seinen grünen Augen. »Sie machen sich zu viel Gedanken um alles. Das Leben ist einfach. Natürlich nicht, wenn man es aus den schützenden Wänden eines Versuchslabors heraus betrachtet. Man muss schon rausgehen und es anpacken. Ihre Verletzung zum Beispiel ...«, sagte er und lächelte mich dabei freundlich an, »... die wird Sie nicht umbringen. Ich habe schon Wunden verarztet, bei denen Sie in Ohnmacht gefallen wären, wenn Sie nur daran gerochen hätten. Und die Leute erfreuen sich heute noch bester Gesundheit. So schnell stirbt man nicht. Und wenn das ein Versuch war, sich vor der Arbeit zu drücken, muss ich Sie leider enttäuschen«, er ließ seine Hände auf die Oberschenkel klatschen und stand auf. »Also, back to business. Wenn Sie sich verarztet haben, können Sie mir bei den restlichen Kisten zur Hand gehen.«

»Augenblick noch.«

Maloney hob die Augenbrauen.

»Es gibt etwas, das ich mit Ihnen besprechen möchte, und zwar unter vier Augen.«

»Was meinen Sie?«

»Es geht um unsere Begleiterin.«

»Sie ist niedlich, nicht wahr?«

Mehr als ein schiefes Lächeln brachte ich nicht zustande. »Ich weiß nicht, ob niedlich das richtige Wort ist. Wir beide hatten keinen guten Start ...«

»Ist mir nicht entgangen.«

»... aber sie hat trotzdem ein Recht darauf, die Wahrheit zu erfahren. Warum haben Sie sie angelogen?«

»Ach das.« Er wischte sich eine imaginäre Staubflocke vom Ärmel und tat so, als handele es sich bei dem Thema um die größte Nebensächlichkeit der Welt. »Das kann ich Ihnen leicht erklären. Es dient der allgemeinen Sicherheit.«

»Verstehe ich nicht.«

»Nun, das rührt daher, dass Ihnen die Erfahrung fehlt. Die Erfahrung, wie bestimmte Dinge in Ländern wie diesen ablaufen. Nehmen Sie zum Beispiel diesen Staatssekretär. Alle sind zufrieden, solange wir uns auf der Suche nach dem Zwergelefanten befinden. Das Tier ist klein und unspektakulär genug, um von den zuständigen Behörden als unwichtig erachtet zu werden. Sagen Sie aber *Mokéle m'Bembé,* dann werden alle wach. Denn das ist etwas, für das sie sich selbst interessieren. Das ihnen Geld und Publicity bringen könnte. Da es für sie momentan unerreichbar ist, haben sie es erst mal ins Reich der Legenden verbannt, wo es friedlich vor sich hin schlummert. Währenddessen kümmern sie sich um ihre Geschäfte und warten darauf, dass jemand von außerhalb kommt, um ihnen die Arbeit abzunehmen. Aber ich werde das nicht sein, darauf haben Sie mein Wort. Elieshi wird aus Gründen der Verschwiegenheit erst dann etwas erfahren, wenn es unumgänglich ist.

Nur so minimieren wir das Risiko, dass sich morgen schwer bewaffnetes Beobachtungspersonal zu uns gesellt.«

»Glauben Sie nicht, dass sie unser Vertrauen verdient hätte?« Er betrachtete mich mit seinen grünen Augen, und seine Stimme bekam einen ernsten Klang. »In meinem Job hat Glaube nichts verloren, den spare ich mir für meine Gebete auf.«

*

Es war spät am Nachmittag, als alles entladen war und wir die letzte Kiste in das Basislager am Rande des Sees transportiert hatten. Das Flugzeug war mit vereinten Kräften ein Stück weit in die flachere Uferregion gezogen und dort mit Seilen vertäut worden. Über dem Horizont begannen sich bereits die ersten größeren Wolken zusammenzuziehen. Fernes Donnergrollen war zu hören, und mit großer Wahrscheinlichkeit würde noch im Laufe des Abends Regen einsetzen. Sixpence, der sich ein stinkendes Pfeifchen angezündet hatte, hatte sich die Zeit genommen, um mir in aller Ausführlichkeit den Aufbau des Lagers zu erklären. Da er ein Technikfanatiker war, nahm das einige Zeit in Anspruch. Zuerst führte er mich ans Ufer des Sees, wo er eine digitale Videokamera aufgebaut hatte, die genau auf das Zentrum der Wasserfläche gerichtet war.

»Dient zur Überwachung«, sagte er gut gelaunt. »Sie wird ständig im Einsatz sein, um jede Bewegung auf dem See festzuhalten. In dieser wasserfesten Außenhülle befindet sich eine hochempfindliche Optik mit Restlichtverstärker, die sogar bei Nacht gestochen scharfe Aufnahmen liefert.« Er blickte kurz ins Okular. »Falls unser Freund es vorzieht, sich nur im Dunkeln blicken zu lassen. Aber sagen Sie Elieshi nicht, wofür wir sie brauchen. Sie hat mich deshalb schon so merkwürdig angesehen, und ich musste ihr etwas von Krokodilen und

Flusspferden vorflunkern.« Er sandte einen letzten Blick durch den Sucher der Kamera, dann forderte er mich auf, ihm ins Lager zu folgen. Sechs Zelte, vier davon reine Schlafkojen, standen im Halbkreis angeordnet um eine große Feuerstelle und einen soliden Klapptisch. Darauf befand sich ein seltsames Gerät, das mit seiner faltbaren Flachantenne wie eine überdimensionale Blume aussah, die ihren Kelch in den Himmel reckt.

»Unsere einzige Verbindung zur Außenwelt«, sagte er.

»Eine Satellitenempfangsanlage, nicht wahr?«

Er nickte. »Ein *Inmarsat M4*. Klein, leicht und schnell. Die Zeiten, in denen wir mit einer zwanzig Kilo schweren Anlage um die Welt gezogen sind, sind endgültig vorbei. Haben Sie ein Handy dabei? Zeigen Sie mal her.« Ich reichte ihm das Gerät, nicht ohne mich für meine Naivität, es überhaupt mitgenommen zu haben, zu entschuldigen. »Das macht doch nichts«, erwiderte er lachend. »Man hat sich so an die kleinen Dinger gewöhnt, dass man ganz vergisst, wie begrenzt ihre Reichweite ist.« Er nahm ein Kabel, das aus dem Empfänger herausragte, stöpselte es in mein Handy, tippte eine Nummer ein und nickte zufrieden. »Wunderbar. Wenn das M4 genügend Sonnenlicht getankt hat, können Sie anrufen, wen immer Sie wollen.«

»So einfach ist das?«

»Yep. Die Akkus werden in einer Viertelstunde aufgeladen sein, und dann können Sie loslegen. Ich würde Ihnen aber empfehlen, so wenig wie möglich zu telefonieren. Man kann nie wissen, wer mithört, und dieser Ausflug soll doch unser kleines Geheimnis bleiben. So, und jetzt zeige ich Ihnen, wie das Lager organisiert ist. Dort drin zum Beispiel finden Sie unsere Verpflegung.« Er betrat ein mannshohes Zelt, durch dessen Wände gedämpftes Licht fiel. Die Luft innen war stickig, aber ich erfasste mit einem Blick, dass alles gut organisiert war. Viele der Kisten, die ich zusammen mit Maloney geschleppt hatte, befanden sich hier. Sixpence klopfte der Reihe nach mit einem Finger gegen sie. »Getreideprodukte, Konserven, Kaffee und Tee, Trockenmilchpulver, Zucker, Salz, Gewürze, Suppenwürfel und Dörrfleisch sowie ein nettes Kontingent an Whisky und Rotwein. Hier drüben sind die Hygieneartikel und unser umfangreicher Erste-Hilfe-Koffer. Fisch und Wasser brauchten wir nicht mitzunehmen, beides ist ja hier in Hülle und Fülle vorhanden.«

»Das Wasser muss doch sicher entkeimt werden.«

»Natürlich. Das geschieht mit dieser Pumpe, in der ein Keramikfilter eingebaut ist, der selbst winzigste Krankheitserreger herausfiltert. Zur Sicherheit kommen dann noch Micropur-Tabletten in jeden Kanister. Hier drin werden wir auch essen, wenn draußen schlechtes Wetter ist. Auf zum Forschungszelt.«

In der nächsten Unterkunft erwartete mich eine Überraschung. Mit einem geheimnisvollen Lächeln öffnete Sixpence eine der Aluminiumkisten.

»Neoprenanzüge«, rief ich erstaunt aus. »Sie haben doch nicht etwa vor zu tauchen?«

»Selbstverständlich. Sie müssten doch inzwischen mitbekommen haben, dass wir besonders gründlich zu Werke gehen. Wenn Mokéle m'Bembé nicht zu uns kommt, gehen wir eben zu ihm.«

»Sie sind ja vollkommen wahnsinnig«, erwiderte ich, doch mir blieb das Lachen im Halse stecken, als ich spürte, dass er es ernst meinte. »Hat Elieshi die schon gesehen?«

Er schüttelte den Kopf. »Natürlich nicht, sie hätte sich sonst bestimmt gewundert, warum wir mit Taucheranzügen auf Elefantenjagd gehen wollen.«

»Ich mag dieses Versteckspiel nicht«, gab ich ganz unumwunden zu, doch er zuckte nur mit den Schultern. Ohne auf meine

Bemerkung einzugehen, begab er sich zur nächsten Kiste. »Hier haben wir ein lasergesteuertes Frühwarnsystem, eine Art Lichtschranke, die sofort Alarm gibt, sollte sich etwas nähern. Ich glaube aber nicht, dass wir es brauchen werden. Unser Freund ist so groß, dass wir ihn auch so hören werden. Hier drüben befindet sich unser Schlauchboot nebst Außenbordmotor und etlichen Fässern Treibstoff. Es ist seit Jahren im Einsatz und unverwüstlich, das kann ich Ihnen sagen. Tja, was jetzt noch bleibt, sind diese Kisten hier, in denen sich Ihr gentechnisches Kleinlabor befindet, sowie die Ausrüstung von Elieshi. Angeblich sollen sich damit bestimmte Tierlaute über eine Entfernung von hundert Kilometern lokalisieren lassen. Ich muss gestehen, ich bin mächtig gespannt, die Anlage im Einsatz zu sehen. Da dieses Zelt das größte ist, haben wir beschlossen, dass Sie und Elieshi Ihre Apparaturen auf diesen Tischen hier aufbauen. Wird der Platz dafür ausreichen?« Ich ließ meinen Blick über die Tische und Stühle sowie die Hängelampen gleiten und nickte. »Auf jeden Fall. Ich habe, ehrlich gesagt, nicht mit so viel Komfort gerechnet.«

»Komfort muss sein, denn uns steht eine anstrengende Zeit bevor.« Wir verließen das Zelt, gerade noch rechtzeitig, um mitzuerleben, wie Maloney Elieshi mit seiner Digitalkamera fotografierte. Die Art, wie er ihr dabei zulächelte, ließ mich an die Worte denken, die Sixpence mir bei unserer Abreise aus Brazzaville gesagt hatte. Nicht zum ersten Mal spürte ich den Anflug eines Zweifels. Wenn Maloney wirklich geschworen hatte, nie wieder eine Beziehung einzugehen, was sollte dann dieser Flirt? Ein verstohlener Blick zur Seite reichte aus, um mich zu überzeugen, dass auch Sixpence mitbekommen hatte, was da vor sich ging. Er lächelte zwar noch, aber dieses Lächeln wirkte seltsam versteinert. Er widmete sich dem Feuer, das bereits fröhlich prasselte und einen großen Topf mit

Wasser erhitzte, der an einem Dreibein hing. Wir hatten uns für diesen Abend auf die Zubereitung eines kräftigen Eintopfes geeinigt, ehe wir am nächsten Tag unseren ersten Fisch grillen wollten. Maloney und Elieshi kamen zu uns herüber, als wäre nichts geschehen.

»Ist es nicht herrlich hier, Mr. Astbury«, empfing mich der Jäger gut gelaunt. »Das ist Afrika, wie ich es liebe. Wild und ungezügelt. Atmen Sie nur mal diesen Duft ein. Einen solch vitalen Geruch finden Sie nirgendwo sonst auf der Welt.« Er schob seinen breitkrempigen Hut in den Nacken und blickte in den Himmel. »Es sieht zwar so aus, als sollte es in einer knappen halben Stunde regnen, aber das braucht Sie nicht zu beunruhigen. Es geht nichts über ein knackiges tropisches Gewitter, und außerdem haben wir das Camp und das Flugzeug ja gut gesichert.«

»Was geschieht denn, wenn es trotzdem beschädigt wird?«, erkundigte sich Elieshi. »Haben Sie einen Notfallplan?«

»Selbstverständlich. Falls wir es nicht reparieren können, würde ein kurzer Anruf in Brazzaville genügen und man würde uns eine Ersatzmaschine schicken. Aber dann müssten wir den Piloten, der uns das Flugzeug bringt, in Impfondo abliefern. Das würde uns einen ganzen Tag kosten. Hoffen wir also, dass es nicht dazu kommt.«

»Und wenn das Satellitengerät versagt?«

»Dann hätten wir wirklich ein Problem.« Maloney griff in seine Weste und zog eine Schachtel Zigaretten heraus. Elieshi und Sixpence griffen zu, doch ich lehnte dankend ab. »Wenn das eintritt, sind wir auf uns selbst gestellt. Vor Ablauf eines Monats kommt hier mit Sicherheit niemand vorbei. Wir müssten versuchen, uns auf eigene Faust durchzuschlagen.« Er zündete die Zigaretten der Reihe nach an. »Aber das wird nicht einfach, das kann ich Ihnen sagen. Im Norden und Osten gibt es nur sumpfiges Waldland, da kommen wir nicht durch. Im Süden liegt zwar das Grasland, das wir von oben gesehen haben, aber da würde ich mich selbst mit einem Trupp erfahrener Jäger nicht hineintrauen. Zu unübersichtlich, zu viele Raubtiere. Bleibt also der Westen. Dort liegt ein Gewirr von Flüssen, durch den der Lac Télé in den Likouala aux Herbes entwässert. Mit unserem Schlauchboot müssten wir da gut durchkommen. Mit etwas Glück würden wir in ein bis zwei Tagen das Dorf Kinami erreichen.«

Ich stutzte. »Kinami?« Der Name klang vertraut. »Ist das nicht das Dorf, in dem Emilys Filmaufnahmen angetrieben wurden?«

»Ganz recht«, sagte Maloney, während er die Asche von seiner Zigarette wegschnippte. »Aber das ist ein Weg, den ich nur sehr ungern einschlagen würde. Die Wahrscheinlichkeit, dass man uns dort mit offenen Armen empfängt, ist gering.«

»Was ist dort eigentlich geschehen?«, fragte ich, denn ich sah darin eine unverhoffte Chance für einige klärende Worte. »Mir scheint, Sie wissen etwas darüber.«

Sein schmales Haifischlächeln blitzte auf. »Wenn Sie ausführliche Informationen darüber erhalten möchten, sollten Sie sich an Lady Palmbridge wenden. Alles, was ich darüber weiß, ist, dass der Preis, den die Bewohner des Dorfes für die Videoaufzeichnung verlangten, zu hoch war. Es kam zu einem Zusammenstoß zwischen ihnen und den von der Regierung ausgesandten Soldaten.«

»War das der Grund, warum Sie und Staatssekretär Assis sich im Restaurant so vertraulich zugezwinkert haben?«

»Der Regierung ist daran gelegen, dass die Sache nicht publik wird.«

»Was ist dort geschehen?«

Maloney zuckte nur mit den Schultern, aber ich glaubte, ein Flackern in seinen Augen zu bemerken.

Ich senkte die Stimme. »Es hat ein Massaker gegeben, nicht

wahr? Das ist es doch, was Sie mir sagen wollen. Und das ist es auch, worüber Sie und Staatssekretär Assis Stillschweigen vereinbart haben.«

Er blieb die Antwort schuldig, aber sein Schweigen war deutlicher als tausend Worte. Urplötzlich erinnerte ich mich an den Abend vor meiner Abreise. Den Abend mit Sarah. Wie Recht sie doch gehabt hatte, als sie sagte, dass derlei Angelegenheiten in diesem Teil der Welt anders geregelt werden. Sie hatte mit allem Recht gehabt, von Anfang an.

»Mein Gott, die armen Menschen.« Ich fuhr mir mit der Hand über den Mund. »Und wie geht es jetzt weiter? Ich darf gar nicht daran denken, welchen Preis Lady Palmbridge für ihren Traum schon zu zahlen bereit war und wie hoch sie mit ihrem Einsatz noch gehen wird.« Ich sah zu Elieshi und bemerkte, wie sie zwischen uns hin und her blickte, unsicher, was sie von dem Verlauf des Gespräches halten sollte.

»Ich verstehe die ganze Aufregung nicht«, sagte sie misstrauisch. »Warum waren denn diese Aufzeichnungen so wertvoll? Ich meine, wir reden hier doch nur von Zwergelefanten, oder?«

»Sagen Sie's ihr.«

Maloney ließ die Zigarette fallen und trat sie aus. Als er den Kopf hob, trafen mich seine Augen mit einem Blick, der mich frösteln ließ. Hier war er auf einmal wieder, der andere Maloney, den ich nur einmal kurz im Hause der Palmbridges zu Gesicht bekommen hatte und der sich seitdem geschickt hinter einer Fassade aus Freundlichkeit verborgen hatte. Doch ich ließ mich nicht einschüchtern.

»Sie hat ein Recht, es zu erfahren«, beharrte ich.

»Was zu erfahren? Wovon reden Sie?« Elieshis Stimme bekam einen nervösen Klang. Herausfordernd blickte sie von einem zum anderen. »Was sollen Sie mir sagen? Ich wünsche die ganze Wahrheit zu erfahren, jetzt und hier.«

»Mokéle m'Bembé«, sagte Sixpence lächelnd, während er weiter in der Glut herumstocherte. »Das ist es, wonach wir suchen.« Ein kurzer Moment der Stille trat ein.

»Na klar«, kicherte Elieshi. »Warum nicht gleich das Ungeheuer von Loch Ness? Jungs, wenn ihr mich verarschen wollt, müsst ihr euch etwas Besseres einfallen lassen.« Sie spielte mit ihren Zöpfchen. »Wann habt ihr das ausgeheckt? Als wir noch in Brazzaville waren? Nach dem Vietnamesen, hm? Ich hasse es, euch enttäuschen zu müssen, aber ich werde nicht auf den Trick reinfallen, dafür bin ich schon viel zu lange mit Typen wie euch unterwegs. Netter Versuch, aber er ist leider schief gegangen. Ich finde, dass ihr mir einen Drink schuldet.« Keiner von uns lachte. Niemand sagte etwas.

Elieshis Blick wurde unsicher, ihre Bewegungen bekamen etwas Nervöses, Flatteriges. Warum sie sich in diesem Augenblick an mich wandte, weiß ich nicht. Vielleicht strahlte ich von allen Anwesenden die größte Unschuld aus. »David, sagen Sie es mir. Das mit Mokéle m'Bembé ist doch Blödsinn, oder?«

Ich konnte nicht antworten. Etwas schnürte mir die Kehle zu. Ich konnte nur ihrem Blick ausweichen und betreten zu Boden starren.

Elieshis Lächeln war verschwunden. »Das gibt es doch nicht. Ihr habt mich vierhundert Kilometer tief in den Dschungel geschleppt, um diesem Hirngespinst hinterherzujagen?«

»Kein Hirngespinst«, sagte Maloney. »Wir alle haben es gesehen, einschließlich der Tochter unserer Auftraggeberin. Sie hat für dieses Wissen wahrscheinlich mit ihrem Leben bezahlt.« Er sandte einen kurzen Blick in Richtung See. »Es lebt und ist wohlauf, und wir werden es fangen, ob mit oder ohne Ihre Hilfe.«

Lange Zeit herrschte Schweigen. Elieshi musste die Neuigkeit erst verdauen. Schließlich schien sie sich zu einem Urteil durchgerungen zu haben. Sie hob den Kopf, und ich sah den

Zorn in ihren Augen. »Ich will zurück«, sagte sie. »Gleich morgen.« Sie stand auf, spuckte auf den Boden und entfernte sich mit langsamen Schritten Richtung Ufer.

Nachdem sie hinter einer Staude mannshohem Elefantengras verschwunden war, drehte sich Maloney zu mir um. Langsam, wie in Zeitlupe. Sein Blick verhieß nichts Gutes.

19

Samstag, 13. Februar

Der abendliche Regen prasselte mit zunehmender Härte auf das Vordach des Forschungszeltes. Drei Tage waren seit unserer Ankunft vergangen. Drei Tage, in denen nichts geschehen war, außer dass Maloney, Sixpence und ich die Umgebung erkundet und so ziemlich jedes Tier aufgescheucht hatten, das in diesen Breiten beheimatet war. Wir hatten Webervögel in ihren kokonartigen Nestern entdeckt, Graupapageien und Krokodilwächtervögel. Wir hatten sogar einen Kronenadler dabei beobachtet, wie er einen Kolobusaffen von einem Zweig pflückte und heim in sein Nest trug. Nur von Mokéle m'Bembé fehlte jede Spur. Nicht der geringste Fußabdruck deutete darauf hin, dass das Biest überhaupt existierte. Ich fing an, Elieshis Bedenken zu teilen. Waren wir vielleicht einem Betrug aufgesessen? Waren die Aufnahmen, die wir im Hause der Palmbridges gesehen hatten, vielleicht nur eine raffinierte Illusion? So wie die Computersimulation des Labors im Film? Vielleicht hatte die Biologin Recht gehabt, und Mokéle m'Bembé war wirklich nur ein Mythos. Aber warum hätte Lady Palmbridge uns dann an diesen gottverlassenen Ort schicken sollen? Welchen Sinn hatte die ganze Aktion? Ich konnte es nicht erklären, doch spürte ich, wie mich die alten Zweifel übermannten. Es gab keine Wunder und nichts Unerklärliches. Alles, was uns mysteriös und geheimnisvoll erschien, war letztendlich doch nur von Menschen ersonnen, um andere zu manipulieren und für ihre Zwecke einzuspannen.

Ich lehnte mich zurück und beobachtete, wie sich der Lichtkegel einer Taschenlampe in Elieshis Zelt hin und her bewegte. Ich war froh, dass es Maloney gelungen war, sie zum Bleiben zu überreden. Ich wusste nicht, welche Verhandlungstaktik er dabei angewendet hatte, aber das war mir egal. Ich fühlte mich wohler, wenn sie dabei war. In ihr glaubte ich eine verwandte Seele zu erkennen. Sie war jemand, der es auch nicht gern hatte, wenn man ihn zum Narren hielt. Außerdem brachte sie frischen Wind in die ansonsten etwas steife Herrenrunde.

Ich blickte auf das Thermometer. Trotz des anhaltenden Regens war es um kein Grad kühler geworden. Immer noch lag eine Schwüle über dem Land, die das Hemd an meinem Körper kleben und mich glauben ließ, dass ich hier niemals entspannenden Schlaf finden würde. Der stetige Trommelwirbel machte es schwer, mich auf meine Arbeit zu konzentrieren. Seit zwei Stunden war ich damit beschäftigt, meine Tagebuchnotizen zu aktualisieren und die Ausrüstungsgegenstände zu ordnen, die mir Lady Palmbridge mitgegeben hatte. Viel war es nicht, aber mehr war auch nicht notwendig. Ein gutes Mikroskop, antiseptisch verpackte Reagenzgläser und ein Koffer, dessen Inhalt zum Fortschrittlichsten gehörte, was die moderne Genforschung zu bieten hatte. So sehr ich auch darauf brannte, den Apparat in Aktion zu sehen, er würde warten müssen, bis wir einige Gewebeproben von Mokéle m'Bembé gesammelt hatten. Mein Blick fiel auf den Geigerzähler, den Elieshi mitgebracht hatte. Eine erste Messung im See hatte zwar ergeben, dass das Wasser erhöhte Strahlenwerte aufwies, doch das allein reichte nicht aus, um meine Hypothese zu bestätigen. Zu gegebener Zeit würde ich eine Tiefenmessung vornehmen müssen.

Feine Regentropfen durchdrangen den beschichteten Zeltstoff, fielen auf mich herab und vermischten sich mit dem Schweiß auf meiner Haut.

Ich wandte meinen Blick von den Geräten ab und betrachtete das umliegende Camp. Die Nacht war von einer solch undurchdringlichen Schwärze, dass es schien, als wäre sie etwas Stoffliches. Ab und zu zerriss ein Blitz die nächtliche Dunkelheit und ließ seinen Widerschein auf dem Wasser des Sees tanzen. Missmutig blickte ich zu Elieshis Zelt und hielt verwundert inne. Das Licht der Taschenlampe war ausgegangen. Doch die Biologin hatte sich nicht etwa schlafen gelegt, keineswegs. Stocksteif stand sie vor dem Eingang, ließ den Regen auf sich niederprasseln und starrte in die Finsternis. Ich folgte ihrem Blick, konnte aber nichts erkennen. Erst als ein weiterer Blitz die Dunkelheit erhellte, sah ich es auch. Wir waren nicht allein. In einem Sekundenbruchteil gleißender Helligkeit erkannte ich eine kleine menschliche Gestalt, die unbeweglich am Rande unseres Camps stand und uns beobachtete.

Ein Pygmäe, schoss es mir durch den Kopf.

»Elieshi?«, flüsterte ich, doch sie bedeutete mir, mich ruhig zu verhalten. Also blieb ich sitzen und beobachtete, wie sie langsam und mit vorsichtigen Schritten auf den Eindringling zuging. Der Ureinwohner machte keinerlei Anstalten zu fliehen. Auch wirkte er nicht, als suche er Streit. Er stand einfach da und blickte zu uns herüber. Ich deutete das als Zeichen, dass er mit uns Kontakt aufnehmen wollte. Elieshi hatte sich ihm bis auf drei Meter genähert und fing an, ihn mit Gesten aufzufordern, näher zu treten. Als ob er geradezu auf die Einladung gewartet hätte, löste sich der Mann aus der Dunkelheit und betrat unser Lager. Er war wesentlich kleiner, als der erste Eindruck vermuten ließ. Bekleidet mit einem roten Lendenschurz, maß er höchstens einen Meter fünfzig. Es fiel mir schwer, sein Alter zu schätzen, denn seine Physiognomie und seine Mimik waren gänzlich anders als die von uns Europäern. Trotzdem hatte ich den Eindruck, dass er noch relativ jung war. Vielleicht zwanzig oder fünfundzwanzig Jahre. Schrecklich mager sah er aus. Zudem schien er bei einem Kampf oder einem Unfall verletzt worden zu sein. Er humpelte, und sein linker Arm hing schlaff an seinem Körper herab. Er bot ein Bild des Jammers. »Sehen Sie sich das an«, murmelte ich, als ich die Schwere seiner Verletzungen erkannte. »Der Mann muss sofort verarztet werden. Helfen Sie mir, ihn ins Versorgungszelt zu bringen. Schnell!«

»Mal sehen, ob er uns an sich ranlässt«, sagte sie und begann in einer seltsam kehlig klingenden Sprache auf ihn einzureden. Die Worte schienen anzukommen. Der Mann fing an, auf seine Verletzungen zu deuten, und nickte, als Elieshi ihn aufforderte, das Vorratszelt zu betreten. Ich eilte voraus und entzündete die Gaslaterne, die an der Dachverstrebung hing. Mittlerweile hatten auch Maloney und Sixpence mitbekommen, dass etwas geschehen war, wie ich an dem Lichtkegel im Inneren ihrer Zelte unschwer erkennen konnte.

Nur wenige Minuten später hatte sich das gesamte Team um den dunkelhäutigen Mann versammelt, der uns mit großen Augen anstarrte.

»Was will er denn von uns?«, wandte ich mich an Elieshi.

»So wie ich das verstanden habe, will er uns warnen«, erwiderte sie. »Ich habe aber keine Ahnung, wovor.« Die Biologin kniete vor ihm und begann damit, seine Wunden zu reinigen und zu desinfizieren. »Meine Sprachkenntnisse sind seit dem letzten Besuch bei den Pygmäen etwas eingerostet. Er spricht einen seltsamen Dialekt, aber ich habe herausbekommen, dass er Egomo heißt und vom Stamm der Bajaka ist. Sie halten sich etwa vier Tagesmärsche von hier auf.«

Bewundernd beobachtete ich, mit welcher Gelassenheit der Pygmäe die schmerzhafte Prozedur über sich ergehen ließ.

»Wie hat er sich diese Verletzungen zugezogen?«, wollte ich wissen, während ich Elieshi dabei zusah, wie sie seinen Schulterbereich abtastete. Egomo zuckte schmerzhaft zusammen.

»Sein Schlüsselbein ist gebrochen«, diagnostizierte sie. »Ich werde versuchen, den Arm ruhig zu stellen. Reichen Sie mir mal das Verbandstuch.« Ich griff in unseren Erste-Hilfe-Koffer und holte Pflaster, Mullbinden und ein Dreiecktuch heraus.

Nachdem Elieshi alle seine Verletzungen versorgt und den Arm am Körper fixiert hatte, hielt sie ihm etwas von dem kalten Eintopf und ein Stück Brot hin. Der Pygmäe schnupperte zuerst misstrauisch, doch nachdem er davon gekostet hatte, schaufelte er den Inhalt der Schale gierig in sich hinein, wobei er den angebotenen Löffel ignorierte und nur seine Finger benutzte. Der bandagierte Arm schien ihn dabei nicht im Mindesten zu beeinträchtigen, zumal Elieshi ihm die Schale hielt. Es hatte den Anschein, als habe er schon seit Tagen nichts mehr gegessen. Als die Schale leer war, nickte er dankbar und ließ einen donnernden Rülpser hören. Elieshi füllte die Schale ein weiteres Mal und setzte dabei ihre Befragung fort. Diesmal aß Egomo mit sehr viel mehr Ruhe und nahm sich auch mehr Zeit für seine Antworten, wobei ich den Eindruck hatte, dass er mich die ganze Zeit beobachtete. Ich konnte förmlich spüren, wie seine großen braunen Augen auf mir ruhten.

»Um es kurz zu machen«, erläuterte Elieshi nach einer Weile, »ich habe nicht alles verstanden, was er mir erzählt hat. Aber es war deutlich herauszuhören, dass er schreckliche Angst hat. Er berichtet von einer unheimlichen Begegnung im Grasland. Wahrscheinlich meint er die unbewaldete Zone im Süden. Was ihn dort so erschreckt hat, wollte er nicht sagen. Jedenfalls musste er fliehen, wobei er sich die Verletzungen zugezogen hat. Er sagte, dass er noch einmal zurückkehren will, weil er seine Waffe und seinen Proviant dort verloren hat, und wenn wir ihn begleiten, würde er uns das verwüstete Lager zeigen.«

»Ein verwüstetes Lager?« Ich wurde neugierig. Das war der erste konkrete Hinweis, dass hier doch etwas nicht mit rechten Dingen zuging. »Wo liegt es genau? Vielleicht handelt es sich um Emilys Lager. Frag ihn, ob er dort vielleicht eine Frau mit blonden Haaren gesehen hat.« Als er den Namen Emily hörte, änderte sich Egomos Gesichtsausdruck. Er schien zu wissen, wovon ich sprach. Doch als er antwortete, spürte ich sogleich, dass etwas Schreckliches geschehen war.

»Er sagt, eine blonde Frau habe er dort nicht gefunden«, übersetzte Elieshi. »Er sagt aber, es lägen viele Menschen dort. Alle tot. Dabei müssen Sie wissen, dass es in der Sprache der Pygmäen viele Begriffe für unser Wort ›tot‹ gibt. Bei ihnen ist der Tod eine Art Bewusstseinsveränderung. Selbst die Luft und die Erde, ja sogar die Steine haben ein eigenes Leben. Er benutzte aber einen Ausdruck, der nur in sehr seltenen Fällen zum Einsatz kommt. Er bedeutet, dass etwas wirklich tot und seine Seele für immer verloren ist.«

»Ist er ganz sicher, dass Emily nicht dabei war? Hat er alle Körper genau untersucht? Ich dachte, er sei in Panik geflohen. Vielleicht waren einige von ihnen nur schwer verletzt ...«, ich stockte. Der Gedanke, dass Emily jetzt irgendwo da draußen in der Nacht lag und auf Hilfe wartete, war kaum zu ertragen. Elieshi legte beruhigend ihre Hand auf meinen Arm.

»Vielleicht hat er sich geirrt«, murmelte ich. »Möglicherweise könnten wir noch jemanden retten, wenn wir jetzt aufbrächen.«

Sixpence schüttelte den Kopf. »Unmöglich. Wir müssen warten, bis es hell wird. Und außerdem: Sehen Sie sich unseren Führer an, der kann doch keine zwei Schritte mehr laufen. Nein, wenn wir etwas unternehmen, dann morgen früh.«

»Was ist mit dieser Warnung?«, fragte Maloney, der bisher ruhig und schweigsam dagestanden und zugehört hatte. »Was hat ihn angegriffen, und vor allem: Was hat seiner Meinung nach die Menschen getötet?«

Elieshi leitete die Frage an den dunkelhäutigen Jäger weiter. Die Antwort, die wir erhielten, brauchte nicht übersetzt zu werden. Es war ein einfacher, vertraut klingender Name, und wenn Elieshi noch Zweifel an unseren Absichten gehabt hatte, so waren diese Zweifel nun ausgeräumt. Ich sah, wie sie beim Klang dieses Namens in sich zusammensackte und uns mit einer Mischung aus Verwirrung und Trotz anstarrte.

*

An Schlaf war nicht mehr zu denken. Schweigsam und nachdenklich saßen wir zu viert am nächtlichen Lagerfeuer, ließen eine Flasche Wein kreisen und starrten in die Flammen. Egomo hatte sich nach dem Verzehr einer dritten Portion Eintopf im Vorratszelt hinter den Aluminiumkisten zum Schlafen auf den Boden gelegt. Ich bedauerte das, denn eigentlich hätte ich ihn gern noch gefragt, ob er Emily persönlich gekannt hatte. Aber seine Entscheidung war sicher vernünftig, besonders in Anbetracht seiner Verletzungen.

»Ich frage mich, woher er gekommen ist, was er erlebt hat«, sagte ich, denn ich fühlte, wie sehr mich das Schweigen belastete, »und natürlich, warum er uns warnen will.«

»Es ist in der Tat seltsam.« Elieshi füllte ihre Tasse mit heißem Wasser und rührte sich einige Löffel Instantkaffee hinein. Viel zu viel für meinen Geschmack, aber Elieshi war ja in mancherlei Hinsicht anders gestrickt.

»Es ist normalerweise nicht die Art der Pygmäen, sich in die Angelegenheiten von Fremden einzumischen«, erläuterte sie. »Sie leben in ihrer eigenen Welt, die sich mit unserer so gut wie gar nicht überschneidet. Ich hatte schon einige Male mit dem ›kleinen Volk‹, wie wir sie scherzhaft nennen, zu tun, aber es gibt einen bestimmten Punkt, ab dem man sich ihnen nicht weiter nähern kann. Auf geistiger Ebene, meine ich. Sobald du sie verlässt, existierst du nicht mehr für sie. Aus den Augen, aus dem Sinn. Von diesem Standpunkt aus gesehen ist es also mehr als verwunderlich, dass Egomo sich die Mühe macht, uns warnen zu wollen. Aber da ist noch etwas anderes.«

Ich ahnte, worauf sie hinauswollte: »Ist Ihnen auch aufgefallen, dass er mich immer so anstarrt? Haben Sie eine Erklärung dafür?«

»Nicht direkt«, sie schüttelte den Kopf. »Es ist nur so, dass er Sie dauernd als seinen Bruder bezeichnet.«

»Seinen Bruder?«

»So klang es jedenfalls.«

»Können Sie sich vorstellen, was er damit meint?«, fragte ich.

»Das Wort ›Bruder‹ ist in der Sprache der Pygmäen nicht näher definiert. Die Art, wie er das Wort benutzt, legt aber nahe, dass er auf eine Art Seelenverwandtschaft zwischen Ihnen und ihm hinweisen will. Sie müssen verstehen, dass dieses Volk nur zum Teil in der Gegenwart lebt. Der andere Teil lebt im Reich der Geister, Götter und Ahnen, in einer Welt, die uns völlig fremd ist. Allesamt Dinge, die unser Vorstellungsvermögen sprengen. Für Egomo sind Sie sein Geistesbruder, ob es Ihnen nun gefällt oder nicht.«

»Ich könnte mir niemanden vorstellen, auf den diese Beschreibung weniger zuträfe als auf mich«, gab ich zu bedenken. »Aber wie dem auch sei, es macht wenig Sinn, sich jetzt darüber den Kopf zu zerbrechen. Erst einmal müssen wir mehr über das zerstörte Lager erfahren. Mich quält die Vorstellung, dass Emily irgendwo da draußen liegt und auf unsere Hilfe wartet.«

»Nehmen Sie es mir nicht übel«, sagte Stewart Maloney mit sanfter Stimme, »aber ich glaube nicht, dass diese Vorstellung realistisch ist. Ich weiß, dass Ihnen ihr Schicksal sehr am Herzen liegt, aber Sie müssen sich von dem Gedanken lösen, dass sie noch lebt.« Er legte seine Hand auf meine Schulter. »Nehmen wir mal an, Ihnen wäre vor Monaten dasselbe zugestoßen. Und nehmen wir weiter an, Sie wären einigermaßen unbeschadet aus der Sache herausgekommen. Was hätten Sie an ihrer Stelle getan?«

Ich schüttelte den Kopf. »Keine Ahnung.«

»Ich werde es Ihnen sagen: Sie hätten versucht, mit der Außenwelt in Kontakt zu treten. Und wenn das nicht möglich gewesen wäre, hätten Sie versucht, von hier wegzukommen und die nächste Siedlung zu erreichen. Auf keinen Fall wären Sie hier geblieben, hätten sich verschanzt und auf Ihr Ende gewartet.« Er lächelte mich an. »Kopf hoch, Junge. Wenn dieser Egomo sagt, dass sie nicht dort war, dann glaube ich ihm. Er scheint ein ziemlich guter Beobachter zu sein, und eine blonde Frau ist in diesem Teil der Welt eine Sensation. Er würde sich auf jeden Fall an sie erinnern.«

Ich nickte nachdenklich. »Mir kam es so vor, als würde er sie kennen. Er reagierte so merkwürdig, als ihr Name fiel. Vielleicht sind sie sich irgendwo schon einmal begegnet.«

»Möglich ist alles«, erwiderte Maloney mit einem Schulterzucken. »Aber das würde meine These erhärten, dass diese Leichen nichts mit ihr zu tun haben. Vielleicht sind es Mitglieder des vermissten Suchkommandos oder Wilderer, die bei einem Beutezug überrascht wurden.«

»Mein Hauptproblem ist wohl, dass ich immer noch hoffe, sie irgendwo da draußen zu finden.«

Maloney richtete sich auf. »Lady Palmbridge hatte ganz Recht.«

Ich sah ihn von der Seite her an. »Womit?«

»Sie hängen immer noch an ihr. Sie werden nicht eher aufgeben, bis Sie Gewissheit darüber haben, was mit ihr geschehen ist. Von daher war es ein kluger Schachzug der alten Lady, Sie zu engagieren. Abgesehen von Ihren fachlichen Qualifikationen natürlich«, fügte er hinzu. Ich hatte allerdings den Eindruck, dass er diese letzte Bemerkung nicht so ganz ernst meinte.

»Jetzt entschuldigen Sie mich einen Moment«, sagte er und klatschte sich auf die Oberschenkel. »Ich muss mal eben den Busch dort drüben gießen.«

Ich sah ihm nach, wie er hinter dem Elefantengras verschwand, und schüttelte den Kopf. »Ich muss gestehen, dass Maloney für mich immer noch ein Buch mit sieben Siegeln ist. Mal ist er freundlich, dann wieder harsch und abweisend, mal ist er autoritär, und im nächsten Moment hast du den Eindruck, du wärst sein bester Freund.«

Sixpence lachte. »Das ist Stewart, wie er leibt und lebt. Ich habe ihn nie anders kennen gelernt. Und ich kenne ihn schon verdammt lange.«

Elieshi schwieg, aber der Blick, den sie dem Jäger hinterherschickte, sprach Bände. Sie fühlte sich zu ihm hingezogen, das war ganz klar, und aus irgendeinem unbestimmten Grund ärgerte mich das.

»Wie geht es denn jetzt weiter?«, wandte ich mich an sie. »Was hat Egomo noch gesagt?«

Elieshi wirkte, als würde sie aus einem Tagtraum erwachen. »Hm? Ach ja ... Egomo.« Sie schien Mühe zu haben, ihre Gedanken zu ordnen. »Er hat mir angeboten, uns morgen gleich nach Sonnenaufgang zu diesem zerstörten Lager zu führen.« Sie blickte mich an, und ein müdes Lächeln überzog ihr Gesicht.

»Sie haben also doch die Wahrheit gesagt«, murmelte sie, während sie auf einem ihrer perlenbestickten Zöpfchen herumkaute. »Sind Sie wirklich überzeugt davon, dass Mokéle m'Bembé kein Fabelwesen ist?«

»Wir haben ihn gesehen«, sagte Sixpence. »Er ist hier, und wir werden ihn finden.«

Elieshi nickte knapp. »Okay, Jungs. Ich finde, es ist an der Zeit, dass ich die Wahrheit erfahre, und zwar von Ihnen, David.«

»Von mir?«

»Genau. Nehmen Sie es mir nicht übel, Sixpence, aber David scheint der Skeptiker in der Gruppe zu sein, und meine eigene Skepsis ist noch lange nicht ausgeräumt. Außerdem möchte ich auch über Haken und Fallstricke informiert werden, falls es solche gibt.«

Der Aborigine hatte nichts dagegen einzuwenden, und so begann ich damit, ihr alles zu erzählen. Angefangen von meiner Ankunft auf Palmbridge Manor bis hin zu der verrückten Hypothese über das Dinosaurier-Erbgut. Zu meiner Überraschung schien Elieshi damit sehr viel weniger Probleme zu haben als ich. Mehr als einmal unterbrach sie mich, ließ sich dieses und jenes genauer erklären, wobei sie zwischen Ablehnung und Begeisterung zu schwanken schien. Am Ende stieß sie sogar ein Lachen aus. »Eine kühne Theorie, das mit dem Immunsystem. So verrückt, dass sie schon wieder wahr sein könnte. Mokéle m'Bembé. Der letzte Dinosaurier. Wenn Sie wüssten, was der Klang dieses Namens in mir wachruft. Ich glaube, es gibt kein Kind in diesem Land, das sich nicht wünscht, diesem Wesen einmal von Angesicht zu Angesicht gegenüberzustehen. In manchen Gegenden hat es den Status eines Gottes. Seinen Namen umgibt eine Aura von Angst und Faszination, wie Sie es sich kaum vorstellen können. Und das seit Jahrhunderten.« Sie schenkte sich ein Glas Wein ein. »Ich weiß ja nicht, wann die Legende vom Ungeheuer von Loch Ness geboren wurde, aber Mokéle m'Bembé ist älter, das versichere ich Ihnen. Und jetzt kommen Sie und behaupten, es gesehen zu haben.« Sie schüttelte den Kopf.

»Emily hat es ebenfalls gesehen, und sie hat es sogar gefilmt«, sagte ich. »Was glauben Sie, warum die Videoaufzeichnungen einen so großen Wert für Lady Palmbridge darstellen? Wegen ihnen war sie bereit, im wahrsten Sinne des Wortes über Leichen zu gehen. Wahrscheinlich hätte den Dorfbewohnern von Kinami noch schlimmeres Unheil gedroht, wenn sie in der Lage gewesen wären, die Aufnahmen anzusehen. Es war Glück im Unglück für sie, dass die Abspielfunktion der Kamera defekt war. Hätten die Dorfbewohner gesehen, was wir gesehen haben ...«, ich schüttelte den Kopf.

»Ihnen scheint das Schicksal dieser Menschen wirklich nahe zu gehen. Das wundert mich. Ihr Weißen interessiert euch doch im Allgemeinen nicht besonders für die Belange meines Volkes.«

»Niemand hätte sterben müssen, wenn man von Anfang an mit offenen Karten gespielt hätte. Was mich so ärgert, ist ...« Weiter kam ich nicht, denn in diesem Moment stand Maloney wieder neben uns. Irgendetwas an seiner Haltung verriet mir, dass wir uns in höchster Gefahr befanden.

*

Schweißgebadet fuhr Egomo auf. Er zitterte am ganzen Leib. Immer noch glaubte er den Schmerz von messerscharfen Zähnen zu spüren, die sich in sein Fleisch gebohrt hatten. Er blickte auf seinen Körper und tastete sich ab. Unter den Verbänden spürte er, dass alles noch an Ort und Stelle war. Den Göttern sei Dank war es nur ein Traum gewesen. Geblieben waren jedoch die Angst und das Gefühl unmittelbarer Bedrohung. Seine Sinne waren auf das Äußerste gespannt. Er richtete sich auf und suchte nach einem Halt. Seine Schulter meldete sich mit einem Stechen, das ihm die Tränen in die Augen trieb. Um ein Haar wäre er gefallen, als die Woge von Schmerz über ihn hinwegbrandete. Er klammerte sich an einer der Vorratskisten fest, schloss die Augen und wartete, bis der Schwächeanfall vorüber war. Nach drei Atemzügen hatte er sich wieder unter

Kontrolle. Und dann spürte er es wieder. Da draußen war etwas.

Etwas Großes.

Er blickte sich um. Hätte er doch nur seine Waffe nicht verloren. Alles, was ihm geblieben war, war das stumpfe Buschmesser, das er vor ewigen Zeiten gegen zwei erlegte Duickerantilopen getauscht hatte. Eine lächerliche Waffe, kaum fünf Finger breit. Er musste an die Augen denken, die im Traum auf ihn heruntergestarrt hatten, diese handtellergroßen grasgrünen Augen, und er spürte, dass er mit dieser Waffe keine Chance hatte.

Dann sah er eine offene Kiste, in der sich allerlei Werkzeug befand. Sein Blick fiel auf ein Messer von der Länge seines Unterarms. Ob er sich das wohl ausborgen durfte? Er tastete danach und ließ seinen Daumen vorsichtig über die Schneide gleiten. Scharf, stellte er mit Befriedigung fest, eine gute Klinge. Er musste sie einfach nehmen, mochten die anderen es auch nicht gutheißen. Die Situation erforderte es. Mit zusammengebissenen Zähnen verließ er das Zelt.

*

»Löscht das Feuer, sofort!«

Noch ehe ich begriffen hatte, was hier vor sich ging, hatte Sixpence einen Eimer Wasser in das Feuer geschüttet. Von einer Sekunde zur anderen umgab uns pechschwarze Dunkelheit.

Ich saß wie versteinert auf meinem Hocker, unfähig, etwas zu sagen oder mich zu bewegen. Nach und nach erkannte ich Einzelheiten in unserer Umgebung, und ein Detail alarmierte mich besonders. Der Pygmäenkrieger war erwacht. Etwa zehn Meter von uns entfernt stand er am Saum des Wassers, unser Brotmesser in der Hand, und starrte auf den See hinaus.

Niemand hatte ihn kommen hören oder gesehen, wie er das

Zelt verließ. Er kam und ging wie ein Schatten, und genau wie bei Maloney wurde seine Aufmerksamkeit von etwas angezogen, das sich draußen auf dem See befand. Ich reckte meinen Hals, um mehr zu sehen, doch es waren nur undeutliche Schemen zu erkennen. Sie hätten alles Mögliche bedeuten können. Bäume, Sträucher oder Nebelschwaden. In dieser Finsternis wirkte jede Form bedrohlich, doch mein Verstand bewahrte mich vor panischen Reaktionen. Zwölf Jahre intensiver akademischer Schulung hatten einen Mechanismus des Denkens geprägt, der selbst unter solch bizarren Umständen tadellos funktionierte und versuchte, die Dinge mithilfe des Verstandes zu erklären. In diesem Moment riss der Himmel auf und sandte einen silbrigen Mondstrahl auf die Wasseroberfläche. Mein Puls beschleunigte sich, und ich hielt den Atem an. Das Licht war von einer solch überirdischen Helligkeit, dass es den gesamten See zu beleuchten schien. Nichts hätte diesem kalten Schein entkommen können. Aber sosehr ich mich auch bemühte, etwas zu erkennen, da draußen war nichts. Nur ein paar Luftblasen, die aus der Mitte des Sees aufstiegen und konzentrische Wellenringe über die Wasserfläche schickten. Ich atmete durch. Fehlalarm. Was auch immer die zwei Jäger gesehen haben mochten, sie mussten sich geirrt haben. Ich wollte mich wieder entspannt zurücklehnen, da fiel mein Blick auf Maloney, und mir wurde klar, dass die Gefahr noch nicht gebannt war. Er hatte sein Fernglas an die Augen gesetzt und spähte hinaus in die Nacht.

»Was hat er denn?«, hörte ich Elieshi flüstern.

»Keine Ahnung«, entgegnete ich. »Aber wenn dort etwas gewesen ist, scheint es sich verzogen zu haben.«

»Seid ruhig«, zischte uns Sixpence zu. »Es ist noch immer da. Stewart irrt sich in solchen Dingen nie.«

»Aber da ist doch nichts«, raunte ich zurück. »Nur ein paar Blasen. Das könnte sonst was bedeuten.«

»Nicht bei ihm.«

In diesem Moment senkte Maloney das Fernglas. »Six', hör auf zu schnattern, und geh an die Kamera.«

»Natürlich, die Kamera. Ich Idiot!« Der Aborigine sprang auf die Beine und eilte zu dem Überwachungsgerät. Ich hörte, wie der Elektromotor surrte, als die bespielbare DVD auf eine frühere Position zurücksprang. Nach einigem Suchen schien er gefunden zu haben, wonach er suchte. Ein Klicken signalisierte mir, dass er den Schalter für die Abspielfunktion gedrückt hatte. Dann hörte ich lange Zeit nichts mehr.

»Six', wo bleibt die Meldung?«

»Du meine Güte«, hörte ich den Aborigine murmeln. »Das gibt es doch nicht. Kommt alle her, das müsst ihr euch ansehen.«

Im Nu waren wir bei ihm und spähten der Reihe nach durch das Okular. Maloney zuerst, dann Elieshi und zuletzt ich. Die Zeit schien sich endlos hinzuziehen, bis ich endlich mein Auge an den Gummiring des Okulars pressen durfte. Anfänglich sah ich nur ein grünes Rauschen, hervorgerufen durch die lichtverstärkende Optik des Nachtsichtgerätes. Doch dann schälte sich eine Form aus dem elektronischen Gegriesel. Eine Form, die mir auf beängstigende Weise vertraut vorkam. Es war ein gewaltiger, glänzender Rücken, der über und über mit sternförmigen Flecken überzogen war. Ebenso schnell wie er aufgetaucht war, verschwand er auch wieder in der Tiefe des Sees.

»Heiliges Kanonenrohr«, entfuhr es mir. Ich musste die Aufnahme noch einige Male zurückspulen und erneut betrachten, ehe ich davon überzeugt war, keinem Trugbild aufzusitzen. Nein, da war jeder Irrtum ausgeschlossen. Das Wesen war da, direkt vor meinen Augen, und es war verdammt nah. Das Schlimmste war, dass Maloney und Egomo, die mit beinahe übersinnlichen Fähigkeiten ausgestattet zu sein schienen, es erst bemerkt hatten, als es schon wieder verschwunden war. Wie hatte es das Biest geschafft, sich so unbemerkt zu nähern?

Ich hob den Kopf und blickte in die angsterfüllten Gesichter meiner Kollegen. »Was in Gottes Namen sollen wir jetzt tun?«, murmelte ich.

Es war Maloney, der als Einziger die Fassung bewahrte. Seine Stimme klang ruhig und beherrscht.

»Wir werden ab jetzt die ganze Nacht hindurch eine Wache aufstellen«, entschied er. »Zweiergruppen, und zwar im Dreistundenrhythmus. Doch ehe wir damit beginnen, werden wir unsere Lichtschranken und die Selbstschussanlagen aufbauen. Zu dumm, dass wir das nicht gleich getan haben. Himmel noch mal, es hat beinahe in unserem Wohnzimmer gestanden. Wie kann etwas so Großes so leise sein? David, Sie helfen Sixpence auf der rechten Seite, ich und Elieshi gehen nach links. Bodenhöhe einen Meter fünfzig, Perimetrie mindestens hundert Meter. Ich will rechtzeitig gewarnt werden, sollte sich etwas nähern.« Er ballte seine Fäuste, dass es knackte. »Verdammt! Wir waren viel zu leichtsinnig. Noch so ein Fehler, und wir sind alle tot.«

20

Sonntag, 14. Februar

Der Morgen stahl sich mit einem fahlen, grauen Schimmer in mein Zelt. Die wenigen Stunden, in denen ich nach meiner Wache noch Zeit zum Schlafen gefunden hatte, waren erfüllt gewesen mit Träumen von riesenhaften Schlangen und Echsen, unzweifelhaft ein Echo unserer nächtlichen Erscheinung. Mittlerweile kam mir unser Erlebnis seltsam unwirklich vor. Hatte ich wirklich jenes sagenhafte Lebewesen erblickt, von dem die Legende berichtete, es könne ganze Flüsse stauen? Oder war ich einer Sinnestäuschung erlegen? Vielleicht ein verirrter Mondstrahl, der sich auf einem vor Nässe triefenden Blatt gebrochen hatte, oder der Rücken eines Flusspferdes? Was auch immer es gewesen war, es hatte unser Team gehörig wachgerüttelt.

Ich zog den Reißverschluss auf und blickte hinaus in eine trübe Welt. Über Nacht hatte es sich merklich abgekühlt. Die feuchte Luft über dem See war zu dichtem Nebel kondensiert. Er hielt zwar die schwärmenden Blutsauger fern, brachte aber auch ein unerwartetes Problem mit sich. Wir waren praktisch blind. Wie sollten wir unser Zielobjekt jetzt auf dem Wasser sehen? Wer konnte sagen, ob Mokéle m'Bembé nicht genau in diesem

Moment Appetit auf ein paar Abenteurer verspürte? Mir fiel der Kontaktzaun mit der Selbstschussanlage wieder ein, aber würde der uns rechtzeitig warnen, geschweige denn ein Reptil von diesen Ausmaßen aufhalten? Fragen über Fragen, auf die mein müder Geist keine Antwort wusste.

Zuerst musste ich mal aufstehen. Also schlüpfte ich in meine halblangen Trekkinghosen, zog mir die Wandersandalen an und ging auf wackeligen Beinen zur Feuerstelle, in der Hoffnung, dass schon jemand einen starken Kaffee gebrüht hatte. Zu meiner großen Überraschung bemerkte ich, dass schon alle auf den Beinen waren. Sie scharten sich um ein Gerät, das wie eine Mischung aus einer Autobatterie und einem Samsonite-Koffer aussah.

»Ah, Mr. Astbury ist erwacht«, begrüßte mich ein überraschend gut gelaunter Maloney. »Endlich. Haben Sie in der letzten Nacht doch noch ein wenig Schlaf gefunden? Wir haben Sie extra in Ruhe gelassen, damit Sie sich den Aufregungen des heutigen Tages gewachsen fühlen. Kommen Sie her. Sehen Sie sich das mal an.«

Ich versorgte mich schnell mit Kaffee und einem Stück Brot und gesellte mich zu den anderen. Der Pygmäe war nirgendwo zu entdecken. Elieshi kniete am Boden und war gerade dabei, die vermeintliche Autobatterie mithilfe einiger Kabel an ein separates, keulenförmiges Kunststoffgehäuse zu stöpseln. Maloney legte seine Hand auf meine Schulter. »Treten Sie ruhig näher«, forderte er mich auf. »Eine faszinierende Apparatur«, sagte er und deutete auf die weiße Kunststoffkeule. »Das hier ist das Mikrofon. Es ist in der Lage, Infraschall, wie er zum Beispiel von Elefanten erzeugt wird, zu empfangen. Verbunden ist es mit einem Verstärker und einem Frequenzfilter, der die Töne dann an ein Notebook weiterleitet, wo man sie sichtbar machen kann.«

»Infraschall?«

»Ist Ihnen das kein Begriff, Professor?« Elieshi zwinkerte mir fröhlich zu. »Jetzt enttäuschen Sie mich aber. Ich habe gedacht, das sei Allgemeinwissen. Elefanten verständigen sich, genau wie andere Großsäuger, mittels Infraschall über große Entfernungen. Die Schallwellen liegen unterhalb der menschlichen Hörgrenze, weshalb man ihre Sprache auch erst 1984 entdeckt hat. Der erste Test dieser Geräte fand 1999 in Namibia statt. Seitdem ist das ELP, wie wir das Elephant Listening Project abkürzen, ein fester Bestandteil des Artenschutzprogramms.«

»Wie auch immer«, meldete sich Maloney wieder zu Wort. »Wenn dieses Gerät Infraschall empfangen kann, ist es für unsere Zwecke bestens geeignet. Erinnern Sie sich an die Berichte über die Laute, die Mokéle m'Bembé angeblich ausstoßen würde?«

Ich nickte. »Sehr tiefe Tonfolgen, die weithin zu hören waren.«

»Genau. Mit großer Wahrscheinlichkeit repräsentieren sie nur einen kleinen Ausschnitt seines tatsächlichen Klangspektrums. Hätten wir das Gerät schon gestern zur Verfügung gehabt, wären wir wahrscheinlich durch ein Feuerwerk von Lauten gewarnt worden. Aber was nicht ist, kann ja noch werden«, sagte er. »Jedenfalls ist unsere Kollegin gerade damit beschäftigt, die Geräte startklar zu machen. Vielleicht können sie ja schon etwas aufzeichnen, bis wir wieder zurückkehren.«

»Sie sind also immer noch fest entschlossen, ins Grasland zu gehen?«

»Die Frage überrascht mich«, gab Maloney zurück. »Ich dachte, Sie könnten es gar nicht erwarten, dorthin zu kommen.«

»Stimmt schon«, gab ich zu. »Dann werde ich mich mal fertig anziehen.« Kaum hatte ich das gesagt, entdeckte ich eine Bewegung im Gebüsch. Egomo war wieder da. Er stand am Ufersaum und bedeutete uns, ihm zu folgen.

»Tun Sie das«, sagte Maloney. »Sie haben fünf Minuten. Und beginnen Sie mit den Stiefeln. Erst vorhin habe ich eine Gabunviper gesehen, gleich da vorn, hinter dem Elefantengras.«

*

Etwa eine Stunde später befanden wir uns mitten im tiefsten Dschungel. Egomo lief voraus, danach folgten ich und Sixpence, während Elieshi und Maloney das Schlusslicht bildeten. Die smaragdene Luft war erfüllt von den Geräuschen unzähliger Waldbewohner. Ihr Pfeifen, Zwitschern und Grunzen pulsierte, schwoll an und steigerte sich zu einem infernalischen Crescendo, ehe es verstummte und wieder von neuem begann. Fast hätte man meinen können, die Klänge selbst seien eigenständige Lebewesen.

Durch das dichte Dach der Baumkronen fiel hin und wieder ein gleißender Lichtstrahl, der das Dämmerlicht am Boden des Urwalds durchbrach und ein Blatt, eine Blüte oder eine grellbunte Schmarotzerpflanze streifte und überdeutlich hervorhob. Leider fehlte mir die Zeit für längere Betrachtungen, denn unser Führer hastete trotz seiner Verletzung mit einem atemberaubenden Tempo durch das Unterholz. Dabei bewegten sich seine Füße so schnell, dass sie vor meinen Augen zu verschwimmen begannen. Ich hatte Mühe, ihm zu folgen, und mehr als einmal wurde er vom Dämmerlicht verschluckt. Hätten wir ihn wirklich verloren, es wäre katastrophal gewesen. Ich hatte zwar den Kompass meines Vaters dabei, ein Erbstück, das ich überall mit hin nahm, aber der hätte uns nur unzureichend helfen können. Der Wald sah hier überall gleich aus. Es gab keine erkennbaren Wege oder Pfade, keine Orientierungspunkte, nicht einmal die Sonne hätte uns hier unten helfen können. Glücklicherweise wartete Egomo immer wieder auf uns, auch wenn ihn unsere Langsamkeit sichtlich verärgerte. Dann stand er da, schüttelte den Kopf und murmelte ungehalten vor sich hin. Ich hingegen bewunderte, wie perfekt er in Farbe und Körperbau dem Urwald angepasst war. Trotz der Verletzungen waren seine Bewegungen geschmeidig. Seine Füße schienen jedes Hindernis schon von weitem zu erkennen und zu umgehen. Manchmal hielt er an und lauschte in die Dämmerung, während sein Körper in absoluter Regungslosigkeit verharrte. Dann glich er eher einem Stück Holz als einem Menschen.

»Dieser Dschungel ist die Pest«, hörte ich Sixpence neben mir schimpfen, als wir mal wieder eine Pause einlegten. »Alles hier ist Lug und Trug.«

»Wie meinen Sie das?«

»Haben Sie nicht die Boa Constrictor bemerkt, die Sie vorhin beinahe mit ihrem Kopf gestreift hätten?«

»Das war doch nur eine Liane.«

Sixpence schüttelte den Kopf. »Sehen Sie, das ist genau, was ich meine. Nichts ist hier, wie es scheint. Betrachten Sie mal diesen Zweig hier.« Er deutete auf ein trockenes Ästchen, das sich inmitten eines grünen Busches befand und leicht zitterte. Während ich mich noch wunderte, was den kleinen Ast wohl in Schwingung versetzte, löste sich plötzlich ein Anhängsel, glitt durch die Luft und griff nach vorn. Als sich weitere Gliedmaßen in Bewegung setzten, begriff ich, dass es sich um ein perfekt getarntes Insekt handelte.

»Eine Stabheuschrecke«, murmelte ich.

»Wie ich gesagt habe: alles Lug und Trug.«

Ich starrte auf den schwankenden Zweig: »Aber das ist doch das beherrschende Prinzip in der Natur: Jeder gegen jeden, und der mit den raffiniertesten Tricks gewinnt.«

Sixpence schüttelte lachend den Kopf. »Das kann nur jemand sagen, der sein Leben in Bibliotheken verbracht hat.«

»Hab ich ja gar nicht«, erwiderte ich. »Als ich fünf war, kurz nach dem Tod meiner Mutter, hat mich mein Vater mit auf Reisen genommen. Er war ebenfalls Biologe. Wir verbrachten fast zwei Jahre in Tansania, am Fuß des Kilimandscharo.«

»Dann ist das gar nicht Ihr erster Aufenthalt in Afrika?«

Ich schüttelte den Kopf. »Ist aber schon sehr lange her. Meine Mutter war kurz zuvor gestorben, und ich fühlte mich, als habe jemand mir mein Leben gestohlen. Aus heutiger Sicht betrachtet mag das naiv klingen, aber damals habe ich gelernt, so etwas wie Demut gegenüber der Schöpfung zu empfinden.«

»Eine Einstellung, die ich voll und ganz teile«, sagte Sixpence. »Nehmen Sie nur Stewart und mich. Wir beide empfinden ähnlich, und das, obwohl ich in der Tradition meiner Ahnen erzogen wurde und Stewart erzprotestantisch aufgewachsen ist.«

Ich runzelte die Stirn. »Warum aber verspürt er dann das Bedürfnis, die herrlichen Geschöpfe dieser Erde umzubringen?«

»Das hat mit der anderen Hälfte seiner Erziehung zu tun. Als eines von sieben Kindern und unter der Herrschaft eines strengen, despotischen Vaters konnte er nicht anders, als eine innere Härte zu entwickeln. Er ist in dieser Hinsicht ganz einfach gepolt. Der Stärkere gewinnt – das ist sein Motto. Macht euch die Erde untertan, heißt seine Philosophie. Die Jagd ist sein zweiter Glaube, und Sie tun gut daran, ihm nicht in die Quere zu kommen, wenn er seine Beute ins Visier nimmt.«

»Ach ja, die Erotik des Tötens. Davon hat er mir schon erzählt. Aber diese Philosophie passt so gar nicht zu Ihnen. Wieso hängen Sie mit drin?«

Sixpence betrachtete mich eindringlich. Mir schien, als prüfe er, ob ich seine Antwort verstehen würde. »Ich bin ihm durch eine Blutschuld verpflichtet«, erwiderte er zögernd. »Er hat mir mehr als einmal das Leben gerettet, und ich werde so lange an seiner Seite sein, bis ich diese Schuld beglichen habe.«

»Haben die Narben auf seinen Armen etwas damit zu tun?«

Sixpence lächelte und schüttelte den Kopf. »David, Sie sind ein netter Kerl, aber manchmal sind Sie etwas zu neugierig. Ich habe es Ihnen schon einmal gesagt: Wenn Stewart nicht darüber reden will, ist das sein gutes Recht. Ich kann Ihnen dazu nur sagen, dass es sich bei den Narben um die Seelen verstorbener Freunde handelt. Freunde, die er im Laufe seines Lebens verloren hat. Das muss Ihnen als Erklärung genügen. Und wenn ich Ihnen einen guten Rat geben darf: Fragen Sie nicht weiter danach.«

In diesem Moment setzte sich Egomo wieder in Bewegung. Die Pause war beendet. Verwirrt stand ich auf und folgte dem Pygmäen weiter durch das undurchdringliche Grün.

Es dauerte nicht lange, da bemerkte ich, dass der Wald sich lichtete. Das Blätterdach bekam immer mehr Lücken, durch die das Sonnenlicht ungetrübt zu Boden fiel. Nach einigen hundert Metern hatten wir die Waldgrenze erreicht.

»Da wären wir«, schnaufte Sixpence. »Das also ist das Grasland. Von hier aus betrachtet ist es noch viel eindrucksvoller als aus der Luft. Sieht aus wie abgeschnitten, als hätte man einen riesigen Teil des Waldes gerodet.«

Elieshi schüttelte den Kopf. »Nein, es ist ein natürliches Phänomen. Es hat hier nicht immer Urwald gegeben.«

»Im Ernst?«

»Ist noch gar nicht so lange her. Vielleicht zwei- bis dreitausend Jahre, da sah das Land genauso aus wie das hier.« Sie deutete auf die Ebene. »Das trockene, kühle Klima schuf ein Grasland, aus dem nur vereinzelt Bauminseln ragten. Zu dieser Zeit lebten hier noch Elefanten, Nashörner und Giraffen. Dann wurde das Klima feuchter und wärmer. Der Urwald begann sich auszubreiten und begrub das Gras unter sich. Es gibt Theorien, wonach einige Tiere vom Wald regelrecht eingeschlossen wurden und nicht mehr entkamen. Sie mussten sich an ein Leben im Zwielicht gewöhnen. Zum Beispiel das Okapi.«

Maloney schob seinen Hut in den Nacken. »Ich habe mich schon immer gefragt, was so ein Steppenbewohner im dichtesten Dschungel verloren hat. Klingt einleuchtend. Aber wir haben jetzt wirklich anderes zu tun, als uns über klimatische Veränderungen zu unterhalten. Seien Sie so gut und fragen Sie Egomo, wie weit es noch ist.«

Die Antwort des Pygmäen fiel kurz und knapp aus.

»Es ist nicht mehr weit«, übersetzte Elieshi. »Er sagt, man kann es schon riechen.«

Wir hoben unsere Nasen prüfend in die Luft – und tatsächlich, da war etwas. »Verbranntes Fleisch«, sagte Maloney. »Nichts riecht vergleichbar. Beeilt euch!«

21

Eine Viertelstunde später hatten wir das Lager erreicht. Es sah ganz anders aus, als ich es mir vorgestellt hatte. Mir kamen Zweifel, ob es eine gute Idee war, hierher zu kommen. Keine noch so detaillierte Schilderung hätte ausgereicht, um das Grauen zu beschreiben, das über diesem Ort lag. Ich presste mein Taschentuch vor den Mund, als ich mit zögernden Schritten durch das verwüstete Lager ging. Wir sahen mehrere Leichen, die Körper grässlich entstellt. Verrenkte Gestalten, herausgerissene Eingeweide und abgetrennte Gliedmaßen machten es schwer, die Zahl der Opfer zu erfassen, ich glaubte sechs Leichname zu zählen, es mochten aber auch ein oder zwei mehr sein. Unzählige Gebrauchsgegenstände lagen herum, zerbeult, zerrissen, zerfetzt, darunter fand sich vereinzelt noch Glut, die an dem, was noch nicht zerstört war, nagte. Ein umgestürzter Toyota Landcruiser verhüllte gnädig den grauenhaften Anblick, der sich dahinter bot. Zerfetzte Zelte, aus denen die Stangen wie Totenfinger ragten, lagen neben verbeulten Proviantkisten, deren Inhalt achtlos über den Boden verstreut war. Stühle, Töpfe, Konserven und Waffen lagen, bedeckt von einer Schicht aus Asche und Dreck, auf dem Boden.

Viel schlimmer aber waren die verbrannten Leichen, deren aufgedunsene Körper schon einen starken Verwesungsgestank verströmten. An einigen von ihnen hatten sich bereits Raubtiere zu schaffen gemacht.

Am Rande des Lagers fand ich einen Leichnam, der nur noch mit viel Fantasie als menschlich bezeichnet werden konnte. Das Gesicht des Mannes, einschließlich seiner Augen, war fortgerissen worden, so dass mich nur sein rot glänzender Totenschädel angrinste. Das war zu viel. Mein Magen rebellierte, und ich rannte einige Schritte ins Gras hinein, wo ich mich übergab. Ich wollte nicht, dass die anderen mich sahen.

»Mein Gott«, stammelte ich, nachdem sich mein Magen vollständig entleert hatte. Ich wischte mir die letzten Essensreste aus dem Gesicht. Meine Beine fühlten sich an, als seien sie aus Butter.

»Gott hat damit nichts zu tun«, sagte Maloney, der unbemerkt hinter mich getreten war. »Er war nicht hier, als das geschehen ist. Niemand war hier, der diesen armen Seelen hätte helfen können. Sie waren ganz allein.« Er spuckte auf den Boden. »Fühlen Sie sich wieder einigermaßen?«

Ich richtete mich auf. »Geht so. Wenn nur dieser Gestank nicht wäre.«

»Hier, nehmen Sie das«, sagte er und riss eine stachelig aussehende Pflanze ab. Er zerrieb sie zwischen seinen Fingern. »Wickeln Sie das in Ihr Taschentuch. Es sollte helfen, den Geruch zu überdecken.«

Tatsächlich, der frische Geruch von Minze stieg in meine Nase und half, meinen Magen wieder zu beruhigen.

»Besser?«

Ich nickte.

»Gut, dann kommen Sie. Vielleicht können wir herausfinden, was hier geschehen ist.« Er zog seine Digitalkamera hervor und begann, die Einzelheiten der Verwüstung zu dokumentieren.

Sixpence war ebenso mitgenommen wie ich. »Das ist Mokéles Werk«, murmelte er. »Kein anderes Wesen hätte einen Trupp schwer bewaffneter Soldaten derart zerlegen können. Keine Leoparden, keine Flusspferde, nicht mal wild gewordene Elefanten wären dazu in der Lage gewesen.«

Das Wort zerlegen gefiel mir in diesem Zusammenhang überhaupt nicht, und ich spürte, wie mein Magen sich aufs Neue verkrampfte. Aber ich musste ihm Recht geben. Es waren tatsächlich Soldaten. Wahrscheinlich die Gruppe, die Emilys Verschwinden aufklären sollte.

»Kongolesische Regierungstruppen«, stellte Elieshi fest, nachdem sie die Uniform eines der Opfer untersucht hatte. »Das hier drüben scheint der Anführer gewesen zu sein.«

»Das Unglück muss sich ereignet haben, kurz ehe Egomo zum ersten Mal hier eingetroffen ist«, sagte Maloney. »Vielleicht während des schrecklichen Gewitters, wenn man seinem Bericht Glauben schenken darf.«

»So langsam fange ich an, Stewart Recht zu geben«, murmelte Sixpence. »Wir täten der Welt einen Gefallen, wenn wir das Biest erledigen.«

»Sergeant Gérard Matubo«, entzifferte ich den blutbespritzten Aufnäher. »Drittes Infanterieregiment Djambala. Nun, jetzt haben wir wenigstens einen Namen. Ein Vergleich mit der Liste der verschwundenen Soldaten wird uns Gewissheit bringen.«

»Die brauchen wir gar nicht. Ich habe die Ordonnanzpapiere und die Tagesberichte gefunden«, rief Maloney und winkte uns zu sich heran. Er beugte sich über eine Metallkiste, die aussah, als wäre ein Lkw darübergefahren. »Hier ist alles beisammen. Von dem Augenblick an, als sie die Videokamera nebst sämtlichen Bändern im Dorf Kinami geborgen und mit einem Kurier nach Brazzaville zurückgeschickt haben, bis ...«, er blickte auf, »... bis zur Entdeckung von Emily Palmbridges verlassenem Lager am See. Hier steht es schwarz auf weiß: Emily

Palmbridge. Das ist der erste wirklich konkrete Anhaltspunkt. Jetzt haben wir endlich eine Spur. Moment mal, hat Egomo nicht auch ein zweites Lager erwähnt?«

»Ja, er hat davon gesprochen«, sagte Elieshi. »Es soll direkt am See liegen, nur etwa vier Kilometer von unserem Camp entfernt.«

»Wir sollten es so schnell wie möglich aufsuchen.« Maloney studierte intensiv die Papiere. »Wie es aussieht, haben die Soldaten bei der Untersuchung dieses zweiten Lagers Kontakt mit dem Biest gehabt. Bei der darauf folgenden Flucht ins Hinterland haben sie wohl ihr Funkgerät demoliert. Vielleicht wurde es aber auch von Mokéle zerstört, so genau kann ich diese verkohlten Seiten nicht mehr entziffern. Hier ist immer wieder von einem *ombre menaçante* die Rede ...«

»Einem bedrohlichen Schatten«, flüsterte Elieshi.

»... der sie vom See bis hierher verfolgt hat. Was das zu bedeuten hat, ist uns ja wohl allen klar. Sergeant Matubo hat daraufhin angeordnet, dass sich der größte Teil der Mannschaft hier verschanzt, während zwei seiner besten Leute zu Fuß versuchen sollten, sich durch das Grasland zum Dorf Ozéké durchzuschlagen, um Hilfe zu holen. Das war vor ...«, er blickte auf die Datumsanzeige seiner Uhr, »... annähernd drei Wochen.« Maloney schüttelte den Kopf, während er das Buch sowie einige der Papiere, die nicht zu sehr in Mitleidenschaft gezogen worden waren, in seiner Umhängetasche verstaute. »Wir können wohl davon ausgehen, dass der Versuch gescheitert und von den beiden keiner durchgekommen ist. Wahrscheinlich liegen ihre Gerippe jetzt irgendwo da draußen und werden von den Raubtieren abgenagt. Währenddessen hat sich der Rest hier eingegraben und über zwei Wochen auf Hilfe gewartet.«

»Die niemals gekommen ist. Stattdessen kam der Tod«, ergänzte ich seine Gedanken. Mit einem flauen Gefühl im Magen schritt ich die Unglücksstelle nochmals ab. Die ehemalige

Begrenzung des Lagers war noch gut zu erkennen. Die Soldaten hatten einen etwa eineinhalb Meter hohen Wall aufgeschüttet, der einen Durchmesser von zehn Metern aufwies. Von dem Wall war kaum noch etwas übrig geblieben. Bis auf eine einzige Stelle an der Nordseite war er komplett niedergerissen worden. Überraschenderweise lagen die meisten Leichen außerhalb dieses Kreises, was vielleicht darauf zurückzuführen war, dass sie von Raubtieren ins schützende Gras gezogen worden waren.

»Was sollen wir mit den Leichen machen?«, hörte ich Elieshi fragen.

»Ich schlage vor, sie mit Benzin zu übergießen und zu verbrennen«, sagte Sixpence. »Das ist zwar nicht besonders pietätvoll, aber immer noch besser, als sie den Leoparden zum Fraß zu überlassen.«

»Die mit Sicherheit bald hier aufkreuzen werden«, sagte Maloney. »Es ist ein Wunder, dass sie sich nicht jetzt schon hier eingefunden haben, bei diesem appetitlichen Geruch. Wahrscheinlich hält nur unsere Anwesenheit sie davon ab, sich um die Beute zu streiten. Aber wie lange noch? Wir sollten zusehen, dass wir schnell von hier verschwinden.«

Ich lauschte dem Gespräch nur mit halbem Ohr, denn ich war viel zu beschäftigt mit einer Frage, die seit einigen Sekunden in meinem Kopf herumschwirrte. Irgendetwas war merkwürdig an dem Lager. Es gab da einige Dinge, die nicht so recht ins Bild passen wollten.

»Ich werde mich um das Benzin kümmern. Mr. Astbury, helfen Sie Sixpence mit den Leichen?«

»Hm?«

Maloney scharrte ungeduldig mit seinem Fuß in der Erde. »Die Toten. Sie müssen sie aufeinander stapeln.«

»Einen Augenblick noch.« Ich spürte, dass mein Verdacht sich zu erhärten begann. Ich ging in die Mitte des Lagers und berührte den Boden. Diese Stelle war gegenüber seiner Umgebung eindeutig tiefer. Ich glaubte radiale Spuren zu entdecken, die hier begannen und nach außen wiesen. Der ganze Kreis sah irgendwie aus ... wie ein Krater.

»Mr. Astbury, wir warten!«

»Ich könnte mir vorstellen, dass Mokéle m'Bembé an diesem Unglück keine Schuld trägt.«

»Wie bitte?«

Auf einmal richteten sich alle Augen auf mich.

Ich stand auf und ging zum Rand des Walls. Die Hinweise waren eindeutig.

»Wenn ich die Spuren richtig lese, hat sich hier etwas ganz anderes zugetragen«, begann ich langsam. »Sehen Sie sich mal die Stellung genau an. Der Erdwall, den die Soldaten aufgeschüttet haben, ist nach außen gedrückt worden und nicht nach innen, wie bei einem Angriff von außen zu vermuten wäre. Überzeugen Sie sich selbst.«

Sixpence folgte mir und schüttelte den Kopf. »Das könnte sonst was bedeuten. Vielleicht ist das Ungeheuer in ihre Mitte gesprungen und hat die Erde bei dem darauf folgenden Kampf nach außen gedrückt.«

»Ohne dabei Fußabdrücke zu hinterlassen? Das würde selbst eine Legende wie Mokéle nicht schaffen.« Ich ging zu einem der Toten. »Sehen Sie sich doch nur mal an, wo die Leichen liegen. Alle außerhalb des Kreises, als wären sie nach außen geschleudert worden. Meiner Meinung nach hat hier eine Explosion stattgefunden, und zwar eine ziemlich gewaltige. Womöglich ist ihnen ihr Vorrat an TNT um die Ohren geflogen. Vielleicht hat einer von den Soldaten zu nah an der Sprengstoffkiste eine Zigarette geraucht, wer weiß? Sehen Sie sich die Leichen doch genau an. Die meisten tragen Verbrennungen am Rücken und am Hinterkopf. Leider haben wir nicht die Zeit und die Mittel, um sie nach Rückständen von Sprengstoff zu untersuchen, aber ich wette, wir würden etwas finden.«

Maloney winkte mich zu dem umgestürzten Toyota. »Und wie passt das in Ihr Bild?« Er deutete auf die eingedrückte Tür, auf der sich ganz klar die Spur einer gewaltigen Pranke abzeichnete. »Wenn Ihr Freund nicht hier gewesen ist, wer hat dann diesen Abdruck hinterlassen?«

Ich musste gestehen, dass ich das auch nicht erklären konnte. Alles, was ich hatte, waren ein paar Indizien und meine Intuition. »Ich weiß es nicht«, gab ich unumwunden zu. »Aber eines weiß ich genau: Wir sollten uns kein vorschnelles Urteil erlauben, ehe wir nicht mehr Fakten haben.«

Maloney schnaubte. »Das sehe ich anders. Für mich ist die Sache klar. Jetzt sorgen wir noch für eine ordentliche Feuerbestattung, dann kehren wir zurück und sehen uns das zweite Lager an.«

*

Es ging auf die Mittagszeit zu, als wir die kümmerlichen Überreste des Lagers am See erreichten. Meine anfängliche Euphorie, endlich einen Anhaltspunkt über den Verbleib meiner Jugendliebe gefunden zu haben, wich rasch einer deprimierenden Erkenntnis. Nach nur wenigen Minuten war mir klar, dass hier nichts mehr zu finden war. Die Spur war kalt. Die Soldaten hatten die Gegend gründlich abgegrast und alles mitgenommen, was ihnen wichtig erschienen war.

Enttäuschung machte sich in mir breit. Lustlos stocherte ich im Erdreich herum, ohne große Hoffnung, etwas zu finden. Meine Gedanken begannen abzuschweifen und um das Gespräch mit Maloney zu kreisen.

Wie konnte er nur so borniert sein? Er war felsenfest davon überzeugt, dass Mokéle die Schuld an der Katastrophe trug. Es war immer dasselbe: Die Menschen sahen nur das, was sie sehen wollten. Selbst erfahrene Männer wie er bildeten da keine Ausnahme. Warum begriff er denn nicht, dass meine Entdeckung wichtig sein könnte? Sie warf ein ganz neues Licht auf das Tier, nach dem wir suchten, und auf das, was sich hier wirklich abgespielt hatte. Ich versuchte, der angespannten Stimmung zu entfliehen, um einen klaren Kopf zu bekommen, und entfernte mich von den anderen. Ganz wohl war mir zwar nicht, während ich durch die Ufervegetation ging und dabei versuchte, möglichst kein Tier aufzuscheuchen. Aber die Stille war es mir wert. Während ich über all das nachdachte, was bisher geschehen war, drangen plötzlich Wortfetzen an mein Ohr. Ich ging ihnen nach und stellte fest, dass es Maloney und Sixpence waren, die sich wohl ebenfalls abgesetzt hatten. Sie unterhielten sich, und ihr Gespräch trug eindeutig ernste Züge. Von Neugier getrieben, schlich ich näher, bis ich die Stimme von Sixpence deutlich vernahm: »... finde, du solltest die Finger von ihr lassen.«

»Was geht dich das an? Bist du hier, um auf mich aufzupassen?«

»Natürlich nicht, aber ich bin dein Freund und der Einzige, der sich traut, dir ab und zu mal die Meinung zu sagen. Und deswegen frage ich dich: Meinst du es ernst, oder suchst du nur ein schnelles Vergnügen?«

»Ich wüsste nicht, was dich das angeht.«

»Es geht mich sehr wohl etwas an. Ich war damals dabei, als deine Frau und dein kleiner Sohn bei dem Buschfeuer ums Leben gekommen sind. Ich war dabei, als du geschworen hast, nie wieder eine Frau lieben zu können. Du weißt, dass ich diesen Schwur immer für Unsinn gehalten habe und dass ich mich riesig gefreut hätte, wenn du eine neue Liebe gefunden hättest, aber Elieshi muss es ja nun wirklich nicht sein.«

»Und warum nicht?«, entgegnete Maloney.

»Sie ist viel zu jung für dich. Ein grünes Ding, gerade mal alt genug, um deine Tochter zu sein. Du liebst sie nicht und bringst uns damit nur alle in Gefahr.«

»Blödsinn.«

»Kein Blödsinn. Ist dir nicht aufgefallen, dass der junge Astbury sich auch für sie zu interessieren scheint?«

Die Bemerkung traf mich völlig unvorbereitet. Ich duckte mich zu Boden. Elieshi und ich? Das war ja lächerlich. Sollte Sixpence irgendwelche Schwingungen zwischen uns bemerkt haben, dann wusste er mehr als ich. Trotzdem interessierte mich das Thema. Ich war mittlerweile so dicht herangekrochen, dass ich zwischen den Grasstauden hindurch einen Blick auf die beiden werfen konnte. Maloney hatte sich hingesetzt und seinen Hut zurückgeschoben. Er ließ sich die Sonne ins Gesicht scheinen.

»Die beiden? Die können sich nicht ausstehen, das sieht doch ein Blinder. Astbury ist es völlig egal, ob da etwas zwischen uns läuft. Ganz im Gegensatz zu dir, wie mir scheint.«

Sixpence brummte verärgert vor sich hin. »Du hast keinen Funken Menschenkenntnis. Hast du nie gehabt und wirst du nie haben, sonst wäre dir längst aufgefallen, dass diese fortwährenden Reibereien zwischen den beiden eine Art Zuneigungsbekundung sind. Und noch eines sage ich dir: Wir können uns diesen Hahnenkampf nicht leisten. Nicht bei dem, was hier auf dem Spiel steht.«

Ich musste erst mal durchatmen. Das war ja lächerlich. Ich war an dieser launischen Biologin nicht im Mindesten interessiert. Außerdem fühlte sie sich eindeutig zu Maloney hingezogen. Während ich noch über die verwirrende Behauptung nachgrübelte, hatte sich der australische Jäger drohend aufgerichtet.

»Ich werde dir sagen, was los ist«, donnerte er. »Du bist nur eifersüchtig, das ist alles. Willst die Kleine für dich haben, stimmt's?« Er lachte trocken. »Versuch's doch. Das könnte

218

interessant werden. Ich bin der Letzte, der einem guten Kampf aus dem Wege geht; das müsstest du doch eigentlich wissen bei deiner viel gepriesenen Menschenkenntnis.«

»Ja, ja. Hauptsache du hast deinen Spaß. Was andere über dich denken, hat dich ja noch nie interessiert.«

Ich hörte, dass Maloneys Stimme einen härteren Klang bekam. »Wenn es dir hier nicht gefällt, dann geh doch. Ich krieg das hier auch allein hin.«

»Das kann ich nicht, und das weißt du ganz genau.«

»Himmel, verschone mich bitte mit deinem ewigen Gerede von einem Blutschwur. Immer, wenn es zwischen uns zu Unstimmigkeiten kommt, muss ich mir diese alte Geschichte anhören. Und dann soll ich mich schuldig fühlen. Aber ich habe keine Lust mehr, verstehst du? Es hängt mir zum Hals raus, dein Moralgequassel. Verschwinde, ich erlöse dich von deinem Gelübde.«

»Das kannst du nicht«, hörte ich Sixpence murmeln. »Das kann nicht mal ich selbst.«

Nach einigem Schweigen sagte Maloney: »Na gut, dann bleib halt.« Und nach einer weiteren Pause fügte er hinzu: »Genau genommen bedeutet mir die Kleine doch gar nichts.«

»Das sage ich doch die ganze Zeit. Aber dann kannst du auch genauso gut die Finger von ihr lassen«, murmelte Sixpence.

»Kann ich nicht, ich bin Jäger – und das in jeder Hinsicht. Und du weißt doch, was man sich von den schwarzen Weibern erzählt.«

»Keine Ahnung, aber vielleicht willst du mich ja aufklären?«

»Komm schon, das weiß doch jeder. Es heißt, sie sind wie Tiere. Die warten nur darauf, besprungen zu werden, vorher geben sie keine Ruhe. Irgendwann werde ich es der Kleinen besorgen, und dann lasse ich sie wieder fallen. Ist doch nur eine harmlose kleine Affäre, die ebenso schnell endet, wie sie begonnen hat.«

Ich glaubte meinen Ohren nicht zu trauen. Das war ja allerhand. Sixpence schien ebenfalls schwer getroffen zu sein.

»Ach daher weht der Wind«, sagte er. »Ist dir eigentlich klar, dass Elieshi und ich die gleiche Hautfarbe haben?«

»Mit dir ist das doch etwas völlig anderes. Du bist wie ein Bruder für mich.«

»Und was, wenn sie eine weiße Hautfarbe hätte? Ich bin sicher, dass du dann ganz anders über sie reden würdest. Was glaubst du eigentlich, wie solche rassistischen Sprüche bei mir ankommen?«

»Sei mal still! Da drüben ist irgendetwas.«

Maloney war aufgesprungen und starrte in meine Richtung, das Gewehr, das er immer bei sich trug, im Anschlag. So schnell es mir möglich war und ohne dabei ein Geräusch zu machen, ließ ich mich zu Boden sacken. Verdammt, er hatte mich entdeckt! Der Typ würde mich zu Kleinholz verarbeiten, wenn er mitbekam, dass ich gelauscht hatte. Mir blieb nur eine Wahl. Abhauen, und zwar so leise wie möglich. Doch das war leichter gesagt als getan.

»Hallo. Wer ist da?«, rief Maloney herüber. Er ging ein paar Schritte in meine Richtung. Ich hörte deutlich das Knirschen seiner ledernen Stiefel. Immer näher kamen sie. Er hatte mich gehört, das war klar, er schien nur noch nicht entschieden zu haben, wie er sich verhalten sollte. Im schlimmsten Fall würde er einfach sein Gewehr in meine Richtung halten und abdrücken. Mir stand der Schweiß auf der Stirn. Was sollte ich bloß tun? Besser, ich gab mich zu erkennen. Besser eine Tracht Prügel, als mit einer Kugel im Bauch am Lac Télé zu verrecken.

Ich wollte gerade aufstehen, da spürte ich eine Hand auf meiner Schulter.

Der Pygmäe stand hinter mir.

Vollkommen lautlos hatte er sich genähert. Er sah zu mir herunter, und ein Lächeln umspielte seine Mundwinkel. Ich legte den Finger auf meine Lippen, und sein Lächeln wurde breiter. Er schien zu verstehen, dass ich in der Klemme steckte, doch er tat etwas, das mir das Blut in den Adern gefrieren ließ. Er hob die Hand und stieß einen Ruf aus.

Die beiden Männer entdeckten ihn sofort.

»Ach, es ist nur unser kleiner Freund«, sagte Maloney und ließ die Waffe sinken. »Egomo, du hast Glück, dass du noch am Leben bist. Noch einen Moment länger, und ich hätte geschossen. Du solltest dich nicht immer so anschleichen.«

Sixpence murmelte: »Er versteht doch nicht, was du sagst.«

»Stimmt auch wieder. Na ja, egal. Wie ich sehe, hast du deine Armbrust wiedergefunden. Egomo, du bist jetzt wieder ein großer Jäger, habe ich Recht? Ich habe übrigens auch so eine Waffe, nur etwas größer. Soll ich sie dir bei Gelegenheit mal zeigen? Klar soll ich.« Er klopfte mit der Hand auf den Platz neben sich. »Komm, mein Freund, setz dich zu uns, in den Kreis der anderen großen Jäger.«

Sein darauf folgendes Gelächter deckte meinen Rückzug.

22

Wie in diesen Breiten üblich, brach die Nacht mit überraschender Schnelligkeit herein. Von einem Augenblick zum nächsten wurde es so dunkel, als habe jemand ein großes Tuch über den Himmel geworfen. Die Sterne wurden sichtbar, und mit ihnen kamen die Geräusche der Nacht. Das Quaken der Frösche, das Klagen einer Eule und das dumpfe Grunzen eines Flusspferdes, das sich im Uferschlamm wälzte.

Wir saßen versammelt um die Reste eines riesigen, schwarzen Welses, der, aufgespießt auf einem Stock, über dem Lagerfeuer brutzelte. Den Fang hatten wir Maloney und Egomo zu verdanken, die den späten Nachmittag im Boot verbracht hatten, während Sixpence und ich Elieshi bei der Auswertung der Infraschallaufzeichnungen halfen. Maloney hatte etwas Ruhe und Abgeschiedenheit gebraucht, und so war er zusammen mit Egomo hinaus aufs Wasser gefahren. Der Pygmäe war zwar zunächst misstrauisch gewesen. Offensichtlich war der Umgang mit Booten seinem Volk fremd, doch die Aussicht, einem anderen Jäger bei der Arbeit zuzusehen, hatte ihn überzeugt. Egomos scharfe Augen und Maloneys geübter Umgang mit dem Speer hatten einander gut ergänzt: Nach einiger Zeit kamen sie mit dem Wels zurück, der gut und gerne einen Meter zwanzig maß.

Während wir uns zufrieden und gesättigt zurücklehnten, begann unser dunkelhäutiger Besucher in einiger Entfernung damit, die Fleischreste von seinem Stück Fisch von den Gräten zu lösen und in die Blätter eines Riesenphryniums einzuwickeln, als Vorrat für den nächsten Tag.

Maloney war voll des Lobes für Egomo. »Dieser Pygmäe verfügt über fantastische Augen«, schwärmte er. »Er sieht die Beute, noch bevor sie uns sieht. Six', so jemanden können wir in unserem Team gut brauchen. Ich habe ihm zum Dank für seine Hilfe unser Brotmesser geschenkt. Er schien ganz versessen darauf zu sein. Ich kann nur hoffen, dass er noch ein wenig Zeit bei uns verbringt.«

»So wie ich ihn verstanden habe, ist das in seinem Sinne«, sagte Elieshi. »Als ich gestern Abend mit ihm sprach, meinte er, dass er gern bleiben würde, zumindest bis seine Verletzungen ausgeheilt sind. Dann will er zurück zu seinen Leuten.« Sie klopfte mit ihrer Hand auf ihren Schenkel. »Setz dich doch zu uns, Egomo, wir würden uns über deine Gesellschaft freuen.« Der Pygmäe, der offenbar genau mitbekommen hatte, dass wir über ihn sprachen, lächelte und gesellte sich zu uns. Er wechselte einige Worte mit Elieshi, und dann geschah etwas völlig Überraschendes. Egomo griff Elieshi ohne Vorwarnung an den Busen. Einfach so, als wäre es die selbstverständlichste Sache der Welt. Mein Unterkiefer klappte runter, als ich sah, wie er ihre Brüste einige Sekunden massierte, sich dann setzte und so tat, als wäre nichts geschehen. Mehr noch erstaunte mich die Tatsache, dass Elieshi nicht mal protestierte.

»Was war denn das gerade?«, fragte ich.

»Das? Oh, nichts weiter.« Elieshi blies sich eine Haarsträhne aus dem Gesicht. »Das ist bei seinem Volk so üblich. Es bedeutet, dass ich schöne Brüste habe. Das ist eines der schönsten

Komplimente, die man als Pygmäe einer Frau machen kann.«
Mit einem frechen Seitenblick fügte sie hinzu: »Das heißt aber
nicht, dass Sie das jetzt auch machen dürfen. Es sei denn, Sie
schrumpfen vorher um einen halben Meter.«
Ich ging in die Hocke und steuerte auf Elieshi zu. Lächelnd
hielt sie mir ihre Faust unter die Nase. »Netter Versuch.«
Maloney lachte schallend. »Egomo gefällt mir immer besser.
Von mir aus kann er gern bleiben.«
»Von mir aus auch«, stimmte ich zu und setzte mich wieder an
meinen Platz. »Ich hoffe allerdings, dass er uns nicht versehentlich vergiftet. Die Blätter, mit denen er den Fisch verpackt hat, sehen irgendwie ungesund aus«, bemerkte ich halb
im Scherz. »Die Hälfte aller Gewächse um uns herum sind
hochtoxisch.«
»Keine Sorge, Professor. Das Riesenphrynium steht ganz oben
auf der Speisekarte der Gorillas und ist bei den Pygmäen als
Unterlage für alle möglichen Speisen in Gebrauch. Seine
Bekömmlichkeit ist seit Generationen bewiesen.«
»Sofern man über den Magen eines Gorillas verfügt«, ergänzte
ich augenzwinkernd. Ich nahm es Elieshi nicht übel, dass sie
mich immer noch Professor nannte. Irgendwie gehörte es zu
unserem Spiel. Ich wusste zwar nicht, worum es dabei ging
oder wie die Regeln waren, aber das war egal. Ich fing an, es zu
genießen. Außerdem spürte ich nach dem, was ich heute Mit-
tag aus Maloneys Mund gehört hatte, ein seltsam schlechtes
Gewissen in mir nagen. Als hätte ich Schuld auf mich geladen,
nur weil ich eine andere Hautfarbe besaß. Natürlich war das
an den Haaren herbeigezogen, doch ich wurde dieses Gefühl
nicht los.
Ich betrachtete Elieshi, wie sie an einem letzten Rest Fisch
knabberte und sich dabei angeregt mit Maloney unterhielt.
Wieder und wieder gingen mir seine verletzenden Worte durch
den Kopf. Irgendwie tat sie mir leid. Erst war sie auf diese Lüge

vom Zwergelefanten hereingefallen, und jetzt stand sie im Begriff, ihr Herz an einen Mann zu verschleudern, der sie nur als leichte Beute betrachtete.

»In Ordnung«, Maloney unterbrach das Gespräch mit ihr und klopfte mit einem Messer gegen sein Weinglas. Die Geste wirkte seltsam unpassend, als befänden wir uns auf einer Gesellschaft, auf der der Gastgeber eine Rede halten wollte. »Ich finde, es ist an der Zeit, dass wir eine Strategie entwickeln«, erklärte er. »Ich fasse mal kurz zusammen. Da sind zum einen Egomos Aussagen, die überaus glaubwürdig erscheinen, nicht zuletzt in Anbetracht der beiden zerstörten Lager, die wir mit eigenen Augen gesehen haben. Wir alle waren Zeugen, wie etwas Großes aus dem See aufgetaucht ist und uns beobachtet hat. Die Videodaten sind zwar von schlechter Qualität, ergeben aber zusammen mit den Aufzeichnungen, die Elieshi heute gemacht hat, ein klares Bild. Das Tier, nach dem wir gesucht haben, existiert tatsächlich. Es ist hier. Es lebt, es atmet, und es hinterlässt Spuren. Sollte jemand noch Zweifel an seiner Existenz gehegt haben, so dürften sie mit dem heutigen Tage ausgeräumt sein. Das bringt mich direkt zu Punkt zwei: Alle Hinweise deuten darauf hin, dass unser Zielobjekt von aggressiver Natur ist und wir uns künftig sehr viel mehr vorsehen müssen.«

»Wie kommen Sie zu dieser Schlussfolgerung?«, unterbrach ich ihn. Ich fand, er sollte ruhig wissen, dass in diesem Punkt keine Einigkeit zwischen uns herrschte. »Was wir bisher gesehen haben, lässt sich auch anders deuten.«

»Mr. Astbury, sowohl die Bilddaten von Emily Palmbridge als auch die Spuren, die wir hier gefunden haben, zeigen deutlich, dass Mokéle m'Bembé über ein ausgeprägtes Revierverhalten verfügt und nicht zögert, seine Ansprüche durchzusetzen. Dabei geht er geschickt, leise und brutal vor. Und sehr effizient, wie ich noch hinzufügen darf. Wir haben es mit einem Gegner zu tun, der uns zumindest ebenbürtig ist. Zwei zerstörte Lager sowie die gestrige Begegnung sollten als Bestätigung dieser These ausreichen.« Er warf mir einen Blick zu, der signalisierte, dass dieses Thema für ihn beendet war. »Und das führt uns direkt zu Punkt drei. Ich plaudere sicher kein Geheimnis aus, wenn ich Ihnen sage, dass wir uns hier in großer Gefahr befinden. Alles, was wir bisher erlebt haben, lässt den Schluss zu, dass es nur noch eine Frage der Zeit ist, bis ein weiterer Angriff erfolgen wird. Das Verhaltensmuster des Kongosauriers deutet darauf hin, dass er seinen Gegner erst studiert, ehe er zuschlägt. Dass ein Rückzug ins Hinterland kein hinlänglicher Schutz ist, beweist das zerstörte Lager der Soldaten. Immerhin befand es sich mehr als drei Kilometer vom See entfernt. Wir haben also nur eine Wahl. Wir müssen schneller sein als er. Wir müssen ihn erwischen, ehe er uns erwischt. Die Sache hat nur einen Haken.«

»Wir wissen nicht, wo er ist«, führte ich den Gedanken zu Ende.

»Ganz recht, Mr. Astbury. Genau das ist der Punkt. Wir haben nie gewusst, wo er sich gerade aufhält, bis jetzt. Elieshi, wären Sie so gut ...?«

»Ist mir ein Vergnügen.« Die Biologin stand auf, griff nach ihrem Notebook, stellte es auf den Tisch und klappte es auf. Der Bildschirm erstrahlte, und auf dem Monitor erschien eine Grafik, die aussah wie das Schnittmuster eines komplizierten Kostüms. Überall waren Linien und Punkte. An manchen Stellen verliefen sie parallel, dann kreuzten sie sich, um anschließend wieder auseinander zu laufen.

»Ohne jetzt zu sehr ins Technische zu gehen«, klärte sie uns auf, »möchte ich Ihnen kurz erklären, was ich gemacht habe. Zuerst bin ich Stewarts Wunsch gefolgt und habe unsere Umgebung nach Infraschallwellen abgesucht. Das Ergebnis war, kurz gesagt, niederschmetternd. Ich fand nichts, außer einer

226

kleinen Gruppe Waldelefanten, die sich im Südosten, in etwa dreißig Kilometern Entfernung aufhalten. Ich ließ diverse Filter über die Aufnahme laufen, aber alles Fehlanzeige. Mokéle war stumm wie ein Fisch. Auch die Messung im hörbaren Bereich wies keinerlei Besonderheit auf. Ich habe dann das Gerät im Wasser des Sees, in einer Tiefe von ungefähr einem Meter angebracht und eine erneute Messung vorgenommen, wieder mit demselben negativen Ergebnis. Und dann hatte ich eine Idee. Ich musste an den Ursprung der Bioakustik denken und an die Tierart, für die diese Geräte ursprünglich gedacht waren. Es gibt, wie Sie wissen, noch eine andere Gruppe von Großsäugern, die in einem Frequenzband kommunizieren, das für uns unhörbar ist.«

Ich hob meinen Kopf. »Sie reden von Walen.«

»Genau. Wie ich Ihnen ja bereits bei unserer ersten Begegnung erzählt habe, hat die Wissenschaft der Bioakustik ihren Anfang mit der Erforschung der Walgesänge genommen.«

»Wollen Sie mir erzählen ...?«

»Warten Sie's ab.« Sie grinste mich an. »Ich habe also eine erneute Messung durchgeführt, nur mit dem Unterschied, dass ich diesmal in einem Frequenzband gesucht habe, das oberhalb des menschlichen Gehörs liegt, im Ultraschallbereich. Und was soll ich Ihnen sagen? Volltreffer! Ein ganzes Feuerwerk von Lauten und Signalen erschien auf meinem Monitor. Kaskaden auf- und absteigender Tonfolgen, die man mit etwas Fantasie durchaus als Gesänge deuten kann. Ich könnte mir vorstellen, dass Mokéle auf diese Weise mit Artgenossen kommuniziert oder sich in den dunklen Tiefen des Sees orientiert. Meiner Meinung nach verfügt das Tier über Sonar, eine der am höchsten entwickelten Sinnesleistungen im gesamten Tierreich.«

»Artgenossen?«, murmelte Sixpence, der bisher schweigsam an seiner Pfeife gezogen hatte.

»Natürlich. Erstens ist es undenkbar, dass ein einziges Exemplar so lange Zeit allein überlebt hat, und zweitens haben Sie mir doch von einem Jungtier erzählt. Wir dürfen also davon ausgehen, dass sich dort unten eine ganze Kolonie befindet.«

Ich lehnte mich zurück. Elieshi hatte absolut Recht.

Ich betrachtete sie unauffällig, und plötzlich erschien sie mir in einem anderen Licht. Bestimmt gab es viele Menschen, die sie wegen ihrer burschikosen Art und ihrer offenen Weiblichkeit unterschätzten – so wie ich –, aber das war ein Irrtum. In Elieshis Kopf tickte ein scharfer Verstand.

»Was haben Sie dann getan?«, fragte ich.

»Nun, der Rest war einfach. Ich habe mehrere Richtungsmessungen vorgenommen, sie mit einer schematischen Aufsicht des Sees kombiniert, und voilà ...«,

»... fertig war das Schnittmuster«, ergänzte ich ihren Satz. »Nehmen Sie's mir nicht übel, aber für mich sieht es immer noch aus, als wäre eine Horde Ameisen mit Tintenfüßen über den Bildschirm gekrabbelt.«

Sie verschränkte ihre Arme in gespielter Entrüstung vor der Brust. »Na kommen Sie, können Sie wirklich nichts auf dem Bild erkennen? Hier sind die Umrisse des Sees.« Sie zeichnete mit einem Finger eine dünne Linie nach. »Hier ist unser Camp. Irgendwo dort drüben ist das Lager der Soldaten, hier das von Emily Palmbridge. So, und jetzt sehen Sie mal, wie sich an dieser Stelle im See die Signale verdichten.«

Je länger ich auf den Bildschirm starrte, desto deutlicher traten die Konturen hervor. Plötzlich erkannte ich, worauf sie hinauswollte. Die Schallwellen bildeten ein Netz, dessen innere Logik sich erst langsam erschloss. Sie schmolzen zu einem dunklen Punkt zusammen, beinahe wie bei einem Schwarzen Loch, das jegliches Licht in seiner Umgebung zu verschlucken schien. Ich spürte, wie mir ein Schauer über den Rücken jagte, und ahnte, was Maloney als Nächstes vorschlagen würde.

Zögernd richtete ich meinen Blick auf ihn. »Sie wollen an dieser Stelle doch nicht etwa tauchen, oder?«

Er grinste. »Und ob. Morgen früh. Und Sie werden uns begleiten.«

*

Tief in der Nacht wachte ich auf, geweckt vom ohrenbetäubenden Prasseln eines tropischen Regengusses. Ich blickte unter das dunkle Zeltdach und fragte mich, wann ich wohl endlich mal wieder eine Nacht würde durchschlafen können. Unruhig wälzte ich mich hin und her, doch der erlösende Schlaf wollte sich nicht einstellen. Also knipste ich die Taschenlampe an und warf einen Blick auf die Uhr. Viertel vor drei. Noch etwa fünf Stunden, bis Maloney, Sixpence und ich zu unserem waghalsigen Unternehmen aufbrechen würden. Diese Aktion barg so viele unkalkulierbare Risiken, dass es mich nicht wunderte, keinen Schlaf zu finden. Also griff ich nach dem verkohlten Tagebuch des Sergeanten Matubo und versuchte die Eintragungen zu entziffern. Mein Französischunterricht lag Jahre zurück, und obwohl ich damals ein passabler Schüler war, tröpfelten die Erinnerungen nur langsam in mein Gedächtnis. Sprachen sind wie Werkzeuge. Wenn man sie nicht von Zeit zu Zeit benutzt, rosten sie ein.

Ich fand einige Abschnitte im hinteren Drittel des Buches, die verhältnismäßig unbeschädigt und einigermaßen leserlich geschrieben waren.

L'herbe met secrets pleins. Gérome affirme avoir trouvé quelques pierres étranges. Ils n'appartiennent pas ici loin. Merkwürdig. War mein Französisch wirklich so schlecht, oder pflegte sich Sergeant Matubo seltsam auszudrücken? *Das Grasland birgt viele Geheimnisse,* stand da. *Gérome hat Steine gefunden, die dort nicht hingehören.* Obwohl ich weit davon entfernt war zu verstehen, wovon der Offizier da sprach, fesselte mich die Lektüre doch so sehr, dass der Gedanke an Schlaf langsam verblasste. Mühsam, Bruchstück für Bruchstück und unter Aufbietung meiner gesamten Sprachkenntnisse, fuhr ich fort, den Text zu entziffern. Und je weiter ich las, desto neugieriger wurde ich. *Ruines mystérieuses,* seltsame Ruinen. Dieser Begriff zog mich besonders in seinen Bann, tauchte er doch immer wieder in den handgeschriebenen Zeilen auf. Er machte mich deshalb so stutzig, weil ich mich erinnerte, in irgendeinem Bericht über den Lac Télé gelesen zu haben, dass es sich bei dem Grasland um uraltes Kulturland handelte. Einer Kultur, wohlgemerkt, die sich hier angesiedelt hatte, lange bevor der Urwald gekommen war, und die schätzungsweise fünfundzwanzigtausend Menschen umfasste. Sollten die Soldaten etwa gefunden haben, was so vielen Archäologen zeit ihres Lebens verwehrt geblieben war? Und wenn ja, war es dann möglicherweise gar kein Zufall gewesen, dass sie ihre Stellung nicht aufgeben wollten? Hatten sie ihren Fund vielleicht nur schützen wollen, bis Hilfe aus Brazzaville kam? Fasziniert las ich weiter, und irgendwann begannen sich die Bruchstücke zu einem großen Ganzen zusammenzufügen. Nachdem ich über eine Stunde entziffert und übersetzt hatte, schlug ich das Buch zu. Einerseits konnte ich meine Augen kaum noch offen halten, andererseits war ich überwältigt von dem, was darin berichtet wurde. Nicht die Soldaten hatten die Ruinen gefunden, nein, es war Emily Palmbridge gewesen. Die Soldaten waren nur darauf gestoßen, als sie ihrer Spur gefolgt waren. Sie schien eine Art Tempel entdeckt zu haben, den die Soldaten in ihrer Diszipliniertheit und Staatstreue nur so weit examiniert hatten, wie unbedingt nötig. Vom archäologischen Standpunkt aus betrachtet war das natürlich eine vollkommen richtige Entscheidung. Nichts wäre schlimmer gewesen als eine Horde Soldaten, die in ihrem Eifer alle Spuren zertrampeln. Ich erfuhr allerdings so gut wie nichts Genaues über den Fund. Aber es musste etwas Bedeutsames gewesen sein, sonst hätte Sergeant Matubo nicht gleich darauf das Rettungsteam losgeschickt.

Ich spürte, dass mich nur noch ein kleines Puzzleteil von der Lösung des Rätsels trennte. Das Rätsel, das diese Ruinen, Emily und Mokéle m'Bembé miteinander verband. Ich konnte es kaum erwarten, den anderen davon zu berichten.

Müde löschte ich das Licht und legte mich wieder hin.

Meine Gedanken waren eben dabei, in traumerfüllte Gefilde abzudriften, da hörte ich ein seltsames Geräusch. Ein kleiner Schrei, der, kaum dass er erklang, auch schon wieder verstummte. Ich spitzte die Ohren.

Da war er wieder, und diesmal erkannte ich ganz deutlich, dass es Elieshis Stimme war. Die Arme durchlitt offenbar einen schrecklichen Albtraum. Das wunderte mich nicht, angesichts meiner eigenen Schlafprobleme, doch die Frage war, ob ich sie deswegen wecken sollte? Es ist doch nur ein Traum, redete ich mir ein, doch da drang ein weiterer Schrei an mein Ohr.

Ich seufzte und öffnete den Reißverschluss meines Zeltes. Der Regen schien an Heftigkeit zuzunehmen, so, als wollte er mich davon abhalten, mich in Dinge einzumischen, die mich nichts angingen. Mit eingezogenem Kopf verließ ich das schützende Vordach und tappte zu Elieshis Zelt hinüber. Die wenigen Sekunden im Freien genügten, um mich bis auf die Haut zu durchnässen, während der Regen mir in Sturzbächen über das Gesicht lief.

Im Inneren ihres Zeltes war es vollkommen dunkel, aber die Bewegung, die ich hinter dem dünnen Stoff wahrnahm, sagte mir, dass sie sich schrecklich hin und her wälzen musste. Ich trat näher und wollte gerade an der gebogenen Stange ihrer Zeltkuppel rütteln, da hörte ich etwas, das so gar nicht ins Bild passen wollte: das schwere Atmen eines Mannes und gleich darauf ein leises Stöhnen.

Wie versteinert stand ich eine Weile im Regen, dann trat ich den Rückzug an. Als ich den Reißverschluss hinter mir zuzog, wurde mir die volle Tragweite meiner Entdeckung bewusst. Ich hatte zwei Stimmen gehört, einen Mann und eine Frau.

Elieshi und Maloney.

23

Montag, 15. Februar

Aufstehen! Machen Sie die Augen auf, mein junger Freund, es ist Zeit.«
Es war, als riefe mich eine Stimme aus den Tiefen des Schlafes, eine Stimme, die mir nur allzu vertraut war und die mich verfolgte, ob ich nun schlief oder wachte. »Aufstehen, Sie Faulpelz. Wir brauchen Ihre Hilfe.«
Ich schlug die Augen auf und sah Maloney vor meinem geöffneten Zelt stehen. Breitbeinig, in einen Taucheranzug gezwängt und sprühend vor Tatendrang.
»Müssen Sie mich so grausam wecken?«, stöhnte ich. »Es ist doch noch nicht mal ...«, ich starrte auf meine Uhr, »... halb zehn? Ist das wirklich wahr?«
»Allerdings. Wir warten seit zwei Stunden auf Sie. Was treiben Sie denn die ganze Nacht, dass Sie morgens nicht aus den Federn kommen?«
Schlagartig fiel mir ein, was ich vor wenigen Stunden gehört und gesehen hatte, und ich schwieg betreten. Maloney schien mein Unbehagen nicht zu bemerken. Augenscheinlich war er glänzender Laune. Ganz im Gegensatz zu den restlichen Mitgliedern des Teams. Ich war zwar noch müde, aber doch wach

genug, um zu erkennen, dass sich etwas verändert hatte. Die hektische Betriebsamkeit von Sixpence und Elieshi konnte nicht darüber hinwegtäuschen, dass der sprichwörtliche Haussegen schief hing. Die beiden arbeiteten an entgegengesetzten Enden des Lagers, wobei sie jeden Blickkontakt vermieden.

Mein Blick verdüsterte sich. Welche Folgen mochte das Techtelmechtel zwischen Elieshi und Maloney haben? Mich ärgerte ihr Leichtsinn, denn dieses Verhalten barg unkalkulierbare Risiken für den Zusammenhalt der Gruppe. Natürlich war ich erstaunt, dass Elieshi sich nach den Erlebnissen der letzten Nacht dem Australier gegenüber so reserviert verhielt. Eigentlich hatte ich stürmische Liebesbekundungen erwartet. Ging sie nur aus Rücksichtnahme Sixpence gegenüber auf Distanz zu ihrem Lover, oder hatte sie etwa gemerkt, dass dessen Gefühle nur geheuchelt waren? Hoffentlich, denn das würde die Lage entschärfen. Doch wenn ich ehrlich war, musste ich eingestehen, dass mich dieses Wechselbad der Gefühle nur verwirrte. Ich war ebenso ahnungslos wie Egomo, der in der Nähe des Lagerfeuers kauerte und an den Resten des Abendessens knabberte.

»Bin gleich so weit«, murmelte ich, schlüpfte in meine Schuhe und verzog mich, mit einer Klopapierrolle bewaffnet, ins Unterholz. Als ich zurückkehrte, hatte sich meine Müdigkeit gelegt. Ich fühlte mich stark genug für eine Konfrontation. Und die würde es geben, daran hatte ich nicht den geringsten Zweifel.

»Darf ich mal kurz um Ihre Aufmerksamkeit bitten?«, rief ich in die Runde. »Ich habe Ihnen etwas mitzuteilen.«

Maloney runzelte die Stirn. »Mr. Astbury, was soll denn das jetzt werden? Schon wieder ein Plauderstündchen?«

»Es ist wichtig, glauben Sie mir«, fuhr ich unbeirrt fort, als ich sah, dass die anderen interessiert näher kamen. »Es handelt sich um das Tagebuch des Sergeanten Matubo. Ich habe darin einige interessante Dinge gelesen, über die ich Sie unbedingt informieren muss, ehe wir etwas Falsches unternehmen. Das Wichtigste ist, dass ich auf eine neue Spur von Emily Palmbridge gestoßen bin. Offenbar hat sie nach ihrer Flucht vor dem Ungeheuer im Grasland die Reste einer alten Stadt entdeckt. Im Bericht ist von einer Siedlung die Rede, die sich über mehrere Quadratkilometer erstreckt.«

»Das ist doch Unsinn«, sagte Maloney. »Ich habe sämtliche Berichte über diese Gegend ausgiebig studiert, und alle waren sich einig, dass es hier höchstens ein paar alte Felder gegeben hat. Anderenfalls hätten wir auch vom Flugzeug aus etwas sehen müssen. Ganz zu schweigen von den anderen Teams, die dieses Gebiet schon vermessen und kartografiert haben.«

Ich hob die Hand. »Warten Sie. Diese Stadt, oder was immer es ist, wurde nach ihrer Zerstörung vor ewigen Zeiten offenbar bis zur Unkenntlichkeit von Schlamm und Erde bedeckt. Das Einzige, was von ihr heute noch sichtbar ist, da haben Sie Recht, Mr. Maloney, sind diese merkwürdig regelmäßigen Strukturen im Gras, die wir in der Tat vom Flugzeug aus gesehen haben und deren Existenz schon vielfach beschrieben wurde. Da diese Gegend einst intensiv bewirtschaftet wurde, nahm man fälschlicherweise an, es seien Gemarkungsgrenzen, also die Ränder alter Felder. Dass es sich um den Grundriss einer Stadt handeln könnte, daran dachte man offenbar nicht. Die Soldaten jedoch haben die Bedeutung des Fundes sofort erkannt, wie aus den Einträgen im Tagebuch unschwer herauszulesen ist.« Ich hob das Buch und atmete tief durch, denn jetzt kam der schwerste Teil. »Ich schlage Ihnen also vor, die Jagd nach Mokéle m'Bembé erst mal ruhen zu lassen und uns in den Ruinenfeldern auf die Suche nach Emily zu machen. Sie ist der Schlüssel zu unserem Auftrag, und wenn sie noch am Leben ist, können wir uns den Rest vielleicht sparen.«

»Sie ist tot, Mann«, sagte Maloney, und ein bedrohlicher Unterton schwang in seiner Stimme mit. »Asche und Staub. Wann werden Sie das endlich begreifen?« Er beugte sich vor, und sein Gesicht näherte sich meinem bis auf wenige Zentimeter. »Sie müssen sich endlich von der Vergangenheit lösen, und auf die Gegenwart konzentrieren. Ist das bei Ihnen angekommen? Wir drei werden wie geplant in der Mitte des Sees tauchen. Ende der Diskussion.«

»Sie machen einen Riesenfehler«, schnappte ich zurück. »Sie sehen immer nur das, was Sie sehen wollen. So war es schon im Lager der Soldaten, und jetzt begehen Sie denselben Fehler schon wieder. Irgendwann wird Sie Ihre Ignoranz das Leben kosten.«

Er lächelte kalt. »Bisher bin ich gut damit gefahren. Ich habe mich immer auf meine Intuition verlassen, und ich werde es noch tun, wenn ich alt und grau bin. Daran werden Sie nichts ändern und auch sonst niemand in dieser Gruppe.« Der Blick, den er Sixpence dabei zuwarf, sprach Bände. »Und jetzt habe ich keine Lust mehr auf dieses weibische Wortgeplänkel. An die Arbeit!«

Maloney stapfte ungehalten zum Schlauchboot.

»Das kann doch nicht wahr sein«, murmelte ich. »Er kann doch eine solch wichtige Entdeckung nicht einfach außer Acht lassen.«

»Er kann«, entgegnete Sixpence mit einem gequälten Lächeln, »und er wird. Aber das sollte die Bedeutung Ihrer Entdeckung nicht schmälern. Nehmen Sie es ihm nicht übel, aber für ihn ist es eine Sache der Prioritäten, verstehen Sie? Er will jetzt auf die Jagd gehen, und nichts kann ihn davon abhalten. Aber was Sie betrifft ...«, er legte mir seine Hand auf die Schulter, »... Sie brauchen nicht mitzumachen, wenn Sie nicht wollen. Es ist ein riskantes Unternehmen. Niemand kann Sie zwingen, uns zu begleiten. Nicht mal er«, fügte er mit einem Kopfnicken in Maloneys Richtung hinzu.

Ich schüttelte den Kopf. »Ich möchte es aber. Erstens, weil ich nicht als Feigling dastehen will, und zweitens, weil ich das erste Mal in meinem Leben das Gefühl habe, etwas wirklich Wichtigem auf der Spur zu sein. Etwas Unerklärlichem, Rätselhaftem.«

»Aus Ihnen wird doch noch ein Abenteurer. In den wenigen Tagen, die wir uns kennen, haben Sie sich ganz schön verändert. Und das meine ich durchaus positiv.« Er lächelte mich an. »So, und jetzt widmen wir uns mal Ihrem Taucheranzug.«

Schweigsam stieg ich in den Neoprenanzug, während mir der Aborigine beim Anlegen der Flaschen half.

»Wahrscheinlich bräuchten wir den Anzug gar nicht«, sagte er. »Das Wasser ist an der Oberfläche sechsundzwanzig Grad warm, aber wer weiß, wie tief wir runter müssen. Außerdem bieten die Anzüge einen guten Schutz vor Verletzungen und Parasiten. Von denen gibt es hier ein paar hässliche Exemplare. Haben Sie schon einmal mit einer Flasche getaucht?«

»Mein Vater hat mich mal mitgenommen. Außerdem habe ich vor einigen Jahren meine Kenntnisse in einem Tauchkurs aufgefrischt. Ich glaube, die Grundlagen sitzen noch.«

»Ist ja bestens. Ich werde Ihnen das Gemisch vorher einstellen, und wenn Sie Probleme haben sollten, melden Sie sich einfach. Die Helme sind mit Mikrofonen ausgestattet. Wir stehen also in dauerndem Funkkontakt.«

»Werden wir tief tauchen, was meinen Sie?«, fragte ich.

»Möglich. In einigen Berichten steht, dass die Wassertiefe nur etwa zwei Meter beträgt, aber das glaube ich nicht. Dann müsste das Wasser bedeutend wärmer sein. Und wenn hier wirklich eine Kolonie von diesen Biestern lebt, wie Elieshi behauptet, dann muss der See sehr viel tiefer sein, als man bisher angenommen hat. Aber wie tief er wirklich ist ...«, er zuckte mit den Schultern. »Wir werden auf jeden Fall langsam absteigen, um Ihnen Gelegenheit zum Druckausgleich zu geben. Sind Sie bereit?«

Ich nickte, und er setzte mir den Helm auf den Kopf. Es gab ein schnappendes Geräusch, dann herrschte Stille. Nur die eigenen Atemgeräusche drangen an mein Ohr. Ich hörte ein Rauschen und Knacken, dann erklang Sixpence' Stimme. »Mein Headset ist eingeschaltet und betriebsbereit. Können Sie mich verstehen?«

»Laut und deutlich«, erwiderte ich. »Wie sieht's bei Ihnen aus?«

»Alles bestens. Testen wir unsere Helmlampen. Der Schalter ist an der Kinnpartie.«

»Ihre leuchtet hell und klar.«

»Ihre auch. Schalten Sie sie aber nur im Notfall ein. Die Birne frisst viel Strom, und den brauchen wir dringend für die Funkverbindung.« Mit diesen Worten drehte er sich um und marschierte voraus. Ich befestigte noch schnell den Geigerzähler an meinem Handgelenk, dann folgte ich ihm.

Elieshi folgte uns in Egomos Begleitung bis zum Ufer, und ich konnte ihrem angespannten Gesichtsausdruck ansehen, was sie von der ganzen Sache hielt. Stewart Maloney hatte bereits das Boot flottgemacht und stand hüfttief im Wasser. Ich sah, wie er das Stammesabzeichen anlegte und es, nachdem er es kurz mit den Lippen berührt hatte, unter den Neoprenanzug stopfte. Sixpence und ich kämpften uns durch einen dicken Teppich von Seerosen und Algen, ehe wir ihn erreichten.

»Na, es geht doch, Mr. Astbury«, begrüßte er mich. »Dann mal hinein in die gute Stube.« Er gab mir einen kleinen Stoß, der mich ins Boot beförderte, worauf ich im Gegenzug ihm und

Sixpence beim Einsteigen half. Maloney startete den Außenbordmotor. Mir blieb kaum Zeit, den Zurückgebliebenen zuzuwinken, da nahm das Boot Fahrt auf und trug uns hinaus auf den See.

Das Ufer entfernte sich langsam und mit ihm das letzte Gefühl von Sicherheit und Geborgenheit. Es mag merkwürdig klingen, aber mir kam es so vor, als hätten wir mit dem Verlassen des Festlands eine unsichtbare Grenze überschritten. Eine Grenze, die unsere Welt von der des Kongosauriers trennte. Ab jetzt befanden wir uns auf feindlichem Terrain.

Mein Blick fiel auf die Waffen, die Maloney mitgenommen hatte. Ein Schnellfeuergewehr, eine Armbrust und zwei Harpunen. Eine davon sah sehr seltsam aus.

»Was ist denn das?«, fragte ich und deutete auf den verdickten Pfeil. Der Jäger sah mich an, und ich glaubte ein Lächeln hinter dem Glas zu erkennen. »Erinnern Sie sich noch an das, was ich Ihnen gesagt habe? Dass jede Jagd ihre eigenen Waffen erfordert? Diese Harpune verfügt über einen besonderen Pfeil, eine Spezialanfertigung von *PGE*.«

»Was für ein Pfeil?«

»Er wird Ihnen gefallen. Er wird lediglich die oberste Hautschicht des Reptils durchdringen, ihm dabei eine kleine Wunde verpassen und sich mit Gewebe füllen. Danach verschließt er sich automatisch und kann von uns wieder eingeholt werden. Mokéle wird davon kaum etwas merken.«

»Und die anderen Waffen?«

»Six' wird eine Harpune mit Giftpfeilen bei sich führen. Ein sehr effizientes Nervengift, das selbst einen Brocken wie Mokéle in wenigen Sekunden lähmt. Sie dienen aber nur zu unserer Verteidigung. Für den Fall, dass das Biest ungezogen wird. Aber machen Sie sich keine Gedanken. Wir werden hier wieder verschwunden sein, ehe er merkt, was überhaupt geschehen ist. Das freut Sie doch sicher, nicht wahr?«

Ich beobachtete ihn stumm, während sein Blick hinaus aufs Wasser glitt. »Ich habe nie behauptet, dass ich Mokéle töten werde, Mr. Astbury«, fuhr er fort. »Ich habe lediglich gesagt, dass ich es gern tun würde. Aber ich bin mir stets im Klaren darüber gewesen, dass dies ein scharf umrissener Auftrag ist. Genprobe entnehmen, Emily finden und dann nichts wie weg von hier. That's all.« Er sah mich mit seinen grünen Augen durchdringend an. »Was natürlich nicht ausschließt, dass ich nicht irgendwann noch einmal zurückkehren werde.«

Wir fuhren noch eine Weile, dann nahm Maloney seine Hand vom Gas, griff in seine Ausrüstungstasche und beförderte ein stabförmiges Gebilde heraus. »Keine Sorge«, sagte er, als er meinen besorgten Blick bemerkte, »ist nur ein Entfernungsmessgerät.« Er peilte durch ein kleines Okular und visierte verschiedene Punkte am Ufer an.

»Wir müssen noch etwa einhundertfünfzig Meter in diese Richtung fahren«, entschied er und deutete nach Nordwesten. Sixpence übernahm das Steuer und fuhr in die angegebene Richtung. Die Sonne stand mittlerweile fast senkrecht und brannte auf uns herab. Die Hitze fing an, sich durch den Helm und das schwarze Neopren zu fressen, so dass ich mir vorkam wie ein Braten, der im eigenen Saft schmort.

Maloney wies Sixpence an, das Boot zu stoppen, nahm noch eine weitere Peilung vor und schaltete dann den Motor ab.

»In Ordnung, das wär's. Das ist die Stelle.« Er griff nach der großen Harpune, während Sixpence sich die kleinere schnappte.

»Und was soll ich nehmen?«, erkundigte ich mich. »Mit Waffen kenne ich mich nicht aus.«

»Sie werden unsere Jagd dokumentieren. Und zwar hiermit.« Er reichte mir seine wasserdicht verpackte Digitalkamera. »Halten Sie sich etwas auf Abstand, aber bleiben Sie so dicht dran, dass

Sie auch wirklich alles aufs Bild bekommen. Ich möchte die Aufnahmen später auswerten.«

»Wird es dort unten nicht zu dunkel sein?«

»Die Kamera ist äußerst lichtstark, aber abgesehen davon schaltet sich automatisch der Blitz hinzu, wenn das Licht nachlässt. Alles bereit? Gut, dann lassen Sie uns tauchen.«

*

Egomo stand neben Elieshi und blickte hinaus aufs Wasser. Er konnte sich immer noch nicht erklären, warum David mit den anderen Männern hinaus aufs Wasser gefahren war. War er sich der Gefahr, die da draußen lauerte, denn nicht bewusst? Hatte er denn noch nicht genug Beweise für die vernichtende Kraft Mokéles gesehen? Mussten sie ihn jetzt auch noch provozieren, indem sie in sein Reich eindrangen? Und dann noch in dieser lächerlichen Montur, mit schweren Eisenstangen auf dem Rücken und Töpfen auf dem Kopf. Wozu diente das alles, und was war das überhaupt für ein Material, aus dem diese Anzüge gemacht waren? Sie nannten es Gummi, aber es ähnelte eher der Haut von Wasserschlangen. Er geriet ins Grübeln. Wasserschlangen! War es möglich, dass die Männer vorhatten ...? Nein, niemand konnte so dumm sein. Er tippte die Frau an. Sie schien mit ihren Gedanken woanders zu sein. Er musste lächeln, als er daran dachte, dass sie die Nacht mit dem großen Weißen verbracht hatte. Ob sie in ihn verliebt war? Er tippte sie noch einmal an, und diesmal bemerkte sie ihn.

»Ja, Egomo?«

Sie hatte einen lustigen Akzent, aber immerhin beherrschte sie seine Sprache, was nicht selbstverständlich war. Genau genommen ließen sich nur die Wenigsten so weit herab, die Pygmäensprache zu erlernen. Er deutete hinaus aufs Wasser und fragte sie, was die Männer vorhatten.

»Na, was denkst du?«, fragte sie zurück, und in ihrer Stimme lag tiefe Besorgnis. »Sie gehen hinunter zu Mokéle. Das ist es, was sie vorhaben.«

Egomo keuchte und spürte, wie seine Schulter wieder zu schmerzen begann.

*

Das Wasser schimmerte leuchtend grün, während wir uns mit kräftigen Flossenschlägen in die Tiefe vorarbeiteten. Ein kurzer Blick auf den Geigerzähler bestätigte meine Vermutung. Das Strahlungsniveau stieg langsam an, ohne jedoch in Bereiche vorzudringen, die für uns gefährlich werden konnten. Wahrscheinlich würde es nach unten hin noch weiter zunehmen. Langsam machte sich der Druck unangenehm in meinen Ohren bemerkbar.

»Eine kurze Pause«, bat ich die anderen. »Ich muss kurz einen Druckausgleich machen.«

Ich versuchte einen Gegendruck im Kopf zu erzeugen, was gar nicht so einfach war, da ich meine Nase nicht zuhalten konnte, doch meine Bemühungen, sie gegen das Frontglas zu pressen, wurden nach einer Weile mit einem befreienden Knacken in meinen Ohren belohnt. Ich gab den beiden ein Zeichen, dass es weitergehen konnte.

Das Wasser war durchsetzt mit Pflanzenfasern, so dass die Sicht weniger als zehn Meter betrug. Mit der Zeit gewöhnte ich mich an das Gewicht auf meinem Rücken und an die seltsame Gummihaut. Sogar die Atemgeräusche traten nach einer Weile in den Hintergrund. Nur das Schweigen belastete mich. Nach einer Weile hielt ich es nicht mehr länger aus. »So viel zum Thema ›zwei Meter‹. Was glauben Sie, wie tief wir noch hinunter müssen?«

»So tief wie nötig«, antwortete Maloney. »Aber langsam. Wir

werden von Zeit zu Zeit kurze Pausen einlegen, damit wir uns an den Druck gewöhnen. Halten Sie bloß die Augen auf, und vergessen Sie nicht, ab und zu mal ein Bild von uns zu schießen.« Ich hörte sein Lachen, und er hob die übergroße Armbrust in einer heroischen Geste über seinen Kopf. Ich visierte ihn durch den Sucher an, und als Sixpence sich auch noch dazugesellte, löste ich aus. Der Blitz durchbrach das Zwielicht und bannte die Szene auf den Mikrochip.

In diesem Moment gewahrte ich eine Bewegung, kaum zehn Meter unter uns.

Ich versuchte noch einen Warnruf auszustoßen, aber meine Kehle war wie zugeschnürt. Die Warnung wäre ohnehin zu spät gekommen. Eine Strömung, wie von einem gewaltigen Flossenschlag ausgelöst, packte uns und wirbelte uns durcheinander. Schreie ertönten in meinem Lautsprecher, während ich verzweifelt versuchte, mich zu orientieren. Für einen Moment sah ich nichts weiter als Luftblasen. Ich schleuderte herum, und um ein Haar wäre die Kamera meinen Händen entglitten.

»Sixpence, hast du ihn gesehen? Wo ist er?« Das war Maloneys Stimme.

»Keine Ahnung. Eben war er noch da. Muss unter uns weggetaucht sein.«

»Egal. Wir müssen uns wieder sammeln. Astbury, wo sind Sie?«

Das Ungeheuer hatte Algen und mikroskopisch kleine Pflanzenfasern hochgewirbelt, so dass sich die Sicht noch weiter verschlechterte.

»Wenn ich das wüsste. Wo sind Sie?«

»Lösen Sie mal die Kamera aus.«

Ich drückte auf den Auslöser.

»Alles klar. Wir sehen Sie. Bleiben Sie, wo Sie sind.«

Es dauerte einige Sekunden, dann sah ich, wie sich die Schemen der beiden Taucher von links näherten.

»Glück gehabt«, sagte der Jäger, als er und sein Gefährte bei mir eintrafen. »Das hätte auch ins Auge gehen können.«

»Ganz recht«, erwiderte ich. »Höchste Zeit, zu verschwinden.«

»Kommt überhaupt nicht infrage. Wir waren so dicht dran. Hätte ich ihn eher gesehen, hätte ich einen wunderbaren Schuss auf ihn abgeben können. Jetzt nur nicht den Kopf hängen lassen.«

»Aber ...«, protestierte ich vehement, »... er weiß jetzt, dass wir hier sind. Außerdem ist die Sicht gleich null. Es wäre Wahnsinn weiterzumachen.«

In diesem Augenblick verdunkelte sich das Wasser. Ein gewaltiger Leib glitt über uns hinweg und kappte das wenige Sonnenlicht, das durch die Wasserpflanzen zu uns herunterdrang. Ich sah einen langen, geschwungenen Hals, der in einen mächtigen Leib überging, aus dem vier kräftige Beine ragten. Zwischen den Zehen waren deutlich Schwimmhäute zu erkennen. Den Schwanz mit eingeschlossen, verfügte das Reptil über die Größe eines ausgewachsenen Buckelwals.

Nackte Panik überfiel mich. Ich rang nach Luft und spürte, wie ich nur noch von einem einzigen Gedanken beherrscht wurde: Nichts wie weg hier.

Ich strampelte wie verrückt mit den Beinen. So schnell wie möglich wollte ich Abstand zwischen mich und die monströse Erscheinung bringen, die wie ein fliegendes Raubtier über uns kreiste. Ich wollte einfach nur weg. Aber der einzige Weg führte nach unten, hinab in die Tiefe.

»Astbury, bleiben Sie, wo Sie sind!«, rief Maloney, als er sah, was ich vorhatte. »Wir müssen zusammenbleiben, sonst haben wir keine Chance.« Er brüllte sich die Lunge aus dem Leib.

»Astbury!«

Doch seine Worte verpufften wirkungslos angesichts meines grenzenlosen Entsetzens.

»Warten Sie doch, Sie Idiot ...«

Das waren die letzten klaren Worte, die ich vernahm, dann brach die Funkverbindung ab. Hin und wieder drangen einzelne, undeutliche Sprachfetzen an mein Ohr, doch wurden sie von einer bedrohlich rauschenden Funkstille überschattet. Tiefer und tiefer paddelte ich hinab.

Dorthin, wo nur noch Dunkelheit regierte.

24

Irgendwann spürte ich festen Boden unter den Füßen. Ich hatte den Grund des Sees erreicht.

Schwärze umgab mich. Absolute, undurchdringliche Schwärze. Die Last des über mir liegenden Wassers drohte mich zu zerquetschen, und in meinen Ohren erklang ein durchdringendes Pfeifen. Plötzlich erinnerte ich mich an das Buch, das Sarah mir mitgegeben hatte, *Herz der Finsternis*. Genau dort befand ich mich jetzt, auch wenn es eine andere Finsternis war, als die von Joseph Conrad beschriebene. In was für eine Situation war ich nur geraten? Auf dem Grund eines Sees, im Zentrum des schwarzen Kontinents. Verloren und allein.

Nein, allein war ich nicht. Irgendwo über mir befand sich ein Jäger aus grauer Vorzeit, der mich mit Sicherheit irgendwann aufspüren würde. Er konnte nämlich etwas, was mir verwehrt war. Er konnte mithilfe von Schallwellen im Dunkeln sehen.

Im Dunkeln sehen. Mir fiel ein, dass ich dazu auch in der Lage war, zumindest eingeschränkt. Ich schaltete die Helmlampe an.

Ein Lichtkegel wies in die Schwärze. Das Wasser war trüb, verunreinigt durch Millionen kleiner Schwebeteilchen, die ich aufgewirbelt hatte. Abgestorbene Pflanzenfasern, Schlamm und mikroskopische Kleinstlebewesen hüllten mich ein. Blasse, leblos wirkende Krebse bevölkerten den Grund. Meine Füße versanken in einem Teppich aus Schlick, der in kleinen Wolken emporwirbelte, sobald ich nur einen Schritt machte. Unwillkürlich glitt mein Blick auf die Anzeige des Geigerzählers, und mir stockte der Atem. Hier unten lag das Strahlungsniveau weitaus höher als oben. Es war zwar noch nicht lebensgefährlich, doch ein längerer Aufenthalt in dieser Tiefe war nicht ratsam.

Also doch. Ich hatte es geahnt. Ein absurder Gedanke ging mir durch den Kopf. Sollte ich je Gelegenheit haben, einen Bericht über mein Abenteuer zu schreiben, würde ich auf den Zusammenhang zwischen der Strahlung und dem Meteoriteneinschlag hinweisen können. Das würde sicher das Interesse der Fachleute wecken.

Doch erst einmal musste es mir gelingen, wohlbehalten zur Oberfläche zurückzukehren. Der Jäger schwamm noch irgendwo über meinem Kopf herum. Ich musste also versuchen, an einer anderen Stelle zur Wasseroberfläche zu kommen. Mit kräftigen Flossenschlägen glitt ich über den Grund, ohne eine Vorstellung davon zu haben, in welche Richtung ich mich bewegte. Nach vielleicht hundert Metern begann sich der Untergrund zu verändern. Der Schlamm war von gezackten Gesteinstrümmern durchsetzt, die immer größer wurden, je weiter ich vordrang.

Plötzlich und völlig unerwartet öffnete sich vor mir ein gewaltiger Felsabbruch. Ein Abgrund, der in unerforschte Tiefen führte. Der Durchmesser der Spalte war nicht abzuschätzen. Das Licht meines Scheinwerfers reichte nicht aus, um sie in ihrer Gesamtheit zu erfassen. Der Grund wirkte, als wäre er von einer brutalen Kraft aufgerissen worden – wie die Narbe einer nie ausgeheilten Verletzung. Ihrer Form nach konnte sie durchaus von einem Meteoriten stammen. Mein Geigerzähler schlug bis zum Anschlag aus.

Ein Grauen, wie ich es noch nie zuvor verspürt hatte, erfasste mich. Ich hatte ihn gefunden. Den Eingang zu Mokéles unterirdischem Reich.

Plötzlich überkam mich ein eigenartiges Gefühl. Es war, als hörte ich Stimmen in meinem Kopf, Stimmen, die in keiner mir bekannten Sprache redeten, und die mehr Bilder waren als Laute. Sie flüsterten und raunten, pfiffen und zwitscherten in allen nur erdenklichen Tonlagen. Es war beinahe wie Musik.

In diesem Moment vernahm ich ein Knacken in meinen Lautsprechern, und augenblicklich erloschen die Klänge.

»Hierher, Six'. Da drüben ist er.«

Ich drehte mich um und sah den zuckenden Schein zweier Lampen in der Ferne, die sich langsam näherten.

»Maloney, Sixpence, hier herüber«, rief ich euphorisch. Ich war so erleichtert, nicht mehr allein zu sein, dass ich ihnen ein Stück entgegenschwamm.

»Sie kommen gerade rechtzeitig. Sehen Sie, was ich gefunden habe.«

»Wir haben fast den gesamten See nach Ihnen abgesucht, Astbury«, schnaufte Maloney. »Wir hatten schon beinahe die Hoffnung aufgegeben, Sie jemals wiederzufinden. Was haben Sie sich nur dabei gedacht ...?«

Weiter kam er nicht, denn in diesem Moment sah er, was ich entdeckt hatte.

»Heilige Mutter Gottes, was ist denn das?«, hörte ich ihn murmeln. »Six', sieh dir das hier an!«

Einige Sekunden lang herrschte Schweigen. Die beiden Taucher schwebten über dem Abgrund wie Fliegen über dem Maul eines schlafenden Riesen.

»Astbury, ich verzeihe Ihnen alle Dummheiten, die Sie begangen haben. Das hier wiegt alles auf. Ich habe ja schon viel über diesen See gelesen, aber nichts davon scheint zu stimmen«, sagte Maloney. Zum ersten Mal, seit ich ihn kannte, schwang so etwas wie Ehrfurcht in seiner Stimme. »Sieht aus wie der Eingang zur Hölle. Haben Sie davon etwas gewusst?«

»Nur geahnt.« Ich erzählte den beiden von Sarahs Theorie über den Meteoriteneinschlag. Die Radioaktivität verschwieg ich jedoch, denn es war noch zu früh, um daraus Rückschlüsse zu ziehen.

»Da unten wird sich das Nest befinden«, sagte Maloney nach einer Weile. »Was sagst du, Six', gehen wir runter?«

In diesem Augenblick spürten wir eine Turbulenz im Wasser, als habe er das richtige Stichwort geliefert, und ohne es auszusprechen, wussten wir, was das zu bedeuten hatte.

Mokéle kam.

*

Der Australier reagierte sofort. »Astbury, Sie bleiben zwischen uns. Ich werde versuchen einen Treffer zu landen. Wenn mir das gelingt, tauchen wir wieder auf, aber nur dann, kapiert?«

Rücken an Rücken standen wir auf dem Grund des Sees und warteten. Nur das Atmen meiner Begleiter und das keuchende Geräusch des Sauerstoffgerätes war zu hören. Die Zeit verstrich in quälender Langsamkeit. Niemand bewegte sich. Alle standen auf dem Grund, die Nerven zum Zerreißen gespannt, während unsere Helmlampen wie bleiche Finger in die Dunkelheit tasteten. Die Zeit schien auf einen Punkt zusammenzuschrumpfen. Ich fühlte, dass ich im Begriff war, erneut in Panik zu verfallen.

Plötzlich hörte ich einen Schrei.

»Da drüben ist er.«

Ich fuhr herum und hielt den Atem an. Der Anblick ließ mir das Blut in den Adern gefrieren. In zehn Metern Entfernung, gerade noch nah genug, um vom Kegel unserer Scheinwerfer erfasst zu werden, ruhte ein gewaltiger Kopf. Völlig regungslos lag er da, während der Rest des Tieres gnädig von der Dunkelheit verhüllt wurde. Wie in einer Folge von Momentaufnahmen registrierte ich die lidlosen Augen mit ihren geschlitzten Pupillen, die breiten Nüstern, aber vor allem das klaffende Maul mit seinen spitzen Zähnen.

»Wir werden hier unten alle sterben«, stammelte ich.

»Unsinn«, knurrte Maloney. »Wenn es gewollt hätte, hätte uns das Biest schon längst angegriffen.«

»Er kann es sich jederzeit anders überlegen.«

»Unwahrscheinlich. Wir sind wahrscheinlich zu nah an seinem Nest.«

»Was heißt das?«, fragte ich.

»Bei vielen Tieren erwacht der Jagdinstinkt erst in einem gewissen Abstand zur eigenen Brut. Eine Absicherung von Mutter Natur, um die Nachkommen vor den eigenen Eltern zu schützen.« Die Anspannung in seiner Stimme war deutlich herauszuhören. »Sie hatten Glück im Unglück, Mr. Astbury, dass Sie den Eingang gefunden haben, sonst hätte er uns schon längst erledigt.« Mit diesen Worten hob er seine Harpune, presste den anatomisch geformten Kunststoffschaft gegen seine Schulter und visierte sein Ziel an. »Beten Sie, dass alles klappt.« Er krümmte seinen Finger und zog den Abzug durch.

Der Pfeil schwirrte davon, eine dünne Kohlefaserleine hinter sich herziehend. Mit einer blitzartigen Geschwindigkeit verschwand der Kopf in der Dunkelheit.

Maloney fluchte, als er sah, dass der Pfeil sein Ziel verfehlen würde. Es gab einen Ruck, und die Leine straffte sich. Der Pfeil sank kraftlos zu Boden. Maloney war fassungslos. »So etwas habe ich ja noch nicht erlebt«, murmelte er, während er die Leine wieder einholte und die Harpune erneut lud. »Er hat mich genau beobachtet. Schien nur darauf gewartet zu haben, dass ich abdrücke. Wer weiß, ob ich ihn noch mal so gut ins Visier bekomme.«

»Wirst du«, sagte Sixpence. »Da drüben ist er wieder.«

Wir fuhren herum. Tatsächlich, da war der Kopf wieder, gleicher Abstand, gleicher Gesichtsausdruck. Das Biest spielte mit uns.

»Der will sich wohl einen Spaß erlauben«, zischte Maloney wutentbrannt. »Aber diesmal wird ihm das nicht gelingen. Sie müssen ihn ablenken, Astbury, damit er uns seine Flanke zeigt. Versuchen Sie es mal damit«, sagte er und deutete auf die Kamera.

Ich verstand zuerst nicht, doch dann wurde mir klar, was er meinte. Mit einer vorsichtigen Bewegung löste ich die Kamera von meinem Handgelenk, hob sie in die Höhe. »Bereit?«

»Bereit.«

Ich drückte den Auslöser.

Ein Blitz zerriss die Dunkelheit.

Was nun folgte, übertraf meine kühnsten Vermutungen. Mokéle, geblendet von der Helligkeit, stieß einen tiefen Schrei aus und donnerte an uns vorbei, hinab in die Tiefen des bodenlosen Abgrundes. Für den Bruchteil einer Sekunde präsentierte er uns dabei seine ungeschützte Flanke. Dieser Augenblick genügte, um Maloney Gelegenheit zu einem Schuss zu geben. Ich sah noch, wie der Pfeil davonschwirrte, dann traf uns die Flutwelle. Wieder einmal wurden wir durcheinander gewirbelt. Doch diesmal half uns der Grund des Sees, die Orientierung rasch wiederzufinden.

»Schnell jetzt«, erklang Maloneys Stimme im Lautsprecher. »Ich hab den Pfeil wieder. Lassen Sie uns von hier verschwinden.«

*

Egomo lief unruhig am Ufer des Sees entlang, blieb stehen, spähte in die Ferne und machte dann wieder kehrt. Wie lange waren die Männer jetzt schon unter Wasser? Viel zu lange für seinen Geschmack. Niemand konnte sich so lange ungestraft im Reiche Mokéles aufhalten. Irgendetwas musste schief gegangen sein.

Er eilte zurück zu Elieshi, die sich auf einen Stein gesetzt hatte und rauchte. Gedankenverloren starrte sie aufs Wasser. Er stellte sich vor sie und fragte, wie sie nur so ruhig dasitzen konnte. Ob sie denn nicht wisse, in was für einer Gefahr sich die drei Jäger befanden.

»Natürlich weiß ich das«, antwortete sie. »Und sie wissen es auch. Komm, setz dich.« Sie bot ihm eines dieser merkwürdigen weißen Stäbchen an, und er griff dankbar zu. Egomo liebte es, sich von Zeit zu Zeit eine Pfeife anzuzünden, aber diese Zigaretten kannte er bisher nur vom Hörensagen. Als sie ihm Feuer anbot und sich seine Lunge mit dem wohlduftenden Qualm füllte, nickte er dankbar.

»Weißt du, Egomo«, begann die Frau das Gespräch, »im Grunde ist mir genauso unwohl wie dir. Aber die Männer wissen, was sie tun, glaube mir. Maloney und Sixpence machen so etwas nicht zum ersten Mal. Nun, genau genommen machen sie es doch zum ersten Mal, aber sie verfügen über jahrelange Erfahrung.« Elieshi versuchte sich selbst Mut zuzusprechen, das spürte Egomo genau. In Wahrheit hatte sie genauso viel Angst wie er, und das machte sie verletzlich. Eigentlich waren ihm die vier Menschen alle sympathisch, angefangen mit dem schroffen, aber warmherzigen Jäger, über seinen Kollegen Sixpence, der gute Laune verströmte und, so wie er selbst, immer barfuß herumlief, bis hin zu Elieshi, die ein großes Herz hatte und viel Verständnis für ihn und sein Volk aufzubringen schien, eine Eigenschaft, die leider sehr selten war. Ein ganz besonderes Verhältnis aber hatte er zu dem bleichen, schüch-

ternen Mann namens David. Er schien so gar nicht in diese
Gruppe passen zu wollen, wirkte ängstlich und unsicher. Und
doch hatte er mehr Grund, hier zu sein, als alle anderen. Seit
ihm Egomo vor zwei Nächten zum ersten Mal begegnet war,
empfand er ein starkes Band zwischen sich und ihm. Ein Band,
das weit über Freundschaft hinausging. Er war sein Bruder im
Geiste, und Egomo war sich sicher, dass sie sich in einem früheren Leben schon einmal begegnet waren. Außerdem spürte
er, dass David eine besondere Aufgabe zukam. Er wusste nicht,
was das sein würde, aber es hatte etwas mit ihm selbst, dem
See, Mokéle und der weißen Forscherin zu tun, deren Schicksal
immer noch ungeklärt war. David würde all diese losen Enden
zusammenführen und der Geschichte einen Sinn geben, da
war er sich sicher.
Plötzlich sprang Elieshi auf.
Das Wasser draußen auf dem See sprudelte auf, und die Köpfe der drei Taucher erschienen an der Oberfläche. Egomo
warf die Zigarette fort und sandte ein Stoßgebet zu den
Göttern.

*

Ich fühlte mich wie neu geboren, als wir alle wieder wohlbehalten im Boot saßen. Der Pfeil mit seiner wertvollen Ladung war sicher in einer Kühlkartusche verstaut. Immer noch
vor Aufregung zitternd, versuchte ich mich vom Taucheranzug zu befreien. Sixpence half mir den Helm abzunehmen,
und schon bald spürte ich die warme Luft auf meiner Haut.
Der Sonnenschein und das fröhliche Tschilpen von Senegal-
schwalben, die dicht über das Wasser zischten und Insekten
fingen, taten das Übrige, um die Angst der letzten Stunde
abzuschütteln.
Wir hatten es geschafft. Die Harpune lag vor unseren Füßen,

die gläserne Kammer im Pfeil bis zum Rand gefüllt. Das Himmelfahrtskommando war geglückt. Ich lehnte mich zurück. Wenn wir wieder an Land waren, musste ich nur noch eine Analyse des Gewebes machen, den Rest für die Heimfahrt einfrieren und nach Emily suchen. Von mir aus konnte Lady Palmbridge dann die Menschheit retten, wenn ihr der Sinn danach stand. Ich für meinen Teil würde glücklich und zufrieden in meine Heimat zurückkehren und möglichst schnell möglichst viel Gras über die Sache wachsen lassen.

»Kennen Sie eigentlich die Sage von Beowulf?«, fragte ich die beiden Männer mit einem schelmischen Grinsen, als diese ebenfalls ihre Helme abgelegt hatten. Sixpence zog die Stirn in Falten. »Beowulf? Nein, nie gehört. Du, Stewart?«

»Eine alte englische Heldensage, nicht wahr?«

»Nicht irgendeine. Die älteste englische Sage überhaupt. Zumindest wenn man von der schriftlichen Überlieferung spricht. Sie handelt von dem Helden Beowulf, der mit seinen Mannen auszieht, um ein befreundetes Königreich von einem schrecklichen Ungeheuer zu befreien. Dem Ungeheuer Grendel, das zusammen mit seiner Mutter auf dem Grunde eines Sees lauert und jede Nacht an Land kommt, um sich einen Menschen zum Fressen zu holen. Beowulf stellt sich dem Monster und liefert ihm einen Kampf mit bloßer Faust, bei dem das Ungeheuer seinen Arm verliert. Tödlich verletzt kehrt es heim, um auf dem Grund des Sees zu sterben.«

»Und alle leben glücklich und zufrieden bis an ihr Lebensende«, grinste Sixpence.

»Weit gefehlt«, sagte ich. »In der darauf folgenden Nacht kommt die Mutter, ein noch viel abscheulicheres Monster, um den Tod ihres Sohnes zu rächen. Sie tötet Beowulfs besten Freund und nimmt ihn mit sich. Der Held, tief erschüttert von dieser Bluttat, taucht hinab in den See, wo er einen riesigen

254

Palast entdeckt, in dem Schätze und Waffen gehortet werden. Unter anderem entdeckt er dort ein Zauberschwert. Es kommt zum entscheidenden Kampf, doch die Kontrahenten sind sich an Kraft ebenbürtig. Beowulfs Schwert kann die lederne Haut des Wesens nicht durchdringen, doch da erinnert er sich an das Zauberschwert. Er rennt zurück, holt es und durchbohrt das Monster.«

»Und jetzt endlich lebten alle glücklich und zufrieden bis an ihr Lebensende.«

»Genau. Und das hat ziemlich lange gedauert, denn Beowulf wurde steinalt.«

Sixpence schüttelte den Kopf in gespieltem Ekel. »Blutrünstige Geschichte. Ich glaube nicht, dass ich ...«

Ein schwerer Schlag erschütterte unser Boot.

Zuerst dachte ich, wir seien auf Grund gelaufen, doch an Maloneys Haltung erkannte ich, dass etwas anderes geschehen war. Er deutete auf den See, und in seinen Augen leuchtete das blanke Entsetzen. Eine Rückenflosse zerteilte das Wasser zu unserer Rechten, schlug einen Bogen nach links und steuerte dann wieder auf uns zu.

»Festhalten!«, schrie er.

Ein weiterer Schlag traf das Schlauchboot, wirbelte es herum und brachte es beinahe zum Kentern. Eine große Welle schwappte über uns hinweg. Der Motor erlosch mit einem Stottern, als Wasser in die Lüftungsschlitze drang. Ich schlang meinen Arm um eines der Halteseile und starrte entsetzt auf die Bugwelle, die der subaquatische Angreifer hinter sich herzog, während er Kurs auf die Mitte des Sees nahm.

Uns trennten nur noch etwa hundert Meter vom Ufer. Zu weit weg, um zu schwimmen, aber zu nah, um schon jede Hoffnung zu verlieren. Verdammt.

»Und was tun wir jetzt?«, rief ich verzweifelt. »Meinen Sie, er kommt zurück?«

»Mit Sicherheit«, brüllte Maloney und griff nach der Harpune mit den Giftpfeilen. »Six', kümmere dich um den Motor. Ich versuch uns den Angreifer vom Leibe zu halten. Der soll nur kommen. Dann wird er schnell merken, dass er sich den Falschen für seine Spielchen ausgesucht hat!«

Er hatte den Satz noch nicht ganz beendet, da wendete die Rückenflosse und nahm wieder Kurs auf uns.

25

Egomo spürte, wie sein Herz von einer eiskalten Faust zusammengedrückt wurde. Er sah den grünfleckigen Rücken, der hinter dem Schlauchboot in die Höhe schoss. Dann hörte er Elieshi kreischen. Das Wasser um das Schlauchboot schien zu kochen. Gischt spritzte empor. Hilflos musste er mit ansehen, wie das Wesen aus der Tiefe den drei Männern im Boot zusetzte. David hatte sich hingeworfen, während Sixpence versuchte, den Motor wieder in Gang zu setzen. Maloney war der Einzige, der noch auf seinen zwei Beinen stand. Hocherhoben stand er da und stellte sich dem Angreifer. In seiner Hand hielt er eine von diesen seltsam geformten Waffen, die die Weißen Harpunen nannten. Egomo wusste nicht viel von diesen Geräten, er bezweifelte aber, dass ein Ungeheuer von diesen Ausmaßen sich von solch einer mickrigen Waffe aufhalten ließ, mochte der Schütze auch noch so gut sein. Trotzdem bewunderte er den Mut dieses Mannes, der sich ganz allein der Urzeitechse zum Kampf stellte. Er schien die Ruhe selbst zu sein, während er abwartete, bis Mokéle sich so weit näherte, dass er Gelegenheit zu einem guten Schuss hatte. Und diese Gelegenheit kam.

Als der Kongosaurier feststellen musste, dass er das Boot nicht zum Kentern bringen konnte, verlegte er sich auf eine andere Taktik. Er tauchte auf und griff das Team oberhalb der Wasserlinie an.

Egomo sah, wie der riesige Kopf auf die Männer zuschoss, und umklammerte seine Armbrust.

*

Maloney stand breitbeinig neben mir, als Mokéle direkt neben uns aus dem Wasser schoss. Er war vielleicht fünf oder sechs Meter vom Boot entfernt, und der faulige Fischgeruch, der von ihm ausging, war so intensiv, dass es mir den Atem verschlug. Die grün gefleckte Haut war über und über mit Algen bewachsen und sah aus wie die Oberfläche eines bemoosten Felsens, nur mit dem Unterschied, dass sich kräftige Muskeln darunter abzeichneten. Der lange, geschwungene Hals war mindestens vier Meter lang und trug einen Kopf, der nur mit viel Mühe als saurierähnlich bezeichnet werden konnte. Zwar hatte ich diesen Kopf schon in Emilys Video und bei unserem Tauchgang gesehen, aber in beiden Fällen waren die Sichtverhältnisse schlecht gewesen. Jetzt, bei Tageslicht, erkannte ich, dass sein Gesicht dem eines Fisches ähnelte, bei dem die Augen nicht seitlich am Kopf saßen, sondern über die lang gestreckte Schnauze nach vorne schauten, was ihm einen überaus intelligenten Ausdruck verlieh. Das Horn, das ich schon in Emilys Video gesehen hatte, überragte den Hinterkopf wie ein antiker Helm. Wo die Ohren hätten sein müssen, ragten fächerförmige Auswüchse aus dem Schädel. Das Furchterregendste an ihm aber war sein Maul. Es hatte eindeutig Ähnlichkeit mit dem eines Hais. Schmal, breit und bestückt mit einer der schrecklichsten Waffen, die im Tierreich zu finden war, dem Revolvergebiss. Deutlich sah ich mehrere Zahnreihen, die sich von hinten nach vorn schoben, bereit, beim Ausfallen oder Abbrechen eines Zahns sofort für Nachschub zu sorgen.

Das konnte unmöglich ein Saurier sein, jedenfalls keiner von der Sorte, wie sie uns in Büchern oder computeranimierten Dokumentarfilmen präsentiert wurden. Entweder hatten sich die Gelehrten alle geirrt, oder das hier war etwas anderes. Mir blieb keine Zeit für weitere Überlegungen, denn in diesem Augenblick schnellte der Kopf vor, und das Gebiss schnappte über unseren Köpfen in die Luft. Ein grässliches Klicken ertönte, wie bei einem Bulldozer, dessen stählerne Fänge einen Betonblock pulverisierten. Das war die Gelegenheit, auf die Maloney gewartet hatte. Er feuerte in den Hals des Tieres, lud nach und feuerte erneut. Das geschah so blitzschnell, dass er einen dritten Pfeil auf die Sehne gelegt hatte, als das Tier mit einem wütenden Schnauben in den Tiefen des Sees verschwand. Das alles hatte nur wenige Sekunden gedauert.

»Das war's, du Mistvieh«, schrie Maloney triumphierend. »Ich habe dich gewarnt.«

»Sind Sie sicher, dass ihm diese Pfeile überhaupt etwas anhaben können?« Ich zitterte am ganzen Körper. Meine Hände wollten die Halteseile nicht mehr loslassen.

»Wissen Sie, womit diese Pfeile gefüllt sind, Mr. Astbury?«

Ich schüttelte den Kopf.

»Mit Curare, dem tödlichsten Nervengift auf der Welt. Die Dosis eines Pfeils würde genügen, um eine Elefantenherde zu erlegen. Die Wirkung ist schneller als die Leitfähigkeit der Nerven. Das heißt: Sie sind bereits tot, ehe Ihr Gehirn überhaupt bemerkt, dass Sie getroffen wurden. Glauben Sie mir, während wir uns hier unterhalten, liegt Mokéle bereits tot auf dem Grund dieses Sees.« Er lächelte verschlagen. »Bei einem solch gewaltigen Reptil können Sie mit Kugeln zu wenig ausrichten. Ich habe geahnt, dass so etwas passieren würde, und mich entsprechend vorbereitet.«

»Diesmal scheint es nicht geklappt zu haben.« Voller Schrecken wies ich auf die Wasseroberfläche, unter der sich deutlich eine Bewegung abzeichnete.

Maloneys Augen schienen aus ihren Höhlen zu treten.

»Unmöglich«, murmelte er, und zum ersten Mal während unserer gesamten Reise glaubte ich, Anzeichen von Furcht in seinen Augen zu bemerken. »Das kann nicht sein. Kein Tier hätte diese Dosis überlebt, nicht mal ein Wal. Es muss ein zweites Exemplar sein.«

Doch der Kopf Mokéles, der sich in diesem Moment aus dem Wasser hob, strafte ihn Lügen. Weithin und für jedermann sichtbar, steckten zwei Pfeile in seinem Hals.

»Heilige Mutter Gottes, wirf den Motor an, Six'. Schnell!«

»Einen kleinen Moment noch, nur noch einen kleinen Moment.« Der Aborigine hatte die obere Abdeckung des Motors abgeschraubt und versuchte den Vergaser wieder trocken zu bekommen. »Wir haben keinen Moment mehr!«, schrie Maloney und zog sein Gewehr aus dem ledernen Futteral. »Astbury, schnappen Sie sich die Paddel, und legen Sie los. Jeder Meter zählt. Wenn wir nicht in den nächsten Minuten das Ufer erreichen, sind wir alle tot!« Er legte an und feuerte. Der Rückstoß der Waffe drückte das Boot einen Meter nach vorn. Als wäre dies das Zeichen gewesen, auf das meine Hände gewartet hatten, lösten sie sich aus den Schlaufen, griffen nach den Rudern, verankerten sie in ihren Halterungen und fingen an zu paddeln.

Ein weiterer Schuss peitschte über das Wasser und hallte vom umliegenden Ufer wider. Mokéle zeigte keinerlei Anzeichen einer Verletzung. Entweder prallten die Kugeln wirkungslos an seiner Lederhaut ab oder die Wunden machten ihm schlichtweg nichts aus.

In diesem Moment hörte ich ein spuckendes, spotzendes Geräusch, und eine Wolke aus schlecht verbranntem Treibstoff hüllte uns ein. Sixpence zog noch einmal mit aller Kraft an dem Starterseil, und tatsächlich ... der Motor lief.

»Großartig, Six'«, brüllte Maloney, »und jetzt so schnell wie möglich zum Ufer. Ich versuche uns das Biest noch eine Weile vom Leib zu halten.« Er ließ seinen Worten Taten folgen und ballerte noch zweimal auf das Ungetüm, jedoch ohne nennenswerten Erfolg. Mokéle schien unverwundbar zu sein.

Besorgt betrachtete ich den Motor. Er tuckerte zwar in gleichmäßigem Tempo, doch schien er nur mit halber Kraft zu laufen. Wahrscheinlich waren immer noch Verunreinigungen im Vergaser. Drei Männer waren einfach zu viel für ihn. Mokéle kam immer näher, und wenn sein erster Angriff zum Ziel gehabt hatte, uns zu vertreiben, so war ihm anzusehen, dass er diesmal darauf aus war, uns zu töten. Er bleckte die Zähne, und zäher Speichel troff aus seinem Maul.

Das Ufer näherte sich mit quälender Langsamkeit. Ich sah Egomo und Elieshi, die auf und ab liefen und dabei aufgeregt mit den Armen wedelten. Maloney machte ihnen Zeichen, dass sie ins Hinterland flüchten sollten, doch sie verstanden ihn nicht.

»Verdammt«, fluchte er. »Auch das noch. Aber wir können jetzt nicht den Babysitter spielen. Six', nimm direkten Kurs auf unser Lager. Ich muss so schnell wie möglich an unseren Sprengstoffvorrat kommen. Das ist unsere einzige Chance, das Ungeheuer aufzuhalten.«

Doch es war deutlich abzusehen, dass uns das Ungeheuer erwischen würde, ehe wir das Ufer erreicht hatten.

In diesem Moment traf ich eine Entscheidung, von der ich wusste, dass sie mich das Leben kosten konnte.

Ich holte tief Luft und ließ mich über Bord fallen.

»Nein«, hörte ich Sixpence noch schreien, dann schlugen die Wellen über mir zusammen. Der Taucheranzug füllte sich mit Wasser und zog mich wie ein Stein in die Tiefe. Während ich tiefer und tiefer sank, sah ich, wie das Motorboot mit erhöhter Geschwindigkeit davonglitt. Mein Plan schien zu funktionieren.

Nur wenige Sekunden später schwamm der Kongosaurier über mich hinweg. Seine gewaltige Silhouette warf einen großen Schatten auf den Untergrund. Für einen atemlosen Moment verlangsamte er seine Fahrt und hielt nach mir Ausschau. Panik erfüllte mich, als ich sah, wie er seinen Kopf ins Wasser streckte und mit seinen scharfen Augen den Grund absuchte. Doch dann schwamm er weiter. Entweder hatte er mich nicht bemerkt oder ich war ihm schlichtweg egal.

Die Luft begann mir auszugehen. Ich wartete gerade lang genug, bis das Ungetüm außer Sichtweite war, dann tauchte ich auf. Keuchend füllte ich meine Lungen mit Luft und blickte mich um. Von Elieshi und Egomo fehlte jede Spur.

Mokéle hatte die Verfolgung des Bootes fortgesetzt, doch meine Aktion schien den beiden Männern einen kleinen Vorsprung eingebracht zu haben. Sie hatten bereits den Gürtel aus Wasserpflanzen erreicht und sprangen ins hüfttiefe Wasser. Doch Mokéle war ihnen dicht auf den Fersen.

Mit ganzer Kraft versuchte ich an Land zu schwimmen. Doch der Weg war weiter als vermutet, und so dauerte es eine Weile, ehe ich das Ufer erreichte. Einige Schritte, und ich war auf dem Trockenen. So schnell es ging, pellte ich mich aus den Flossen und dem hinderlichen Gummianzug.

Währenddessen war in der Uferregion ein gnadenloser Kampf entbrannt. Schreie und Flüche hallten zu mir herüber, übertönt von vereinzelten Schüssen aus Maloneys Büchse. Plötzlich tauchten auch Elieshi und Egomo wieder auf. Ich sah Waffen in ihren Händen funkeln. Mokéles Angriff geriet ins Stocken. Entweder war er überrascht über den Widerstand, den ihm diese kleinen Lebewesen entgegensetzten, oder er vermisste das schützende Wasser. Was es auch sein mochte, es verschaffte mir eine Atempause. So schnell ich konnte, rannte ich zu der Unglücksstelle. Dabei musste ich einen Umweg in Kauf nehmen, denn ich stieß auf einen etwa zweihundert Meter langen Uferstreifen, der so sumpfig war, dass ich ihn nicht passieren konnte. Zu dumm, dass ich jetzt nicht mehr sehen konnte, was vor sich ging. Ich hörte nur die Kampfgeräusche, doch die waren furchterregend genug. Plötzlich ertönte ein Donnerschlag, der den Boden erzittern ließ.

Sprengstoff.

Maloney hatte seine Drohung also tatsächlich wahr gemacht. Zweige und Dornengestrüpp stachen mir in die Beine. Ich verdrängte den Schmerz und rannte so schnell ich konnte.

Endlich erreichte ich unser Lager. Schwer atmend stürzte ich aus dem Unterholz und blickte mich verwundert um.

Mokéle war verschwunden.

Das Team hatte sich am Ufer versammelt und blickte hinaus aufs Wasser. Maloney war der Erste, der mich entdeckte. In seinen Händen schimmerte immer noch einer von den weißen Sprengstoffzylindern. »Da kommt unser Held.« Schwer atmend eilte er mir entgegen und ergriff freudestrahlend meine Hand.

»Mr. Astbury, das war das Mutigste, das ich jemals gesehen habe. Sie haben uns allen das Leben gerettet.«

»Maloney hat verdammt noch mal Recht«, ergänzte Sixpence und klopfte mir anerkennend auf die Schulter. »Ohne Ihr besonnenes Handeln hätte uns das Biest erwischt, so viel ist sicher. Von ganzem Herzen, danke.«

»Mit Besonnenheit hatte das nichts zu tun«, gab ich unumwunden zu. »Vielmehr mit nackter Panik. Hätte ich mehr Zeit zum Nachdenken gehabt, wäre ich nicht ins Wasser gesprungen, das können Sie mir glauben.« Zu viele Dankesbezeugungen waren mir seit jeher peinlich gewesen, daher wechselte ich rasch das Thema. »Wohin ist er verschwunden?«

»Wieder zurück in den See«, sagte Maloney, und sein Lächeln

schwand. »Wir hatten ein riesiges Glück, dass wir noch am Leben sind. Die Sprengladung hat ihm zwar nichts anhaben können, aber sie hat ihm eine Heidenangst eingejagt.« Er schüttelte den Kopf. »Ich habe ja schon einiges erlebt, aber das schlägt dem Fass den Boden aus. Auf Nervengift reagiert er nicht, Kugeln scheinen ihm nichts auszumachen, und Explosionen erschrecken ihn nur. Was in Gottes Namen ist das für ein Biest?«

»Das wird die Genanalyse zeigen«, antwortete ich wieder einigermaßen gefasst. »Aber eines kann ich Ihnen jetzt schon verraten: Ein Dinosaurier ist das nicht.«

Als habe er gehört, dass wir über ihn sprachen, tauchte Mokéle in sicherer Entfernung zum Ufer wieder auf. Ein Blick in seine Augen sagte mir, dass die Jagd noch nicht vorüber war. Das Reptil hatte uns im Visier, und es würde nicht eher ruhen, bis es uns zur Strecke gebracht hatte.

»Wir müssen hier weg«, sagte ich. »Emily hin oder her, lasst uns unser Zeug packen und von hier verschwinden.«

»Wenn wir dazu überhaupt noch Gelegenheit haben«, sagte Maloney. »Seht ihr, was ich gerade sehe?«

Ich verstand zunächst nicht, was er meinte, denn Mokéle entfernte sich von unserem jetzigen Standort und schnürte nach links. Doch dann erblickte ich das Leitwerk, das aus dem Buschwerk herausleuchtete.

»Himmel, das Flugzeug!«

In Elieshis Augen sah ich Panik schimmern. »Wenn er das zerstört, sitzen wir in der Falle. Dann können wir nur noch um Hilfe rufen und darauf warten, dass uns schnellstens jemand hier herausholt.«

»Und das hat ja, wie wir wissen, schon bei den Soldaten nicht funktioniert«, ergänzte Maloney. »Six', du schwingst dich wieder ins Boot und beobachtest das Biest aus sicherer Entfernung. Gib uns vom Wasser aus Feuerschutz, wenn es uns angreift. Mr. Astbury und ich werden das Flugzeug schützen, koste es, was es wolle.«

So schnell es ging, zog ich mir Hemd, Hose und Stiefel über, während Maloney unsere Waffen herrichtete. Als ich fertig war, drückte er mir ein M6-Schnellfeuergewehr in die Hand und erklärte mir kurz die Funktionsweise der Waffe. Er selbst hatte sich die Armbrust mit Explosivgeschossen gegriffen. »Keine Zeit mehr für halbe Sachen«, kommentierte er meinen skeptischen Gesichtsausdruck. »Wenn wir ihn nicht bremsen, sitzen wir hier auf dem Präsentierteller.« Und mit einem schmalen Lächeln fügte er hinzu: »Ab jetzt heißt es: er oder wir. Sind Sie bereit?«

Ich nickte.

»Gut, dann kommen Sie.«

Die Bewegung tat mir gut, unterdrückte sie doch meine anhaltende Furcht. Die Beaver lag still und ruhig in der Bucht, wo wir sie vertäut hatten. Nichts deutete darauf hin, dass Mokéle sich hier irgendwo aufhielt. Fast nichts. In etwa fünfzig Metern Entfernung stiegen Luftblasen in die Höhe.

»Da ist er«, raunte mir der Australier zu. »Wir dürfen jetzt kein Risiko eingehen. Ich löse die Taue, während Sie ins Cockpit klettern und den Motor starten.«

»Ich soll was ...?«

»Sie haben mich verstanden. Sie sollen den Motor anlassen und das Flugzeug aus der Gefahrenzone bewegen.«

»Und wenn er hinterherschwimmt?«

Er lächelte kalt. »Dann starten Sie durch und heben ab. Sie wissen doch, wie das geht. Hier ist mein Schlüssel.« Er warf ihn mir durch die geöffnete Tür zu. »Es dürfte kein Problem sein, schließlich ist die Maschine jetzt viel leichter.«

»Sie sind vollkommen verrückt«, sagte ich. Trotzdem schluckte ich meine Angst hinunter und nahm hinter dem Steuerknüppel Platz. Während Maloney bei geöffneter Tür draußen auf dem

Schwimmer stand und nach Mokéle Ausschau hielt, versuchte ich mich zu erinnern, wie Sixpence den Motor gestartet hatte. Benzingemisch eingestellt, Starterknopf gedrückt, Schlüssel reingesteckt und umgedreht. Es gab ein klickendes Geräusch, dann ein Husten und ... dann sprang der Motor zu meiner großen Überraschung an. So einfach war das also. Ich reduzierte den Schub und blickte hinaus. Langsam ... ganz langsam setzten wir uns in Bewegung. Doch kaum hatten wir ein paar Meter zurückgelegt, als plötzlich Mokéles Hals aus dem Wasser schoss und sein gewaltiger Leib uns die Weiterfahrt verwehrte. Als hätte er geahnt, was wir planten.

»Mist«, fluchte ich. »So kommen wir nie und nimmer an ihm vorbei. Was soll ich jetzt tun?«

Maloney überlegte kurz und schüttelte dann den Kopf. Sein Mund war nur noch ein schmaler Strich. »Dieses Biest ist verdammt schlau. Es will uns den Weg abschneiden. Schalten Sie den Motor wieder aus.«

Ich tat, was er sagte, und sofort verschwand das Tier wieder unter der Wasseroberfläche. In Maloneys Augen zeichnete sich ungläubiges Staunen ab. »Haben Sie so etwas schon einmal erlebt, Mr. Astbury? Er scheint jede unserer Bewegungen vorauszusehen und reagiert sofort. Wüsste ich es nicht besser, ich würde behaupten, es mit einem Menschen zu tun zu haben. Seine Intelligenz ist bestechend. Wir müssen uns etwas anderes einfallen lassen.« Er winkte mich aus dem Cockpit. »Nehmen Sie Ihr Gewehr. Treten Sie so leise wie möglich auf den rechten Schwimmer. Ich übernehme den linken. Wenn Mokéle den Kopf aus dem Wasser streckt, halten Sie auf den Hals. Er scheint mir dort am verwundbarsten zu sein. Wir müssen ihn jetzt erledigen, das ist unsere letzte Chance.«

Die Waffe schlug schwer gegen meine Brust, als ich mit einem unguten Gefühl im Magen das Cockpit verließ. Ich sah Sixpence in vorsichtigem Abstand heranfahren. Er winkte uns zu, doch ich konnte die tiefe Besorgnis in seinem Gesicht erkennen. Er war sich der Gefahr, die von den sich nähernden Luftblasen ausging, durchaus bewusst und schlug einen weiten Bogen um sie. Seine Waffe hielt er im Anschlag.

Minuten vergingen.

Warum griff Mokéle nicht an? Was hatte er vor? Wollte er warten, bis wir uns verzogen hatten? Ich wurde einfach nicht schlau aus diesem Wesen. Es verhielt sich so ganz anders, als man es von Tieren gemeinhin gewohnt war. Maloney hatte völlig Recht. Es war eine Spur zu intelligent.

Die Spannung zerrte an meinen Nerven, und ich begann an der Sicherung der Waffe herumzuspielen. Meine Finger glitten über das kalte Metall, während ich mit den Fingernägeln an der geriffelten Oberfläche entlangkratzte. Das Warten war zum Verrücktwerden.

Plötzlich und völlig unerwartet löste sich ein Schuss aus meinem Gewehr. Die Patrone peitschte ins Wasser vor meinen Füßen.

Die Waffe entglitt meinen Fingern und wäre sicher in den Fluten versunken, hätte ich sie nicht mit dem Schultergurt gesichert. Meine Überraschung war so groß, dass ich um ein Haar ausgerutscht und selbst ins Wasser gefallen wäre.

In diesem Moment durchbrach der glänzende Rücken Mokéles die Wasseroberfläche. Obwohl ich das Biest an diesem Tag schon einige Male zu Gesicht bekommen hatte, zuckte ich zusammen. Die Fangzähne boten einen grässlichen Anblick. Schäumend vor Wut und mit einem Fauchen, das mir das Blut in den Adern gefrieren ließ, näherte er sich. Ganz offensichtlich war mein Missgeschick mit dem Gewehr der Anlass für seinen Zorn. Während ich langsam vor ihm zurückwich und dabei versuchte, auf seinen Hals zu zielen, überkam mich dieselbe verrückte Idee, die ich schon damals im Camp der Soldaten hatte. Was, wenn Mokéle allergisch auf Waffen reagierte?

Das war natürlich ein abenteuerlicher Gedanke, setzte er doch voraus, dass sich das Wesen in diesen Dingen auskannte. Trotzdem ließ mich diese Idee nicht los, und als ich ein weiteres Mal in seine intelligenten Augen blickte, spürte ich, dass die Wahrheit zum Greifen nah war.

»Warum drücken Sie denn nicht ab, verdammt noch mal?«, rief Maloney ungeduldig von der anderen Seite des Flugzeugs. »Sie haben doch freies Schussfeld.«

»Ich kann nicht«, murmelte ich. »Es ist nicht richtig.«

»Was soll denn das jetzt wieder heißen: nicht richtig? Verfluchter Mist! Warten Sie, ich komme zu Ihnen herüber.« Sein Zorn war deutlich herauszuhören. Aber ich musste ihm unbedingt von meinem Verdacht erzählen, unser Leben konnte davon abhängen.

Doch Maloney interessierten meine Bedenken nicht. Keuchend und schwitzend hangelte er sich zu mir herüber, wobei er das Flugzeug in heftige Schwankungen versetzte.

»Wenn man will, dass etwas richtig gemacht wird, muss man es selbst machen«, schnaufte er, als er sicheren Fußes auf meinem Schwimmer stand. Er warf mir noch einen kurzen, vernichtenden Blick zu, dann legte er an und nahm das Reptil ins Visier.

»Nein«, rief ich. »Tun Sie das nicht. Nehmen Sie die Armbrust herunter, es reagiert auf unsere Waffen.« Ich versuchte noch, ihm in den Arm zu fallen, doch es war zu spät.

»Schwachsinn«, hörte ich ihn noch sagen, dann drückte er den Abzug durch.

26

Der Pfeil schwirrte in einer schnurgeraden Linie auf den Hals des Tieres zu. Mokéle, der uns genau beobachtet hatte, reagierte sofort. In einer blitzartigen Bewegung ließ er sich zur Seite fallen, und der Pfeil verfehlte ihn um etwa einen halben Meter. Ich hatte noch nie zuvor gesehen, dass sich ein so großes Wesen so schnell bewegte. Maloney wohl auch nicht, denn er stieß einen Fluch aus und griff nach dem nächsten Pfeil. Doch er kam nicht mehr dazu, ihn abzufeuern, denn in diesem Moment explodierte der Pfeil, der zwanzig oder dreißig Meter hinter dem Wesen auf der Wasseroberfläche auftraf, mit einem ohrenbetäubenden Krachen. So groß war die Wucht der Explosion, dass mich die Hitze ins Gesicht traf. Sixpence, der sich wesentlich näher am Ort des Geschehens befand, wurde aus dem Boot geschleudert.

Der Kongosaurier brüllte vor Wut. Dann ging er auf uns los. Ich fühlte mich an die Konfrontation auf dem See erinnert, doch mit einem entscheidenden Unterschied. Diesmal war es blutiger Ernst. Gegen den jetzigen Angriff wirkte die Attacke auf das Schlauchboot wie ein halbherziger Vertreibungsversuch.

Mit einem einzigen Schlag seines Schwanzes zerfetzte er die linke Tragfläche der Beaver. Wäre Maloney nicht zu mir herübergeklettert, er hätte diesen Angriff wahrscheinlich nicht überlebt. Mokéle ließ seinen Hals vorschießen und rammte seine mächtigen Zähne in die Blechverkleidung, die den Motor umgab. Mit einem einzigen Zuschnappen seiner grauenhaften Zähne riss er Kabel, Drähte und Isoliermaterial aus dem Motorraum. Er schüttelte seinen Kopf, so dass die Einzelteile meterweit nach links und rechts flogen. Dann war die rechte Flugzeughälfte an der Reihe, unsere Seite. Er peitschte seinen Schwanz durch die Luft, und ich konnte mich gerade noch wegducken, ehe der Rumpf von dem entsetzlichen Hieb getroffen wurde. Glas splitterte. Die Tür bog sich nach innen, als wäre sie aus Alufolie. Mit einem ächzenden Geräusch kippte das Flugzeug zur Seite. Der Schlag war so mächtig, dass ich in hohem Bogen vom Schwimmer geschleudert wurde und vier Meter entfernt unsanft im Uferschlick landete. Ich rang nach Luft, doch ich hatte Glück im Unglück. Der Sturz hatte mich aus der unmittelbaren Gefahrenzone befördert. Maloney hingegen befand sich noch im Zentrum des Geschehens. Irgendwie hatte er es geschafft, sich an einer Verstrebung festzuklammern. Doch seine Armbrust war ihm aus der Hand geglitten und lag im Morast. Es war unmöglich für ihn, sie zu erreichen, ehe das Monster erneut zuschlagen würde. Mokéle schob seinen massigen Leib aus dem Wasser. Er ragte nun unmittelbar über ihm auf. Im Vergleich dazu sah der Jäger wie ein Zwerg aus. Hilflos musste ich mit ansehen, wie das Ungetüm auf den Australier losging. In diesem Moment hallte ein Schuss über das Wasser.

Sixpence.

Irgendwie hatte es der Aborigine geschafft, wieder ins Boot zu gelangen, und nun feuerte er mit Maloneys großer Elefantenbüchse auf das urzeitliche Lebewesen. Ein dumpfes Schmatzen erklang. Blut spritzte aus einer tiefen Wunde an der Schulter, und ein animalischer Schrei ertönte. Mokéle war also doch nicht unverwundbar. Nun erkannte ich auch eine Unzahl an Narben, die mir nur deshalb nicht aufgefallen waren, weil seine Haut so dick mit Algen überwuchert war.

Mokéle fuhr herum und zögerte. Er hatte Sixpence erblickt, doch er schien unentschlossen, welchen der beiden Widersacher er zuerst erledigen sollte. Mit einem Fauchen wandte er sich wieder Maloney zu, dem es noch immer nicht gelungen war, seine Waffe zu erreichen. Da fiel ein weiterer Schuss.

»Nein!«, schrie Maloney. »Hör auf damit, Six'! Lass den Motor an und mach, dass du wegkommst. Hau ab!«

Doch es war zu spät. Nach dem letzten Schuss änderte Mokéle seine Strategie. Er tauchte ab und hielt auf das Schlauchboot zu. Deutlich konnte ich die Spur der Wellen sehen, die auf das Boot zuhielten. Mit panischen Bewegungen versuchte Sixpence den Motor wieder anzuwerfen, während Mokéle auf ihn zuraste wie ein Sechstonner auf einen unbedarften Passanten. Sixpence erkannte, dass es zu spät war, um mit dem Boot zu entkommen. Er schleuderte das Gewehr fort und sprang ins Wasser. Vielleicht hatte er die Hoffnung, dass der Saurier nur das Boot angreifen würde. Doch er wurde aufs Schrecklichste enttäuscht.

Ich sah, wie sich Mokéles Kiefer öffneten und schlossen, ich hörte das stählerne Schnappen und dann einen furchtbaren Schrei. Sixpence verschwand, während das Wasser sich rot färbte.

Mokéle umkreiste die Stelle noch zweimal, dann tauchte er in einer blutroten Wolke aus Schaum und Gischt hinab in die Tiefen des Sees.

»Oh Gott, nein«, rief Maloney mit entsetztem Blick. Ungeachtet der Gefahr lief er ins Wasser hinaus und schwamm auf seinen Freund zu, der etwa fünfzig Meter vom Ufer entfernt regungslos dahintrieb.

Nach einer Weile kam er zurück und zog das Bündel, das einmal ein Mensch gewesen war, hinter sich her. Ich sah bereits aus einiger Entfernung, dass meine schlimmsten Befürchtungen sich bewahrheitet hatten. Als er Sixpence' leblosen Körper an Land trug, schlug ich die Hände vor den Mund.

Ein Bein fehlte völlig, während das andere nur noch an einem losen Verbund von Adern und Sehnen hing. Eine klaffende Wunde zog sich über seinen gesamten Unterleib, so dass große Teile seiner Gedärme heraushingen. Seine Augen waren aufgerissen und starr vor Entsetzen, seine Haut grau und farblos. Als Maloney ihn vor meinen Füßen zu Boden legte, entrang sich ein Rasseln seiner Brust.

Sixpence war noch am Leben.

Maloney kniete neben ihm. Er schien zu weinen, obwohl ich das nicht mit Bestimmtheit sagen konnte. Vielleicht waren seine Wangen auch nur feucht vom Wasser des Sees. Er blickte mich aus rotgeränderten Augen an, und seine Stimme klang leise und brüchig. »Bitte, Mr. Astbury, helfen Sie mir, ihn zu retten.«

Ich kniete mich neben den Aborigine, hob seinen Kopf und strich ihm die feuchten Haare aus dem Gesicht. Er schien mich nicht zu erkennen. »Das ist zwecklos«, antwortete ich. »Es ist ein Wunder, dass er überhaupt noch lebt. Aber er hat seinen Schwur erfüllt, so, wie er es versprochen hat.«

Bei diesen Worten hob Sixpence das Gesicht und blickte seinen Freund an, als würde er ihn erst jetzt wiedererkennen. »Scheiße, Stew«, wisperte er. »Nun hat's mich erwischt.«

»Halt durch«, flüsterte Maloney, und es war ihm anzusehen, dass er Höllenqualen litt. »Du wirst wieder gesund, glaub mir.«

Der Aborigine schüttelte den Kopf und hustete blutigen Speichel. »Lass gut sein«, röchelte er, »aber einen Gefallen könntest du mir noch tun ...«

»Jeden, mein Freund. Jeden.«

Sixpence versuchte zu lächeln. »Lass die Finger von Elieshi ... ist ein guter Mensch. Hat es nicht verdient, schlecht behandelt zu werden ...« Sein Lächeln erstarrte, und mit einem letzten Keuchen sackte er in sich zusammen.

Ich schloss die Augen.

*

Als ich sie wieder öffnete, standen Elieshi und Egomo neben uns. Keiner sagte ein Wort. Alle starrten betroffen auf Stewart Maloney, der seinen toten Freund in den Armen hielt und sanft hin und her wiegte. Das Gesicht des Jägers war grau. In seinen Augen lag ein fiebriger Glanz. Elieshi legte ihm ihre Hand auf die Schulter, um ihn zu trösten, doch ein kurzer Blick seinerseits signalisierte ihr, dass es besser war, ihn jetzt nicht anzusprechen, geschweige denn zu berühren.

»Wir sollten ihn begraben«, sagte ich trotzdem. »Es beginnt langsam dunkel zu werden, und in der Dämmerung kommen die Raubtiere ans Wasser.«

Er nickte und wischte sich mit dem Ärmel über das schmutzige Gesicht. Er warf einen kurzen Blick auf das zerstörte Flugzeug, als wollte er sich vergewissern, dass auch dort nichts mehr zu retten war. Dann erhob er sich und trug seinen Freund zurück in unser Lager. Wir folgten ihm in einer schweigsamen Prozession.

Als wir das Camp erreichten, hatten wir alle Tränen in den Augen. Maloney wählte einen geeigneten Platz zu Füßen eines Kapokbaums und begann mit dem Klappspaten ein Grab auszuheben. Es schien für einen normal gewachsenen Menschen viel zu kurz zu sein, doch dann blickte ich auf die verstümmelte Leiche und verstand. Maloney bettete seinen Freund in die Erde, band sich sein Stammesamulett ab und legte es ihm auf die Brust. Dazu sprach er einige Worte, die ich nicht verstand, und ergänzte sie durch Gesten, die an die rituellen Beschwörungsgesten indianischer Medizinmänner erinnerten. Ohne abzuwarten, ob einer von uns auch noch etwas sagen wollte, bedeckte er den Leichnam mit Erde, zog sein Bowie-Messer und stieß es in den Baum. Mit kurzen, präzisen Schnitten ritzte er etwas in die Rinde. Kerbe um Kerbe fügte sich aneinander und entblößte das darunterliegende, rot schimmernde Kambium. Als er zurücktrat, sah ich, dass dort nur ein einziges Wort stand.

Nyngarra!

Die Buchstaben sahen aus, als wären sie mit Blut geschrieben worden. Ich konnte mir nicht erklären, was sie bedeuteten, aber das Wort schien Unheil zu verheißen. Hilfe suchend blickte ich zu Elieshi, aber ihrer Reaktion entnahm ich, dass sie damit genauso wenig anfangen konnte. Maloney schien sich nicht erklären zu wollen, und ich zog es vor, ihn nicht danach zu fragen. Mit einigen knappen Bewegungen reinigte er das blitzende Messer an seiner Hose. Ich rechnete damit, dass er es einstecken würde, aber dann tat er etwas, das mir das Blut in den Adern gefrieren ließ. Mit größter Ruhe entblößte er seinen Unterarm und zog die scharfe Klinge über die Haut. Sofort trat Blut aus der Wunde. Er nahm etwas Erde vom Boden und rieb sie auf die Schnittfläche. Es musste höllisch wehtun, aber Maloney zuckte nicht einmal mit der Wimper.

Plötzlich fielen mir die Worte wieder ein, die Sixpence im Dschungel an mich gerichtet hatte. Er hatte gesagt, die Narben seien die Seelen verstorbener Freunde. Schaudernd dachte ich daran, dass seine Arme mit Narben übersät waren.

Und jetzt war eine weitere hinzugekommen.

Elieshi trat zu ihm. Tröstend legte sie ihre Hand auf seine Schulter, doch er schüttelte sie ab wie eine lästige Fliege. Ohne uns eines weiteren Blickes zu würdigen, ging er in sein Zelt, zog den Eingang zu und ließ sich für den Rest des Abends nicht mehr sehen.

Ratlos standen wir eine Weile am Grab, dann gingen wir bedrückt zur Feuerstelle. Trotz der Bedrohung, die immer noch von dem See ausging, waren wir erstaunlich gefasst. Wir spürten, dass der Zorn Mokéles für den Moment gebannt war. Sixpence' Opfer hatte uns eine Frist eingebracht. Doch wie lange würde sie währen und was kam danach?

Die Erinnerungen an die Geschehnisse des heutigen Tages begannen durch die äußeren Schichten meines Bewusstseins zu dringen und sich zu einer immer höheren Mauer aus Fragen und Ängsten aufzustapeln. Ich spürte, wie meine Hände unruhig wurden und meine Finger zu kribbeln begannen. Ich steckte sie in die Hosentasche, doch das Gefühl ließ nicht nach, sondern begann sich auf meine Beine auszuweiten. Sie fingen an zu zittern, und hätte ich mich nicht hingesetzt, ich wäre an Ort und Stelle umgekippt.

»Mein Gott, Sie sind ja kreidebleich«, sagte Elieshi, die neben mir stand. »Der Kreislauf. Atmen Sie ein paarmal kräftig durch, ich hole Ihnen unterdessen etwas, um Ihren Blutzuckerspiegel wieder in die Höhe zu treiben.« Sie verschwand im Proviantzelt und kam mit einer Hand voll Süßigkeiten wieder.

Ich griff nach einem Müsliriegel und einem Beutel Schoko-Erdnüsse. Nach einem kräftigen Schluck aus der Feldflasche ging es mir besser. Die Biologin setzte sich zu mir und schnappte sich einige von den bunt umhüllten Kugeln. »Haben Sie dieses Ritual verstanden?«, fragte sie. »Ich muss gestehen, dass mir das irgendwie unheimlich war.«

Ich nickte. »Noch bedenklicher aber finde ich, dass er sein Stammesabzeichen abgelegt hat.«

»Sein was?«

»Seinen Glücksbringer. Er hat ihn immer mit sich getragen, egal wohin er ging. Sogar beim Tauchen hatte er ihn dabei.

Dass er sich jetzt endgültig von ihm getrennt hat, bedeutet nichts Gutes. Wir sollten auf der Hut sein.« Ich schüttelte den Kopf.

»Was ist da unten auf dem Grund des Sees eigentlich geschehen?«, fragte Elieshi. »Erzählen Sie es mir. In aller Ruhe und der Reihe nach.«

Es dauerte eine Weile, bis ich alles berichtet hatte.

»Sie haben also wirklich den Eingang zur Höhle gefunden«, murmelte sie, während sie eine weitere bunte Kugel mit den Zähnen zerknackte. »Kein Wunder, dass sich die Signale in meinen Aufzeichnungen an dieser Stelle so sehr verstärkt haben.« Sie war völlig in Gedanken versunken. »Ich muss versuchen, die Laute besser voneinander zu trennen. Vielleicht gelingt es mir, ein Muster zu erkennen. Das könnte sich als überaus wichtig herausstellen.«

»Sie meinen, Sie wollen seine Sprache erlernen?«

»So ungefähr. Wir haben während des gesamten Angriffs das Tonband und die Videokamera laufen lassen. Wenn ich beides synchronisiere, kann ich vielleicht aus den Lauten und den dazu gehörenden Aktionen ein Persönlichkeitsprofil entwickeln. Dann wüssten wir, was ihn beunruhigt, erregt oder wütend macht. Und welche Laute einem Angriff vorausgehen.«

Ich nickte. Sollte der Plan wirklich funktionieren, hatten wir eine gute Chance, Mokéle besser zu verstehen.

»Geniale Idee. Genauso sollten wir es machen«, lobte ich. »Und während Sie Mokélisch lernen, werde ich mir mal das Innerste unseres Freundes vornehmen. Ich muss Ihnen gestehen, dass mir einiges an diesem Wesen ausgesprochen seltsam vorkommt. Ich kann es kaum erwarten, einen Blick auf seine DNS zu werfen.« Ich reichte ihr meine Hand. Elieshi erhob sich mit einem Lächeln, das nicht über ihren Schock hinwegtäuschen konnte. Doch jetzt hatten wir wenigstens etwas zu tun.

Wir gingen ins Ausrüstungszelt, warfen den Stromgenerator

an und setzten uns an unsere Plätze. Die Biologin widmete sich ihren Tonbandaufnahmen und tauchte sofort ab in ihre eigene Welt. Ich schnappte mir die Kühlkammer, die den Pfeil enthielt, und legte sie vor mir auf den Tisch. Der Pfeil selbst verfügte über ein ebenso simples wie geniales Patent. In seinem Inneren befanden sich fünf Kammern, die sich beim Aufprall auf Mokéles Haut gleichzeitig mit Flüssigkeit und Gewebe gefüllt hatten. Sie ließen sich separat öffnen, so dass man jeweils eine Probe analysieren konnte, ohne die anderen zu kontaminieren. So weit, so gut. Ich schob den Pfeil zunächst zur Seite und widmete mich dem Aluminiumkoffer, in dem das Analysegerät lag, das Lady Palmbridge mir mitgegeben hatte. Das Herzstück des Gensequenzierers, den sie mir am Morgen nach dem Dinner persönlich vorgeführt hatte, bestand aus einem Mikroprozessor, der verschiedene Genstränge miteinander vergleichen und gezielt nach bestimmten Informationen suchen konnte.

Ich ließ die Verschlüsse am Koffer aufschnappen und hob den Deckel. Unvorstellbar, wie klein das Gerät war. Was früher ein ganzes Labor gefüllt hatte, befand sich nun im Inneren dieser silbrig glänzenden Metallhülle. Vorsichtig hob ich den Apparat heraus, dessen größter Teil aus einem mit Flüssigkeit gefüllten Tank bestand, in dem Restriktionsenzyme herumschwammen, die dazu dienten, bestimmte Abschnitte der DNS herauszuschneiden. Die Analyse des kompletten Genstranges wäre viel zu zeitraubend gewesen, und außerdem suchte ich ja nur nach dem Teil, auf dem die Informationen über das Immunsystem lagen. Die herausgeschnittenen Teile wurden von dem Gerät der Länge nach sortiert, radioaktiv markiert und sichtbar gemacht. So entstand ein Muster, das für jedes Lebewesen einmalig war.

Der winzige Sequenzierer von PGE führte all diese Arbeitsschritte selbsttätig aus. Die eigentliche Analyse, für die man früher drei oder vier einzelne Testanordnungen und mehrere Tage benötigt hatte, wurde nun in einem einzigen Arbeitsschritt erledigt.

Ich blickte voller Bewunderung auf das Gerät. Dieser zwergenhafte Prototyp würde in naher Zukunft die gesamte Kriminalistik revolutionieren. Er war klein, leicht und konnte praktisch an jedem Ort eingesetzt werden, um einen genetischen Fingerabdruck zu erstellen. Keine Ausfallzeiten mehr beim Warten auf die Ergebnisse aus den hoffnungslos überlasteten Genlabors. Eine winzige Probe des zu untersuchenden Materials genügte, und das Ergebnis lag spätestens nach einer halben Stunde auf dem Tisch.

»Also denn«, murmelte ich leise und schaltete das Gerät ein. Ein summendes Geräusch kündigte seine Betriebsbereitschaft an. Der Monitor begann zu leuchten, und es erschien eine Abfolge von Testkalibrierungen. Dreißig Sekunden später las ich in grün leuchtenden Lettern die Mitteilung:

STATUS IN ORDNUNG – GERÄT BETRIEBSBEREIT

Ich öffnete den Pfeil, füllte den Inhalt einer Kammer in ein antiseptisch verpacktes Reagenzglas und ließ ihn zurück in sein kühles Bett gleiten. Dann öffnete ich am Sequenzierer den Schacht für die DNS-Probe und setzte das Glasröhrchen ein. Ein elektronisches Piepsen deutete an, dass die Probe erkannt und akzeptiert wurde, und die Klappe schloss sich wie von Geisterhand. Der Monitor erwachte zum Leben.

Ich wählte zwei Analyseverfahren, bei dem man eine Mischung aus DNS-Fragmenten gezielt nach einer bestimmten Sequenz durchsuchen konnte. Mich interessierte natürlich besonders, ob die Informationen auf Mokéles DNS mit denen des menschlichen Gens kompatibel waren. Lady Palmbridge hatte mich auf einer beiliegenden CD mit umfangreichem Referenzmaterial ausgestattet.

Die Eingabesequenz war damit abgeschlossen, und ich wurde

informiert, dass es bis zum endgültigen Ergebnis etwa eine halbe Stunde dauern würde.

Ich streckte mich, warf einen kurzen Blick auf die Biologin, die immer noch hochkonzentriert arbeitete, und verließ dann das Zelt. Wie sollte ich mir bis zum Ergebnis die Zeit vertreiben? Mir kam eine Idee. Ich konnte ja versuchen, Sarah zu erreichen. Sixpence hatte mich ja schließlich in die Bedienung des Satellitenreceivers eingeführt. Das Gerät stand wie immer auf Stand-by, und so stöpselte ich das Kabel meines Handys in die dafür vorgesehene Buchse, wartete auf das Freizeichen und wählte dann die Nummer. Es dauerte eine Weile, bis ein Knacken ertönte.

»Hallo?« Ihre Stimme klang so weit weg, dass ich den Hörer ans Ohr pressen musste, um sie zu verstehen. Und doch spürte ich beinahe augenblicklich ein warmes Kribbeln im Bauch.

»Sarah! Ich bin's, David.«

»David!« Es war beinahe ein Schrei. »Wo steckst du? Wie geht es dir? Ich habe schon die ganze Zeit auf einen Anruf von dir gewartet.« Die Verbindung brach für einen Augenblick ab, ehe ich wieder ihre Stimme vernahm. »Warum hast du dich nicht eher gemeldet? Ich bin fast verrückt geworden vor Sorge.«

»Tut mir leid«, antwortete ich, »aber es war nicht eher möglich. Hier ist so viel geschehen. Die letzten Tage waren aufregender als alles, was du dir vorstellen kannst. Aber es geht mir einigermaßen. Und ich vermisse dich«, fügte ich hinzu, um sie nicht zu beunruhigen. Aber es war zu spät.

»Was heißt einigermaßen?« Sarahs Stimme bekam einen drängenden Klang. »Kannst du reden?«

Ich sah mich um. »Ja. Es ist gerade niemand da.«

»Dann schieß los.«

*

Ich redete wie ein Wasserfall, und es dauerte fast zwanzig Minuten, bis ich ihr alles erzählt hatte. Dann aber kam ich zum Tod von Sixpence, und meine Stimme begann zu stocken. Ich stammelte noch ein paar Worte und verstummte dann.

»Und dann?« Ihre Stimme bekam etwas Flehendes.

»Sixpence ist tot. Er starb heute vor meinen Augen.«

»Mein Gott.« Ich hörte ihren Atem. »Was ist passiert?«

Ich erzählte ihr von unserem Tauchgang, der anschließenden Flucht und dem Kampf um das Flugzeug. Die blutigen Details ersparte ich ihr, denn sie war erfahren genug, um zu wissen, wie so etwas aussah. Sarah schwieg einen Moment, während sie über das, was ich erzählt hatte, nachdachte. Als sie wieder sprechen konnte, interessierte sie sich überraschenderweise mehr für den Tauchgang als für das Drama danach. »Wir hatten also Recht, was diesen Meteoriteneinschlag betrifft«, flüsterte sie. »Es gibt eine Verbindung zwischen Mokéle und diesem Ereignis. Du sagtest, die Strahlungswerte seien am Grund des Sees höher als oben?«

»Um einiges.«

»Und was war mit den Stimmen, die du gehört hast?«

»Das ist nicht der Rede wert. Wahrscheinlich habe ich mir das nur eingebildet. Da unten war es stockfinster, und ich hatte eine Mordsangst.«

»Vielleicht. Vielleicht auch nicht. Mein Gefühl sagt mir, dass da ein Zusammenhang besteht. Ich glaube, hinter all dem verbirgt sich ein gefährliches Geheimnis, und ich fürchte, dass du noch einmal hinabtauchen musst, wenn du es lösen willst. Es wäre mir allerdings lieber, ihr würdet Hilfe holen und so schnell wie möglich von dort verschwinden.«

»Bei dir klingt alles immer so klar und einfach. Ich weiß wirklich nicht, was ich tun soll«, sagte ich. »Du fehlst mir so. Ich wünschte, du wärst hier bei mir.«

In diesem Moment trat Elieshi aus dem Zelt.

»Kommen Sie schnell, Professor«, rief sie mir mit einem seltsamen Gesichtsausdruck zu. »Ihr Programm ist durchgelaufen. Ich kenne mich ja mit dem Gerät nicht aus, aber was da steht, sieht irgendwie merkwürdig aus. Sie sollten sich das dringend ansehen.«

»Ich muss Schluss machen, Sarah. Bis bald. Ich melde mich wieder, sobald ich kann.«

»Pass auf dich auf.« Ich hörte noch, wie sie einen Kuss auf den Hörer drückte. »Ich liebe dich.«

Ich dich auch ... wollte ich noch sagen, doch da war die Verbindung bereits unterbrochen.

27

Der Monitor begrüßte mich mit einer deprimierenden Mitteilung: TESTVERFAHREN UNGÜLTIG. Es folgte eine längere Liste von Fehlermeldungen, die alle darauf hindeuteten, dass das Gerät die DNS-Probe schlichtweg nicht erkannt hatte.

»Verdammt«, murmelte ich und versuchte eine Reihe von Eingaben, die alle ohne Erfolg blieben.

»Ist das Gerät vielleicht defekt?«, erkundigte sich Elieshi, die mir über die Schulter blickte.

Ich schüttelte den Kopf. »Der Systemdurchlauf verlief positiv. Keine Ahnung, was da los ist.« Ich entnahm ein weiteres Reagenzglas aus seiner Umhüllung und drückte es Elieshi in die Hand. »Hier, halten Sie mal kurz.« Dann griff ich in meine Hosentasche, nahm mein Taschenmesser heraus und schnitt mit der Klinge in die Kuppe meines linken Daumens. Ein Blutstropfen quoll hervor, den Elieshi mit dem Glas auffing. Ich wechselte die Proben in dem Sequenzierer aus, drückte die Enter-Taste und steckte mir den Daumen in den Mund. Keine zwei Minuten später leuchtete das Ergebnis auf dem Monitor.

MÄNNLICHE VERSUCHSPERSON, WEISS. GEWÜNSCHTES TEST-
VERFAHREN? »Scheint alles in Ordnung zu sein«, lächelte
Elieshi. »Kann mir das Gerät auch ein Persönlichkeitsprofil von
Ihnen erstellen? Vorlieben, Abneigungen, sexuelle Ausrichtung,
etwas in dieser Art?« Sie zwinkerte mir zu.

»Schön, dass Sie Ihren Humor wiedergefunden haben«, grinste
ich und kehrte mit einem Tastendruck wieder auf die Oberfläche des Analyseprogramms zurück. »Das wäre sicher ein nettes
Gesellschaftsspiel: ›Erkenne dich selbst!‹ Der neueste Renner
im Spielwarenhandel. Leider fehlt uns dafür jetzt die Zeit. Was
wir jetzt brauchen, ist eine Antwort auf die Frage, warum das
Gerät die Probe von Mokéle nicht erkannt hat.«

»Vielleicht hat er keine DNS.«

»Das ist doch Blödsinn. Jedes Leben auf diesem Planeten hat
DNS. Es gibt keine ...« Ausnahmen, wollte ich noch sagen,
doch da erinnerte ich mich an das Gespräch mit Sarah.

»Himmel noch mal«, flüsterte ich und tauschte die zwei Glasröhrchen wieder gegeneinander aus.

»Was haben Sie?«, fragte Elieshi und kam so nah zu mir herunter, dass ich ihren Atem auf meinem Hals spürte.

»Ich glaube, dass wir mit unseren Untersuchungen von vorn
beginnen müssen, und zwar bei der chemischen Struktur.«

Ich tippte eine Reihe von Anweisungen in den Sequenzierer,
die mir Auskunft über Aufbau und Zusammensetzung der DNS
liefern sollten, und lehnte mich zurück.

»So«, murmelte ich, »jetzt werden wir sehen, ob Sarah mit ihrer
Vermutung Recht hatte.«

Elieshi runzelte die Stirn. »Erklären Sie es mir, David. Ich verstehe immer noch nicht, worauf Sie hinauswollen.«

Wir hatten noch einige Minuten Zeit, ehe uns das Gerät ein
Ergebnis liefern würde, und so erzählte ich ihr von meinem
Verdacht.

»Sehen Sie«, begann ich. »Alles Leben auf unserem Planeten

wird durch vier Basen definiert – Adenin, Thymin, Guanin und Cytosin –, die sich zu Dreiergruppen, den so genannten Tripletts, zusammenfügen. Bei vier verschiedenen Basen und drei verschiedenen Möglichkeiten, sie anzuordnen, ergeben sich allein für diese kleine Einheit vierundsechzig verschiedene Alternativen. Betrachtet man eine Base als Buchstaben und ein Triplett als Wort, so lässt sich das gesamte Wissen der Evolution in einem Molekülstrang darstellen. Ähnlich, wie man mit den sechsundzwanzig Buchstaben des Alphabets das gesamte Wissen der Menschheit niederschreiben kann.«

»Ist mir bekannt«, zwinkerte Elieshi mir zu. »Ich bin Biologin, falls Sie es vergessen haben.«

Ein Lächeln stahl sich auf mein Gesicht. »Ich wollte die Geschichte nur gerne von vorn erzählen. Das erste Mal, als mir der Verdacht kam, dass der Schlüssel zu unserem Problem im genetischen Code liegen könnte, erklärte meine Freundin Sarah mir, der Lac Télé sei ein Impakt, also ein Meteoritenkrater.«

»Dann ist sie also doch ihre Freundin.«

»Das habe ich nie bestritten«, entgegnete ich, während ich versuchte, mich nicht aus dem Konzept bringen zu lassen. »Die meisten Meteoriten, die auf der Erde gefunden wurden, zeigten ein erhöhtes Maß an Radioaktivität. Daher war es so wichtig, den Geigerzähler mitzunehmen. Wie ich feststellen konnte, herrschen unten auf dem Grund des Sees Strahlungswerte, die knapp unterhalb des für den Menschen schädlichen Bereichs liegen. Ihnen als Biologin brauche ich ja nicht zu erklären, wie sich Radioaktivität auf hoch entwickelte Lebewesen auswirkt.«

»Sie führt zu Mutationen.«

»So ist es. Zu einer sprunghaften Veränderung des Erbguts. Und zwar zu einer umso höheren, je weiter oben das Lebewesen auf der entwicklungsgeschichtlichen Leiter steht. Ein hoch entwickeltes Lebewesen wie ein Dinosaurier, in dessen Lebensabschnitt dieser Meteorit eingedrungen ist, wäre an den Folgen der Strahlung entweder zugrunde gegangen ...«

»... oder er hätte überlebt und sich angepasst«, führte Elieshi den Satz zu Ende. »Was ich aber für sehr unwahrscheinlich halte. In den meisten Fällen führt radioaktive Strahlung zu irreparablen Schäden im Erbgut. Als ob ganze Teile der Information wild durcheinander gewürfelt und wieder zusammengesetzt werden. Die Folgen münden zu 99 Prozent in einer Katastrophe.«

»Nicht wenn es über eine ausreichende Menge an Reparatur-Genen verfügt, die die beschädigten Teile wieder funktionsfähig machen.«

Sie runzelte die Stirn. »Das ist ja eine abenteuerliche Theorie. Wo sollen diese Reparatur-Gene denn herkommen?«

»Vielleicht kommen wir langsam dem Geheimnis des Meteoriten auf die Spur. Vielleicht ist das der Grund, warum Lady Palmbridge so um Geheimhaltung bemüht ist.«

»Meinen Sie, sie wusste von all dem hier?«, Elieshi ließ ihren Finger kreisen.

Ich nickte. »Der Meteorit, sein Alter, die Radioaktivität – sie muss all diese Fakten gekannt und in Betracht gezogen haben. Anders ist die Beharrlichkeit, mit der sie dieses Projekt vorwärts getrieben hat, nicht zu erklären. Als sie dann Emilys Aufnahme von Mokéle in die Finger bekommen hat, war die Sache für sie klar.«

»Aber eines verstehe ich nicht«, sagte Elieshi. »Selbst wenn Mokéles Erbgut eine mutierte Form von Saurier-DNS ist, hätte es doch vom Sequenzierer erkannt werden müssen.«

Ich nickte. »Vorausgesetzt, die Mutationen sind nicht so gravierend, dass sie außerhalb des Messbereiches des Gerätes liegen.«

In diesem Moment erwachte der Monitor wieder zum Leben und zeigte das Ergebnis der chemischen Analyse an. Obwohl ich damit gerechnet hatte, etwas Ungewöhnliches zu erfahren, klappte mir doch der Unterkiefer herunter. Was dort stand, war für jemanden, der mit beiden Beinen fest auf dem Fundament der Naturgesetze stand, schwer zu glauben.

»Fünf Basen?« Elieshi schnappte nach Luft. »Sehen Sie sich das an. Nach der chemischen Analyse handelt es sich um Uracyl. Aber was um Himmels willen tut es hier?«

»Ich habe keine Ahnung«, murmelte ich. »Alles, was ich weiß, ist, dass wir damit eine wesentlich größere Anzahl von Kombinationsmöglichkeiten erhalten ...« Ich bekam ein mulmiges Gefühl im Magen, als mir die Tragweite dieser Entdeckung bewusst wurde. »Die Anzahl der zur Verfügung stehenden Informationsträger würde sich annähernd verdoppeln. Statt bisher vierundsechzig gäbe es jetzt einhundertfünfundzwanzig Kombinationsmöglichkeiten.«

»Sogar noch mehr«, sagte Elieshi und tippte auf den Monitor, auf dem der Computer eine Ansicht des neu entstandenen DNS-Stranges darstellte. »Sehen Sie sich das an«, flüsterte sie, »die Basen ordnen sich nicht zu Dreier-, sondern zu Vierer-Abschnitten an. Zu einem Quadruplett, wenn es das überhaupt gibt.«

»Gibt es. Aber das hieße ja ...«, ich überschlug die Zahl in meinem Kopf, »... es gäbe nicht nur einhundertfünfundzwanzig, sondern sechshundertfünfundzwanzig mögliche Kombinationen. Eine unglaubliche Anzahl. Wozu braucht ein Lebewesen einen solch gewaltigen Datenspeicher?«

»Vielleicht um bestimmte Fähigkeiten auszubilden?«, mutmaßte Elieshi. »Fähigkeiten, von denen wir noch nichts wissen?«

Fassungslos starrte ich auf den Monitor, der uns in immer neuen Ansichten den neu entstandenen DNS-Strang präsentierte. Ich ließ mich auf meinem Stuhl nach hinten sinken.

»Wir können es drehen und wenden, wie wir wollen«, murmelte ich, »aber Mokéle ist so eine Art Super-Saurier.«

»Er ist weit mehr«, sagte Elieshi. »Er ist ein Sprung in der Evolution. Eine entwicklungsgeschichtliche Weiterentwicklung, wie es sie noch nie zuvor gegeben hat. Sie könnte das Leben auf diesem Planeten für immer verändern.«

28

Dienstag, 16. Februar

Egomo starrte missmutig in den Himmel. Seit den frühen Morgenstunden und ihrem Aufbruch ins Grasland nieselte es, und die Wolken ließen keine Lücke erkennen. Ein feiner, gleichmäßiger Regen fiel seit Stunden vom Himmel. Ein Regen, der sich auf der Haut festsetzte und sie nach einer gewissen Zeit zu durchdringen schien. Und als ob das noch nicht genug sei, hatte sich der Zustand seiner Schulter in den letzten Stunden weiter verschlechtert. Elieshi hatte ihm zwar erklärt, der Schmerz sei normal und gehöre zum natürlichen Vorgang der Heilung, aber er wusste es besser. Es war der Gott des Windes und des Wetters, der sie von ihrer Reise abhalten wollte und von ihrem Ziel, das Geheimnis der alten Stadt zu entschlüsseln. Dass es eine alte Stadt war, daran hegte niemand mehr einen Zweifel. Die Zeichen waren zu deutlich. Überall um sie herum fanden sich Tonscherben, überwachsene Mauerreste und die Fundamente längst zerstörter Gebäude. Selbst die Spuren von Straßen ließen sich mit einiger Fantasie erkennen. Dieser Ort war erfüllt von alten Erinnerungen.

Egomo beobachtete das vor ihnen liegende Gelände mit größter Vorsicht, immer damit rechnend, einem Leoparden oder einer Rotte angriffslustiger Warzenschweine zu begegnen. Aber so unangenehm der Regen auch sein mochte, er schien sämtliche Tiere verscheucht und sie unter das schützende Blätterdach des nahe gelegenen Waldes getrieben zu haben. Seine Sorgen begannen mit jedem zurückgelegten Meter zu schwinden. Trotzdem vermisste Egomo den Beistand Stewart Maloneys. Seine Hilfe wäre bei diesem riskanten Unternehmen mehr als willkommen gewesen. Doch der Jäger hatte sich vollkommen in seine Trauer zurückgezogen und wollte weder essen noch sich ihnen anschließen. Er war ein gebrochener Mann. Egomo bedauerte das umso mehr, als er ihn für einen der tapfersten Jäger hielt, denen er je begegnet war. Das Bild, wie er allein vor Mokéle gestanden hatte, ohne Waffe und ohne Hoffnung zu überleben, und dabei nicht die Spur von Angst zeigte, würde ihm immer im Gedächtnis bleiben. Doch nach dem Tod seines Freundes war alles anders geworden. Im Gegensatz zu ihm hatten Elieshi und David die Tragödie gut überwunden. Sie schnatterten ohne Unterlass und redeten über Dinge, die Egomo nicht verstand. Evolution, Radioaktivität und extraterrestrisches Leben. Sie sprachen auch davon, wie außergewöhnlich Mokéle sei, gefährlich zwar und überlegen, aber auch hochintelligent. Als ob ihnen das erst jetzt klar geworden war. Dabei redeten sie so laut, dass es bis zur anderen Seite der Ebene zu hören gewesen wäre, hätte nicht der Regen alle Geräusche verschluckt. Stadtmenschen. Immerhin war David so klug gewesen, das Tagebuch des getöteten Soldaten mitzunehmen. Darin befanden sich, neben vielen dicht beschriebenen Seiten, auch Karten des Geländes, auf denen die Standorte einiger besonderer Gebäude eingetragen waren. Egomo hatte kaum Erfahrung im Umgang mit Karten, er wusste nur, dass sie eine Abbildung der Landschaft mit den Augen eines fliegenden Vogels waren. Sein eigenes Volk merkte sich die räumliche Umgebung zwar auf andere Art – sie betteten

Pfade, Wasserstellen und Jagdreviere in Erzählungen ein –, aber wenn man sich einmal an das Prinzip gewöhnt hatte, ging es ganz gut. Auf einem bestimmten Punkt der Karte hatten sich auffällig viele handschriftliche Notizen befunden, ein sicheres Zeichen für die Wichtigkeit dieses Ortes. Egomo sah sich um. Wenn er sich nicht sehr täuschte, befanden sie sich jetzt genau an der richtigen Stelle.

*

»Sie wollen mir doch nicht erzählen, dass Sie mit den Forschungsergebnissen von Engel und Macko nicht vertraut sind?«, fragte ich atemlos. »Ich rede von extraterrestrischen Aminosäuren.« Egomo hatte einen unerbittlichen Laufschritt vorgelegt, und das Sprechen fiel mir unter diesen Bedingungen schwer. »Haben Sie nie etwas davon gehört, dass diese Bausteine des Lebens bereits vor über dreißig Jahren in Meteoriten gefunden wurden?«

Elieshi verneinte, und ich musste gestehen, dass ich es genoss, ihr gegenüber endlich einmal einen Informationsvorsprung zu haben. Seit wir das Camp verlassen hatten, lieferten wir uns Gefechte, wie man sie nur unter Akademikern führte. Und endlich hatte ich ein Thema gefunden, bei dem ich mich besser auskannte. »Der Allende-Meteorit, 1969. Eine sensationelle Entdeckung, denn in ihm fanden sich Aminosäuren, die bewiesen, dass die Bausteine des Lebens im gesamten Weltall verstreut sind und praktisch jeden Planeten unter geeigneten Voraussetzungen befruchten können. Man spricht mittlerweile tatsächlich von Saatkörnern. Es ist Funden wie diesen zu verdanken, dass ich mich überhaupt für die Wissenschaft der Genetik und der strukturellen Biologie zu interessieren begann.«

»Wollen Sie damit andeuten, dass es noch andere Gründe für Mokéles Mutationen geben könnte als nur Radioaktivität?«

»Schwer zu sagen. Das kann nur eine genauere Untersuchung erweisen. Aber egal, was dabei herauskommt, es ist schon jetzt eine Sensation. Es müsste schon mit dem Teufel zugehen, wenn uns das dem Nobelpreis nicht ein gutes Stück näher bringt.«

Sie lachte. »Sie sind ein Träumer, David. Aber ein netter Träumer, das wollte ich Ihnen schon lange sagen.«

»Finden Sie?« Ich spürte, wie mir das Blut ins Gesicht schoss. »Ich dachte, Sie können mich nicht leiden.«

»Nur am Anfang. Aber in der Zwischenzeit habe ich Sie besser kennen gelernt. Sie sind ein Junge, der noch nicht viel gesehen hat vom Leben. Daher Ihre Unsicherheit. Sie sind so ganz anders als Maloney.« Sie verstummte.

»Elieshi?«

»Hm?«

»Darf ich Sie etwas Persönliches fragen?«

»Nur zu.«

»Es ist aber etwas sehr Persönliches.«

»Reden Sie keine Opern. Immer raus damit. Ich habe ein dickes Fell, schon vergessen?« Sie lächelte mich schelmisch an.

»Die Sache zwischen Ihnen und Maloney. Ist das etwas Ernstes?«

»Sie haben das mitbekommen?«

Ich spürte, dass ich schon wieder rot wurde. »Nun ... ich ...«

Sie machte eine wegwerfende Handbewegung. »Nicht der Rede wert. Es war Sex, mehr nicht. Von meiner Seite aus hätte es ruhig mehr werden können, aber Stew hat mir unmissverständlich zu verstehen gegeben, dass er es dabei belassen möchte. Seine Reaktion gestern am Grab hat mir das deutlich gemacht.« Sie zuckte die Schultern, und ihre Augen wurden traurig. »Er ist ein zutiefst einsamer Mann.«

Ich war verblüfft darüber, mit welcher Offenheit Elieshi über intime Details plaudern konnte. »Da haben Sie wohl Recht«, murmelte ich und dachte dabei an das Gespräch zwischen Sixpence und Maloney, das ich belauscht hatte. Es war offensichtlich, dass der Jäger sich vom Verlust seiner Familie nie mehr erholt hatte. Doch dieses Detail verschwieg ich Elieshi. Ich wusste nicht, wie diese Information bei ihr ankommen würde. Abgesehen davon, dass ich sie unter höchst unredlichen Umständen erworben hatte.

»Jetzt sind Sie mir aber auch eine Antwort schuldig«, sagte sie mit einem verschmitzten Lächeln.

»Hm? Was meinen Sie?«

»Erzählen Sie mir von Ihrer Freundin. Und von Emily Palmbridge. Wie passt das zusammen? Und wagen Sie nicht, irgendein wichtiges Detail auszulassen. Ich würde es sofort merken.« Ihr Lächeln ging in ein Grinsen über.

»Na schön. Fair ist fair. Aber ich muss Sie warnen: Es ist eine lange Geschichte.«

»Ich liebe lange Geschichten. Besonders wenn sie geeignet sind, lange Fußmärsche zu verkürzen. Also legen Sie los.«

Elieshis Wunsch entsprechend holte ich weit aus und erzählte ihr alles, was mit dieser Reise zu tun hatte. Angefangen von meiner Kindheit bis hin zu meiner Aussprache mit Sarah. Ich ließ nichts aus und dichtete nichts hinzu und war gerade so richtig in Fahrt, als ich in den Pygmäen hineinlief, der plötzlich und ohne ersichtlichen Grund stehen geblieben war.

Seine Augen blitzten vorwurfsvoll. Mit einer harschen Bewegung deutete er erst auf das Tagebuch, dann auf den Boden vor seinen Füßen.

»Es scheint, wir sind da«, kommentierte ich die Geste überflüssigerweise. »Aber wie kann das sein? Habe ich so lange geredet?«

»Etwa eine halbe Stunde.«

»Mein Gott, warum haben Sie mich denn nicht unterbrochen?«

»Dafür war die Geschichte viel zu spannend.« Sie lächelte

schelmisch. »Danke für Ihre Offenheit. Ich glaube jetzt besser zu verstehen, was Sie antreibt. Hoffen wir, dass wir hier ein paar Antworten finden.«

Ich strich meine Kapuze zurück und ließ meinen Blick über die tropfnassen Grasstauden schweifen. »Hier sieht es genauso aus wie an jeder anderen Stelle in dieser verdammten Wildnis. Ich kann nichts erkennen, was irgendwie darauf hindeutet, dass wir unser Ziel erreicht hätten. Vielleicht hat Egomo sich geirrt.«

»Das glaube ich nicht«, entgegnete Elieshi, der der Regen im Gegensatz zu mir nichts auszumachen schien. »Wenn er sich sicher ist, sollten wir das ernst nehmen. Diese Pygmäen sind die besten Spurensucher, die ich kenne. Sehen wir uns doch einfach mal um.«

»Einverstanden.«

Wir trennten uns und suchten das Gelände in entgegengesetzten Richtungen ab. Es waren keine fünf Minuten vergangen, da hörte ich ihre Stimme. »Professor! Ich hab's gefunden. Hier!« Ich beeilte mich und traf zeitgleich mit Egomo ein.

Was ich zu sehen bekam, ließ mich den Regen vergessen. Da war ein Erdloch im Boden, das in dunkle Tiefen zu führen schien. Daneben befanden sich vier Gräber, frisch aufgeschüttet, eines davon mit einem einfachen Holzkreuz versehen. So wie die Gräber aussahen, waren sie nur wenige Tage alt. Mein Gott, dachte ich, die Suche nach dem Kongosaurier zog eine blutige Spur hinter sich her. Stirnrunzelnd betrachtete ich das Kreuz, auf das flüchtig etwas eingeritzt worden war. Die Schrift war kaum zu entziffern, denn entweder hatte sich ihr Schöpfer keine Mühe beim Schreiben gegeben, oder er war nicht fähig gewesen, es besser zu machen. Ich ging noch näher heran und fuhr mit dem Finger die Rillen entlang.

Antoine Bergère
Gott vergebe uns unsere Sünden

»Sagt Ihnen der Name etwas?«, fragte Elieshi.
Ich schüttelte den Kopf und blickte auf das Loch im Boden. Es
war winzig und von einem Flugzeug aus nicht zu erkennen.
Zwar lagen hier überall Steine herum, die bearbeitet waren,
aber es gab keine Ruinen und nichts, was uns einen Hinweis
darauf gegeben hätte, was sich dort unten befand. Ich begann
mich zu fragen, wie es den Soldaten überhaupt möglich gewesen war, diese Fundstelle zu entdecken, als mir plötzlich etwas
auffiel. Die Worte auf dem Kreuz waren in englischer Sprache
geschrieben. Die Bedeutung dieser Tatsache wog so schwer,
dass ich mich erst einmal setzen musste.
»Was ist mit Ihnen?«, fragte Elieshi, die sich besorgt zu mir
herabbeugte. Ich wollte antworten, konnte es aber nicht. In
meinem Kopf war ein einziges Durcheinander.
Elieshi wurde sichtlich nervös. »Nun reden Sie doch endlich. Hat
es etwas mit diesen Gräbern zu tun? Wissen Sie etwas darüber?
Sind das vielleicht Mitglieder des kongolesischen Suchtrupps?«,
fragte sie mich. Als ich auf keine ihrer Fragen antwortete, schüttelte sie den Kopf und wandte sich wieder den Gräbern zu.
»Vielleicht sind einige von ihnen bei der Erkundung des Geländes verunglückt«, murmelte sie in einer Art Selbstgespräch.
»Aber woran sind sie gestorben? Und warum hat man sie hier
bestattet? Und selbst wenn es so wäre, hätten die Soldaten ihre
Abschiedsworte doch bestimmt in Französisch oder Lingala geschrieben, nicht aber in Englisch. Seltsam, äußerst seltsam.«
»Vier«, hauchte ich. »Es sind vier.«
»Ach, Sie können ja doch reden. Ja, es sind vier. Und?«
»Sagt Ihnen die Zahl Vier nichts?«, fragte ich. »Erinnern Sie
sich nicht, was ich Ihnen über Emily und ihre Expedition er-
zählt habe? Sie war mit vier Begleitern unterwegs.«

Elieshi runzelte die Stirn. »Was versuchen Sie mir da zu sagen? Dass das die Mitglieder von Emilys Expedition sind?« Sie stemmte die Hände in die Hüften. »Kann ich mir nur schwer vorstellen. Wenn das wirklich Emilys Begleiter sind, wer hat sie dann bestattet? Wer hat die Worte ins Kreuz geritzt? Sie können sich wohl schlecht selbst beerdigt haben.«

Ich antwortete nicht, sondern starrte wie hypnotisiert auf das Holzkreuz. Eine eigentümliche Furcht überkam mich. Die Furcht davor, etwas zu erfahren, was ich nicht erfahren wollte.

»Es gibt nur eine Art, die Wahrheit herauszufinden«, sagte Elieshi. »Ich werde jetzt da reingehen und mich mal ein bisschen umsehen.« Sie knipste ihre Taschenlampe an und verschwand in dem Loch.

»Warten Sie!«

Ich stand auf und beobachtete, wie Egomo ihr in die Tiefe folgte.

»Was soll's«, murmelte ich. »Wenigstens sind wir da unten vor der Feuchtigkeit geschützt.« Ich zog den Kopf ein und kletterte hinterher.

In etwa zwei Meter Tiefe begann ein Gang, dessen Wände aus massivem Kalkstein bestanden und dicht mit Moosen und Flechten bewachsen waren. Schnurgerade und ohne Abzweigungen führte er in einem flachen Winkel hinab. Die Luft war stickig und feucht. Der Boden war glitschig, und mehr als einmal musste ich mich festhalten, um nicht auszurutschen. Nach etwa hundert Metern endete er und öffnete sich zu einem sechseckigen Raum, dessen Seiten aus dem groben Kalkfels herausgehauen worden waren. Ich interessierte mich zwar ein wenig für Archäologie, hatte aber noch nie von einer Kultur gelesen, die hexagonale Räume baute. Die Sache wurde immer mysteriöser. Der Strahl unserer Lampen reichte gerade aus, um die gesamte Halle in ein schwaches Licht zu tauchen. In der Mitte befand sich ein Altarstein, der, genau wie der Raum selbst, eine sechseckige Form aufwies. In seine Oberseite war eine flache steinerne Schale eingelassen, die sich im Laufe der Jahrhunderte schwarz gefärbt hatte. Auch an den Seiten des Sockels waren schwärzliche Flecken, die den hellen Kalkstein verunstalteten und dem Altar den beunruhigenden Charakter eines Opfersteins verliehen. Ich blickte mich um. Es gab keine weiteren Gänge oder Abzweigungen. Der Raum war eine Sackgasse. Plötzlich hörte ich ein erschrecktes Keuchen. Es stammte von Egomo. Er hatte sich in den hintersten Teil der Kammer vorgetastet und deutete auf zwei Steinstatuen, die dort seit Urzeiten Wache zu halten schienen. Beim Näherkommen verstand ich seine Erregung. Es handelte sich um die Ebenbilder des Ungeheuers aus dem See. Die Mäuler der fratzenhaften Gesichter waren weit geöffnet und entblößten Reihen spitzer, scharfkantiger Zähne. Ihre Augen blickten uns an, als missbilligten sie unser Eindringen. Mit starrem Blick verfolgten sie jede unserer Bewegungen, während wir uns weiter umsahen.

Die Decke wurde von zwei mächtigen Steinsäulen getragen, die sich oben strahlenförmig auffächerten und ein kompliziertes Muster von Bögen bildeten. Die Konstruktion war uralt. Obwohl anzunehmen war, dass die Baumeister sie mit primitiven Mitteln aus dem Kalkstein getrieben hatten, war sie von geradezu überirdischer Schönheit.

Plötzlich verstand ich, warum die Soldaten so viel Wirbel um diesen Ort gemacht hatten. Der Fund war eine Sensation. Das steinerne Zeugnis einer untergegangenen Kultur. Ich zweifelte keine Sekunde daran, dass sich dieser Ort in die legendäre Reihe der bedeutenden Bauwerke der antiken Welt einreihen würde. Die Gefahr, dass sich konkurrierende Mächte um diesen Fund rissen und ihre Rechte daran geltend machen wollten, war groß.

»Du liebe Güte, was haben wir denn hier entdeckt?«, murmelte

Elieshi, während sie den Raum mit ehrfurchtsvollem Blick abschritt. »Sieht fast aus wie ein Heiligtum für Mokéle.«

»Ein Ort, um einem Gott zu huldigen und ihn anzubeten«, ergänzte ich.

»So wie die Figuren aussehen, war es ein Furcht erregender Gott«, gab Elieshi zu bedenken.

»Wundert Sie das?«

Sie schüttelte den Kopf. »Sehen Sie sich nur diese Zähne und die schrecklichen Augen an.«

»Dieser Ort ist eine Sensation«, flüsterte ich, um die Stille dieser heiligen Halle nicht mit profanen Worten zu entweihen. Elieshi ließ ihre Finger über die Statue gleiten. »Unglaublich. Ich bin zwar in diesem Land aufgewachsen, aber über die Kultur, die das geschaffen hat, ist mir nichts bekannt. Weder wie alt sie ist noch warum sie aufgehört hat zu existieren. Es gibt keinerlei Aufzeichnungen darüber, nirgendwo.«

»Leider hilft uns das momentan nicht weiter«, sagte ich ungeduldig. »Wir müssen etwas über die vier Leichen da draußen erfahren und darüber, wer sie beerdigt hat.«

»Gute Idee«, stimmte sie zu. »Sehen wir uns den Boden genauer an. Sehen Sie nur – hier gibt es Spuren.«

Allein Egomo konnte uns aufklären.

Der Pygmäe nickte, als Elieshi ihn darauf hinwies. Seine Antwort fiel wie gewohnt knapp aus. Wieder schien er irgendetwas an dem auszusetzen haben, was wir hier taten. Aber so langsam gewöhnte ich mich an seine schroffe Art. Elieshi übersetzte seine Antwort mit einem schiefen Grinsen. »Er fragt, warum wir ihm das nicht früher gesagt haben. Er sagt, wir hätten schon viele Spuren zerstört. Wenn Sie möchten, kann ich Ihnen noch eine Liste der Schimpfwörter nennen, mit denen er uns bedacht hat.«

Ich grinste. »Unbedingt.«

»Er sagt, wir wären schlimmer als eine Rotte von Meerkatzen.

Immer würden wir nur plappern und dabei so blind durch die Gegend laufen, dass wir den Leopard erst dann bemerkten, wenn wir ihn umrennen. Und so weiter ... Sie können sich den Rest selbst zusammenreimen.«

»Trotziger kleiner Bursche, was?«

»Allerdings. Trotzdem will er es versuchen, wenn wir darauf bestehen.«

Ich reichte ihm meine Taschenlampe, verneigte mich und formte mit meinen Lippen das Wort ›Danke‹.

Die Untersuchung der Halle nahm einige Zeit in Anspruch. Elieshi und ich standen wortlos nebeneinander und beobachteten Egomo bei seiner Erkundung. Er lief den ganzen Raum ab, jeder Winkel, jeder Zentimeter wurde begutachtet. Selbst der Altar wurde einer genauen Inspektion unterzogen. An einer bestimmten Stelle der Wand hielt er sich besonders lange auf. Sie lag genau zwischen den beiden Statuen, dort, wo die Wand in den Boden überging. Minutiös untersuchte er den Stein, wischte mit seinen Händen darüber und blies den Staub weg. Dann richtete er sich auf und winkte uns zu sich herüber.

Elieshi lauschte aufmerksam, was er zu berichten hatte, und ihre Augen wurden dabei immer größer.

»Was sagt er?«, drängte ich.

»Wenn es stimmt, was er herausgefunden hat, haben wir ein Problem.«

»Na los. Was ist es? Sagen Sie schon.«

»Er behauptet, die Soldaten wären hier gewesen. Sie hätten schon alles durchsucht. Die Abdrücke ihrer Stiefel wären überall zu sehen.«

Ich nickte. »Damit haben wir doch gerechnet.«

»Warten Sie. Er sagt außerdem, es gäbe noch andere Spuren. Abdrücke von Turnschuhen, so ähnlich wie die, die ich trage. Außerdem von leichten Wanderschuhen, wie Sie sie tragen.

Diese Abdrücke befinden sich aber zum großen Teil über denen der Soldaten.«

»Wer sagt denn, dass sie nicht von uns selbst stammen?«

»Er.«

»Ist er sich da sicher?«

»Wollen Sie ihn beleidigen?«

»Lieber nicht«, entgegnete ich mit einem Blick in sein verdrießliches Gesicht. »Aber das hieße ja, jemand wäre nach den Soldaten noch hier gewesen. Wer könnte das gewesen sein? Vielleicht Eingeborene?«

Sie schüttelte den Kopf. »Mit Turnschuhen? Vergessen Sie es. Die Fußspuren sind außerdem viel zu groß, um von Pygmäen zu stammen.«

»Dann gibt es nur noch eine Möglichkeit.«

»?«

Der Name formte sich wie von selbst auf meinen Lippen.

»Emily!«

»Emily Palmbridge?« Elieshi runzelte die Stirn. »Ich muss zugeben, dass ich die Möglichkeit auch kurz in Erwägung gezogen habe. Mir kam der Gedanke aber dann doch zu abwegig vor. Viel näher liegend wäre doch, dass ein fremdes Team hier gewesen ist. Eines, von dem wir bisher nichts gewusst haben. Archäologen, Völkerkundler oder Mitglieder der WCS. Die Fußabdrücke können alles Mögliche bedeuten.«

Ich schüttelte den Kopf. »Unwahrscheinlich. Ein solches Team hätte mit Sicherheit irgendwelche Anhaltspunkte hinterlassen, beabsichtigt oder unbeabsichtigt. Ganz davon zu schweigen, dass man einen solchen Fund niemals unbeaufsichtigt gelassen hätte. Nein. Emily ist hier. Ich kann ihre Anwesenheit beinahe mit Händen greifen.«

Ein schmales Lächeln spielte um ihren Mund. »Sie mögen sie mehr, als Sie mir vorhin weismachen wollten. Sie ist nicht nur einfach eine Jugendliebe. Irgendwie hängen Sie immer noch an ihr.«

Eine peinliche Stille trat ein. Ich kratzte mit meinem Fuß über den Boden. »Stimmt schon«, räumte ich ein. »Es gibt immer noch Nächte, in denen ich von ihr träume. Aber ich kann immer noch klar denken, wenn Sie das meinen.«

Elieshi zuckte mit den Schultern, sagte aber nichts.

»Kann Egomo ihre Spur im Grasland verfolgen?«

»Ich kann ihn ja mal fragen.« Sie redete eine Zeit lang mit dem Pygmäen, und ich hatte das Gefühl, dass er ihr Dinge sagte, mit denen sie nicht gerechnet hatte. Ein Ausdruck ungläubigen Staunens erschien in ihrem Gesicht.

»Was ist denn? Was hat er gesagt?«

»Er sagt, das wäre leider unmöglich, denn der Regen habe alles aufgeweicht. Außerdem behauptet er, die Fußspuren würden gar nicht nach draußen führen, sie hätten diesen Raum nicht verlassen.«

»Wie soll das gehen? Ich meine, wer auch immer diese Spuren hinterlassen hat, er wird sich wohl kaum in Luft aufgelöst haben.«

»Nein«, sagte sie, und ihre Stimme geriet zu einem Flüstern. »Derjenige, der diese Spuren hinterlassen hat, ist immer noch hier. Und zwar hinter dieser Wand.«

29

Zweifelnd ließ ich meine Hände über die massive Wand aus Stein gleiten. »Wie kommt er darauf?«

»Hier sind Schleifspuren am Boden«, erläuterte sie. »Mehrere schwere Gegenstände scheinen über den Boden gezogen worden zu sein. Sie verschwinden direkt unter der Wand. Außerdem befinden sich frische Kratzer auf den Platten rechts und links der Steinfiguren. Sie werden mich für verrückt erklären, aber ich sage Ihnen, dahinter befindet sich ein weiterer Raum. Diese Wand ist eine Tür, und sie wurde erst kürzlich benutzt.«

»Sagten Sie Schleifspuren?« Auf einmal fielen mir die vier Gräber draußen ein. Dieser Gedanke behagte mir überhaupt nicht. »Geben Sie mir bitte Ihre Taschenlampe«, bat ich Elieshi. Ich tastete mit meinen Fingerspitzen zwischen die Fugen der mächtigen Steinquader. »Tatsächlich«, keuchte ich. »Es gibt hier tatsächlich Steine, die nicht gefugt wurden. Könnte sich durchaus um einen Eingang handeln. Aber wo ist der Mechanismus, der ihn öffnet?« Ich richtete mich auf und sah mich um. »Suchen Sie nach Schaltern oder Hebeln«, sagte ich. »Nach irgendetwas, womit wir diese Tür aufbekommen.«

Ich war in meinem Element. Seit jeher hatten mich Geschichten über Geheimgänge, Gräber und Katakomben fasziniert. Die Erzählungen über Howard Carters Entdeckungen im Tal der Könige waren meine Bettlektüre gewesen. Mein Vater hatte mir schon die Sagen des klassischen Altertums vorgelesen, als ich selbst noch kaum lesen konnte. Ich musste lächeln bei dem Gedanken an das Spiel, das wir zwei gespielt hatten. Es hieß ›Erklär mir die Welt‹, und es begann immer damit, dass er seinen großen, schweren Atlas auf meine Knie legte und die Seiten durch seine Finger schnurren ließ. Wenn ich »Stopp« sagte, hielt er an, und ich durfte mit dem Finger auf eine bestimmte Region zeigen. Er musste mir dann alles darüber erzählen, was er wusste, angefangen mit den Temperaturen und der Bodenbeschaffenheit, den Pflanzen und Tieren bis hin zu den Bewohnern und ihrer Sprache. Er wusste alles über jeden Teil der Welt. Angefangen von den Wundern der Archäologie bis hin zu den Mythen und Legenden über angebliche Fabelwesen. In diesen Momenten hatte ich mich ihm sehr nah gefühlt. Doch während mir die abenteuerlichen Geschichten genügt hatten, war er der Praktiker, der hinausziehen musste, um die Wunder mit eigenen Augen zu sehen. Dieses Verhältnis hatte sich wie ein Schatten auf unsere gemeinsamen Jahre gelegt.

Ich atmete tief durch. Genau genommen war dies das erste Mal, dass ich selbst etwas entdeckt hatte. Plötzlich konnte ich ihn verstehen, konnte den Reiz des Abenteuers nachvollziehen und das kribbelnde Gefühl genießen. Hätte er mich jetzt hier sehen können, er wäre wahrscheinlich stolz auf mich gewesen. Doch nach einer halben Stunde intensiver Suche machte sich Ernüchterung breit. Es gab keine Schalter oder Hebel. Nichts, womit sich die angebliche Tür öffnen ließ.

»Was nun?« Elieshi wühlte in ihrer Umhängetasche und holte etwas von ihrem unerschöpflich scheinenden Vorrat an Müsliriegeln heraus. »Möchten Sie auch einen?« Ich nahm dankend an und sah mich um. Gedankenverloren kaute ich auf dem zähen Zeug herum. Mein Blick blieb an den beiden Steinstatuen hängen. Wir hatten sie zwar schon abgesucht, aber vielleicht hatten wir dabei etwas übersehen. Mit ihren aufgerissenen Augen und ihren gebleckten Zähnen sahen sie wirklich abschreckend aus. Zu abschreckend für meinen Geschmack. Ich konnte mir nicht vorstellen, dass sich die Erbauer dieser Stadt absichtlich in so dichter Nachbarschaft zu einem Wesen angesiedelt hatten, das sie aus tiefster Seele verabscheuten. Sie hätten genauso gut ein paar hundert Kilometer entfernt Wurzeln schlagen können. In meinen Augen war das ein Widerspruch, dem ich bisher viel zu wenig Bedeutung beigemessen hatte.

»Welchen Teil der Statuen finden Sie am abstoßendsten?«, fragte ich Elieshi zwischen zwei Bissen. Sie betrachtete die Skulpturen von oben bis unten und antwortete dann: »Auf jeden Fall das Gebiss. Wenn ich nur daran denke, was diese Zähne bei Sixpence angerichtet haben, läuft es mir kalt den Rücken herunter.«

»Genau. Das Maul und diese Zähne sind mit Abstand der schrecklichste Teil der Skulpturen. Wir sollten ihn uns näher ansehen.« Ich schob mir den Rest des Riegels in den Mund, strich meine Hände an der Hose ab und näherte mich den Ungeheuern.

Sie waren etwa drei Meter hoch, doch ihr Kopf neigte sich so weit herab, dass ich ihn mit meinem Arm gerade so erreichen konnte. Die Zeit schien an den Statuen spurlos vorübergegangen zu sein. Mit einem mulmigen Gefühl im Magen griff ich der Skulptur direkt ins Maul. Die Zähne waren spitz und ritzten meine Haut, doch ich ließ mich davon nicht abschrecken. Dieser Raum verbarg eine Antwort, und ich musste sie finden, mochte es kosten, was es wollte.

»Was tun Sie denn da?«, flüsterte Elieshi erschrocken, als sie das Blut sah, das an meinem Arm herablief. »Hören Sie sofort auf mit diesem Unsinn.«

»So besorgt?«, fragte ich mit zusammengebissenen Zähnen. »Ich fühle mich geschmeichelt.« Ich stieß meinen Arm bis zum Ellenbogen in den Rachen hinein. Ein neuer Schmerz flammte auf. Diesmal waren die Wunden tiefer, das spürte ich. Es tat verflixt weh, doch ich wollte nicht aufgeben. Plötzlich hatte ich das Gefühl, etwas zu fassen zu bekommen. Es war das Zungenbein. Als ich mit meinen Fingerspitzen dagegen stieß, schien es sich zu bewegen.

»Da ist etwas«, presste ich hervor. »Eine Art Griff. Mal sehen, ob ich ihn zu fassen bekomme.« Meinen ausgestreckten Fingern gelang es, den steinernen Hebel zu umklammern und daran zu ziehen. Erst erklang ein Knirschen, dann ein Rumpeln, dann begann sich ein Spalt in der Wand zu öffnen.

»Das darf doch nicht wahr sein«, sagte Elieshi, »Sie haben es wirklich geschafft, Sie verrückter Kerl.«

Doch plötzlich erstarb das Rumpeln, und der Spalt begann sich wieder zu schließen. Ich zog erneut, jedoch ohne Ergebnis.

»Verdammt«, rief ich. »Ein Hebel allein reicht wohl nicht, es muss noch mehr Sperren geben. Versuchen Sie Ihr Glück bei der anderen Figur.«

Doch Elieshi war zu klein, als dass sie ihren Arm in das Maul hätte stecken können. Egomo, der ihr Problem erkannte, half ihr, indem er sich auf alle viere herabließ und sie aufforderte, sich auf seinen Rücken zu stellen.

»Ich kann nur hoffen, dass er mein Gewicht aushält«, sagte Elieshi, als sie vorsichtig auf seine Schulterblätter stieg. »Mir haben schon verschiedene Männer bescheinigt, dass ich schwerer bin, als ich aussehe.«

Ich grinste. »Lassen Sie es doch darauf ankommen. Aber was immer Sie tun, tun Sie es schnell.«

Vorsichtig verlagerte sie ihr Gewicht und suchte nach Halt. Die Muskeln des Pygmäen spannten sich unter seiner dunklen Haut. »Alles in Ordnung da unten?«, fragte sie besorgt.

Egomo nickte. Er mochte zwar zart aussehen, doch er war ein verdammt zäher Bursche. Vorsichtig schob Elieshi ihre Hand in den Spalt.

»Geben Sie Acht«, rief ich ihr zu, »die Zähne sind ziemlich spitz.« »Bei mir geht es besser«, antwortete sie. »Meine Handgelenke sind schmaler als Ihre. Einen Moment noch.«

»Bitte beeilen Sie sich.« Der Schmerz in meinem Arm wich einem quälenden Pochen, das sich unangenehm auszubreiten begann. Ich wagte gar nicht daran zu denken, was die Zähne mit meinem Arm anstellten.

»Ich hab den Hebel«, rief Elieshi. »Versuchen wir es gemeinsam. Eins ... zwei ... drei!«

Ich zog. Wieder erklang das Rumpeln, doch diesmal war es wesentlich lauter. Der Spalt begann breiter und breiter zu werden. Wir hatten es geschafft! Schnell zog ich meine Hand aus dem Maul und begutachtete meinen Arm. Zu meiner Erleichterung stellte ich fest, dass die Verletzungen nur blutende Schürfungen waren.

»Alles in Ordnung mit Ihnen?«, rief Elieshi, die Egomo auf die Füße half und dann zu mir eilte. »Was macht Ihr Arm? Lassen Sie mal sehen.«

»Es ist nichts«, gestand ich ihr. »Ich habe wohl eine etwas überreizte Fantasie.« Ich blickte zu dem steinernen Reptil hinauf und sah mein Blut an seinen Zähnen.

»Sie sollten nachher unbedingt ein Antiseptikum auftragen, damit sich die Wunden nicht entzünden.« In diesem Moment kamen die schweren Türflügel mit einem knirschenden Geräusch zum Stillstand.

Das Tor zu den Mysterien des uralten Reiches hatte sich geöffnet.

Ich hielt vor Verblüffung den Atem an. Mit allem hätte ich gerechnet, nur nicht mit dem Anblick, der sich uns bot. Eine Woge von Petroleumgeruch schlug uns entgegen. Blakende Flammen, die sich oberhalb eines steinernen Simses befanden, lieferten ein gedämpftes Licht. Eine schwärzliche Flüssigkeit tropfte an manchen Stellen zu Boden und färbte den Kalkstein dunkel. Sofort musste ich an den fleckigen Altarstein denken, und mir wurde leichter ums Herz. Des Rätsels Lösung hieß »Öl«.

Die Flüssigkeit ergoss sich in einem schmalen Rinnsal aus einer steinernen Öffnung. Die Flammen züngelten im Windzug hin und her und beleuchteten die Wände mit einem gespenstischen Licht. Ob es irgendwo ein Becken gab, aus dem das immerwährende Licht gespeist wurde? Oder entsprang das Öl in natürlicher Form dem Boden? Und wie kam es, dass das System nach dieser langen Zeit immer noch funktionierte? Rätsel über Rätsel.

Ich ließ meinen Blick schweifen. Das Gewölbe, das wir betraten, wurde durch Säulen gestützt, die den Umfang ausgewachsener Bäume hatten und gegen die wir wie Zwerge wirkten. Der Anblick dieses archaischen Bauwerkes war atemberaubend. Es dauerte eine ganze Weile, ehe ich mich satt gesehen hatte.

»Lassen Sie uns weitergehen«, sagte ich zu Elieshi und setzte mich, ohne eine Antwort abzuwarten, in Bewegung. Egomo deutete vor uns auf den Boden. Die Schleifspur, die wir im angrenzenden Raum gesehen hatten, zog sich weiter. Er hatte also wieder einmal Recht gehabt. Wie ein roter Faden führte uns die Spur in unbekannte Tiefen.

Unsere Taschenlampen waren von nun an überflüssig. Langsam und mit der gebührenden Vorsicht gingen wir weiter. Doch bereits nach wenigen Schritten musste ich anhalten. »Sehen Sie sich das an, Elieshi«, flüsterte ich und deutete auf die Wände, die mit Reliefs bedeckt waren, wie man sie kunstvoller nicht einmal im British Museum zu sehen bekam. Ich sah Szenen einer bizarren Götterwelt, deren Fantasie und Ausdruckskraft überwältigend waren. Da waren konisch geformte Gebäude, zwischen denen geflügelte Streitwagen flogen, Brunnen, aus denen haushohe Wasserfontänen spritzten, und sechseckige Pyramiden. Es gab Terrassen, Gärten, Triumphbögen und Haine, zwischen deren Bäumen seltsame Gottwesen einhergingen. »Sieht ägyptisch aus«, sagte Elieshi. »Allerdings muss ich zugeben, dass ich kein Experte in diesen Dingen bin.«

»Ich leider auch nicht«, gab ich zu. »Doch ich wage zu bezweifeln, dass die Ägypter hiermit zu tun haben. Ich habe das unbestimmte Gefühl, dass es eher umgekehrt ist. Diese Götterwelt sieht viel archaischer aus als die der Ägypter. Nicht so vermenschlicht. Eher wie ...«

»Na?«

Ich seufzte. Eigentlich hatte ich das Thema nicht anschneiden wollen, aber nun, da ich mich verplappert hatte, konnte ich auch die ganze Geschichte erzählen.

»Haben Sie schon einmal von der Theorie gehört, dass sowohl die Pyramiden als auch der Sphinx viel älter sind als gemeinhin angenommen?«

Sie schüttelte den Kopf.

»Nun, zum Beispiel finden sich auf den Sphinx Erosionsrinnen, die von oben nach unten verlaufen. Spuren von Winderosion verlaufen horizontal. Es kann also nur Wassererosion sein. Dabei hat es seit beinahe sechstausend Jahren in der Sahara kaum geregnet. Die Wüste existierte bereits lange, ehe sich die Ägypter dort ansiedelten. Es gibt Theorien, nach denen die Pyramiden von Gizeh mehrere tausend Jahre vor den Pharaonen gebaut wurden. Sie haben sie einfach zu Grabmälern umgebaut und sich ins gemachte Nest gesetzt, um es salopp zu sagen.«

»Von wem wurden sie dann erbaut, wenn nicht von den Pharaonen? Etwa von den Göttern?« Ihr Blick ließ mich zu der Überzeugung gelangen, dass sie diese Frage absolut ernst meinte. Warum auch nicht. Angesichts der Dinge, die uns umgaben, war alles möglich.

»Moderne Theorien gehen von einer Hochkultur aus, die viel älter ist als die der Ägypter«, fuhr ich fort. »Sie existierte zu einer Zeit, als die Sahara noch grün und fruchtbar war und dort noch Elefanten und Nashörner lebten.«

»Vielleicht auch Kongosaurier?« Elieshi sah mich erwartungsvoll an.

»Wäre möglich. Doch von dieser Kultur fehlte bisher jede Spur.« Ich zuckte mit den Schultern. »Alles, was man bisher fand, waren Spuren, Zeichen und Indizien. Unbestätigten Gerüchten zufolge soll es eine Grabung am Rande des Djebel Uweinat, an der Grenze zu Libyen und dem Sudan, gegeben haben, in deren Verlauf man auf eine sechsseitige Pyramide gestoßen ist. Doch aus irgendwelchen Gründen ist nie etwas Genaues darüber bekannt geworden. War wahrscheinlich eine Zeitungsente.«

»Dies hier ist aber keine Ente.« Elieshis Augen leuchteten. »Wenn das stimmt, was Sie da eben gesagt haben, dann könnte es doch durchaus sein, dass wir endlich eine Spur gefunden haben, die diese Theorie untermauern würde.«

»Mehr als nur eine Spur. Es wäre das Missing Link«, erwiderte ich. »Und damit ebenso sensationell wie die Entdeckung des Mokéle m'Bembé.« Mit glänzenden Augen wandte ich mich wieder den Reliefs zu. Jedes Bild war anders, doch so fantasievoll sie auch anmuteten, ein Detail war ihnen allen gemeinsam. Ein Detail, das einen klaren Bezug zur Realität darstellte.

»Sehen Sie sich das mal an«, flüsterte ich und lenkte ihren Blick auf eine bestimmte Einzelheit. Der untere Teil des Reliefs schien einen in sich geschlossenen subterranen Kosmos darzustellen. Eine Art Unterwelt.

Elieshi fuhr die Konturen mit ihren Fingerspitzen nach. »Kongosaurier«, flüsterte sie. »Hunderte von Kongosauriern.«

Ich beobachtete, wie ihr Finger über die Formen dickleibiger Riesenechsen glitt, die sich umeinander schlängelten. Manche hielten gewellte Stäbe in ihren Klauen, andere Gegenstände, die tragbaren Fernsehern oder Truhen ähnelten. Oder waren es Bücher? Die Sache wurde immer mysteriöser.

»Einige scheinen das Gewölbe über sich zu stützen«, unterbrach Elieshi das Schweigen. »Es hat fast den Anschein, als würden sie die gesamte obere Bildhälfte tragen. Wäre ich Kunsthistoriker, würde ich sagen, dass auf ihren Schultern das gesamte Fundament unser eigenen Welt ruht. Ohne sie würde alles zusammenstürzen.«

Ich nickte. »Eine ziemlich direkte Symbolik, finden Sie nicht? Und sehen Sie sich das hier an. Eine Reihe von Bahren, auf denen kranke oder sterbende Menschen liegen und die durch die Berührung der Tiere wieder geheilt werden. Sind das Tränen, die ihnen da aus den Augen strömen?«

»Sie weinen über das Leid der Menschheit.« Elieshi wirkte ergriffen, als sie fortfuhr, mit ihren Fingern über das Relief zu streichen.

Ich atmete tief durch. »Dann waren wir die ganze Zeit auf der falschen Fährte. Die Menschen haben sich nicht trotz dieser Wesen hier angesiedelt, sondern wegen ihnen. Sie haben sie geliebt und verehrt. Sie haben sie vergöttert. Wenn das kein Zeichen für ihre Friedfertigkeit ist, weiß ich auch nicht weiter.«

»Dann dienten die Statuen wohl nur dazu, ungebetene Gäste fern zu halten«, sagte Elieshi. »Als Abschreckung für die Ungläubigen. Trotzdem«, sie schüttelte den Kopf, »so ganz verstehe ich es immer noch nicht.«

»Was meinen Sie?«

Sie breitete ihre Arme aus. »Das alles hier. Dieses gewaltige Mysterium. Fragen über Fragen türmen sich hier auf. Was waren das für Menschen, die diese Hallen erbaut haben, warum sind sie verschwunden, was hat diese Kultur ausgelöscht? Aber vor allem, wer hat diese Ölflammen entzündet? Denn Sie wollen mir doch wohl nicht erzählen, dass sie seit Tausenden von Jahren ungestört brennen.«

»Es ist genau diese praktisch orientierte Denkweise, die ich an Ihnen so schätze«, sagte ich mit einem Augenzwinkern. »Ehe wir nicht herausgefunden haben, wer sich hier unten aufhält, sollten wir sämtliche kunsthistorischen Betrachtungen zurückstellen – so schwer das auch fallen mag.«

Sie zwinkerte mir zu. »Sie entwickeln sich noch zu einem richtigen Abenteurer. Welch ein Unterschied zu dem Burschen, den ich vor einer Woche kennen gelernt habe.«

»Nun übertreiben Sie mal nicht«, wiegelte ich ab, obwohl ich mich über ihr Kompliment freute. »Ich habe eine Scheißangst, wenn ich daran denke, was uns da unten erwartet. Und je länger wir hier stehen, desto schlimmer wird es. Also, bringen wir es hinter uns.«

Wir gingen weiter, aber diesmal waren wir zielstrebiger und hielten uns nicht mit Nebensächlichkeiten auf.

Wir erreichten das Ziel schneller als vermutet. Wahrscheinlich hing das mit den Lampen zusammen, deren goldener Schimmer den Raum größer aussehen ließ, als er in Wirklichkeit war. Jedenfalls machte der Gang nach etwa fünfzig Metern einen scharfen Knick und mündete in einen zweiten Raum, der in Form und Größe der Eingangshalle sehr ähnlich war.

Ich stieß einen Schrei der Überraschung aus. Dieser Raum war nicht leer geräumt so wie die Eingangshalle, er war aber auch nicht gefüllt mit Truhen, Sarkophagen oder sonstigen Heiligtümern, wie man sie in ägyptischen Tempeln gefunden hätte. Es war ein modern eingerichtetes Labor. Ich sah Klappstühle und einen Tisch, auf dem Geräte standen, die den unseren in nichts nachstanden. Genau genommen war es ein exaktes

310

Ebenbild unseres eigenen Labors am Lac Télé. Skizzen und Diagramme bedeckten die Wände. Ein kleiner Dieselgenerator stand dort, der die technischen Apparate und Halogenlampen mit Strom versorgt hatte. Doch entweder war ihm der Sprit ausgegangen oder man hatte ihn abgeschaltet. Jetzt wurde das Labor nur noch vom flackernden Licht der Öllampen beleuchtet.

Ich musste ein paarmal kräftig durchatmen, um mich zu vergewissern, dass ich nicht träumte. Hier waren sie nun, die Antworten, nach denen wir gesucht hatten. Dies konnte nur Emilys geheimes Labor sein, in das sie und ihre Männer sich nach der Vernichtung ihres Lagers am See zurückgezogen hatten. Wann und wie es ihnen gelungen war, diesen Ort zu entdecken und warum sie sich so lange verborgen hatten, ohne ein Lebenszeichen von sich zu geben, würde noch zu klären sein. Doch wo steckten sie und ihre Helfer? Der Raum sah aus, als wäre hier bis vor kurzem noch gearbeitet worden, doch jetzt, im flackernden Licht der Öllampen, wirkte er eher wie eine Grabkammer. Vielleicht gab es noch eine weitere Geheimtür.

»Emily?« Mein Ruf hallte von den Wänden wider. »Emily, steckst du hier irgendwo?«

Keine Antwort.

Elieshi zupfte mich am Ärmel und deutete auf eine Reihe von Schlaflagern, die im dunkleren Teil des Raumes ausgebreitet waren. Die Isomatten und Schlafsäcke lagen unordentlich durcheinander und schienen seit einiger Zeit nicht benutzt worden zu sein.

Alle bis auf einen.

Meine Atmung setzte einen Moment aus, als ich erkannte, dass sich ein Körper darin befand.

30

Der Körper lag zusammengekrümmt auf der Erde. Er wirkte wie ein loses Bündel Wäsche, das jemand achtlos in die Ecke geworfen hatte. Ich fühlte einen Stich im Herzen. Plötzlich überfiel mich die Gewissheit, dass ich zu spät kam. Egomo und Elieshi schienen das ebenfalls zu spüren, denn sie ließen mir den Vortritt.

Emily sah aus, als würde sie schlafen. Doch sie war tot – und das bereits seit einiger Zeit. Nur die Kühle des Tempels hatte ihren Körper bisher vor Verwesung bewahrt. Er war gezeichnet von Schwäche und Krankheit. Ich schluckte, während ich damit begann, sie zu untersuchen. Ihre linke Hand war notdürftig bandagiert, und ich sah, dass die darunterliegende Verletzung nie richtig verheilt war. Die Wunden sahen aus, als wären sie durch mehrere spitze Gegenstände entstanden. Vielleicht hatte Emily sie sich an den Reißzähnen der Wächterstatuen zugezogen. Ob die Infektion zu ihrem Tod geführt hatte, konnte ich nicht einschätzen, aber mit Sicherheit hatten sie ihr große Schmerzen verursacht. Ihr schönes Gesicht, das auf den Fotos in Palmbridge Manor noch so jung und lebensfroh gewirkt hatte, war bleich und eingefallen. Doch um ihren Mund erkannte ich immer noch die Zeichen des jugendlichen Übermutes, der mich vor so langer Zeit verzaubert hatte. Der Mund, der so hinreißend lächeln konnte und der mir meinen ersten Kuss gegeben hatte.

Es heißt, die erste Liebe überstehe alle Stürme, und ich fühlte, dass viel Wahrheit in dieser Behauptung steckt. Ich war mir allerdings nicht sicher, ob sie sich auf eine reale Person bezog oder auf das Idealbild, das man sich selbst geschaffen hatte. Natürlich wusste ich, dass die Person in meinen Armen eigentlich eine fremde Frau war. Trotzdem hob ich sie hoch und drückte ihr Gesicht an meine Schulter. Es gab nur noch sie und mich, und als ich meine Hände durch ihre kurzen blonden Haare gleiten ließ, wurde ich überwältigt von der Erinnerung an unsere gemeinsame Kindheit.

Es dauerte eine ganze Weile, ehe ich Abschied genommen hatte und mich wieder von ihr lösen konnte. Als ich meinen Blick hob, sah ich, dass ihre Finger ein Buch umklammert hielten. Es hatte einen roten Leineneinband, lederne Stoßkanten, und auf seinem Umschlag befand sich das geprägte Wappen der Familie Palmbridge. Ich wischte mir die Tränen aus dem Gesicht und griff danach. Es war ein Tagebuch, und als ich es ihren starren Fingern entwand, öffneten sich die Seiten an der Stelle, an der sie zuletzt geschrieben hatte. Der Eintrag datierte vom 9. Februar, dem Tag, an dem ich in Brazzaville eingetroffen war.

9. Februar. Es dauerte eine Weile, bis mir die Bedeutung dieses Datums klar wurde. Gesetzt den Fall, wir hätten gewusst, dass sie noch am Leben war, und gesetzt den Fall, wir hätten sofort eine Rettungsaktion gestartet, wären wir trotzdem zu spät gekommen. Emily Palmbridge war zu diesem Zeitpunkt schon unheilbar krank gewesen. Das war eine ebenso nüchterne wie unausweichliche Tatsache. Eine Tatsache, die auch etwas Tröstliches hatte. Ihr Schicksal war zu diesem Zeitpunkt bereits besiegelt, und nichts hätte daran etwas ändern können.

In Elieshis Augen sah ich tiefe Betroffenheit.

»Sie ist es, nicht wahr?«, fragte sie.

»Warum hat sie nicht versucht heimzukehren?«, murmelte ich.

»Warum hat sie sich hierher zurückgezogen, ohne wenigstens ein Lebenszeichen von sich zu geben? Es ist so sinnlos.«

»Vielleicht stehen die Antworten in ihrem Tagebuch«, schlug Elieshi vor und griff nach dem roten Buch. »Darf ich?«

»Gern«, flüsterte ich, während ich Emilys Körper an mich drückte. »Mir ist jetzt nicht nach Lesen zumute.«

Sie schlug den hinteren Teil auf und versuchte die Eintragungen zu entziffern, was nicht einfach war, denn die Notizen waren mit zittriger Schrift verfasst worden.

Dienstag, 9. Februar, 08:20 Uhr

Bin todmüde. Habe die letzte Nacht kaum ein Auge zugemacht. Sämtliche Medikamente sind aufgebraucht, und ich kann die Entzündung nicht stoppen. Die Infektion brennt sich wie Feuer durch meinen Körper. Kann meine Männer nur noch mit Waffengewalt davor zurückhalten, sich dem Rettungstrupp zu stellen. Die Soldaten wurden sicher auf Drängen meiner Mutter hierher ausgesandt. Wie hätte sie auch ahnen können, dass sich die Situation inzwischen völlig verändert hat? Das Geheimnis des Lac Télé darf auf keinen Fall in die falschen Hände gelangen, schon gar nicht in die Hände der kongolesischen Regierung. Es steht zu viel auf dem Spiel. Ich habe damit begonnen, sämtliche Daten und Notizen zu löschen, ohne dass die anderen etwas davon mitbekommen. Sie würden es nicht verstehen.

Wir wissen nicht, was das heute früh für eine schreckliche Explosion war, aber das Geräusch kam eindeutig aus der Richtung des Soldatenlagers. Vielleicht wurden sie angegriffen, vielleicht hat sich auch ein Unfall ereignet. Antoine wollte nachsehen, aber ich war dagegen. Die Männer dürfen uns nicht finden, sonst ist alles verloren. Noch bis vor kurzem hätte ich mich liebend gern zu erkennen gegeben, aber die Erkenntnisse, die ich im Laufe der Zeit gewonnen habe, zwingen mich zum Umdenken. Mein Team steht kurz vor einer Meuterei. Alle sind krank.

Jetzt, wo die Soldaten den Tempel entdeckt haben, weiß ich nicht, wie lange ich meine Männer noch im Zaum halten kann. Ich fürchte, mir bleibt nur noch eine Wahl.

Ich schüttelte verständnislos den Kopf. »Was meint sie damit? Geht die Eintragung noch weiter?«

»Allerdings.« Elieshi hob ihren Blick und sah mich dabei auf eine merkwürdige Weise an. »Ich weiß aber nicht, ob Sie das wirklich hören wollen.«

»Es muss sein«, erwiderte ich. »Ich muss genau wissen, was hier vor sich gegangen ist.«

Sie seufzte. »In Ordnung.«

Es ist vollbracht. Ich habe das Unvorstellbare getan. Sie sind tot. Alle. Sie waren meine Freunde und meine treuen Gefährten. Sie haben ihr Leben für mich eingesetzt, und so habe ich es ihnen gedankt. Möge der Herr mir vergeben.

Sie wollten heimkehren. Als ob ich das nicht auch liebend gern getan hätte. Aber wenn das geschehen wäre, hätten sie geredet. Sie alle hätten geredet und das Geheimnis, das diesen Ort umgibt, ausgeplaudert. Zum Glück ging alles sehr schnell. Sie werden kaum etwas gespürt haben. Was danach kam, war ungleich schwieriger. Nur mit größter Mühe konnte ich ihre Leichen nach draußen schaffen und beerdigen. Wenigstens hatten sie ein christliches Begräbnis. Habe für Antoine sogar ein Kreuz geschnitzt. Man mag mich für meine Tat verurteilen, aber ich sah keine andere Möglichkeit. Sie sind etwas Besonderes. Sie haben eine Gabe, die wir nicht verstehen, und wir haben nicht das Recht, sie zu verfolgen oder zu töten. Doch genau das würde passieren, wenn bekannt würde, womit wir es zu tun haben. Teams aus aller Welt würden kommen und sie auf dem Altar der Wissenschaft opfern. Und die, die überleben würden, müssten in irgendwelchen Zoos oder Beobachtungsstationen dahinvegetieren, als Versuchsobjekte im Dienste der Forschung. Wenn ich den Menschen nur hätte zeigen können, was sie mir gezeigt haben. Aber sie sind sich ihrer Fähigkeiten kaum bewusst. Und solange ich noch einen Funken Leben in mir spüre, werde ich ihr Geheimnis wahren. Was ich getan habe, ist unverzeihlich, aber ich musste es tun.

Mutter, ich bete zu Gott, dass du mich verstehst, wenn du diese Zeilen liest.

Kann mich vor Schwäche kaum noch auf den Beinen halten. Spüre, wie das Leben meinen Körper verlässt. Jenen, die dieses Buch finden, kann ich nur noch einen letzten Wunsch hinterlassen: Meiden Sie den Lac Télé, wahren Sie sein Geheimnis, und erzählen Sie niemandem davon. Der Mensch ist nicht die Krone der Schöpfung, auch wenn es ihm schwer fallen wird, das zu akzeptieren.

Emily Palmbridge

»Das war der letzte Eintrag.« Eine atemlose Pause trat ein, als Elieshi das Buch zuschlug.

»Mein Gott, was hat sie getan?«, murmelte ich, während ich mich bemühte, den Eintrag zu verstehen. Plötzlich fühlte ich mich von dem Körper, den ich in den Armen hielt, abgestoßen.

»Sie hat diese Männer da draußen umgebracht«, schüttelte ich den Kopf. »Was ist nur geschehen, dass sie sich so verändert hat?«

Elieshi sah mich mit einem schwer zu deutenden Blick an.

»Emily Palmbridge schien in jeder Hinsicht ein extremer Charakter gewesen zu sein, Sie haben das bloß nicht erkannt. Oder

Sie haben es nicht erkennen wollen, wie man's nimmt. Tatsache ist, dass sie ein anderer Mensch war als die Traumfigur, mit der Sie die letzten zwanzig Jahre verbracht haben. Ich bedauere, dass sie tot ist, aber das hätte auch nichts daran geändert, dass Ihre Jugendschwärmerei eine Illusion gewesen war. Hätten Sie sie noch einmal lebend treffen können, es wäre eine Begegnung mit einer Fremden gewesen. Im Zweifelsfall hätten Sie sich kaum etwas zu sagen gehabt.«

Ich wischte mir übers Gesicht. »Sie haben Recht. Ich war ein Idiot.«

»Nun, das nicht gerade«, ein schmales Lächeln spielte um ihren Mund. »Vielleicht nur ein hoffnungsloser Romantiker. Und das ist etwas sehr Schönes, finde ich. Eines aber ist merkwürdig.«

»Hm?«

Elieshi stand auf und begann, auf und ab zu gehen. »Dieses Labor hier und die lange Zeit, die sie hier verbracht hat, all das passt nicht zu dem ursprünglichen Plan.«

»Wovon sprechen Sie?« Ich war immer noch ganz benommen und fand erst nach und nach die Kraft, mich auf das Gespräch zu konzentrieren.

»Ist Ihnen nicht aufgefallen, wie stark sich Emily Palmbridges Ansichten geändert haben? Die Aussagen hier in diesem Tagebuch ...«, sie hielt es in die Luft, »... stehen in diametralem Gegensatz zu den erklärten Zielen der Expedition. Sie scheint sich gegen ihre eigene Mutter gewandt zu haben. Geplant war doch, Mokéles Erbmaterial zu sammeln, damit heimzukehren und die gewonnenen Erkenntnisse in das Human Genome Project einzubinden. Sehe ich das richtig?«

»So ungefähr.« Langsam dämmerte mir, worauf Elieshi hinauswollte. »Vielleicht hat sie entdeckt, was wir entdeckt haben. Dass es sich bei Mokéle nicht nur um eine neue Art, sondern um einen Sprung in der Evolution handelt? Wäre doch möglich.«

Elieshi schüttelte entschieden den Kopf. »Diese Erkenntnis allein hätte doch eine Frau wie Emily Palmbridge nicht umgestimmt. Im Gegenteil. Sie hätte die Unvereinbarkeit seiner und unserer DNS in einen Sieg verwandelt, indem sie sich die alleinigen Forschungsrechte an ihm gesichert hätte. Nicht auszudenken, was man aus Mokéles Erbgut alles hätte lernen können. Nein ...«, sie zögerte. »Sie muss noch etwas anderes entdeckt haben. Etwas, auf das wir bisher noch nicht gestoßen sind. Etwas, was so außergewöhnlich ist, dass sie ihrer eigenen Mutter nicht mehr vertraut hat. Erinnern Sie sich an die Worte im Tagebuch? *Sie sind etwas Besonderes. Sie haben eine Gabe, die wir nicht verstehen ... Wenn ich den Menschen nur hätte zeigen können, was sie mir gezeigt haben.*« Elieshi lehnte sich zurück und sah mich mit einem schwer zu deutenden Blick an. »Sagen Sie bloß, Sie haben sich nichts dabei gedacht, als Sie das gehört haben.«

»Um ehrlich zu sein: nein. Ich war mit meinen Gedanken woanders. Aber Sie haben Recht, dieser Abschnitt ist merkwürdig. Wer sind ›sie‹ und von welchen ›Fähigkeiten‹ ist hier die Rede?«

»Darüber, wer ›sie‹ sind, dürfte es eigentlich keine Unklarheiten mehr geben. Aber was ihre ›Fähigkeiten‹ betrifft, da tappe ich genauso im Dunkeln wie Sie. Doch auch der letzte Satz ist seltsam: *Der Mensch ist nicht die Krone der Schöpfung, auch wenn es ihm schwer fällt, das zu begreifen.*«

Ich stand auf und rieb mir die Arme. Erst jetzt fiel mir auf, wie kühl es hier unten war. »Keine Ahnung, was sie damit gemeint haben könnte. Vielleicht war sie doch nicht mehr so klar bei Verstand, als sie das schrieb.«

Elieshi blätterte nachdenklich in dem Tagebuch. »Oh doch, das war sie. Sie wollte nur nicht preisgeben, was sie entdeckt hatte, und die Leute, die dieses Buch finden, nicht unnötig neugierig machen.«

»Wir können uns ja mal umsehen«, schlug ich vor. »Vielleicht finden wir etwas, was uns weiterhilft, obwohl ich nicht allzu optimistisch bin. Sie hat geschrieben, dass sie alle Dokumente vernichtet hätte. Trotzdem, einen Versuch ist es wert.«

Wir durchforsteten alle Notizen und sämtliche Datenbanken des Computers, aber es war so, wie ich befürchtet hatte. Mit einer an Wahnsinn grenzenden Gründlichkeit waren sämtliche Spuren, die Licht in die Erkenntnisse der Palmbridge-Expedition hätten bringen können, gelöscht worden. Papiere, Daten, selbst die Objektträger, auf denen sich Mokéles Blut befunden haben mochte, waren vernichtet worden. Emily hatte sie in einer Petrischale mit Öl übergossen und verbrannt.

»Es hat keinen Zweck«, gab ich nach einer halben Stunde unumwunden zu. »Emily hat wirklich gründlich gearbeitet. Die wenigen Informationen, die noch lesbar sind, sagen gar nichts. Es könnte sich dabei genauso um Forschungsergebnisse über die kongolesische Sumpfkröte handeln.«

»Abgesehen von der Tatsache, dass es ein solches Tier nicht gibt.« In Elieshis Gesicht spiegelte sich Enttäuschung. »Und was sollen wir jetzt Ihrer Meinung nach tun?«

»Die Frage ist: Was können wir tun? Ich fürchte, wir haben nicht viel in der Hand. In Anbetracht unserer prekären Lage würde ich vorschlagen, nichts zu unternehmen.«

»Nichts? Wie meinen Sie das? Sollen wir hier alles so stehen und liegen lassen?«

Ich nickte. »Wie sollen wir die Sachen denn transportieren? Aber ich würde Emily gerne neben ihren Begleitern beerdigen. Ich glaube, das hätte ihr gefallen.«

»Und dann?«

Ich zuckte die Schultern. »Dann, finde ich, sollten wir Emilys letzten Wunsch respektieren und vergessen, was wir hier gesehen haben.«

Elieshi blickte mich ungläubig an. »Und die Erforschung von Mokéle jemand anderem überlassen?«

Ich zuckte die Schultern. »Bedenken Sie doch mal unsere Lage. Wir sind schwer angeschlagen, Sixpence kam zu Tode, und unser Flugzeug ist ein Trümmerhaufen. Mokéle ist gereizt und wird wieder angreifen. Wir müssen hier verschwinden. Sie können es drehen und wenden, wie Sie wollen, aber wir sind am Ende.«

Elieshi kickte einen Stein zur Seite. »Verdammt logisch argumentiert, Herr Professor, das muss ich Ihnen lassen. Es gefällt mir zwar nicht, aber ich kann es nicht ändern.« Sie ließ die Schultern hängen. »Immerhin bleibt uns ja noch eine Hoffnung. Wenn wir es schaffen, unser Geheimnis für uns zu behalten, haben wir vielleicht die Möglichkeit, eines Tages zurückzukehren. Auf jeden Fall sind wir dann besser vorbereitet.« Mir fiel auf, dass sie von ihren eigenen Worten nicht überzeugt zu sein schien, aber ich schwieg. Sie klammerte sich an den letzten Hoffnungsschimmer, und den wollte ich ihr nicht nehmen.

Elieshi warf noch einen letzten enttäuschten Blick auf das Schlaflager, dann sagte sie: »In Ordnung. Begraben wir Emily. Das hat sie verdient. Danach verschließen wir diesen Tempel wieder, und dann nichts wie nach Hause.«

31

Als wir nach einem dreistündigen Fußmarsch endlich die vertrauten Zelte vor uns aus dem regennassen Buschwerk auftauchen sahen, waren meine Beine schwer wie Blei. Doch so mühsam der Marsch auch gewesen war, er hatte mir geholfen, mir über einiges klar zu werden. In den zurückliegenden Stunden hatte ich genügend Zeit gehabt, um Abschied zu nehmen und um zu dem Schluss zu gelangen, dass ich jahrelang in einer riesengroßen Seifenblase gelebt hatte. Aber damit würde nun Schluss sein. Ich wollte nach Hause. Ich wollte Sarah in meine Arme nehmen und ihr sagen, was für ein Idiot ich gewesen war. Und ich wollte mich bei ihr entschuldigen und ihr versprechen, dass nun alles besser werden würde.

Das Lager war verlassen. Von Maloney war keine Spur zu sehen. Er war weder in seinem noch in einem der anderen Zelte. Allerdings lag das Schlauchboot unbenutzt am Ufer, so dass wir nicht befürchten mussten, dass er uns dauerhaft verlassen hatte. Vielleicht musste er sich nur mal die Beine vertreten, vielleicht war er aber auch am Grab seines Freundes. In diesem Fall wollte er sicher allein sein.

Elieshi und ich beschlossen, uns schnell etwas zu essen zu

machen und uns dann hinzulegen. Ich spielte kurz mit dem Gedanken, mich mit Lady Palmbridge in Verbindung zu setzen und sie über die jüngste Entwicklung zu informieren, aber nach kurzem Zögern verwarf ich den Gedanken wieder. Die Nachricht vom Tod ihrer Tochter wollte ich ihr nicht über das Telefon überbringen. Elieshi war ebenfalls nicht zum Plaudern aufgelegt. Mit schnellen, kontrollierten Bewegungen schaufelte sie etwas Müsli in sich hinein und zog sich dann zurück, um ihre Notizen zu vervollständigen. Über dem Lager lag eine Stimmung, wie sie bedrückender nicht sein konnte. Während ich den Abwasch machte, entschied ich mich, erst morgen mit dem Packen zu beginnen. Das Flugzeug war ein Trümmerhaufen, so dass wir über Funk einen Piloten anfordern mussten, der uns von hier abholte. Und bis der hier eintraf, blieb noch genug Zeit, um das Lager abzubauen. Doch ich hatte keine Ahnung, wen wir anrufen mussten, und wollte lieber Maloneys Rückkehr abwarten. Mit Emilys Tagebuch begab ich mich zur Ruhe, doch kaum hatte ich zwei Seiten gelesen, da schlief ich ein.

Es war stockfinstere Nacht, als ich von einem seltsamen Geräusch geweckt wurde. Mein erster Gedanke galt Mokéle. War das Wesen zurückgekommen, um sich einen von uns zu holen? Dunkel erinnerte ich mich an Maloneys Krokodilgeschichte und lauschte in die Dunkelheit. Da war es wieder. Irgendetwas patschte im Uferschlamm herum. Seltsamerweise klang das Geräusch diesmal so, als würde jemand einen großen Gegenstand über die matschige Uferzone ziehen. Vorsichtig öffnete ich den Reißverschluss und blickte hinaus. Der Regen hatte aufgehört, und der Mond schien durch die wenigen Wolkenlücken. Nach einiger Zeit erkannte ich die vertraute Gestalt Maloneys, der am Ufer des Sees zu arbeiten schien. Er schleppte einen großen Schwimmkörper an einem Seil hinter sich her, was ihm beträchtliche Mühen zu bereiten schien. Ich wollte gerade aufstehen und zu ihm hinübergehen, da bemerkte ich, dass Egomo neben meinem Zelt saß und Wache hielt. Sein Blick hatte etwas Warnendes, und so verhielt ich mich leise. Irgendetwas an seinem Verhalten sagte mir, dass es besser wäre, mich nicht zu erkennen zu geben. Da der Pygmäe über einen guten Riecher verfügte, verhielt ich mich ruhig. Gemeinsam beobachteten wir Maloney, wie er zurückkehrte und einen weiteren großen Gegenstand durch das flache Wasser schleppte. Es schien sich um einen der Schwimmer vom Flugzeug zu handeln. Was musste dieser Mann für eine Kraft haben. Die Dinger wogen gut und gern dreihundert Kilogramm.

Nach einer Weile hatte Maloney sein Ziel erreicht. Schwer keuchend begann er, die beiden Schwimmer miteinander zu vertäuen. Seine Bewegungen zeugten von enormer Kraft und Anspannung.

Egomo gab mir zu verstehen, dass ich mich wieder hinlegen sollte. Es war nicht nötig, dass wir beide uns die Nacht um die Ohren schlugen. Um ehrlich zu sein, kam ich seinem Wunsch nur allzu gern nach, denn ich war immer noch todmüde. Außerdem wusste ich, dass ich mich auf Egomo verlassen konnte. Also kroch ich wieder zurück in mein Nest, sperrte die Nacht aus und schlief fast augenblicklich wieder ein.

Als ich die Augen aufschlug, war es merkwürdig dunkel. Doch ein Blick auf meine Armbanduhr sagte mir, dass es schon spät am Morgen war. Ich verließ mein Zelt und warf einen Blick nach oben. Der Himmel sah aus, als hätte man ihn mit Bleiplatten vernagelt.

»Ein komisches Wetter ist das heute«, brummte eine Stimme von jenseits der qualmenden Feuerstelle. Es war Maloney, der gerade etliche Seilstücke zu einem längeren Tau verknotete. »Das wird im Laufe des Tages noch ein Unwetter geben«, sagte er. »Wenn Sie möchten, können Sie mir gleich bei einigen Vorbereitungen zur Hand gehen.«

»Guten Morgen«, begrüßte ich ihn, noch etwas benommen von der unruhigen Nacht. »Schön, Sie wiederzusehen. Ich muss gestehen, wir haben Sie gestern Abend vermisst. Wir waren kurz davor, uns Sorgen um Sie zu machen.«

»Um mich?« Er lachte trocken. »Ich wüsste niemanden, um den man sich weniger Sorgen zu machen braucht.«

»Fühlen Sie sich wieder einigermaßen?« Ich hoffte, ihm mit dieser Frage nicht zu nahe zu treten, aber ich verspürte das Bedürfnis, ihn so schnell wie möglich über die gestrigen Ereignisse und unsere baldige Abreise zu informieren. Sicher hatte er auch noch einiges zu erledigen, ehe wir das Flugzeug anforderten.

»Es gibt viel zu berichten«, fuhr ich fort. »Wenn Sie möchten, erzähle ich es Ihnen bei einer Tasse Kaffee.«

»Nicht nötig«, erwiderte er. »Während Sie gestern Abend schon selig geschlummert haben, hat Mademoiselle n'Garong mich über alles informiert. Die Entdeckung der Gräber, der Tempel, die Leiche von Lady Palmbridges Tochter. Traurige Sache, das. Aber ich habe Ihnen ja prophezeit, dass es ein sinnloser Ausflug werden würde.«

»Sinnlos? Nun, ich weiß nicht, was Elieshi Ihnen genau erzählt hat, aber sinnlos war der Ausflug ganz und gar nicht.«

»Sie hat mir genug erzählt. Dieses Land tötet auf Dauer jeden.« Er blickte hinauf in die Wolken. »Jetzt hat jeder von uns das verloren, was ihm das Teuerste war.« Er blickte mich aus rätselhaften grünen Augen an. »Sie werden darüber hinwegkommen. Und was diese Ruinen betrifft ...«, er zuckte mit den Schultern. »Es gibt so viele alte Steine auf der Welt. Und sie alle warten darauf, erforscht zu werden. Ob diese hier nun wichtig sind oder nicht, sollte nicht unser Problem sein.« Die Teilnahmslosigkeit in seiner Stimme irritierte mich. Er redete, als interessiere ihn das alles gar nicht. Dass er von Emilys Tod nicht sonderlich ergriffen war, konnte ich ja verstehen, schließlich bedeutete sie ihm nichts. Wie er aber über den Verlust seines besten Freundes sprach, das machte mich stutzig.

»Dann hat Elieshi Sie sicher schon darüber informiert, dass wir möglichst bald heimkehren wollen.« Ich zwang mir ein Lächeln aufs Gesicht. »Es ist alles erledigt. Um ehrlich zu sein, ich kann es kaum erwarten, mal wieder zu duschen und in einem richtigen Bett zu schlafen.«

»Das muss warten«, sagte er und entfernte sich mit seinem Seil. Ich eilte hinter ihm her. »Was heißt das? Meinen Sie, wir sollten das Camp wetterfest machen, ehe das Unwetter einsetzt? Es hat doch den letzten Sturm auch gut überstanden.«

Er blieb stehen. »Was reden Sie da vom Camp? Nein, ich brauche Ihre Hilfe beim Floß. Gestern habe ich die beiden Schwimmer vom Flugzeug abmontiert und sie hierher gebracht. Heute Morgen dann habe ich sie notdürftig mit Stricken zu einem Floß zusammengebunden. Ich möchte es möglichst bald schwimmbereit haben. Sie wissen ja, bei einem Unwetter beißen die Fische am besten.« Ich glaubte den Anflug eines Lächelns um seinen Mund spielen zu sehen, doch seine Augen blieben kalt.

Langsam fing ich an, mich unwohl zu fühlen. »Floß, Fische? Ich verstehe kein Wort. Jetzt mal ganz langsam, was genau haben Sie vor?«

»Ich spreche natürlich davon, den Kongosaurier zur Strecke zu bringen. An was hatten Sie denn gedacht?«

Mein Unwohlsein schlug in handfeste Besorgnis um. »Das ist nicht Ihr Ernst, oder? Sie erlauben sich einen Scherz.«

»Keineswegs. Ich habe vor, das Biest zu jagen und zu erlegen. Und Sie werden mir dabei helfen.«

Jetzt war sie da, die Panik. Alle meine Befürchtungen bezüglich Maloneys Geisteszustand schienen sich zu bestätigen. Er schien den Verstand verloren zu haben. Was mich am meisten beunruhigte, war die Art, wie er die Worte ausgesprochen hatte. Mit der größten Ruhe und Gelassenheit, als hätte er eine beiläufige Bemerkung über das Wetter fallen lassen. Meine Befürchtungen verdrängend, versuchte ich so entspannt zu klingen, wie mir das in dieser Situation möglich war. »Wir haben hier alles erledigt, Stewart.« Es war das erste Mal, dass ich ihn mit seinem Vornamen ansprach. Es sollte ihm das Gefühl von Vertrautheit vermitteln.

»Wir haben die Genprobe, wir wissen, was aus Emily geworden ist, es gibt nichts mehr für uns zu tun. Auftrag ausgeführt. Mehr ist nicht nötig.«

»Und ob es nötig ist, David.« Er warf mir einen scharfen Blick zu. »Was nötig ist und was nicht, entscheide immer noch ich. Diese Expedition steht unter meinem Kommando, und das wird auch so bleiben, bis wir wohlbehalten wieder in Brazzaville eingetroffen sind. Ende der Diskussion.«

»Vielleicht sollten wir diesbezüglich Rücksprache mit unserer Auftraggeberin halten«, erwiderte ich hitzig. Wenn er mit harten Bandagen kämpfen wollte, sollte mir das recht sein. Mein Kampfeswille war erwacht, und diesmal wollte ich nicht klein beigeben. »Diese Expedition steht in letzter Instanz immer noch unter der Führung von Lady Palmbridge. Lassen wir sie doch entscheiden.«

Offenbar waren wir in unserer Auseinandersetzung laut geworden, denn auf einmal tauchten Elieshi und Egomo auf.

»Was ist denn hier los?«, murmelte die Biologin verschlafen. »Ist es so ernst, dass ihr zwei schon am frühen Morgen streiten müsst?«

»Allerdings«, fauchte ich. »Es ist sogar sehr ernst. Wollen Sie es ihr erzählen, Maloney? Oder soll ich?«

Der Jäger starrte mich finster an, sagte aber kein Wort.

»Na schön, wie Sie wollen. Er will Mokéle zur Strecke bringen.

Das ist es, was er vorhat. Und wir sollen ihm dabei helfen. Aber ich weigere mich, so etwas zu tun.«

»Es ist meine Expedition und meine Entscheidung«, entgegnete der Jäger starrsinnig. »Sie unterstehen meinem Befehl, und ich sage Ihnen, dass Sie sich wieder beruhigen und mir bei den Vorbereitungen für die Jagd zur Hand gehen sollen.«

»Wir sind doch nicht Ihre Leibeigenen. Wohin Ihre Entscheidungen führen, haben wir ja gesehen«, fauchte ich zurück. »Ihre Entscheidungen sind eine einzige Katastrophe. Ich habe nicht vor, Ihre Inkompetenz noch weiter zu dulden.«

Elieshi blinzelte ratlos zwischen uns hin und her. »Das ist doch ein Scherz, oder? Ich meine das mit Mokéle.«

Maloney nahm seelenruhig eine Zigarette aus seiner Hemdtasche und zündete sie an. »Warum glauben immer alle, ich würde scherzen? Sehe ich wie ein Clown aus?« Der Rauch zog zu uns herüber, und endlich schien auch Elieshi den Ernst der Situation erfasst zu haben. Sie warf mir einen viel sagenden Blick zu und näherte sich Maloney mit langsamen Schritten. »Stewart«, sagte sie mit ihrer sanftesten Stimme, »wir brauchen Mokéle nicht zu erlegen. Ich habe es dir doch gestern Abend bereits erklärt. Wir haben die Genproben und die Aufzeichnungen Emilys. Das ist alles, worum man uns gebeten hat. David und ich haben herausgefunden, dass es sich um eine ganz besondere Spezies handelt, die viel zu wichtig ist, als dass wir sie töten dürften. Bitte, Stewart, lass uns heimkehren.« Sie war bis auf wenige Zentimeter an ihn herangekommen und legte ihm beruhigend die Hand auf den Arm.

Seine Reaktion kam so plötzlich, dass ich nichts dagegen unternehmen konnte. Mit einem kraftvollen Hieb schlug er zu und traf sie mitten ins Gesicht. Benommen sackte sie zu Boden, während aus einer Platzwunde über ihrem rechten Auge Blut sickerte. Ich schrie Maloney an, stieß ihn zur Seite und kniete mich neben Elieshi. Doch er reagierte gar nicht. Er stand einfach nur da und starrte wutentbrannt auf sie herab.

»Ich kann es nicht leiden, wenn man mich anfasst«, sagte er.

»Deswegen hätten Sie ja nicht gleich zuschlagen müssen!«, schrie ich. »Was sind Sie nur für ein Mensch?«

Maloney machte einen Schritt auf mich zu, doch Egomo war sofort zur Stelle. Er hob seine gespannte Armbrust und richtete sie auf die Brust des Jägers. Mit einer Kopfbewegung bedeutete er ihm zu verschwinden. Der Australier lächelte kalt, dann verzog er sich.

Ich atmete erleichtert auf. »Danke, Egomo, das war wirklich Rettung in letzter Sekunde. Was ist bloß in ihn gefahren?« Sachte hob ich Elieshis Kopf an und tupfte ihr mit dem Ärmel meines Hemdes das Blut von der Stirn. In diesem Moment schlug sie die Augen auf. Verwirrt blickte sie mich an. »Was war denn das?«, murmelte sie. »Ich habe doch nur mit ihm reden wollen.«

»Sie haben ihn angefasst, da ist er ausgerastet. Keine Ahnung, was mit ihm los ist, aber ich befürchte das Schlimmste. Der Tod seines Freundes hat bei ihm wohl eine Sicherung durchbrennen lassen. Wir müssen hier schnellstens fort. Je eher, desto besser.«

»Mein Kopf«, stöhnte sie. »Es ist alles meine Schuld. Er hatte mich davor gewarnt, ihn zu berühren.«

Ich verdrehte die Augen. »Dass ihr Frauen immer zuerst die Schuld bei euch sucht. Besonders schlimm wird es, wenn ihr verliebt seid. Na gut, vielleicht haben Sie nicht nachgedacht, aber das ist noch lange kein Grund, Sie zu Boden zu schlagen.« Sie befühlte die Schwellung über ihrem Auge. »Und ihr Männer müsst euch langsam von diesem Irrglauben trennen, dass wir verliebt sind, nur weil wir mit jemandem ins Bett steigen.«

Ich grinste. »Touché. Aber im Ernst, wir müssen Hilfe holen, so schnell wie möglich. Können Sie wieder aufstehen?«

Als sie sich aufrichtete, war sie blass und ziemlich wackelig auf den Beinen. »Kommen Sie«, sagte ich und führte sie zum Proviantzelt. »Wir suchen etwas Kühles, um die Schwellung zu stoppen, und dann werden wir Brazzaville anfunken, dass sie uns schnellstens ein Flugzeug schicken.«

»Vielen Dank, David.«

Ich hob überrascht den Kopf. »Nanu? Kein Professor mehr?«

Sie lächelte und gab mir einen flüchtigen Kuss auf die Wange.

*

Etwa zehn Minuten später verließen wir das Proviantzelt. Die Beule über Elieshis Auge war auf die Größe eines Hühnereis geschwollen, aber ein Kühlakku hatte ihr Linderung verschafft. Unauffällig schlichen wir uns zur Satellitenanlage. Wir wollten kein Aufsehen erregen und einem weiteren Streit aus dem Weg gehen. Maloney war absolut unberechenbar, und wir wussten nicht, wie er auf eine weitere Provokation reagieren würde. Mit wenigen Handgriffen öffnete ich das Antennenpaneel und schaltete den Receiver ein. Die Sekunden, in denen das Gerät hochfuhr, vergingen in quälender Langsamkeit. Endlich war es so weit. Meine Finger glitten über die Tastatur, als ich das Verzeichnis der gespeicherten Nummern aufrief, um den Anschluss für den Betreiber der Fluglinie herauszufinden. Fehlanzeige.

»Hast du noch eine andere Nummer?«, fragte Elieshi. »Vielleicht die des Forschungsministeriums. Oder die von Staatssekretär Assis?«

»Alles Fehlanzeige. In diesem verdammten Telefonbuch stehen nur Anschlüsse in den USA. Wahrscheinlich sind die anderen Nummern alle auf Maloneys Mobiltelefon gespeichert.«

Sie nickte. »Sehr clever von ihm, uns keine Informationen in die Hand zu geben. Aber es gibt noch eine andere Möglichkeit. Ich werde mich mit Marcellin Agnagna in Verbindung setzen, einem alten Bekannten im Ministerium für Tier- und Landschaftsschutz. Er hat schon an vielen Expeditionen teilgenommen und ist der richtige Mann für uns.« Sie zog ein kleines, abgewetztes Lederbuch aus ihrer Hosentasche und blätterte darin. »Ah, hier ist sie«, grinste sie. »Ein Glück, dass ich mich nie von diesem Büchlein trenne. Also, ich diktiere ...«

Sie kam nicht mehr dazu, mir ihre Nummer zu sagen, denn in diesem Augenblick ertönte ein Knall, gefolgt von einem ohrenbetäubenden Krachen und Splittern. Der Satellitenreceiver verschwand vor meinen Augen. Stattdessen war da nur noch ein leuchtender Blitz. Ich spürte, wie mich die Druckwelle einer Explosion traf und mir eine Wolke von scharfkantigen Metall- und Kunststoffsplittern ins Gesicht schleuderte, und kippte hintenüber. Der Schmerz war überwältigend. Wimmernd wand ich mich am Boden, versuchte davonzukriechen, irgendwohin, wo ich Schutz fand, doch es gelang mir nicht. Ich richtete mich auf und betastete mein Gesicht. Der Schmerz in meinen Augen verwandelte sich in ein gleißendes Feuerwerk aus roten und gelben Blitzen. Warme Flüssigkeit sickerte zwischen meinen Fingern hindurch und über meinen Mund. Das Letzte, woran ich mich erinnern konnte, war der Geschmack von Blut.

Dann umfing mich Schwärze.

32

Egomo rannte, so schnell ihn seine Füße trugen. Er hatte keine Ahnung, wo er war oder in welche Richtung er lief. Er wollte nur weg von dem Wahnsinn, der sich der Welt bemächtigt hatte.

Irgendwann, wenn er weit genug weg war, würde er anhalten und versuchen, sich zu orientieren. Danach hoffte er, seinen Weg zurück zu den heimatlichen Hütten zu finden. Seine Schulter schmerzte zwar, aber sie war trotz der Anstrengungen des gestrigen Tages so weit genesen, dass er den viertägigen Marsch bis zu seinem Dorf bewältigen könnte. Seine Gedanken wirbelten herum wie Blätter. Schmerz war der Vorbote der Heilung, das hatte Elieshi gesagt. Vielleicht hatte sie sich geirrt. Hier gab es keine Heilung, nur Schmerz. Als der Schuss gefallen war und er zusehen musste, wie das Gerät, mit dem sie Hilfe holen wollten, in tausend Teile zerbarst, als er gesehen hatte, wie David mit voller Wucht ins Gesicht getroffen wurde und blutüberströmt nach hinten kippte, die Hände vors Gesicht gepresst, da war ihm klar, dass der finstere Gott des Sees seine Hände im Spiel hatte. Er hatte seine Nähe gespürt, seit er zum ersten Mal einen Blick auf die spiegelnde Oberfläche geworfen hatte. Es waren nicht die Dinge im See, es war der See selbst. Sein schwarzer Atem. Ein Fluch, der sich auf alle legte, die zu lange an seinem Ufer verweilten. Bei Maloney war der Wahnsinn am deutlichsten zu spüren. Was war das für ein Mann gewesen, den er am Tag ihrer Ankunft kennen gelernt hatte? Ein großer Mann, aufmerksam, überlegen und freundlich. Und jetzt? Wo waren Großmut und Scharfsinn geblieben? Wo sein Verstand und die Fähigkeit, das Gute in seinen Mitmenschen zu erkennen? Doch davon war nur eine gebeugte Kreatur übrig geblieben, die von einem einzigen Gedanken beherrscht wurde: Rache! Der schwarze Atem hatte sich auf ihn gelegt, da war Egomo sich sicher. Als er an seine Freunde David und Elieshi denken musste, wurde er langsamer. Sie hatten sich ebenfalls gewandelt, auch wenn die Veränderung bei ihnen schleichender vor sich gegangen war. Ernst waren sie geworden und traurig. Kein Wunder, nach dem, was sie gemeinsam im Grasland erlebt hatten. Er dachte an die weiße Frau im Tempel. War es wirklich dieselbe Frau gewesen, die vor so vielen Monden durch sein Dorf gezogen war? David hatte sie offenbar gekannt. Ihr Tod hatte ihm sichtlich Schmerzen bereitet. Schmerz war der Vorbote der Heilung.

Elieshis Worte gingen ihm zum wiederholten Male durch den Kopf. Seine Schritte wurden langsamer und langsamer. Schließlich blieb er stehen, keuchend, die Armbrust an die Brust gepresst. Welche Heilung hatten seine Freunde zu erwarten? Sein Bruder war in Not. Wehrlos dem Wahnsinn des Jägers ausgesetzt.

Egomos Gedanken bewegten sich zeitgleich in verschiedene Richtungen. Durfte er einfach davonlaufen und sein Wohl über das der anderen setzen? War das in Ordnung? Hatte er nicht die Pflicht zu helfen, so, wie ihm damals geholfen wurde? Lag es jetzt nicht in seiner Verantwortung, denen, die in Not waren, Heilung zu bringen?

Noch vor wenigen Tagen hatte er geglaubt, als Feigling in sein Dorf zurückkehren zu müssen. Doch er hatte sich überwunden und war geblieben. Und jetzt sah er sogar eine Möglichkeit, als Held zurückzukehren – oder zu sterben.

Er zögerte einen Augenblick, dann wandte er sich um.

*

Ein Schluchzen drang an mein Ohr. Für einen Moment glaubte ich, meine eigene Stimme zu hören. Doch dann spürte ich sanfte Hände, die über meinen Kopf streichelten, und hörte beruhigende Worte. Es war Elieshi, die da weinte.

»Was ist geschehen?«, murmelte ich, während ich versuchte, mich aufzurichten. Ein unerträglicher Schmerz in meiner Brust ließ mich wieder zurücksinken. »Wo bin ich, warum ist es so dunkel?« Bildete ich mir das ein oder wurde das Schluchzen jetzt lauter? Und warum konnte ich nichts sehen? Die Welt um mich herum war dunkler als der schwärzeste Abgrund. Ich tastete nach meinem Gesicht und schrie auf. Die Haut fühlte sich an wie eine einzige offene Wunde. Schlimmer aber war die Erkenntnis, dass meine Augen zwar weit offen und weder von einem Tuch noch von einem Verband bedeckt waren, ich aber trotzdem nichts sehen konnte. Ein schrecklicher Verdacht bedrängte mich, und ich versuchte zu ertasten, was mit meinem Gesicht geschehen war. Da spürte ich Hände, die mich sanft zu Boden drückten.

»Nicht«, flüsterte Elieshi. »Nicht berühren.«

»Was ist mit meinem Gesicht?« Ich riss mich los. Zaghaft ertastete ich meine Wangen und schrie auf. Der Schmerz war höllisch. Die Haut fühlte sich an wie eine Kraterlandschaft. Panik stieg in mir auf. »Was ist mit mir«, flüsterte ich, »und wieso kann ich nichts sehen?«

»Deine Augen sind ...«, Elieshis Stimme versagte. Es dauerte eine Weile, ehe sie wieder sprach. »Es wird alles gut«, murmelte sie. »Aber du musst jetzt ganz still liegen bleiben, damit ich deine Wunden versorgen kann.«

»Bin ich blind? Du musst es mir sagen. Was ist mit mir los?« Meine Stimme drohte zu versagen, und noch immer schwieg Elieshi. »Das Letzte, woran ich mich erinnere, ist dieser blendende Blitz«, sagte ich. »Von da an weiß ich nichts mehr.«

»Ich bin kein Arzt«, ließ sich die Biologin endlich vernehmen. »Alles, was ich sagen kann, ist, dass du schnellstens in ein Krankenhaus gehörst. Wenn überhaupt noch etwas zu retten ist, dann dort.«

Ihre Worte trafen mich ins Mark. Sie sagte nichts anderes, als dass ich vielleicht nie wieder würde sehen können. »Mein Gott«, flüsterte ich. »Wie konnte das nur geschehen?«

»Es war Maloney«, sagte die Biologin, und ihre Stimme zitterte vor unterdrückter Wut. »Er hat uns beobachtet, als wir versuchten, Marcellin zu erreichen. Er hat ...«, wieder schwankte ihre Stimme, »... er hat geschossen. Der Satellitenreceiver explodierte, nur wenige Zentimeter von deinem Gesicht entfernt. Du bist ohnmächtig geworden. Seit Stunden versuche ich, dich wachzubekommen.« Ich hörte, wie sie sich die Nase putzte. »Du kannst von Glück sagen, dass du noch am Leben bist.«

Meine Gedanken wirbelten wie Blätter im Herbstwind. »Warum hat er das nur getan? Was ist los mit ihm?«

»Weiß nicht. Vielleicht fühlte er sich hintergangen, vielleicht ist er wirklich wahnsinnig geworden. Nachdem er geschossen hat, ist er im Wald verschwunden. Vor etwa einer Stunde habe ich einen weiteren Schuss gehört.«

»Hat er sich selbst ...?«, die Worte blieben mir im Hals stecken.

»Um ganz ehrlich zu sein, ich habe schreckliche Angst, David. Ich will hier weg, so schnell wie möglich.«

Ich nahm meinen ganzen Mut zusammen. »Sag mir die Wahrheit. Was ist mit meinen Augen?«

»...«

»Du musst es mir sagen Elieshi, bitte!«

»Es tut mir so leid.«

Ich nickte.

»Du solltest jetzt ganz still liegen bleiben, damit ich deinen Kopf bandagieren kann.« Sie hob meinen Kopf und wies mich an, ihn für einen Moment in dieser Position zu halten. Ich spürte, wie sie den Verband anbrachte, und hörte nach einer Weile das Reißen eines Mulltuchs. Ein kurzer Druck, und Elieshi fixierte das Ende der Bandage mit einer Klammer. Dann legte sie den zweiten Verband an.

Die Minuten verstrichen. Seltsam. Die Gewissheit, blind zu sein, war keineswegs so erschütternd, wie ich vermutet hatte. Genau genommen war ich selbst verwundert, mit welcher Ruhe ich die Hiobsbotschaft entgegengenommen hatte. Früher hatte ich mich öfter gefragt, ob ein Leben in völliger Dunkelheit überhaupt möglich war. Kein Licht mehr, keine Farben. Nie wieder den Anblick einer schönen Frau genießen, die Weite einer Landschaft oder den Sternenhimmel. Ich hatte mir das so vorgestellt, als wäre man lebendig begraben. Und jetzt? Ich fühlte den Wind auf meiner Haut, der als Vorbote des aufkommenden Unwetters winzige Regentropfen mit sich führte. Ich roch das modrige Wasser des Sees und hörte, wie die Wellen im aufkommenden Wind gegen das Ufer klatschten. Alles war ruhig und friedlich.

Zu friedlich.

»Was hast du mir gegeben?«

»Morphium. Zehn Milliliter«, antwortete sie. »Deine Verletzungen sind sehr schwer. Es sind zwar nur oberflächliche Schnittwunden«, fuhr sie fort, »aber sie sind über das ganze Gesicht verteilt. Ich musste unendlich viel Plastik und Metall aus deiner Haut entfernen. Dabei hast du zwar viel Blut verloren, wirst es aber überleben.«

»Hast du selbst nichts abbekommen?«

»Ich stand direkt hinter dir und ...«, sagte sie. »So, fertig, ich hoffe, der Verband sitzt nicht zu stramm, sonst muss ich ihn noch mal lösen.«

»Danke. Geht schon.«

»Willst du mal versuchen, aufzustehen?«

Ich erhob mich mit ungelenken Bewegungen und spürte, wie der Schmerz selbst durch den dichten Schleier des Morphiums drang. Als ich schwankte, griff Elieshi mir unter die Arme und stützte mich. »Ich habe einen Plan, wie wir von hier verschwinden können«, sagte sie. »Unten am Wasser liegt immer noch das Schlauchboot. Der Tank im Außenbordmotor scheint gut gefüllt zu sein. Wenn wir uns beeilen, können wir verschwinden, ohne dass Maloney etwas davon merkt. Proviant und die wichtigsten Habseligkeiten sowie die Blutproben und das Tagebuch habe ich gepackt. Fehlst nur noch du.«

»Wohin willst du uns denn bringen?«, fragte ich überrascht.

»Wir werden genau den Weg nehmen, den Emily Palmbridges Videokamera damals genommen hat. Erinnerst du dich noch daran, als ich mich nach Maloneys Notfallplan erkundigt habe? Jetzt wäre der geeignete Zeitpunkt, ihn in die Tat umzusetzen.«

»Eine andere Möglichkeit wird uns kaum bleiben. Also, worauf warten wir noch?«, entgegnete ich.

*

Fünf Minuten später hatten wir die Stelle erreicht, an der das Boot lag. Elieshi führte mich ins Wasser, bis ich an eine runde Wölbung stieß. Sie half mir ins Boot, ehe sie selbst von der anderen Seite einstieg. Es ist ein seltsames Gefühl, keinen festen Boden unter den Füßen zu haben, besonders wenn man nichts sehen kann. Ich spürte die Bewegungen des Bootes viel deutlicher als zuvor.

»Bist du bereit?«, hörte ich Elieshi, und die Aufregung in ihrer Stimme war deutlich herauszuhören. In diesem Moment überfiel mich ein siedend heißer Gedanke. »Was ist eigentlich mit Egomo?«

»Hat sich aus dem Staub gemacht«, sagte Elieshi, während sie an dem Starterkabel zog. In ihrer Stimme lag Verärgerung. »Er ist wie ein Hase davongelaufen, als der Schuss fiel. Seitdem habe ich nichts mehr von ihm gesehen.« Wieder zog sie an dem Kabel, doch der Außenborder gab nur ein trockenes Husten von sich. »Was ist bloß mit der Scheißkiste los?«, fluchte sie, als er nach einem dritten Versuch immer noch nicht ansprang. »Neulich lief er doch noch ganz einwandfrei.«

»Probleme mit dem Motor?«

Die Stimme war nah. Zu nah.

Ich spürte, wie Elieshi herumwirbelte. Das Boot schwankte bedrohlich. Ich hörte sie fluchen. Erneut zog sie am Starterkabel.

»Wären Sie so freundlich, mein Boot wieder zu verlassen? Es wird für Wichtigeres gebraucht.« Maloneys Stimme war kalt, ohne jede Emotion. »Bemühen Sie sich nicht. Es dürfte Ihnen sehr schwer fallen, den Motor zu starten, ohne Zündkerzen.«

Die Biologin hörte sofort auf, am Kabel zu ziehen. »Sie verfluchter Schweinehund, geben Sie uns die Zündkerzen und lassen Sie uns gehen«, zischte sie.

Ein schales Lachen drang an mein Ohr. »Sie haben hier gar nichts zu verlangen. Oder wollen Sie, dass ich Ihnen eine Kugel in den Kopf jage?« Ein Klicken ertönte. »Raus jetzt aus meinem Boot, und zwar schnell.« Ich konnte förmlich spüren, wie er sein Gewehr auf uns gerichtet hielt. »Sie haben das letzte

Mal versucht, mich reinzulegen. Beim nächsten Mal drück ich gleich ab.«

Vorsichtig tastend verließ ich das Boot und humpelte zurück an Land. Elieshi ergriff meine Hand und führte mich, bis ich wieder trockenen Boden unter den Füßen hatte.

»Nein, wie rührend«, sagte Maloney. »Ein richtig schönes Paar geben Sie beide ab. Wenn das kein Grund zum Feiern ist. Schick sehen Sie aus, mit Ihrem Verband, Mr. Astbury, richtig schick. Rüber jetzt zu den Zelten, und zwar ein bisschen plötzlich.«

»Warum tun Sie das, Maloney?«, fragte ich und blieb dabei erstaunlich gefasst. Wahrscheinlich lag das an dem Morphium, das durch meine Venen pumpte. »Was haben wir Ihnen nur getan?«

»Fragen Sie nicht so dumm. Sie haben mich hintergangen, alle beide. Dass Sie gegen meine Anweisung ein Flugzeug herbeiordern wollten, war ein unverzeihlicher Fehler. Schade um das Funkgerät, aber wir werden es auch so schaffen. Dass Sie mich als Wahnsinnigen abstempeln, damit kann ich leben, aber dass Sie mein Boot stehlen wollten, konnte ich nicht zulassen.«

»Verdammt sollen Sie sein«, fluchte ich. »Ich kann nicht mehr sehen. Ist das der Dank dafür, dass ich Ihnen das Leben gerettet habe?«

»Das hat mir zwar Respekt abgenötigt, hätte aber meine Entscheidung niemals beeinflusst. Selbst wenn Sie mir zehnmal das Leben gerettet hätten. Ich lasse niemals etwas zwischen mich und meine Beute kommen. Hat Ihnen Sixpence nicht davon erzählt?«

Ich hörte Elieshi neben mir vor Wut schäumen. »Hören Sie doch mit Ihrem Jägergeschwätz auf, mir wird übel davon«, sagte sie mit gepresster Stimme. »Dass Sie es überhaupt noch wagen, den Namen Ihres Freundes in den Mund zu nehmen! Er ist Ihretwegen gestorben, haben Sie das schon vergessen? Er hat sein Leben gegeben, um Sie aus dem Grab zu befreien, das Sie sich selbst geschaufelt haben. Sie sollten jetzt eigentlich in diesem Erdloch liegen, nicht er.«

»Halt dein Maul, du verfluchtes Weibsstück, halt sofort dein Maul.« Wutentbrannt kam er einige Schritte auf uns zu.

»Sie können die Wahrheit wohl nicht vertragen, habe ich Recht?«, erwiderte sie aufmüpfig. »Ihr Rachefeldzug ist doch nichts weiter als ein riesiger Berg unterdrückter Schuldgefühle, den Sie auf ein unschuldiges Tier abwälzen wollen.«

»Unschuldig?«, schrie er. »Unschuldig? Dieses Vieh hat meinen Freund getötet. Es hat ihn aufgeschlitzt, zerfetzt und zertrampelt, bis fast nichts mehr von ihm übrig war.« Seine Stimme drohte zu kippen. Ich sprang auf, und obwohl ich nicht genau wusste, wo er stand, versuchte ich mich ihm entgegenzustellen. Innerlich rechnete ich fest damit, von ihm zu Boden geschlagen oder wenigstens zur Seite gestoßen zu werden, doch nichts von alledem geschah. Stattdessen hörte ich ein merkwürdiges Surren, gefolgt von einem dumpfen Schmatzen. Es klang wie der Aufprall eines Pfeils.

Maloney schrie auf. Ohne etwas zu sehen, wusste ich, was geschehen war: Egomo war zurückgekehrt.

Nun hörte ich ihn heranrennen. Schon drang das Stöhnen und Keuchen kämpfender Menschen an mein Ohr. Schlagartig wurde mir klar, wie hilflos ich war. Ich ballte die Fäuste in grenzenloser Wut. Ich konnte das zähe Ringen vor mir förmlich mit Händen greifen, hörte das stumme Schnaufen, die Schläge, das Keuchen und hin und wieder einen unterdrückten Schmerzenslaut.

Plötzlich endete alles, und zwar auf eine Art, wie ich sie mir schlimmer nicht hätte ausmalen können.

»Nein, Stewart, tun Sie das nicht!«, gellte der Schrei Elieshis an mein Ohr, gefolgt von dem ohrenbetäubenden Knall einer

Waffe. Ein Stöhnen wie von einem waidwunden Tier ertönte, dann hörte ich einen Körper dumpf zu Boden stürzen. Und während Elieshi einen lang gezogenen Klagelaut ausstieß, wusste ich, dass es Egomo erwischt hatte. Irgendwo vor mir musste er liegen. Benommen ging ich in die Richtung, aus der der Aufprall gekommen war.

»Zurück, Astbury«, keuchte Maloney. »Keinen Schritt weiter.« Ich ignorierte ihn.

»Ich warne Sie, Astbury, mein Gewehr ist noch immer geladen.«

»Drücken Sie doch ab«, war alles, was ich ihm zu sagen hatte, als ich mich neben den Körper meines gefallenen Freundes kniete. Egomo hielt seine Armbrust immer noch an sich gepresst. Ich nahm seine raue Hand in die meine.

Eine eigentümliche Wärme schien von ihm auf mich überzugehen. Sie kroch meine Arme entlang und drang in meine Brust, aus der sie die Trauer und die Kälte vertrieb. Ich konnte förmlich sehen, dass Egomo lächelte und spürte, dass er innerlich Abschied nahm. Seltsamerweise hatte ich nicht den Eindruck, dass er es bedauerte, aus dem Leben zu scheiden. Er schien den Tod willkommen zu heißen. In diesem Moment konnte ich seine Gedanken denken und seine Gefühle spüren. Als ginge ein Teil von ihm auf mich über. Dann erschlaffte sein Körper.

Wind kam auf, der das Wasser des Sees aufpeitschte und mit klatschenden Geräuschen gegen das Ufer schlug. Donner hallte über den See, Vorboten des nahenden Unwetters.

»Ist er tot?« Seltsamerweise schwang Bedauern in Maloneys Stimme mit.

Ich nickte.

Er humpelte näher. »Verdammt, so wollte ich das nicht. Schade um ihn, denn er hatte Mut. Außerdem dachte ich, er wäre mein Freund«, murmelt er. »Warum hat er das nur getan?«

»Weil er richtig von falsch unterscheiden konnte und gut von böse«, fauchte Elieshi, in der immer noch ein Funken Angriffslust steckte. Aber es gab nichts mehr zu gewinnen. Die Schlacht war entschieden.

»Lass es gut sein, Elieshi«, seufzte ich. »Es hat keinen Sinn, weiterzukämpfen. Wir sind jetzt in seiner Hand.«

»Aber ...«

»Kein ›Aber‹. Halt bitte den Mund, sonst machst du alles nur noch schlimmer«, sagte ich und setzte mich hin. Jegliche Kraft war aus meinem Körper gewichen.

»Sie sagen es«, höhnte der Australier, der die Fähigkeit zu besitzen schien, seine Trauer wie einen Handschuh abzustreifen. »Meinen Respekt, David. Sie haben mich soeben auf eine Idee gebracht.«

Er umrundete uns humpelnd, wie eine Katze, die um ihr Opfer schleicht. Ich konnte geradezu hören, wie ein Plan in seinem kranken Hirn Gestalt annahm. Als er endlich stehen blieb, wusste ich, dass etwas Schreckliches geschehen würde.

»Eigentlich hatte ich ja vorgehabt, die Duickerantilope, die ich im Wald geschossen habe, als Köder zu benutzen«, sagte er. »Aber wenn ich's mir recht überlege, ist etwas Lebendiges viel besser geeignet.«

»Wir? Als Köder? Wofür?«, zischte Elieshi.

Der Jäger hustete und spuckte auf den Boden. Wo immer Egomos Pfeile ihn auch getroffen hatten, sie bereiteten ihm offenbar große Schmerzen. »Dreimal dürfen Sie raten, Verehrteste. Stehen Sie auf und kommen Sie nicht auf dumme Gedanken.« Ich hörte einen Schlag und einen leisen Schrei, als er die Biologin auf die Füße zwang.

Ich rappelte mich auf. »Hören Sie auf damit«, sagte ich müde. »Lassen Sie Elieshi los und nehmen Sie mich. Das hatten Sie doch die ganze Zeit vor. Also, was ist? Hier bin ich.«

Ein zynisches Lachen drang an mein Ohr. »Wie gut Sie mich inzwischen kennen, Mr. Astbury.« Ein Hieb in die Magengrube ließ mich zusammenklappen wie ein Taschenmesser. Doch ich hatte damit gerechnet und mich innerlich darauf vorbereitet. Elieshi stieß eine Reihe von Verwünschungen aus, doch Maloney hörte nicht auf sie. Ihm ging es offenbar nur noch um mich.

»Wie fühlt sich das an, Mr. Astbury? Sind Sie bereit, Ihrem Schöpfer gegenüberzutreten?«

»Ihrem oder meinem?«, keuchte ich vor Schmerz. »Ich glaube nicht, dass wir beide von demselben Gott erschaffen wurden.«

»Auf, Bursche«, befahl er und stieß mich unsanft in Richtung Boot. Diesmal fand ich den Weg leichter.

»Warten Sie hier«, sagte Maloney, als ich ins Boot geklettert war und mich hingesetzt hatte. »Ich werde unsere Freundin noch schnell an einem Baum festbinden. Wir wissen ja, was für ein ungezogenes Mädchen sie sein kann.«

Ich hörte das Platschen seiner Füße, als er sich entfernte, und danach eine Reihe von Flüchen und Verwünschungen. Offenbar stieß er bei dem Versuch, sie zu fesseln, auf erheblichen Widerstand. Als er zurückkam, schnaufte er wie eine altersschwache Lokomotive. »Diese Frau ist ein wahrer Teufel«, keuchte er.

»Was haben Sie mit ihr gemacht?«

»Nichts, was sie nicht verdient hätte. Ich glaube, Mademoiselle n'Garong wird ziemliche Kopfschmerzen haben, wenn sie wieder aufwacht.« Damit schien das Thema für ihn abgehakt zu sein. Lautstark machte er sich am hinteren Teil des Bootes zu schaffen. Offenbar versuchte er, sein selbst gezimmertes Floß hinter dem Schlauchboot festzubinden. Nach einer Weile war er fertig und setzte sich zu mir. Ich hörte, wie er die Zündkerzen einsetzte und am Starterkabel zog. Diesmal sprang der Motor sofort an. Der Fahrtwind strich über meine Haut, als wir zu unserer letzten gemeinsamen Fahrt aufbrachen.

Das Boot legte vom Ufer ab und tuckerte langsam auf die Mitte des Sees hinaus. Die Luft war erfüllt von dumpfen Donnerschlägen, und ich spürte bereits die ersten feinen Regentropfen auf meiner Haut.

33

Die Fahrt kam mir diesmal länger vor als beim ersten Mal. »Was haben Sie eigentlich vor?«, fragte ich den Jäger. »Finden Sie nicht, dass Sie mir zumindest in diesem Fall eine Erklärung schuldig sind?«

»Was wollen Sie wissen?«

Seine Offenheit überraschte mich. Ich hatte eigentlich erwartet, dass wir uns bis zum Ende der Reise anschweigen würden, doch Maloney war ein Mann, der schwer zu durchschauen war. »Ich will wissen, warum es für Sie so verdammt wichtig ist, Mokéle zu töten. Reicht es Ihnen nicht, dass Ihr Freund gestorben ist und wir unseren Job erledigt haben?«

Er hustete. »Wissen Sie, was das Problem ist, Mr. Astbury? Unsere Vorstellungen davon, wann ein Job erledigt ist und wann nicht, passen nicht zusammen. Erinnern Sie sich noch an die Geschichte, die ich Ihnen am Nachmittag unserer ersten Begegnung in Palmbridge Manor erzählt habe?«

»Sie meinen die Krokodilgeschichte?«

»Genau die. Sie haben mir damals nicht geglaubt, das konnte ich an Ihrer Reaktion ablesen. Und doch war jedes Wort davon wahr. Ich vermute, der Grund für Ihren Zweifel lag darin, dass

Sie den tieferen Sinn der Geschichte nicht verstanden haben. Sie konnten sich nicht vorstellen, dass jemand eine halbe Million Dollar ausschlägt, nur um seine persönliche Rache zu befriedigen. Habe ich Recht?«

»Durchaus.«

»Wenigstens sind Sie ehrlich. Aber es hat keinen Sinn, Ihnen die Sache mit Mokéle zu erläutern, wenn Sie schon die Geschichte mit dem Krokodil nicht verstanden haben. Denn im Grunde ist es dieselbe Geschichte, nur, dass mein Gegner diesmal etwas größer und etwas schlauer ist.«

Ich schüttelte den Kopf. »Und ob ich sie verstanden habe. Und ich muss zugeben, dass ich Sie überschätzt habe, Maloney. Für einen Moment dachte ich, es würde mehr dahinterstecken als nur Rache. Aber das ist alles, worum es Ihnen geht, nicht wahr? Um die Befriedigung eitler, selbstgefälliger Rachegelüste, geboren aus Minderwertigkeitsgefühlen und Selbstmitleid. Hätten Sie jetzt noch ein Holzbein, Sie glichen Kapitän Ahab bis aufs Haar.« Abfällig spuckte ich ins Wasser. »Ich kann Sie nur aufrichtig bedauern.«

»Das können Sie halten, wie Sie wollen, es kümmert mich ehrlich gesagt einen Dreck«, sagte er. »Rache sagen Sie? Lächerlich. Rache hat damit überhaupt nichts zu tun. Es geht um das Gleichgewicht der Dinge, um ihre natürliche Balance, aber selbst wenn ich es Ihnen erklären wollte, Sie würden es nicht verstehen. Genauso wenig, wie Sie die Sage von Beowulf verstanden haben.«

»Was soll das denn jetzt schon wieder heißen? Grendel war böse, also hat Beowulf ihn erledigt, das ist alles.«

»Blödsinn. Gut und Böse sind menschliche Maßstäbe, die weder in der Natur Gültigkeit besitzen noch in den alten Legenden. Beowulf ging es darum, das Gleichgewicht wiederherzustellen. Auge um Auge, Zahn um Zahn, haben Sie das vergessen? Ach ja, Sie lesen das Alte Testament ja nicht mehr.

Hätten Sie mal tun sollen, denn darin finden Sie Wahrheiten, die noch nicht so verwässert sind. In meinem Land gibt es übrigens eine ähnliche Legende. Die Sage von Nyngarra.«

Ich horchte auf. »Der Name, den Sie in den Baum geritzt haben?«

»Exakt. Nyngarra war ein Wesen aus Stein. Unbesiegbar. Er durchstreifte die Landschaft und tötete jeden, der sich ihm in den Weg stellte. Selbst hundert Männer konnten ihn nicht besiegen. Ein weiser alter Mann schlug daraufhin vor, eine riesige Falle zu bauen, ein Loch im Boden, bedeckt mit Zweigen, darauf die Stücke eines zerteilten und gebratenen Kängurus. Angelockt von dem Duft kam Nyngarra, sah das Fleisch, griff danach und stürzte in die Falle. Daraufhin warfen die Männer Äste und Feuer in die Grube, so lange, bis die Hitze den steinernen Mann sprengte. Felsbrocken regneten überall herab. Die roten waren sein Körper, die schwarzen seine Leber und die hellen sein Fett. Das Gleichgewicht war wiederhergestellt.«

Ich schüttelte den Kopf. »Die Geschichte könnte man genauso gut auch anders interpretieren. Sie basteln sich Ihre Welt so zurecht, wie sie Ihnen gerade passt.«

»Und Sie gehören zu dieser Gruppe von Menschen, die ihr ganzes Leben im Schoße ihrer selbst geschaffenen Zivilisation verbracht haben und denen jegliches Gespür für die natürliche, gottgegebene Ordnung der Dinge verloren gegangen ist. Menschen, die sich an Begriffe wie Ethik und Moral klammern, Werte, die zwar für das Zusammenleben untereinander wichtig sein mögen, die aber in der Natur keinerlei Bedeutung haben. Glauben Sie im Ernst, Tiere oder Pflanzen handelten ethisch? Was also hätte es für einen Sinn, Ihnen erklären zu wollen, was ich vorhabe?«

»Aber Sie sind doch ein Mensch, oder irre ich mich da?«

Er lachte. »Nach Ihren Bewertungsmaßstäben wahrscheinlich nicht. Nächste Frage.«

»Wie genau haben Sie denn vor, das Gleichgewicht wiederherzustellen und mich und Mokéle aus dem Weg zu schaffen?«
Meine Stimme triefte vor Sarkasmus.

»Ganz einfach. Ich werde Sie bitten müssen, auf dem Floß Platz
zu nehmen und dort zu warten. Es wird sicher nicht lange
dauern, bis Sie Besuch bekommen.«

»Warum sollte Mokéle mich angreifen und nicht Sie?«

»Weil Sie, im Gegensatz zu mir, bis an die Zähne bewaffnet sein werden. Sehen Sie, Mr. Astbury, wenn ich etwas
aus unserer Begegnung mit dem Kongosaurier gelernt habe,
dann dass er auf jegliche Form von Waffen äußerst aggressiv
reagiert.«

Ich spürte, wie mir unter der Mullbinde der Schweiß übers
Gesicht lief.

»Ich werde keine Waffe in die Hand nehmen, selbst wenn Sie
mich halb totschlagen«, beharrte ich trotzig.

»Oh, das brauchen Sie gar nicht«, erwiderte er gelassen. »Die
Gefahr, dass Sie sie einfach über Bord werfen, wäre mir ehrlich
gesagt zu groß. Nein, ich habe etwas viel Besseres im Sinn,
etwas, das Mokéle vor ein hübsches Problem stellen wird. Aber
mehr möchte ich Ihnen noch nicht verraten. Es soll doch eine
Überraschung werden.«

*

Etwa fünf Minuten später hatten wir unser Ziel erreicht. Maloney ließ den Motor ausgehen und zog das Floß heran. Der
Regen begann jetzt heftiger zu werden. Das Prasseln der Tropfen auf der Gummihülle des Schlauchbootes war so laut, dass
Maloney schreien musste, um sich verständlich zu machen.

»Klettern Sie rüber aufs Floß. Und zwar ein bisschen plötzlich,
wenn ich bitten darf.«

»Das werde ich nicht tun«, rief ich zurück. Die Angst, was mich vielleicht auf dem Floß erwarten würde, ließ mich mutig werden.

»Was haben Sie gesagt?«, rief Maloney zurück, und es klang weniger nach einer Frage als nach einer Drohung.

»Ich habe gesagt, dass ich auf keinen Fall auf dieses teuflische Floß steigen werde ...« Der Schlag kam unerwartet und hart. Er traf mich genau am Kopf. Ein höllischer Schmerz breitete sich über meine linke Gesichtshälfte aus.

»Wiederholen Sie, was Sie eben gesagt haben«, schrie Maloney wutentbrannt. »Ich habe Sie nicht verstanden.«

»Ich sagte, ich werde keinen Schritt auf Ihr ...«, erneut traf mich ein harter Schlag, diesmal gegen meine rechte Kopfhälfte. Ich hatte den Hieb erwartet, was seine Wirkung aber in keiner Weise minderte. Ich spürte, dass ich kurz davorstand, ohnmächtig zu werden, und schmeckte warmes Blut.

»Selbst wenn Sie mich halb totschlagen«, murmelte ich kraftlos, »es wird an meinem Entschluss nichts ändern. Ich werde auf keinen Fall auf dieses Floß steigen.«

Ich spannte meine Muskeln in Erwartung eines weiteren Hiebes, der jedoch ausblieb. Stattdessen sagte Maloney: »Sie haben Mut, Astbury, das muss ich Ihnen lassen. Aber was Sie sagen, ist töricht. Sie haben doch überhaupt keine Verhandlungsposition. Ob Sie nun tot oder lebendig auf diesem Floß sind, ist mir ehrlich gesagt scheißegal. Aber Sie werden rübergehen, so viel ist sicher.«

»Dann müssen Sie mich schon umlegen.«

»Wenn das Ihr Wunsch ist ...«

Schwirrend sauste ein schwerer Gegenstand durch die Luft. Ich hörte ein ohrenbetäubendes Krachen, ein stechender Schmerz flammte auf, dann kippte ich um.

*

Anhaltendes Rauschen weckte mich. Ich spürte einen Trommelwirbel warmer Regentropfen auf meinem Kopf, der in einem stetigen Rinnsal über meinen Rücken abfloss. Das Plätschern hatte etwas Monotones, Beruhigendes, das mich einhüllte und mir das Gefühl von Geborgenheit gab. War dies das Jenseits? Die Tropfen liefen seitlich an meinem Gesicht herunter und sammelten sich in meinem Mund, von wo aus sie unaufhörlich auf meinen Schoß strömten.

Ich befand mich in einer sitzenden Position. Erst langsam kam mir meine eigene Körperlichkeit zu Bewusstsein. Diese Erkenntnis ließ einen Gedanken in meinem Kopf entstehen, der befremdlich war. Wenn ich nur noch Geist und Seele war, weshalb besaß ich dann noch einen Körper? Irgendetwas an diesem Bild war falsch. Ich versuchte mich zu bewegen und wurde mit einem Gefühl bestraft, das ebenso wenig in meine Vorstellung vom Jenseits passte. Schmerz flammte auf. Ein brennender, pochender Schmerz. Das Pochen eines Schmiedehammers schien sich von meinem Schädel die Wirbelsäule entlang bis in meine Arme und Beine auszubreiten. Während ich verzweifelt versuchte, ihn irgendwie einzudämmen, kam ich zu der Überzeugung, dass ich wohl kaum tot sein konnte. Wo war ich? Der Versuch, mein linkes Bein anzuwinkeln, wurde mit einem neuen Schmerz quittiert. Doch meine Neugier hatte jetzt die Oberhand gewonnen. Beim zweiten Versuch nahmen die Schmerzen ab. Ich richtete mich auf und testete der Reihe nach die Funktionsfähigkeit meiner Gliedmaßen. Es schien alles zu funktionieren, nur meine Arme ließen sich nicht bewegen, obwohl ich spürte, dass sie noch da waren, wo sie hingehörten. Offenbar hatte man sie hinter meinem Rücken zusammengebunden. Eine Metallstange machte jeden Versuch, sie zu heben, zunichte. Nach und nach fiel mir alles wieder ein, und ich begann zu begreifen, was mit mir geschehen war. Maloney!

Eine erschreckende Erkenntnis dämmerte mir: Ich saß gefesselt auf dem schwankenden Floß, mitten auf dem Lac Télé.

Der warme tropische Regen hüllte die Welt in ein gleichförmiges Rauschen. Es verschluckte sämtliche Geräusche in der Umgebung, so dass ich nicht mit Gewissheit sagen konnte, ob der Jäger noch in der Nähe war. Genauso wenig konnte ich mir vorstellen, was er vorhatte, doch dass es nichts Gutes war, dessen war ich mir sicher. Waffen, das war das Wort, an das ich mich noch erinnerte. »Im Gegensatz zu mir werden Sie bis an die Zähne bewaffnet sein«, das waren seine Worte gewesen. Ein überwältigendes Gefühl von Hilflosigkeit überfiel mich. Hier saß ich also, inmitten des Sees, umgeben von ewiger Nacht. Blind, gefesselt und ohne die geringste Ahnung, welchen teuflischen Plan Maloneys Gehirn ausgeheckt hatte.

Der Verband um meinen Kopf war mittlerweile so aufgeweicht, dass allein die Bewegung meines Kopfes reichte, um ihn zu lösen und ihn wie einen feuchten Lappen herabfallen zu lassen. Der Regen tat meiner verletzten Haut gut. Er kühlte die Wunden und wusch den salzigen Schweiß ab. Ich hob den Kopf und versuchte mit dem Mund einige Tropfen aufzufangen, um den schrecklichen Durst zu lindern, der mich quälte. Der Regen weckte meine Lebensgeister und vertrieb den pochenden Schmerz hinter den Schläfen. Als Erstes musste ich mich befreien, alles Weitere würde danach folgen. Meine Finger ertasteten eine grobe Schnur um meine Handgelenke, die von Feuchtigkeit durchtränkt war. Die Pflanzenfasern waren aufgequollen und hatten sich so fest zusammengezogen, dass ich den Versuch, sie mit den Fingernägeln zu lösen, bald aufgeben musste. Ich tastete über den Boden auf der Suche nach einem scharfkantigen Gegenstand, um das Seil daran zu zerschneiden. Aber auch dieser Versuch scheiterte. Wie es schien, saß ich auf etlichen zylinderförmigen Objekten, die weder

Ecken noch Kanten besaßen. Blieb als letzte Hoffnung, meine gefesselten Hände über das Ende des Rohrs zu streifen, das wie ein schiefer Mast aus dem Boden den Floßes ragte. Unter großen Mühen richtete ich mich auf. Aber ich musste feststellen, dass das Rohr zu lang war. Die Stange überragte mich um mindestens eine Haupteslänge. Auch mein Versuch, sie mit meinem Körpergewicht zu verbiegen, schlug fehl. Sie ließ sich um keinen Zentimeter bewegen. Wahrscheinlich war es eine der Stützstreben, mit denen die Schwimmer unter der Beaver befestigt gewesen waren, und was die aushielten, darüber bestand kein Zweifel.

Keuchend vor Anstrengung sank ich wieder zu Boden. Noch einmal tastete ich über den Untergrund, doch meine Hoffnung, eine scharfe Kante zu finden, sank von Sekunde zu Sekunde. Was waren das nur für merkwürdige zylindrische Objekte, auf denen ich da saß? Sie fühlten sich an, als wären sie aus Kunststoff, doch ich konnte mich nicht erinnern, im Flugzeug etwas Derartiges gesehen zu haben. Sie waren lose zusammengepackt, doch wenn ich meine Finger aufs Äußerste streckte und in die Zwischenräume fuhr, spürte ich, dass sie an ihren unteren Enden miteinander verdrahtet waren. Sie waren verdrahtet?

Plötzlich wusste ich, wo ich diese Dinger schon mal gesehen hatte und was das für Zeug war. Ein lähmender Schrecken fuhr mir durch die Glieder. Ich saß auf dicht gepacktem C4, auf einem Teppich von Sprengstoff. Eine kleine Reserve, falls alles andere versagt, so hatte Maloney seinen Vorrat liebevoll umschrieben. Ich erinnerte mich an die Kabelrolle und das kleine Steuerungskästchen, mit dem sich die Ladung hochjagen ließ, und plötzlich war mir klar, was er vorhatte. Irgendwo in der schützenden Dunkelheit lag er auf der Lauer und wartete darauf, dass der Kongosaurier mich angriff. Und wenn er dicht genug herangekommen war, würde er auf den Auslöser drücken und uns gemeinsam in die Luft jagen. Zwei Fliegen mit einer Klappe.

Ein perfider Plan, ebenso genial wie narrensicher. »Maloney!«, brüllte ich. »Ich habe Ihren Plan durchschaut, Sie verdammter Hurensohn. Aber damit werden Sie nicht durchkommen, das schwöre ich Ihnen. So wahr ich hier sitze, dafür werden Sie bezahlen!«

Stille.

Möglicherweise konnte er mir nicht antworten, da er zu weit entfernt war. Sehr viel wahrscheinlicher aber war, dass er nicht antworten wollte. Meine Drohung war ja auch zu lächerlich.

»Maloney, antworten Sie!«

Immer noch nichts. Wahrscheinlich lag er in sicherer Entfernung in seinem Schlauchboot, den Zünder in der Hand, und freute sich diebisch über mein Geschrei. Und das Dumme war, ich hatte nichts in der Hand. Nach all den Katastrophen, die uns während der Reise widerfahren waren, wäre es ein Leichtes für ihn, heimzukehren und sich eine x-beliebige Geschichte über unseren Tod zurechtzubasteln. Elieshis Tod eingeschlossen, denn nach dem, was er hier vorhatte, konnte er sie unmöglich am Leben lassen. Panik erfüllte mich. Ich musste hier um jeden Preis freikommen. Mit aller Kraft begann ich an meinen Fesseln zu ziehen, bis ich den Schmerz nicht mehr ertrug. Dann versuchte ich, mit meinen Füßen gegen die Plastikzylinder zu treten, in der Hoffnung, einen von ihnen zu lösen und den Stromkreis der Zünder zu unterbrechen. Doch der Sprengstoff war wie festgeschraubt. Es gelang mir auch nicht, die Zünddrähte zu packen und abzureißen. Voller Enttäuschung trat ich auf das Floß ein. Die dumpfen Tritte hallten weithin über das Wasser. Mit Sicherheit waren sie auch unter Wasser zu hören.

Erschrocken hielt ich inne. War ich denn vollkommen verrückt geworden? Ebenso gut hätte ich rufen können: »Hallo, hier bin ich! Friss mich!«

Noch während ich überlegte, welche Möglichkeiten mir noch blieben, hörte ich ein mächtiges Rauschen von der linken Seite. Ein Rauschen, das alle meine Hoffnungen auf ein glimpfliches Ende mit einem Schlag zunichte machte. Mokéle m'Bembé war eingetroffen, und ich zweifelte keine Sekunde daran, dass ich nur noch wenige Augenblicke zu leben hatte.

34

Das Rauschen wanderte von der linken zur rechten Seite, dann verstummte es. Ich gab mich nicht der Illusion hin, dass Mokéle vielleicht das Interesse an mir verloren hätte, denn dazu war ich viel zu interessant. Wer konnte schon jemandem widerstehen, der blind und gefesselt war und auf ein paar Pfund hochexplosivem C4 saß? Und tatsächlich, nur wenige Minuten später hörte ich das Rauschen wieder. Gleichzeitig stach mir der unverwechselbare Geruch nach verfaultem Fisch in die Nase. Mokéle würde mich nicht mehr aus den Augen lassen. Es schien, als würde das Ungeheuer mein Floß in gebührendem Abstand umkreisen und sich ein Bild von der Lage machen, ehe es zum tödlichen Schlag ausholte. Und wenn der erfolgte, würde Maloney die Sprengladung unter meinem Hintern zünden. Kraftlos sackte ich zusammen. Ich hatte keine Chance.

Meine Gedanken wanderten zu Sarah, die jetzt vielleicht gerade in der Bibliothek saß und recherchierte oder sich bei einer Tasse Tee entspannte und dem Regen zuschaute, wie er gegen die Scheiben schlug. Ich dachte an Lady Palmbridge, wie sie durch ihr Haus wanderte, in der Hoffnung, bald eine Nachricht über den Verbleib ihrer Tochter zu erhalten, und an Aston, der hinter ihr herschlurfte, um ihr jeden Wunsch von den Lippen abzulesen. Sie alle wurden in diesem Augenblick von Maloney verraten, denn sie alle würden niemals erfahren, was wirklich geschehen war, an jenem verhängnisvollen Mittwoch, den 17. Februar, am Lac Télé.

Noch während ich diesen trübsinnigen Gedanken nachhing, schlich sich eine Stimme in mein Bewusstsein, die seltsam vertraut war. Ich hob den Kopf und lauschte.

Nein, ich musste mich getäuscht haben, es war nichts zu hören außer dem immerwährenden Regen. Und doch, plötzlich war die Stimme wieder da, diesmal lauter und kräftiger.

Schlagartig waren Müdigkeit und Resignation wie weggeblasen. Bildfragmente brandeten in zusammenhangloser Folge über mich hinweg wie Wellen über einen Felsen. Sie waren allerdings in ihrer Deutlichkeit kaum mehr als ein flimmerndes Stakkato von Fernsehbildern. Entweder war ich verrückt geworden oder ich litt an den Folgen eines Gehirntraumas, das von Maloneys Prügeln herrührte. Vielleicht gab es aber noch eine dritte Möglichkeit. Plötzlich fiel mir mein Erlebnis auf dem Grund des Sees wieder ein. Die merkwürdigen Signale, die ich dort unten empfangen hatte. Die Bilder, die Worte, die Sprache. Mochte hier vielleicht ein Zusammenhang bestehen? Vielleicht war ich nicht verrückt, und es handelte sich wirklich um Mokéles Gedanken. Die Idee war geradezu absurd. Und doch ...

Handelte es sich etwa um eine rudimentäre Form von Telepathie? War es das, was Sarah mir bei unserem Telefongespräch zu verstehen geben wollte, als sie von einem »gefährlichen Geheimnis« sprach? Waren diese Signale vielleicht der Schlüssel, um mit dem Reptil in Kontakt zu treten? Wenn Mokéle wirklich telepathisch veranlagt war, hätten Elieshi und ich zumindest eine Erklärung für den Zweck dieser ungeheuren

Datenmengen in seinem Erbgut gefunden. Mir fielen die Worte aus Emilys Tagebuch wieder ein: »Sie haben eine Gabe, die wir nicht verstehen.«

Es gab nur eine Möglichkeit herauszufinden, ob ich Recht hatte, aber ich musste mich beeilen, denn allzu viel Zeit würde mir nicht mehr bleiben. Ich konzentrierte mich bei dem Versuch, alle unnützen Gedanken aus meinem Kopf zu verbannen. Ich musste versuchen, Mokéles Gedanken aus meinen eigenen herauszufiltern.

Nach und nach gewannen die Bilder an Schärfe und Kontur. Ich glaubte, vertraute Motive wie den See, den Dschungel und das Grasland zu erkennen, andere wiederum waren vollkommen abstrakt. Sie erschienen mir wie eine chaotische Ansammlung von Fotos, ähnlich einer Collage, die ein wild gewordener Künstler zusammengeschnipselt hatte. Doch je länger ich mich konzentrierte, desto deutlicher wurde, dass sich hinter den Bildern ein wiederkehrendes Muster verbarg. Ein Muster, das keine Inhalte transportierte, sondern Gefühle. Emotionen, die mich in ihrer Klarheit und Ausdruckskraft überwältigten. Die Wut und Trauer, die in ihnen lag, war von solcher Intensität, dass meine blinden Augen sich mit Tränen füllten. Ein seltsamer Gedanke überkam mich. Konnte es sein, dass ich, weil mein Geist nach fremden Bildern dürstete, die nötige Sensibilität gewonnen hatte, um mich auf die fremden Gedanken einzulassen? Das hieße, dass meine Blindheit es erst ermöglicht hatte, mit dem Wesen in Kontakt zu treten. Ich spürte, dass ich der Lösung des Rätsels sehr nahe war. Die Stimmen, die Bilder, unsere Labortests, die Erlebnisse im Tempel, all das machte plötzlich Sinn. Mokéle m'Bembé war ein Sprung in der Evolution, genau wie Elieshi es gesagt hatte. Er war das erste und einzige Lebewesen, das die Telepathie, also die Fähigkeit, mithilfe von Gedanken zu kommunizieren, als eigenständige Sinnesleistung ausgebildet hatte.

Erneut erklang das Rauschen, doch diesmal war es bedrohlich nah. Beinahe zeitgleich schlug eine Welle aus Wut und Empörung über mir zusammen. Mokéle hatte offenbar erkannt, welche Gefahr von meinem Floß ausging. Er hatte den Sinn dieser Tötungsvorrichtung meinen Gedanken entnommen.

Ich musste jetzt handeln, und zwar schnell. Die Muster, die ich empfing, handelten immer öfter vom Tod, und ich brauchte nicht lange, um herauszufinden, dass damit mein eigener Tod gemeint war. Voller Verzweiflung ergriff ich die letzte Möglichkeit, die mir zu meiner Verteidigung noch geblieben war. Auch wenn ich wenig Hoffnung hatte, dass mein Plan funktionieren würde. Wenn Mokéle Gedanken aussenden konnte, dann war er mit Sicherheit auch in der Lage, Gedanken zu empfangen.

Ich konzentrierte mich mit aller Kraft auf die Sprengvorrichtung, wobei ich mich bemühte, kein Detail auszulassen. Mein innerer Blick schweifte über die Kunststoffzylinder, über die Drähte, mit denen sie verbunden waren, bis hin zu der Kabeltrommel, die mit dem Auslöser verbunden war. Immer wieder rief ich mir das Szenario vor Augen, was geschehen würde, wenn Maloney den Knopf drückte. Ich stellte mir vor, wie der Zündfunke seinen Weg durch das Kabel suchte, wie er das Floß erreichte und die Sprengsätze aktivierte. Ich stellte mir die unglaubliche Wucht vor, mit der das Floß explodieren, die Druckwelle, die alles Leben im Umkreis von fünfzig Metern auslöschen würde, und den Feuerball, der als krönender Abschluss zum Himmel stieg, während um ihn herum die Trümmer ins Wasser regneten. All das malte ich mir in den schönsten Farben und mit der dazugehörenden Geräuschkulisse aus, wie ich das schon in unzähligen Hollywood-Filmen gesehen hatte.

Mokéles Reaktion war verblüffend. Das Ungeheuer stieß einen

Schrei der Furcht und der Empörung aus und tauchte auf der Stelle wieder hinab in die Fluten. Die dabei entstehenden Wellen hoben mein Floß in die Luft und ließen es wie einen Korken auf und ab tanzen. Ich wurde herumgeschleudert und prallte mit meinem Kopf gegen die Eisenstange. Doch der Schmerz war nichts im Vergleich mit der Begeisterung, die mich erfüllte. Nicht in meinen kühnsten Träumen hätte ich erwartet, dass mein Plan wirklich funktionieren würde. Das konnte kein Zufall gewesen sein. Ich konnte mir ein Grinsen nicht verkneifen. Es war mir tatsächlich gelungen, einen Kontakt herzustellen.

Ermutigt von diesem Erfolg beschloss ich weiterzumachen. Vielleicht gelang es mir auch noch, Mokéle dazu zu bewegen, die Tötungsvorrichtung unschädlich zu machen. Dazu musste ich aber erst die Schwachstelle des Systems ermitteln. Den Kongosaurier auf die Sprengkapseln anzusetzen, wäre sicher keine gute Idee gewesen. Abgesehen davon, dass ich dabei mit Sicherheit ein Opfer seiner fürchterlichen Zähne werden würde, bestand die Gefahr, dass die Ladungen sich selbst entzünden würden. Auch einen Angriff auf Maloney schloss ich aus. Nicht dass ich ihm den Tod nicht gegönnt hätte, aber die Gefahr, dass er im letzten Augenblick den Auslöser drücken würde, war zu groß. Blieb als letzte Möglichkeit das Kabel, das den Auslöser mit der Sprengladung verband.

Das war es. Das war die Schwachstelle, nach der ich gesucht hatte. War die Stromzufuhr unterbrochen, gab es keine Möglichkeit mehr für Maloney, die Sprengladung hochzujagen. Es sei denn, er würde sie persönlich einleiten, doch so verrückt würde er nicht sein. Ich versuchte mir vorzustellen, wie das Kabel sich unter Wasser von meinem Floß bis hinüber zu Maloneys Schlauchboot schlängelte. Es war relativ dick, etwa vier Millimeter, und mit einer rot-blauen Isolierung vor dem Wasser geschützt. Ein solches Kabel musste selbst für ein Wesen von den Ausmaßen eines Buckelwals gut sichtbar sein.

Ich hatte den Gedanken kaum zu Ende gedacht, da hörte ich ein Blubbern und Zischen, nur wenige Meter vom Floß entfernt. Mokéle war wieder da, und diesmal schien ich seine gesamte Aufmerksamkeit zu genießen. Wie durch einen Spiegel sah ich, was er sah. Die Bilder seines eigenen Auges wurden auf mich zurückgeworfen. Die Regenwolken waren weitergewandert, die Nacht war hereingebrochen, und die Mondstrahlen durchschnitten den Himmel wie silberne Schwerter. All das war von atemberaubender Schönheit. Plötzlich konnte ich mich selbst erkennen, wie ich da auf dem Floß saß, mit überkreuzten Beinen, die Augen fest geschlossen, mein Gesicht von Schnitten verunstaltet. Schnitt. Der gewaltige Leib tauchte ab und durchsuchte das Wasser knapp unterhalb der Oberfläche. Ich beobachtete Algen und Luftblasen, die in der Strömung wie ein Ballett wogten. Und auf einmal sah ich das Kabel. Genau wie ich vermutet hatte, zog es sich in einer Tiefe von wenigen Zentimetern unterhalb der Wasseroberfläche dahin. Schnitt. Mokéle öffnete sein Maul und durchtrennte den Draht mit einem einzigen Biss. Ich hielt die Luft an in der Erwartung, dass Maloney diesen Fall vielleicht vorausgesehen und eine Sicherung eingebaut hatte, doch nichts geschah. Der Kongosaurier umkreiste das Floß noch ein-, zweimal, dann tauchte er direkt neben mir aus dem Wasser. Obwohl mir der penetrante Fischgeruch in die Nase stieg und ich das dumpfe Grollen der Kreatur hörte, empfand ich diesmal keine Angst. Ich spürte, dass Mokéle mir nichts Böses wollte, während sich sein Kopf über mich beugte und auf mich herabblickte. Eine Woge von Mitleid überflutete mich, als ich mein Gesicht hob und in meine eigenen blinden Augen starrte. Aber war das mein eigenes Mitleid oder das von Mokéle? Wir schienen auf eine überirdische Weise miteinander verschmolzen zu sein.

In diesem Moment geschah etwas völlig Unerwartetes. Hätte ich es voraussehen können, ich wäre sicher vor Schreck und Ekel zurückgezuckt. Mokéle öffnete sein Maul und spie mir ins Gesicht. Genau wie ich es in meinem Albtraum in Brazzaville erlebt hatte.

Ich schrie auf.

Der zähe, stinkende Speichel brannte wie Feuer auf meiner Haut und in den Augen. Ich spürte, wie er mir seitlich übers Gesicht lief und auf meine Schultern tropfte. Ich zerrte und rüttelte an meinen Fesseln, doch sie ließen meine Hände noch immer nicht freikommen. Dabei hatte ich nur noch den Wunsch, mir das eklige Zeug aus den Augen zu wischen. Warum hatte er das getan? Die Botschaften, die ich empfangen hatte, waren doch freundlich gewesen, voller Mitgefühl. Vielleicht hatte ich mich doch geirrt und mir die telepathischen Kräfte nur eingebildet. Vielleicht war auch die Sache mit dem durchgebissenen Kabel nur eine Illusion gewesen, ein Wunschtraum ...

Wenn das stimmte, dann würde Maloney jeden Moment die Sprengladung zünden, denn so dicht wie jetzt würde Mokéle mir nie wieder kommen. Der Schmerz in meinem Gesicht vertrieb die Gedanken. In den letzten Sekunden hatte sich seine Intensität bis an die Grenzen des Erträglichen gesteigert. Ich schrie auf. In diesem Augenblick größter Verzweiflung erblickte ich einen schmalen Lichtstreif. Es war zuerst nur ein hauchdünnes Band aus vielfarbigem Licht, doch es wurde zusehends größer. Zuerst glaubte ich, es sei eine Täuschung, doch so sehr ich mich auch drehte und wendete, der Streifen blieb. Von Sekunde zu Sekunde wurde er heller und klarer. Jetzt konnte ich sogar etwas erkennen. Ich glaubte meine Beine und meine Füße zu sehen, die immer noch in den Wanderstiefeln steckten. Ich sah das schimmernde Wasser und die Nebelschwaden, die sich darüber gebildet hatten. Ich erkannte die Sprengladungen, auf denen ich saß, die Schwimmer unserer alten Beaver. Das geradezu Unglaubliche aber war, dass ich das alles mit meinen eigenen Augen sah. Und im selben Moment, in dem ich mein Augenlicht zurückerhielt, schwanden die Schmerzen. Ich hob den Kopf und sah Mokéle m'Bembé direkt über mir. Die geschlitzten Pupillen blickten mit größter Gelassenheit auf mich herab. Wie die Augen eines Künstlers, der sein Werk begutachtete.

Die Erkenntnis traf mich wie ein Schlag: Das Relief im Tempel ... die kranken, siechen und bettlägerigen Menschen, die sich heilen lassen wollten ... die Tränen, die das Reptil vergoss ... es entsprach alles der Wahrheit. Allerdings waren es nicht nur die Tränen, die eine heilende Wirkung besaßen, es war auch der Speichel. Er schien eine regenerative Wirkung auf Zellen zu haben, ein Effekt, der mit Sicherheit in seinen veränderten Genen begründet lag. Diese Gene schienen auch die Ursache für die enormen Selbstheilungskräfte zu sein, über die Mokéle verfügte und die bewirkten, dass selbst schwere Verletzungen sich binnen Sekunden schlossen.

Ich lächelte, denn auf einmal hatte das Wesen alles Schreckliche verloren. Auf einmal sah ich es mit denselben Augen, mit denen es die Baumeister des Tempels gesehen hatten.

Mokéles langer Hals bog sich vor, und sein mit Zähnen gespicktes Maul kam mir gefährlich nah. Trotzdem verspürte ich keine Angst. Es gab einen kurzen Ruck, dann hatten seine Zähne den Metallträger gekappt. Ich konnte meine Hände wieder bewegen, und es war ein Leichtes, die Fesseln an den scharfen Kanten des durchbissenen Metalls zu zerschneiden.

Mokéle gab noch ein dumpfes Grunzen von sich, dann wandte er sich ab und verschwand in den Tiefen seiner Heimat. Ich saß da, zu einer Salzsäule erstarrt, und blickte fassungslos auf meine Hände. Es war ein Wunder, das ich soeben erlebt hatte. Minutenlang saß ich einfach nur da und blickte hinaus in die Nacht. Wäre ich aufmerksamer gewesen, hätte ich das Boot eher wahrgenommen, das sich lautlos von hinten näherte. Es geschah alles mit blitzartiger Geschwindigkeit, und als ich mich umdrehte, war es bereits zu spät.

35

G uten Abend, Mr. Astbury«, sagte eine nur allzu vertraute
Stimme. Ich wirbelte herum.

»So trifft man sich wieder.«

»Maloney!« Das war alles, was ich stammeln konnte.

»Wie ich sehe, haben Sie mich nicht vergessen. Ich muss gestehen, ich fühle mich geschmeichelt.« Er presste seine Hände vor
die Brust und verbeugte sich spöttisch. »Ich habe Sie natürlich
ebenfalls nicht vergessen.« Er blickte sich misstrauisch um.
»Wo ist das Biest? Ich hatte aus der Ferne den Eindruck, es
würde Sie bei lebendigem Leibe verspeisen. Nun, da habe ich
mich wohl getäuscht. Wie haben Sie es nur geschafft, sich zu
befreien und meine kleine Konstruktion zu sabotieren? Und
vor allem, weshalb können Sie wieder sehen? Sie können
doch sehen, oder?« Er machte eine schnelle Bewegung mit der
Hand, auf die meine Augen sofort reagierten. »Verdammt
soll ich sein, wenn hier noch alles mit rechten Dingen zu-
geht«, fügte er mit einem grimmigen Gesichtsausdruck hinzu. »Nun, der Irrtum mit Ihren Augen lässt sich leicht korri-
gieren.« Plötzlich sah ich in seinen Händen etwas aufblitzen.
Es war die Klinge eines Hirschfängers, auf dessen polierter

Schneide sich das Mondlicht spiegelte. Ich zweifelte nicht daran, dass Maloney mit dem Ding umgehen konnte, und so rührte ich mich nicht vom Fleck. »Wie ich sehe, haben Sie doch eine Waffe mitgenommen«, sagte ich, während ich das blitzende Stück Metall keine Sekunde aus den Augen ließ.

»Ist so eine Angewohnheit von mir. Ganz unbewaffnet komme ich mir nackt vor.« Während er das sagte, wanderte sein Blick über den Sprengstoffteppich, auf der Suche nach dem Defekt. »Ich verstehe nicht, wie es Ihnen gelungen ist, meinen Plan zu durchkreuzen. Ich habe die Anlage vorher ausgiebig getestet. Sie können sich meine Enttäuschung vorstellen, als ich auf den Auslöser drückte und nichts geschah. Dabei hatte ich Sie beide so gut im Visier, Sie und Mokéle. Was hatten Sie sich denn zu erzählen, und warum hat das Biest Sie nicht gefressen? Sind Sie so eine Art Pferdeflüsterer? Na egal, ich werde schon noch dahinterkommen.« Er zog an dem Auslöserkabel und spürte augenblicklich, dass dort der Fehler lag. Mit kräftigen Bewegungen holte er das Kabel ein, bis er zu der Stelle kam, an der Mokéle es gekappt hatte.

»Was in drei Teufels Namen ist das?«, fluchte er, während er die ausgefransten Enden betrachtete. »Sieht aus wie durchgebissen. Dieses verdammte Biest ist schlauer, als ich dachte. Na warten Sie, das werden wir gleich haben.« Er machte einen Schritt auf das Schlauchboot zu, um den Auslöser zu holen. Ganz offensichtlich wollte er die beiden Kabelenden wieder miteinander verbinden und einen zweiten Versuch starten. Als er in das Boot griff, war er für einen Augenblick unaufmerksam. Das war die Chance, auf die ich gewartet hatte. Was ich jetzt tat, grenzte an Selbstmord, aber ich sah keine andere Möglichkeit. Die Aussicht, wieder gefesselt zu werden und noch einmal als lebende Bombe missbraucht zu werden, war schlimmer als der Tod. Nie wieder wollte ich diese schrecklichen Minuten durchleiden müssen. Ich nahm Anlauf und stürzte mich mit vollem Schwung auf ihn, während ich versuchte, ihm das Messer aus der Hand zu schlagen. Der Versuch glückte nur teilweise. Unsere Körper schlugen gegeneinander, doch es gelang mir nicht, seine Hand zu packen. Stattdessen verloren wir das Gleichgewicht und krachten mit voller Wucht auf den metallenen Schwimmkörper, wobei ich unglücklicherweise unter ihm zu liegen kam. Als wir aufschlugen, presste sein Gewicht mir die Luft aus den Lungen. Es dauerte einen Moment, ehe ich wieder Luft bekam, doch diesen Augenblick nutzte Maloney zu seinem Vorteil. Mit der Schnelligkeit einer Viper hob er seinen Arm und stieß zu. Ich sah das Messer aufblitzen und drehte meinen Kopf gerade noch rechtzeitig zur Seite, als sich die Klinge mit einem grässlichen Geräusch in den Schwimmer bohrte. Maloney stieß einen Fluch aus, zog das Messer wieder heraus und hob es hoch über mir in die Luft, bereit, ein zweites Mal zuzustechen. Mit beiden Händen versuchte ich den Hieb abzuwehren, aber der Mann hatte übermenschliche Kräfte. Während sich seine andere Hand um meine Kehle schloss und zudrückte, senkte sich der furchtbare Stahl immer weiter herab. Er würde genau mein Auge treffen. Doch sosehr ich mich auch abstrampelte, ich war seinen Kräften nicht gewachsen. Es war nur noch eine Frage von Sekunden, bis sich die Klinge in meinen Schädel bohren würde.

Ich glaubte ein Knacken zu hören und stieß einen letzten, verzweifelten Schrei aus.

In diesem Moment ließ der Druck auf meine Kehle nach. Maloneys Augen bekamen einen starren Ausdruck, und er öffnete den Mund, um etwas zu sagen. Zuerst dachte ich, mein Schrei hätte ihn wieder zur Besinnung gebracht, doch als ein roter Speichelfaden von seinen Lippen tropfte, erkannte ich, dass etwas Furchtbares geschehen war. Maloney wurde zusehends leichter. Sein zuckender Leib hob sich von mir. Und da sah ich es. Sein Körper baumelte wie eine Marionette am Ende eines grün gefleckten, muskulösen Halses, der ihn wie ein Baukran in die Höhe hob.

Mokéle!

Er war zurückgekehrt. Ich sah die funkelnden Augen des Seemonsters, seine geblähten Nüstern und gelben Zähne, die sich rot färbten. Ich musste an das knackende Geräusch denken und spürte, wie Übelkeit in meinem Magen aufstieg. Maloneys Bewegungen wurden schlaffer. Seine Hand vermochte den Hirschfänger nicht mehr zu halten, und er fiel klirrend neben mir aufs Deck. Als ich ihn kalt schimmernd dort liegen sah, wurde mir bewusst, dass ich es ebendieser Waffe zu verdanken hatte, dass ich noch am Leben war. Ohne sie wäre das Ungeheuer nicht zurückgekehrt. Aber in einem Punkt hatte ich mich geirrt. Mokéle verabscheute nicht die Waffen um ihrer selbst willen, denn dazu fehlte ihm der Sachverstand. Er verabscheute den Gedanken des Tötens, der damit einherging.

Mit Schrecken verfolgte ich, wie der Jäger in die Tiefe gezogen wurde.

Stille senkte sich über den See. Die letzten Wellen verebbten und hinterließen eine Fläche, die das Licht des Mondes wie ein blank polierter Kelch reflektierte.

Wie in einem Traum verließ ich das Floß, bestieg das Schlauchboot und setzte mich neben den Außenborder. Ich packte das Starterseil und wollte es gerade ziehen, da bemerkte ich die Ausrüstungsgegenstände, die Maloney mitgenommen hatte. Und mit einem Mal wurde ich wieder klar im Kopf. Da lag eine Taucherausrüstung. Maloney hatte sie wohl mitgenommen, um für alle Eventualitäten vorbereitet zu sein und seinem Feind notfalls auch unter Wasser begegnen zu können. Mein Blick wanderte vom Neoprenanzug hin zu der pechschwarzen Oberfläche des Sees und wieder zurück. Und plötzlich formten sich

Sarahs Worte auf meinen Lippen. Wenn du das Geheimnis lösen willst, musst du noch einmal hinabtauchen, hatte sie gesagt. Es war ein Gedanke, der so aberwitzig war, dass ich ihn in meinem früheren Leben sofort wieder verworfen hätte. Aber dies hier war eine neue Welt. Und es war ein neues Leben. Ich zog mich aus, schlüpfte in den Gummianzug und setzte meinen Plan in die Tat um.

*

Etwa zwei Stunden später legte ich wieder am Ufer an. Ich hatte zwar meine Uhr verloren, aber am Stand des Mondes erkannte ich, dass Mitternacht vorüber sein musste. Das Camp lag ruhig und verlassen da. Ich bog um Maloneys Zelt und bemerkte einen schwachen Lichtschimmer, der aus dem Vorratszelt drang. Mein Blick durchforschte die Dunkelheit auf der Suche nach Elieshi, die hier irgendwo an einen Baum gefesselt war.

»Elieshi?«

Mein Ruf blieb unbeantwortet.

»Elieshi, wo bist du?«

Keine Antwort. Mit einem unguten Gefühl im Magen beschloss ich, mir erst eine Lampe zu besorgen, ehe ich mich auf die Suche nach ihr machte. Hoffentlich kam ich nicht zu spät. Ich eilte zum Zelt und schlug die Eingangsplane zurück.

»Keine Bewegung!« Der Befehl kam so unvermutet, dass ich wie festgefroren stehen blieb.

»Hände über den Kopf!«

»Elieshi?« Ich musste zwinkern, um mich an die plötzliche Helligkeit zu gewöhnen.

»David?« Eine Gestalt löste sich aus einem Winkel des Zeltes und trat vor die Lampe. Ich sah ein Gewehr in ihrer Hand, doch am Klingeln der Zöpfe erkannte ich, dass es die Biologin war.

Und auch sie schien mich erst jetzt zu erkennen. »David!« Ich hörte einen Freudenschrei, und dann spürte ich nur noch Arme um meinen Hals und Küsse in meinem Gesicht. Es dauerte einen Moment, ehe sie sich wieder von mir löste. Ihr Gesicht war tränennass. Doch dann wich sie ein Stück zurück und betrachtete mich, als hätte sie ein Gespenst gesehen.

»Was ist mit deinem Gesicht geschehen? Was ist mit deinen Augen?«

»Ich kann wieder sehen.«

Sie wischte sich mit ihrem schmutzigen Ärmel die Tränen aus den Augen. »Was?«, ein trockenes Lachen entfuhr ihr. »Wie ist das möglich? Ich meine ... du warst blind, ich habe es selbst gesehen.«

»Sagen wir doch einfach, es war ein Wunder.«

»Du redest von Wundern? Ausgerechnet du?«

Ich nickte. »Die Welt scheint voll davon zu sein. Man muss nur lernen, sie zu sehen.«

»Und Maloney?«

Ich schüttelte den Kopf. »Er hat es nicht geschafft. Aber ehe ich die Geschichte erzähle: Wie geht es dir? Wie hast du dich befreit?«

»Das war nicht ich.« Sie nahm mich an der Hand und führte mich in den hinteren Teil des Zeltes, wo ich ein kleines Lager aus Kleidungsstücken und Decken erblickte. Darauf lag Egomo. Er hatte einen blutigen Verband um die Schulter und starrte mich ungläubig an. Er war am Leben.

»Wie ist das nur möglich?«, flüsterte ich, als ich mich neben ihn setzte und seine Hand ergriff.

»Ich kam nicht mehr dazu, dir zu sagen, dass Pygmäen im Falle ihres unvermeidlichen Todes in eine Art Starre fallen können, aus der sie nach einiger Zeit wieder erwachen«, flüsterte Elieshi. »Atmung und Puls gehen dabei auf null. Ein angeborener Reflex, der ihnen das Überleben sichert. Er erwachte, als ihr schon draußen auf dem See wart. Er konnte mich zwar befreien, aber die Schussverletzung hat ihn viel Blut gekostet. Er ist sehr schwach. Ich weiß nicht, ob er die Nacht überstehen wird.«

»Hol den Pfeil mit Mokéles Blut«, sagte ich, »und beeil dich!« Elieshi runzelte die Stirn, ging aber trotzdem und kam kurz darauf mit dem Pfeil wieder. »Was hast du vor?«, flüsterte sie, als sie sah, wie ich alle Kammern bis auf eine öffnete und ihnen die Ampullen entnahm.

»Wart's ab.« Ich entfernte den Verband von seiner Schulter, öffnete eine der Ampullen und ließ das Blut in die offene Wunde laufen. Die Hand des Pygmäen verkrampfte sich. »Vertrau mir, Egomo. Der Schmerz ist nur vorübergehend. Du wirst bald wieder gesund sein.«

»Was tust du denn da?«, fragte Elieshi und blickte mich dabei an, als hätte ich den Verstand verloren.

»Mir kam der Verdacht schon, als wir die Strukturanalyse von Mokéles Genen im Sequenzierer vorgenommen haben. Diese unglaubliche Vielfalt genetischer Informationen muss doch einen Zweck haben, das hast du selbst gesagt«, erläuterte ich, während ich die rote Flüssigkeit tropfenweise über Egomos Schulter rinnen ließ. »Sie bewirkt etwas im Körper des Sauriers. Etwas, das uns fremd ist. Eine Fähigkeit, die wir nicht besitzen.«

Elieshi nickte. »Nur wissen wir leider nicht, was das ist.«

»Falsch«, lächelte ich. »Ich habe gleich zwei Eigenschaften entdeckt. Die eine ist die Fähigkeit zur Gedankenübertragung ...«

»Telepathie?«

»Genau. Die zweite bewirkt eine enorme Steigerung der Selbstheilungskräfte. Ich vermute, dass Mokéle über Gene verfügt, die dafür codiert sind, DNS und Zellen reparieren und das Zellwachstum kontrollieren zu können, sprich, zerstörtes Gewebe in Sekundenschnelle nachwachsen zu lassen. Es scheint sich dabei um intelligente Gene zu handeln, die seine gesamte DNS kontrollieren.«

Elieshi schüttelte den Kopf. »Das ist doch absurd. Telepathie und Wunderheilungen gibt es nicht. Hat es nie und wird es nie.«

Ich wendete ihr den Kopf zu, so dass unsere Gesichter nur noch wenige Zentimeter voneinander entfernt waren. »Dann sieh mir in die Augen und sag mir, dass ich verrückt bin. Ich weiß, dass es sich unglaublich anhört, aber ich finde keine andere Erklärung. Alles, was ich weiß, ist, dass ich hier neben dir sitzen und dich ansehen kann. Und das habe ich nur Mokéle und seinen Fähigkeiten zu verdanken.«

In diesem Augenblick erhob sich Egomo und reckte sich, als wäre er aus tiefer Trance erwacht. Seine Starre war verschwunden. Er wischte sich das Blut von der Schulter und starrte ungläubig dorthin, wo vor kurzem noch eine tiefe Schusswunde geschmerzt hatte. Die Öffnung hatte sich wie von Zauberhand geschlossen. Ich beugte mich vor, um seinen Rücken zu begutachten, doch auch dort war nichts von einer Schusswunde zu sehen.

»Das gibt es doch nicht«, stammelte Elieshi, die den Pygmäen von oben bis unten abtastete. »Um das gebrochene Schlüsselbein hat sich ein neuer Callus gebildet. Der Bruch scheint vollständig verheilt zu sein.«

Sie ließ sich zurücksinken, kaum fähig, ein Wort zu sagen. »Du hattest Recht«, murmelte sie nach einer Weile. »Es ist ein Wunder. Und was für eines.«

Ich richtete mich auf. »Und deshalb müssen wir jetzt sehr vorsichtig sein.«

»Wie meinst du das?«

Ich überlegte, wie ich es ihr verständlich machen sollte. Für sie war es, als habe sich eben erst die Tür zum Paradies geöffnet, ich hingegen hatte schon einige Stunden Zeit gehabt, mir über unsere Situation klar zu werden. Und die

Gedanken, die mir dabei gekommen waren, führten alle in eine Richtung. »Was ich dir jetzt sage, mag für dich verrückter klingen als alles andere«, sagte ich lächelnd. »Aber es könnte sich als wichtig erweisen. Für uns, für das Leben in diesem See, wenn nicht sogar für das gesamte Leben auf unserer Erde.«

»Das klingt ja mächtig geheimnisvoll. Schieß los.«

»Ich finde, dass nichts von dem, was hier geschehen ist, nach außen dringen sollte. Weder über Mokéle und seine Artgenossen noch über seine Fähigkeiten. Wir sollten absolutes Stillschweigen bewahren und den Kongosaurier wieder ins Reich der Legenden verbannen, wo er seit Tausenden von Jahren ein friedliches Leben geführt hat.«

Sie musterte mich misstrauisch. »Warum?«

»Lass deine Fantasie spielen. Versuch dir eine Welt vorzustellen, in der jeder Mensch, ja jedes Lebewesen mit einer Wunderdroge von seinen Leiden befreit werden könnte.«

»Ein Traum.«

»Ja, nur könnte er sich sehr schnell als Albtraum entpuppen, wenn man an die Konsequenzen denkt. Denk nur an die Probleme unserer Zeit, die Übervölkerung, die Kriege um territoriale Ansprüche und die Ausbeutung unseres Planeten. Einige wenige würden sich noch stärker auf Kosten der anderen bereichern. Wir würden mit einem Schlag das natürliche Gleichgewicht verändern. Ein Gleichgewicht, das durch unsere Einwirkung ohnehin schon aus den Fugen geraten ist. Die Folgen wären katastrophal.« Ich lehnte mich zurück. »Wenn ich je etwas von Stewart Maloney gelernt habe, dann die Erkenntnis, dass es fatal ist, das Gleichgewicht zu verändern. Wir Menschen haben dafür ein besonderes Talent, und bisher ist nicht viel Gutes dabei herausgekommen.«

Eine schmale Falte bildete sich zwischen ihren Augenbrauen. Sie brauchte eine Weile, um sich meine Worte durch den Kopf gehen zu lassen. Endlich schien sie sich zu einem Entschluss durchgerungen zu haben. »Von allen Geschichten, die ich heute Abend gehört habe, ist das diejenige, die am wenigsten verrückt klingt.« Dann strich sie sich über ihr Haar und nickte. »Einverstanden. Du kannst mit meiner Unterstützung rechnen.«

»Wie? Was? Einfach so? Kein Widerspruch, keine Lästereien, kein Professor?«

Sie blickte mich ernsthaft an, doch in ihren Augenwinkeln sah ich bereits wieder den Schalk blitzen. »Ich warne dich. Den Professor kannst du gern wieder haben, wenn du das willst.«

Ich hob entwaffnend die Hände. »Okay, okay, ich sag nichts mehr. Lass uns Freunde bleiben. Das hat mir besser gefallen.«

Elieshi zwinkerte mir zu. »Mir auch.« Sie drehte sich um, beugte sich über die Kiste, in denen die Spirituosen lagen, und angelte zielsicher nach der besten Flasche Rotwein, die wir mitgenommen hatten. Einen Schatz aus dem Weinkeller von Lady Palmbridge, den wir wie einen Augapfel gehütet hatten und der ursprünglich als Belohnung für eine gelungene Jagd gedacht war.

Sie hob die Flasche und blickte auf das Etikett. »Hm, Chateau Margaux 1986. Sagt dir das was?«

»Nie gehört«, log ich tapfer, während ich mit Schaudern beobachtete, wie sie den Korken mit Schwung herauszog und sich die Flasche an den Mund setzte. »Aufs Gleichgewicht also.« Sie ließ sich einen großen Schluck in die Kehle rinnen, setzte ab und schmatzte genüsslich. »Nicht schlecht«, sagte sie, während sie sich den Mund am Ärmel abwischte und die Flasche an mich weiterreichte. »Margaux, ich glaube, den Namen muss ich mir merken.«

»Tu das.« Ich nahm einen Schluck, schloss meine Augen und ließ den Geschmack eine Weile auf mich wirken. Dann lehnte ich mich entspannt zurück und reichte die Flasche an Egomo weiter. Die Welt schien auf einmal ein wenig runder und vollkommener geworden zu sein.

36

Donnerstag, 18. Februar

Am nächsten Morgen stand uns ein trauriger Abschied bevor. Egomo wollte uns verlassen. Er hatte sich während der Nacht von seinen Verletzungen erholt und wollte sofort aufbrechen, um in sein Dorf zurückzukehren. Alle meine Versuche, ihm mithilfe der Karte zu erklären, dass der Weg über die Nebenflüsse des Likouala deutlich kürzer war und er gut daran täte, uns zu begleiten, wurden mit einem Kopfschütteln quittiert. Er war nicht dazu zu bewegen, seinen Fuß in unser Boot zu setzen. Er hatte sich für den Landweg entschieden, und ob er nun einen Tag früher oder später zu Hause ankam, spielte keine Rolle. Seine Gedanken galten nur noch Kalema, der er gleich nach seiner Ankunft einen Heiratsantrag machen wollte. Wir erlaubten ihm, sich aus unseren Vorräten Brautgeschenke auszusuchen. Da wir ohnehin vorhatten, bis auf den Reiseproviant alles stehen und liegen zu lassen, war die Auswahl groß. Nach langem Hin und Her entschied er sich für ein bunt bedrucktes T-Shirt von Elieshi, die kleine Holzpfeife von Sixpence und Maloneys schweres Bowie-Messer. Obwohl er wusste, dass der Australier ein gewissenloser Mann gewesen war, hielt er ihn als Jäger offenbar immer noch hoch in Ehren.

Ich schenkte ihm meinen alten abgewetzten Kompass, ein Erbstück meines Vaters, und erklärte ihm, dass die Nadel immer in die Richtung zeigte, in der meine Heimat lag. Egomo nickte ernsthaft, dann griff er in seinen Umhängebeutel und holte ein Stück Wurzel heraus, an dem er herumgeschnitzt hatte. Nach einer Weile entdeckte ich eine Form in dem braunen Holz. Zwei ineinander verschlungene Figuren.

Er drückte mir die Wurzel in die Hand und gab mir zu verstehen, dass ich sie beim Schlafen unter meinen Kopf legen sollte, wenn ich ihn wiedersehen wollte. Er lächelte. Ich lächelte zurück, obwohl mir eher nach Heulen zumute war.

Dann kam der Augenblick der Trennung. Auch in Elieshis Augen sah ich Tränen glitzern.

»Tja, ich denke, es wird dann Zeit für uns«, murmelte ich verlegen. Ich nahm Egomo in den Arm und drückte ihn. Elieshi tat es mir gleich und gab ihm zum Abschied einen Kuss auf die Wange. »Leb wohl, Egomo, und danke für alles«, sagte sie. Dann berührte sie meine Hand, und zusammen gingen wir zu unserem Schlauchboot. Wir hatten nur das gepackt, was uns für die einwöchige Reise nach Brazzaville sinnvoll erschien, trotzdem hatte sich einiges angesammelt. Hauptsächlich Nahrungsmittel und Treibstoff, aber auch persönliche Dinge, wie Maloneys Fotoapparat, Emilys Tagebuch und die Notizen des Sergeanten Matubo.

Egomo stand am Ufer und sah uns zu, wie wir uns ins Boot zwängten. Ich quetschte mich neben den Außenborder, regulierte die Treibstoffzufuhr und zog dann das Starterkabel. Mit einem Husten und unter Ausstoß einer bläulichen Abgaswolke sprang der Motor an.

»Leb wohl, mein Freund«, rief ich und hob den Arm, während wir langsam auf den See hinaustuckerten. »Und erzähl deiner Familie von uns.« Der Pygmäe stand am Ufer und winkte zurück, während er zusehends kleiner wurde.

»Eines ist doch tröstlich«, sagte Elieshi. »Sobald er uns nicht mehr sieht, existieren wir nicht mehr für ihn. Dann sind wir Teil seiner Welt aus Legenden und Mythen.«

Wir waren etwa hundert Meter vom Ufer entfernt, als sie mich am Arm packte. »Sieh nur«, sagte sie. »Was ist denn mit Egomo los? Ich glaube, er will uns etwas mitteilen.«

Ich blickte ans Ufer und sah, dass ihn irgendetwas in beträchtliche Aufregung versetzte. Er fuchtelte wild mit den Armen und deutete immer wieder nach links. Elieshi griff nach ihrem Fernglas und suchte das Ufer ab. Plötzlich stieß sie einen Schrei der Überraschung aus.

»Sieh dir das an, David«, keuchte sie aufgeregt, während sie nach der Kamera griff. »Sieh dir das an. Da drüben, gleich neben der Bananenstaude.«

Ich presste das Glas an meine Augen und justierte die Schärfe. Plötzlich sah ich ihn. Da stand ein Elefant am Wasser. Aber es war ein Winzling von einem Elefanten, kaum größer als ein Schwein. Dennoch sah er nicht aus wie ein Jungtier.

»Loxodon pumilio«, rief Elieshi vergnügt und drückte ein paarmal auf den Auslöser der Kamera. »Ein Zwergelefant. Das Tier, von dem niemand geglaubt hat, dass es wirklich existiert, außer mir und Egomo. Ich fasse es nicht. Jetzt haben wir ihn doch noch gesehen. Danke, Egomo, danke!« Sie quietschte vor Vergnügen und wedelte wild mit den Armen.

Der Pygmäe hob seinen Arm und winkte uns ein letztes Mal zurück. Dann drehte er sich um und verschwand im immergrünen Laub des Waldes.

37

Mittwoch, 3. März
Kalifornische Küste

Die Wellen des Pazifik brandeten mit einem regelmäßigen, ruhigen Herzschlag gegen die Felsen. Gischt lag in der Luft. Der Wind trug das Geschrei der Möwen und den Duft von Seetang mit sich. Sarah stand neben mir und hielt meine Hand, während wir gemeinsam über die weißen Wellenkronen blickten, dorthin, wo Himmel und Wasser zu einer leuchtenden Linie verschmolzen. Ich war im Herzen der Finsternis gewesen und zurückgekehrt. Um die halbe Welt hatte ich reisen müssen, um zu mir selbst zu finden. Hier, am Rande des größten Ozeans der Welt, war ich am Ziel. Ich begann zu spüren, worum ich Sarah immer beneidet hatte. Die tiefe Zuversicht, dass sich die Dinge so entfalten würden, wie es am besten war. Endlich hatte ich keine Angst mehr.

Sarah sah mich von der Seite an, als verstünde sie genau, was in mir vorging. Ihr Haar flatterte im Wind und ein Lächeln lag auf ihrem Gesicht, während sie sich der Sonne zuwandte.

Ich hatte sie vor fünf Tagen, gleich nach unserer Ankunft in Brazzaville, angerufen. Sie hatte alles stehen und liegen lassen, um Elieshi und mich auf unserem Weg nach Kalifornien zu begleiten. Als wir uns in der Lobby des Londoner Flughafens Gatwick in die Arme gefallen waren, hatte sie mir auf ihre unnachahmliche Art zu verstehen gegeben, dass sie mich nicht noch einmal allein fortziehen lassen würde. Wie konnte ich dieser wunderbaren Frau widersprechen?

Als ich ihre Hand drückte, fühlte ich, dass ich zum ersten Mal seit langer Zeit glücklich war. »Stell dir vor«, sagte ich, »ich habe heute Nacht tatsächlich von Egomo geträumt. So, wie er es mir prophezeit hat. Ich habe die Wurzel unters Kopfkissen gelegt, und ich habe von ihm geträumt. Ist das nicht verrückt?«

»Überhaupt nicht«, lächelte sie mich an. »Das ist Magie.«

Während wir am Wasser standen und plauderten, sah ich Elieshi durch den Pinienwald schlendern und die ohnehin schon viel zu dicken Eichhörnchen füttern. Sie hatte darauf bestanden, Emilys Tagebuch persönlich abzuliefern. Zumindest das wären wir der Lady schuldig, sagte sie. Sie hatte sogar angeregt, der alten Dame entgegen unseren Vorsätzen von den tatsächlichen Ereignissen am Lac Télé zu berichten. Ein Vorschlag, den ich zwar riskant fand, in den ich aber nach längerer Bedenkzeit eingewilligt hatte. Blieb zu hoffen, dass der letzte Wille ihrer Tochter in der Lage war, die alte Dame von unserem Plan zu überzeugen.

Drei Stunden hatten wir jetzt von ihr weder etwas gesehen noch gehört. Sie hatte sich ins oberste Stockwerk ihres Palastes zurückgezogen, wo sie das Tagebuch studierte. Selbst Aston durfte sich dabei nicht in ihrer Nähe aufhalten, eine Entscheidung, mit der er offensichtlich große Probleme hatte. Ich sah ihn, wie er unentschlossen vom Garten ins Haus und wieder zurück schlich, den Kopf sorgenvoll gebeugt. Er tat mir leid.

»David.« Ich drehte mich um und sah, dass Elieshi mit schnellen Schritten auf uns zukam. Sie deutete zum Hauseingang. »Ich glaube, sie kommt. Jetzt wird's spannend.«

Lady Palmbridge verließ das Haus und kam mit langsamen Schritten zu uns herüber. Aston war an ihrer Seite und stützte sie. Auf einmal kam sie mir vor, als wäre sie um hundert Jahre gealtert. Die Gewissheit, dass ihre Tochter gestorben war, hatte ihr schwer zugesetzt. Als sie bei uns eintraf, sah ich, dass sie geweint hatte. Sie blickte an uns vorbei und hinaus auf das Meer. »Ist es nicht herrlich hier? Diesen Platz hat Emily geliebt. Immer wenn sie Sorgen hatte oder einfach nur allein sein wollte, kam sie hierher, um den Wellen und den Möwen zu lauschen.« Sie hob ihr Gesicht und ergriff meine Hand. Ihre Finger waren eiskalt. »Ich danke Ihnen allen, dass Sie gekommen sind, um mir die Nachricht vom Tod meiner Tochter persönlich zu überbringen.« Sie blickte uns der Reihe nach an. Ich sah, dass nur ihre eiserne Disziplin sie davon abhielt, in Tränen auszubrechen. »Es bedeutet mir viel, dass Sie sie noch gesehen haben, auch wenn sie da schon nicht mehr am Leben war. Ich denke, dass sie dort, wo sie jetzt liegt, ein würdiges Grab gefunden hat.«

Ich hob überrascht die Augenbrauen. »Dann haben Sie nicht vor, sie überführen zu lassen?«

Sie schüttelte entschieden den Kopf. »Nein. Je weniger Aufsehen wir erregen, desto besser. Außerdem glaube ich, dass sie zufrieden wäre, dort, wo sie jetzt liegt. Sie hatte schon immer ein Faible für Abenteuer. Sie wäre mit dieser Ruhestätte sicher einverstanden.« Lady Palmbridge hob den Kopf und sah Elieshi und mich eindringlich an. »Ich möchte mich an dieser Stelle in aller Form bei Ihnen entschuldigen. Ich war nicht offen zu Ihnen, was diese Expedition anging. Ich dachte, je weniger Sie über das Geheimnis des Sees wüssten, desto leichter würde es Ihnen fallen, dorthin zu reisen und mir meine Tochter zurückzubringen. Ein schwerer Irrtum. Sie haben so viel Schreckliches durchmachen müssen. Es ist für mich immer noch ein Wunder, wie Sie das überleben konnten. Ich weiß nicht, ob Sie mir verzeihen können, aber eines kann ich Ihnen versichern, David. Ronald wäre stolz auf Sie, könnte er Sie jetzt sehen.«

Der Gedanke an meinen Vater stimmte mich traurig. »Eigentlich hätte er dieses Tier entdecken müssen, hat er doch einen Großteil seines Lebens der Suche nach dem Unbekannten gewidmet. Aber wenn ich daran denke, dass er seine Erkenntnisse niemals hätte veröffentlichen dürfen ... ich glaube, das hätte ihm das Herz gebrochen.« Ich sah sie an und mein Zorn verrauchte. Der Tod ihrer Tochter war für sie Strafe genug. Ich holte tief Luft und stellte die wichtigste Frage: »Was gedenken Sie jetzt zu tun?«

Die Andeutung eines Lächelns stahl sich auf ihr Gesicht. »Ich weiß, wie sehr Ihnen das auf der Seele brennt. Ich spüre, dass Ihnen dort unten etwas widerfahren ist, was Sie zu einem anderen Menschen hat werden lassen. Ein Gefühl übrigens, das ich bei der Lektüre des Tagebuchs meiner Tochter auch hatte. Ich weiß nicht, was es ist, und ich will es auch nicht wissen, aber es muss ein sehr starkes Gefühl gewesen sein. Der letzte Wunsch meiner Tochter lautete, den See und sein Geheimnis wieder in Vergessenheit geraten zu lassen. Ich habe vor, diesem Willen zu entsprechen.«

Ich wagte kaum zu glauben, was ich da eben gehört hatte. »Und was wird aus dem Projekt?«

Ihr Mund wurde schmal. »Das Projekt starb im selben Augenblick, in dem meine Tochter zum letzten Mal die Augen schloss. Genau genommen war es immer ihre Idee gewesen, und außerdem ...«, sie zuckte mit den Schultern, »... bin ich in der Zwischenzeit zu der Überzeugung gelangt, dass wir der Natur ihren Lauf lassen sollten. Es ist tröstlich zu wissen, dass der Prozess der Evolution immer noch funktioniert und sich das Leben weiterentwickelt. Auch über den Menschen hinaus.«

Lady Palmbridge griff in die Tasche ihrer Jacke und zog ein kleines Kühlgefäß heraus, das die letzte blutgefüllte Ampulle enthielt, den einzigen Beweis für den Wahrheitsgehalt unserer Geschichte. »Nehmen Sie sie«, sagte sie und drückte mir die

Ampulle in die Hand. Dann schloss sie meine Finger. »Ich brauche sie nicht mehr. Machen Sie damit, was Sie wollen.«

Sie straffte die Schultern. »Und nun zu der versprochenen Professur, David. Sind Sie sicher, dass Sie mein Angebot nicht annehmen wollen? Ich habe es Ihnen versprochen, und ich halte meine Versprechen.«

Ich schüttelte den Kopf. »Vielen Dank, ich weiß das wirklich zu schätzen, aber ich muss leider ablehnen. Ich habe auf der Reise meine eigenen Kräfte kennen gelernt und vertraue darauf, dass ich es auch ohne fremde Hilfe schaffen werde.«

»Davon bin ich überzeugt. Ich würde mein Angebot daher gern an Mademoiselle n'Garong weiterreichen. Es wird dem alten Ambrose zwar nicht gefallen, aber ich denke, er wird es überleben. Wären Sie damit einverstanden?«

»Von Herzen gern«, sagte ich und beobachtete voller Vergnügen, wie Elieshis Unterkiefer langsam herunterklappte. So sprachlos hatte ich sie noch nie erlebt.

»Gut, dann wäre das geklärt«, sagte Lady Palmbridge. »Zwei Millionen Dollar zum Schutz der kongolesischen Nationalparks und zur Unterstützung des Animal Listening Projects. Mit Ihnen in einer Führungsposition, Elieshi. Einverstanden?«

»Ich ...«, war alles, was die Biologin herausbrachte. Es dauerte einen Moment, bis die Nachricht zu ihr durchgedrungen war, doch dann hob sie die Arme in den Himmel und stieß einen Freudenschrei aus. Sie tanzte an der Klippe entlang, dass wir schon Sorge hatten, sie würde abstürzen, doch nach einer Weile hatte sie sich so weit beruhigt, dass sie wieder sprechen konnte. »Danke, Lady Palmbridge«, sagte sie, noch immer außer Atem. »Das ist umwerfend. Sie wissen gar nicht, was das für mich und mein Land bedeutet.«

»Bedanken Sie sich lieber bei David, dass er so selbstlos auf das Geld verzichtet hat«, entgegnete die Lady. Lachfältchen spielten um ihre Augen. »Nehmen Sie es mir nicht übel, David, aber je länger ich darüber nachdenke, desto mehr gewinne ich den Eindruck, dass das Geld bei Elieshi viel besser angelegt ist. Ich weiß nichts über den Kongo und würde ihn gern einmal persönlich kennen lernen. Sie haben doch hoffentlich nichts dagegen, wenn ich Sie von Zeit zu Zeit mal besuche?«

Die Biologin strahlte übers ganze Gesicht. »Jederzeit. Wann immer Sie wollen. Das gilt übrigens für alle Anwesenden. Oh Mann, ich kann es kaum erwarten, heimzukehren und allen von dieser guten Nachricht zu erzählen. Ich wette, es gibt ein Freudenfest, das man bis nach London hören wird.«

Lady Palmbridge nickte und sagte: »Schön, dann ist das also auch geklärt. Bitte entschuldigen Sie mich, aber ich würde mich jetzt gern zurückziehen. Sie bleiben doch noch bis morgen, oder?«

Ich nickte. »Wenn wir dürfen. Danach möchten wir noch ein paar Tage an der Westküste verbringen und uns von den Strapazen der Reise erholen.«

»Betrachten Sie sich als meine Gäste«, erwiderte die Lady. »Hiller wird sich um alles kümmern und Ihnen eine interessante Tour zusammenstellen. Schön, dann bis heute Abend zum Dinner.« Sie entfernte sich mit langsamen Schritten und ließ uns allein zurück.

Kaum war sie im Haus, redeten wir alle durcheinander, am lautesten Elieshi und Sarah. Ich fühlte mich wie das fünfte Rad am Wagen, aber das machte nichts. Es war, als hätte man uns eine zentnerschwere Last von den Schultern genommen. Seltsam, dachte ich, wie manche Menschen ihre Ansichten ändern, wenn ihnen das Liebste genommen wird. Das Leben bekommt plötzlich eine andere Bedeutung. Dinge, die früher wichtig erschienen, haben auf einmal einen anderen Stellenwert.

Plötzlich wurde es still, und ich bemerkte, dass mich die beiden Frauen erwartungsvoll anblickten.

»Entschuldigt«, sagte ich, »ich war gerade mit meinen Gedanken woanders. Was wolltet ihr wissen?«

Elieshi lächelte zwar, doch in ihren Augen sah ich, dass die Frage durchaus ernst gemeint war. »Ich habe dich gefragt, ob du uns nicht erzählen willst, was du auf dem Grund des Sees gesehen hast, als du nach Maloneys Tod noch einmal hinabgetaucht bist.«

»Woher weißt du ...?«

»Ich habe Ohren und Augen im Kopf. Außerdem kann ich eins und eins zusammenzählen. Aus deinen Andeutungen und der Tatsache, dass der Taucheranzug nass war, habe ich mir den Rest zusammengereimt. Du warst dort unten, so viel ist sicher. Also, was hast du gesehen?«

Ich nickte, doch ich war unsicher, was ich antworten sollte. Eigentlich hatte ich beschlossen zu schweigen, andererseits kam es jetzt auch nicht mehr darauf an.

»Na schön«, sagte ich und seufzte. Und dann begann ich zu erzählen, wie ich hinabgetaucht war auf den Grund des Sees, wie ich den Abgrund wiedergefunden hatte und hineingeschwommen war. Wie sich der Spalt immer mehr verbreiterte, bis er in ein Labyrinth aus Gängen und Höhlen mündete, die sich auf einer unvorstellbar großen Fläche auszudehnen schienen. Eine Fläche, die zu erforschen wahrscheinlich ein einziges Leben nicht ausreichen würde. Und wie ich dort unten, am Ende aller Dinge, Lichter gesehen habe. Tausende von Lichtern, eine Stadt, nein, ein Meer von Lichtern. »Das war alles«, sagte ich mit einem gequälten Lächeln. »Und ich bin sicher, ihr werdet mir kein Wort glauben. Wie könntet ihr auch.«

Elieshi legte mir ihren Finger auf die Lippen und nickte. Sarah ließ ihren Arm um meine Hüfte gleiten und schmiegte sich an mich. »Eine schöne Geschichte. Selbst wenn ich die Möglichkeit für wahrscheinlicher halte, dass du Halluzinationen hattest und der Wasserdruck dir kleine bunte Sternchen auf deine Iris gezaubert hat. Trotzdem, es bleibt ein schöner Traum. An deiner Stelle würde ich aber niemandem davon erzählen, wenn du nicht willst, dass man dich für den Rest deines Lebens in eine Gummizelle sperrt.«

Ich lächelte. »Einverstanden.«

Lange Zeit standen wir schweigend nebeneinander und blickten hinaus aufs Meer.

»Was werdet ihr denn jetzt mit der Probe machen?«, fragte Sarah nach einer Weile und deutete auf die Kühlkartusche.

Elieshi blickte mich an und machte eine leichte Kopfbewegung in Richtung Klippe. Ich verstand sofort, was sie meinte.

Ich hielt den Atem an, beugte mich nach hinten und schleuderte die Kartusche mit einer weit ausholenden Armbewegung hinaus ins Meer.

Ende

Dank

Ich danke allen, die mich mit Lob, Kritik und handfesten Ratschlägen unterstützt haben; allen voran meiner Lebensgefährtin Bruni Fetscher für ihren kritischen Blick und ihren unerschütterlichen Optimismus;

meinen Söhnen Max und Leon, deren Interesse für Saurier mich auf die richtige Spur gebracht hat;

Andreas Eschbach, Rainer Wekwerth, Wulf Dorn und Hermann Oppermann, deren Gedanken und Anregungen eine stete Quelle der Inspiration sind;

Michael Marrak, dessen Idee es war, seinen Roman *Morphogenesis* inhaltlich mit *Medusa* und *Reptilia* zu verknüpfen; den aufmerksamen Lesern wünsche ich viel Vergnügen bei der Suche;

Martina Kötzle für ihre unschätzbare Mithilfe bei der Suche nach den kleinen Fehlerteufeln;

Bastian Schlück, meinem Agenten, für Kritik und Anregung sowie für sein Geschick in allen Vertragsfragen;

Jürgen Bolz, meinem Lektor, dessen Sachkenntnis dem Buch sprachlich und inhaltlich den letzten Schliff gegeben hat;

und, wie immer an dieser Stelle, meiner Verlagslektorin Carolin Graehl für ihre Großzügigkeit, ihr Vertrauen und ihren Mut.

Exklusive Leseprobe

aus

Thomas Thiemeyer

MAGMA

erschienen bei

KNAUR

1

19. Mai 1954
Südtiroler Alpen

Der Nebel begann ihn einzukreisen.

Weiße Schwaden stiegen aus dem Boden, sammelten sich zwischen den Steinen und begannen, wie die Seelen verstorbener Bergwanderer über das zerfurchte Felsplateau zu ziehen. Spärliche Blätter von Trollblumen und Himmelsherold, die hier oben auf zweitausendfünfhundert Metern zwischen Ritzen und Spalten gezwängt die langen Winter überlebten, waren mit einer glitzernden Schicht Feuchtigkeit überhaucht. Kaum ein Wanderer, der sich hierher verirrte, war sich bewusst, dass diese von Wind und Wasser zerfressene Karstlandschaft aus einer Unzahl von Korallenbänken bestand, stumme Zeugen, dass diese Gegend vor zweihundert Millionen Jahren einmal der Boden eines Meeres gewesen war. Das fünfzig Quadratkilometer große Chaos aus Gräben, Spalten, Buckeln und Dolinen war ein Labyrinth, der steingewordene Wellenschlag eines urzeitlichen Meeres, aus dem selbst ein erfahrener und trainierter Bergwanderer bei schlechter Sicht nur mit Mühe herausfand.

Professor Francesco Mondari von der paläontologischen Fakultät der Universität Bologna war weder trainiert noch sportlich. Zwar war er schlank und hochgewachsen, doch seine Vorliebe für kostspielige Zigarren hatte ihn mit den Jahren kurzatmig werden lassen. Das lockere Leben, das er sich in letzter Zeit gegönnt hatte, begann Spuren zu hinterlassen, wie ihm der morgendliche Blick in den Spiegel und die sinkende Zahl kontaktfreudiger Studentinnen deutlich vor Augen führten. Aber das würde bald ein Ende haben. Er hatte sich geschworen, dass ab dem nächsten Monat, wenn er seinen Vierzigsten feierte, mit der Qualmerei Schluss sein würde. Dann würden wieder gesunde Ernährung, frühes Zubettgehen und vor allem Sport auf dem Programm stehen.

Mondari schob die Gedanken an seine Zukunft beiseite und blickte

Leseprobe

sorgenvoll über den Rand seiner Brille. Der Nebel wurde immer dichter. Nicht genug damit, dass er die Orientierung verloren hatte, jetzt machte ihm auch noch das Wetter einen Strich durch die Rechnung. Angelockt vom Bericht eines Studenten über die hier vorhandenen Korallenbänke und deren fortschreitende Erosion, hatte er sich vorgenommen, die Semesterferien für das zu nutzen, was er einen *kleinen Bildungsurlaub* zu nennen pflegte. Sein Fachgebiet waren marine Ablagerungen im Alpenraum. Die hier vorhandenen Korallen hätten ihm einen ausgezeichneten Einblick in den Aufbau und die Lebensvielfalt eines längst vergangenen Ökosystems liefern sollen, doch im Moment war davon nicht viel zu erkennen. Die Sichtweite war auf unter zehn Meter herabgesunken und machte eine Orientierung unmöglich. Er öffnete die Lederschatulle, die an seinem Gürtel hing, und nahm seinen Armeekompass heraus. Ein Souvenir aus dem Ersten Weltkrieg, das sein Vater ihm nach der glücklichen Heimkehr von den Schlachtfeldern Europas vermacht hatte. Mondari öffnete das Metallgehäuse, dessen grüne Lackschicht bereits an einigen Stellen abblätterte, und blickte auf die rot-weiße Magnetnadel, die unerschütterlich nach Norden wies. Der Professor hätte schwören können, dass die Richtung nicht stimmte, aber wer war er, mit dem alten Erbstück zu hadern?

Seufzend schlug er den Weg ein, den die Nadel ihm wies, doch sorgenfrei war er noch lange nicht. Der Kompass konnte ihm zwar sagen, wo Norden war, aber er vermochte ihn nicht vor einem Sturz in eine der unzähligen Spalten und Abbrüche zu bewahren, mit denen die Hochebene durchzogen war. Das Plateau *Altipiano Delle Pale* folgte seinen eigenen Gesetzen. Eines davon lautete, es niemals bei instabiler Wetterlage zu betreten. Doch wie hätte er das ahnen können? Vor zwei Stunden, als Mondari die Hochebene erreicht hatte, hatte alles noch gut ausgesehen, und es waren keine Anzeichen eines Wetterumschwungs zu erkennen gewesen. Zwar hatte man ihn unten, in der Pension Canetti in San Martino, gewarnt, dass ein Tief heranzog, doch er wäre niemals darauf gekommen, dass das Wetter hier dermaßen schnell umschlagen könnte.

Es mochte eine Viertelstunde seit dem letzten Durchatmen vergangen sein, als er eine kleine Rast einlegte. Die Anstrengung der Wanderung in der dünnen Luft war zu viel für ihn, und er fühlte, wie ihm trotz der klammen Kälte der Schweiß ausbrach. Erneut blickte er auf

Leseprobe

den Kompass und stutzte. Jetzt wies die Nadel auf einmal in die entgegengesetzte Richtung, die Richtung, aus der er gerade gekommen war. Verwirrt blieb er stehen. Es waren noch keine fünf Minuten vergangen, seit er das letzte Mal auf die Anzeige geblickt und sich vergewissert hatte, dass er nicht vom Kurs abgewichen war. Und auf einmal sollte er einen Haken von hundertachtzig Grad geschlagen haben? Das war vollkommen ausgeschlossen, das hätte er doch gemerkt. Was ging hier vor?

Hilfesuchend blickte er sich um. Wolken und Nebel hatten ihn jetzt komplett eingehüllt. Sie waren so schnell herangefegt, dass er nicht mal mehr die Chance gehabt hatte, die nahe gelegene Rosetta-Berghütte zu erreichen. Er fühlte Panik in sich aufsteigen und tat etwas, was ihm selbst peinlich war, musste es doch wie ein Beweis eigener Schwäche erscheinen. Er hob die Hände an den Mund und rief in den Nebel hinein.

»Hallo! Ist da jemand?«

Keine Antwort.

»Kann mich jemand hören?«

Stille.

»Geben Sie mir bitte ein Zeichen, wenn Sie mich hören!«

Nichts.

»Bitte helfen Sie mir! Ich habe mich verlaufen!«

Jetzt war es heraus. Das Eingeständnis der Ratlosigkeit hatte seinen Mund verlassen und flog hinaus in die Welt. Hin und her gerissen zwischen der Hoffnung und der Furcht, gehört worden zu sein, lauschte er in die weiße Nebelwand. Nichts. Plötzlich erinnerte er sich an die Notfallausrüstung, die er sich unten im Tal hatte aufschwatzen lassen. Eine kleine Trillerpfeife war darin. Er nahm sie zwischen Daumen und Zeigefinger und blies hinein. Einmal. Zweimal. Der schrille Klang beleidigte seine Ohren, doch er versuchte es weiter. Ohne Erfolg.

Er war allein.

Fluchend machte er auf dem Absatz kehrt und ging in die entgegengesetzte Richtung, dorthin, wo dem Kompass zufolge Norden sein sollte. Doch diesmal ließ er die Nadel nicht aus den Augen. Noch einmal würde er sich nicht ins Bockshorn jagen lassen.

Er war noch nicht weit gekommen, als der Zeiger anfing, sich mal nach links, dann plötzlich nach rechts zu drehen, ehe er eine komplette Drehung vollführte. Mondari führte den Kompass so nahe ans Gesicht, dass seine Nasenspitze beinahe das Glas berührte. Verwundert blickte er auf die Nadel. Aus irgendeinem unerfindlichen Grund schien sie sich nicht festlegen zu wollen, wo Norden war. Er klopfte gegen das grün lackierte Gehäuse, doch der Tanz hörte nicht auf. Vielleicht gab es hier irgendwo etwas Metallisches oder eine Erzlagerstätte, auch wenn diese Vorstellung absurd war. Um ihn herum waren massive Kalkbänke, da war kein Metall. Vielleicht war das kleine Mistding einfach nur kaputt. Heute schien so ein Tag zu sein, an dem alles geschehen konnte, mochte es auch noch so absurd erscheinen. Er steckte den Kompass wieder ein, hockte sich auf einen nahe gelegenen Felsvorsprung und nahm einen Schluck aus seiner Feldflasche. Erst mal zur Ruhe kommen, sagte er sich. Nicht wieder in Panik verfallen.

Mondari griff in seinen Rucksack und zog eine Tüte mit Rosinenkeksen heraus, die ihm die dickliche Wirtin aus der Pension mitgegeben hatte. Gedankenverloren knabberte er daran, während er sein Notizbuch zückte und es aufschlug. *18. Mai 1954*, stand da zu lesen. *Habe meine Vorbereitungen zum Aufstieg auf die Forcella del Mièl abgeschlossen. Werde noch etwas essen und dann früh zu Bett gehen. Habe vor, spätestens um 6:30 Uhr mit dem Aufstieg zu beginnen, um vor Einbruch der Dunkelheit wieder zurück im Tal zu sein.*

Das war gestern Abend gewesen, als noch keine Zweifel an ihm nagten. Er klappte das Buch zu und steckte es wieder ein. Was sollte er jetzt tun? Theoretisch konnte sich das schlechte Wetter genauso schnell verziehen, wie es gekommen war. *Theoretisch*. Andererseits hatte er auch schon Geschichten gehört, in denen die Gipfel der Berge wochenlang in Wolken gehüllt waren. Sollte er es darauf ankommen lassen und abwarten? Oder sollte er versuchen, den Weg, den er heraufgekommen war, wiederzufinden? Beide Optionen behagten ihm nicht, zumal er sich offensichtlich nicht auf seinen Kompass verlassen konnte. Schließlich entschied er, seinem besorgten Geist einige Minuten Ruhe zu gönnen und erst noch etwas hier zu verweilen. Die Steine um ihn herum sahen vielversprechend aus, und er konnte genauso gut hier mit ihrer Bestimmung beginnen.

Er schob sich noch einen Keks in den Mund, dann verschloss er den Vorratsbeutel und griff nach seinem Geologenhammer. Vorn spitz und hinten flach zulaufend und mit einem gummierten Eisenstiel versehen, gehörte er zum unabdingbaren Rüstzeug eines jeden Geologen. Genauso wie die Härteskala, ein Sortiment Steinmeißel, eine Messtisch-Karte und das Feldbuch, in dem jeder Fund gewissenhaft verzeichnet wurde. Wenn man dann noch den Proviant mit einberechnete, den man für einen Tag benötigte, kam man auf ein Gewicht von gut und gern sechs Kilogramm, etwaige Gesteinsproben nicht mit eingerechnet. Kein Klacks, wenn man den ganzen Tag unterwegs war.

Er begann seine Untersuchung an dem rundlichen Steinsockel, auf dem er gesessen hatte. Einige gezielte Hiebe, und schon hatte er einen schönen Brocken abgeschlagen. Mit kundigem Auge untersuchte er die weißliche Bruchstelle. Eindeutig eine Riff-Fazies. Ammoniten, Krebse, Seelilien, Reste von Goniatiten. Dazwischen schön ausgebildete Kalzitkristalle, eingebettet in ein Gemisch aus verfestigten Muschelschalen und Korallenstämmen. Späte Trias oder beginnender Jura. Genauer konnte er das jetzt noch nicht sagen. Nicht, ohne geeignete Leitfossilien zu finden. Erst ein Blick durch das Mikroskop seines Kollegen Professor Minghella, eines der angesehensten Mikropaläontologen Italiens, würde eine genauere Datierung ermöglichen. Die Einschlüsse waren kaum deformiert, was darauf hindeutete, dass dieses Plateau *en bloc* gehoben wurde und somit die Gebirgsfaltungsphase relativ unbeschadet überstanden hatte. Mondari nickte grimmig. Der Tipp seines Studenten war gut gewesen, der Junge würde einen lobenden Eintrag ins Seminarbuch erhalten. Er zerlegte den Brocken mit zielsicheren Schlägen in fünf handliche Stücke, steckte die zwei schönsten ein und ließ den Rest fallen. Dann widmete er sich wieder dem Sockel. An der Stelle, an der er den Brocken abgeschlagen hatte, schimmerte ein andersfarbiger Untergrund hervor. An sich war das nichts Ungewöhnliches. Korallen hatten die Angewohnheit, ihre Kalkpaläste auf den verlassenen Stätten älterer Korallen zu bauen, die sich in Farbnuancen durchaus unterscheiden konnten. Schicht für Schicht wuchsen die Siedlungen so in die Höhe, teilweise bis zu einem halben Meter pro Jahr. Auch heute noch gab es aktive Korallenbänke, wie zum Beispiel das Große Barrier-Riff vor Australien. Aber verglichen mit den Baumeistern der Trias waren diese Korallen blutige Anfänger.

Er befeuchtete seinen Daumen und rieb über den freigelegten Untergrund. Seltsam, dass er so viel dunkler war als die darüberliegende

Leseprobe

Schicht. Gewiss, ein Wechsel in der Meeresströmung hätte eine neue Sorte von Nährstoffen und Mineralien heranschwemmen können, die sich auf die Färbung der Korallen ausgewirkt haben könnte. Doch Meeresströmungen änderten sich nicht so schnell. Die Farbveränderung hätte schleichend vonstatten gehen müssen. Hier aber war ein klarer Schnitt zu erkennen. Zwischen den beiden Schichten mochten hundert, maximal fünfhundert Jahre liegen, ein Wimpernschlag in der geologischen Zeitrechnung und bei weitem nicht ausreichend für eine solch drastische Veränderung.

Mondari geriet ins Schwitzen. Er war auf etwas gestoßen – und das bereits nach so kurzer Zeit. Wunderbar! Und als sei das noch nicht genug, begann es um ihn herum zunehmend heller zu werden. Ein leichter Wind kam auf und trug die Nebelschwaden fort, an manchen Stellen schimmerte bereits der blaue Himmel durch.

Er rieb sich die Hände. Das Abenteuer konnte beginnen.

Mit neu entflammtem Eifer machte er sich daran, den seltsamen Untergrund freizuklopfen. Die beträchtliche Härte des Gesteins machte es schwer, die bröckelige Deckschicht abzulösen. Nach einer Stunde hatte er etwa einen Quadratmeter geschafft. Schnaufend richtete er sich auf. Er nahm seine Brille ab, wischte sich den Schweiß aus den Augen und begutachtete sein Werk. Der Hammer zitterte in seiner Hand, teils, weil er die Anstrengung schwerer Feldarbeit nicht mehr gewohnt war, teils, weil es ihm schwerfiel, seine Erregung zu unterdrücken. Er legte den Hammer beiseite und trat einige Schritte zurück. Was sich da seinem forschenden Blick präsentierte, war über alle Maßen ungewöhnlich. Es handelte sich um ein Sphäroid, um eine Kugel, die mitten im Kalzit steckte. Legte man die Krümmung der freigelegten Fläche zugrunde und setzte sie in Relation zu dem gesamten Block, mochte ihr Durchmesser etwa drei Meter betragen. Die Substanz, aus der sie bestand, hatte nichts mit den umliegenden Korallen gemein. Sie war aus irgendeinem grauen, metallisch glänzenden Material. Demnach konnte sie kein Produkt der Riffbildung sein. Plötzlich fiel ihm sein Kompass wieder ein. Er legte das Gerät auf die freigeklopfte Oberfläche. Die Nadel drehte sich wie verrückt im Kreis. Vielleicht bestand die Kugel wirklich aus Metall. Wie auch immer, sie war eindeutig ein Fremdkörper und gehörte nicht hierher. Nun war es nicht ungewöhnlich, dass Korallen auf ihrem Vormarsch alles überwuchsen, was sich ihnen in den Weg stellte. Dass die Kugel

Leseprobe

komplett eingeschlossen war, ließ also nur den Schluss zu, dass sie schon hier gelegen hatte, ehe das Riff gebildet wurde. Demnach musste sie zweihundert bis zweihundertfünfzig Millionen Jahre alt sein. Ungewöhnlich war aber nicht nur das hohe Alter, sondern vor allem ihre Form. Die perfekte Kugel war, ebenso wie der perfekte Kreis, ein Produkt der Mathematik, also des menschlichen Geistes. In der Natur kam sie nicht vor, sah man einmal von solch kurzlebigen Erscheinungen wie der ideal geformten Luftblase ab. Aber solche Perfektion war niemals von Dauer. Irgendwann nagte an allem der Zahn der Zeit und verformte jeden noch so symmetrischen Körper – je älter er war, desto mehr.

Francesco Mondari musste erst mal tief durchatmen. Eine zweihundertfünfzig Millionen Jahre alte Metallkugel, das war etwas, was nicht leicht zu verdauen war. Wie um alles in der Welt konnte ein solches Objekt entstanden sein? Der Professor dachte, seinem Wesen entsprechend, zunächst an eine natürliche Ursache. Konnte es Mineralisationsprozesse geben, die solch gewaltige Geoden hervorbrachten? Wenn ja, hatte er jedenfalls noch nie davon gehört. Kugelige Mineralisation trat vor allem im hydrothermalen Bereich auf, bei der Bildung von Eisenoxidverbindungen wie Goethit oder Hämatit, was wiederum einen Hinweis auf das seltsame Verhalten seines Kompasses gegeben hätte. Knubbelige oder runde Formen waren hier keine Seltenheit, allerdings wurden diese oolithischen Objekte selten größer als zehn Zentimeter. Vielleicht hatte er soeben die größte jemals dokumentierte Hämatitknolle entdeckt ...

Mondari richtete sich auf. Jetzt nur keine voreiligen Schlüsse. Er öffnete die Tasche und griff nach seiner Mohs'schen Härteskala. Zwar war er kein ausgebildeter Mineraloge, aber der Umgang mit diesem archaisch anmutenden Werkzeug gehörte für einen Geologen zum Alltag. Die Härteskala bestand aus zehn Mineralien mit aufsteigendem Härtegrad, beginnend mit dem fingernagelweichen Talk und endend mit der härtesten aller Substanzen, dem Diamanten. Hämatit lag irgendwo zwischen Härte fünf und sechs, also zwischen Apatit und Feldspat. Er griff nach dem Feldspat und versuchte damit die Kugel zu ritzen. Doch sosehr er sich auch abmühte, das Ergebnis war gleich null. Der Feldspat hinterließ einen weißen Abrieb, war also deutlich weicher. Vielleicht handelte es sich bei der Kugel um eine besonders harte Spielart des Hämatits. Mondari, der keine Lust hatte,

Leseprobe

sich langsam hochzudienen, griff nach dem Korund mit Härte neun. Damit würde es schon gehen. Hämatit war deutlich weicher, müsste sich demnach also ritzen lassen. Er setzte das rotschwarze Mineral an, drückte und zog einen Strich. Eine weißliche Spur bildete sich, doch wiederum schien sie nicht von der Kugel zu stammen. Mondari befeuchtete seine Finger, rieb über die betreffende Stelle und warf einen Blick durch seine Lupe.

Nichts.

Nicht der geringste Kratzer.

Der Professor lehnte sich nachdenklich zurück. Was er da gefunden hatte, war kein Hämatit, so viel war klar. Aber was war es? Mit zittrigen Fingern legte er den Korund zurück an seinen Platz und griff nach dem Säckchen aus Stoff, das in einem besonderen Fach der Schachtel lag. Er öffnete es und entnahm ihm einen Metallstift, in den ein Diamantsplitter gefasst war. Er hatte ihn noch niemals zuvor gebraucht, da sich im Alltag eines Geologen nichts mit der Härte eines Diamanten messen konnte. Der Edelstein funkelte in der Sonne. Vorsichtig setzte Mondari ihn auf die Oberfläche der Kugel. Diamant bestand aus reinem Kohlenstoff, der tief im Inneren der Erde unter so unglaublichen Druck geraten war, dass sich seine kristalline Struktur verändert hatte. Diamanten waren zwar hart, gleichzeitig aber auch spröde. Beim Herunterfallen konnte er leicht zerbrechen. Mondari hatte für seine Härteskala eine beträchtliche Summe ausgegeben, und das aus reiner Eitelkeit. Um einen echten Diamanten in der Sammlung zu haben, war er bereit gewesen, fast den doppelten Preis zu zahlen. Eine Investition, die, so hatte er gehofft, bei der weiblichen Studentenschaft Eindruck schinden würde. Dass er den Diamanten tatsächlich einmal brauchen würde, hätte er sich indes nie träumen lassen.

Die glasklare Spitze kratzte mit einem hässlichen Geräusch über die Oberfläche der Kugel. Mondari blickte durch die Lupe. Kein Abrieb, kein Kratzer, keine Spur einer gewaltsamen Einwirkung. Wie es schien, waren sich die beiden Materialien ebenbürtig. Der Professor erhöhte den Druck. Das Kratzen wurde lauter, doch immer noch schien es keinen Sieger geben zu wollen. Er fühlte sich wie David im Kampf gegen Goliath. Schweißtropfen rannen ihm die Stirn herab und sammelten sich an der Nasenspitze. Mit einer ungehaltenen Bewegung wischte er sie weg. Das konnte doch alles nicht wahr sein.

Leseprobe

Was hatte er da nur entdeckt? Noch einmal erhöhte er den Druck. Irgendwann würde diese verdammte Kugel nachgeben müssen.

Seine Hand begann bereits zu schmerzen, doch er wollte nicht klein beigeben und presste noch einmal mit aller Kraft. Plötzlich gab es einen Knall.

Ungläubig sah Mondari erst auf den Stift, dann auf die feinen glitzernden Krümel. Die Spitze war zerplatzt. Der Diamant war zerbröselt, verpulvert, weg. Ein Häufchen Staub war alles, was von seinem wertvollen Besitz übrig geblieben war. Er warf einen Blick durch seine Lupe und suchte nach einer Kratzspur. Vergeblich. Die Oberfläche der Kugel präsentierte sich in makelloser Unversehrtheit.

Francesco Mondari fühlte Wut in sich aufsteigen. Er verspürte einen völlig irrationalen Hass gegen dieses urzeitliche Objekt, das sich allen seinen Bemühungen widersetzte.

Mit zitternder Hand griff er nach Hammer und Meißel. Er platzierte den Stahlstift in eine der unzähligen Kerben, mit denen die Kugel überzogen war, hob den Hammer und ließ ihn mit aller Kraft niedersausen. Funken sprühten. Das Eisen federte zurück. Die Luft war erfüllt vom durchdringenden Singen des Metalls. Wieder schlug er zu. Noch mal. Und noch mal. Der Stiel des Hammers summte in seiner Hand, und noch immer war auf der Oberfläche der Kugel keine Veränderung zu sehen. Er wurde immer ungehaltener. Ihm war warm, und die Sonne stach ihm ins Genick. Noch einmal schlug er zu, und plötzlich – er glaubte seinen Augen nicht zu trauen – zeichnete sich ein Riss auf der Oberfläche der Kugel ab.

Ha! Mondari triumphierte. Nichts konnte sich auf Dauer seiner Hartnäckigkeit widersetzen. Endlich hatte er diesem verdammten Metall Schaden zugefügt. Noch einmal schlug er zu. Ein langer, hauchdünner Spalt entstand, der sich immer weiter fortzupflanzen schien. Das Material gab ein scharfes, aber sehr befriedigendes Knacken von sich.

Mondari richtete sich auf. Er streckte die Arme und dehnte die verkrampften Muskeln. Alles tat ihm weh. Den heutigen Abend würde er in der Sauna verbringen und sich danach massieren lassen. Doch bis dahin lagen noch einige Stunden harter Arbeit vor ihm. Jetzt brauchte er erst einmal eine Pause, ehe er sich daranmachte, den Spalt zu vergrößern. Zwar brannte er darauf zu sehen, wie sich das Innere der Kugel präsentierte, doch er wusste, dass man nicht voreilig sein

Leseprobe

durfte. Ungeduld würde zu Fehlern führen, und Fehler konnte er sich nicht leisten. Erst mal mussten seine bisherigen Bemühungen notiert werden. Kein Detail durfte fehlen, wenn er später seinen Bericht verfassen würde. Also zückte er seinen Bleistift und begann, seine bisherigen Erlebnisse zu notieren. Einige Zeichnungen der Landschaft, der geologischen Schichtung und der Struktur der Korallen vervollständigten das Bild.

Etwa zehn Minuten später klappte er sein Notizbuch zu, ließ ein Gummiband um den abgewetzten Einband schnappen und wandte sich wieder seinem Studienobjekt zu. Der Riss hatte sich entlang eines Meridians fortgesetzt und war etwa fünfzig Zentimeter lang. Wenn er Glück hatte, würde er ihn mit dem Meißel vergrößern können. Die Substanz schien außerordentlich spröde zu sein. Spröder und härter, als selbst Diamant es war. Vielleicht war er hier einer neuartigen chemischen Verbindung auf die Spur gekommen, einem neuartigen Mineral. Möglicherweise würde er ihm einen Namen geben dürfen. Er würde es *Adamas* nennen, das Unbezwingliche – nach dem grauen Metall aus der griechischen Mythologie. Die Entdeckung einer solchen Substanz würde ihm einen Platz in den Annalen des Faches sichern. Sein Name würde in Lehrbüchern auftauchen und ihn weit über Italien hinaus bekannt machen. Welch ein schöner Traum. Mondari war allerdings Realist genug, um zu wissen, dass es weitaus wahrscheinlicher war, dass er irgendeine bekannte Verbindung gefunden hatte. Eine Verbindung, die sich durch besondere geothermische Prozesse verhärtet hatte. Vielleicht war auch einfach nur sein Diamant schadhaft gewesen. Die einfachsten Erklärungen waren häufig die zutreffenden. Er war sich selbst gegenüber ehrlich genug, um zu wissen, dass die Chancen, heutzutage noch etwas wirklich Neues zu entdecken, gleich null waren. Nun gut, doch von dieser Aussicht wollte er sich nicht abschrecken lassen, immerhin war das Sphäroid allein schon eine bemerkenswerte Entdeckung.

Er zog seine Arbeitshandschuhe an, setzte erneut den Meißel auf und schlug zu, so hart er konnte. Das Metall schrie förmlich auf. Noch ein Schlag, und er spürte, wie der Meißel um einige Millimeter in den Spalt eindrang. Jetzt begann die Sache interessant zu werden. Er war sich sicher, dass er nur noch wenige Schläge von einer Erklärung entfernt war. Wieder ließ er seinen Hammer niedersausen.

Plötzlich bemerkte er eine Veränderung. Etwas Seltsames geschah.

Leseprobe

Die Luft war von einem Geräusch erfüllt, als ob sie von einem großen Gegenstand zerteilt würde – als ob irgendetwas Gewaltiges durch die Atmosphäre pfiff. Mondari duckte sich instinktiv und blickte angsterfüllt in alle Richtungen. Er konnte jedoch nichts Ungewöhnliches entdecken. Das Hochplateau präsentierte sich friedlich im Licht der Morgensonne. Irgendwo krächzte eine Dohle. Trotzdem, das Geräusch war immer noch da. Jetzt klang es allerdings eher wie ein Schnaufen, wie das Keuchen einer riesigen Kreatur. Gleichzeitig begann ein merkwürdiger Geruch aus dem Boden zu steigen. Es roch nach verbranntem Stein, nach einer alles versengenden Hitze. Beunruhigt ließ Mondari die Hand, in der er den Hammer hielt, sinken und stand auf. Mit unsicherem Blick trat er einen Schritt zurück, die Augen immer noch auf die seltsame Kugel geheftet. Er wusste nicht, warum, aber er war sich sicher, dass die verstörenden Geräusche und Gerüche von ihr ausgingen. Während er seine schweißnassen Hände an der Hose abwischte, bemerkte er, dass die Kugel ihre Farbe zu verändern begann. Sie wurde an manchen Stellen erst silbern, dann weiß. Und dann begann sie zu glühen.

Mit einer Mischung aus Furcht und Verwunderung beobachtete Francesco Mondari, dass sich das Glühen entlang dünner Linien zeigte, Linien, die ganz eindeutig die Merkmale von Schriftzeichen trugen.

Er wich noch weiter zurück.

Das Äußere der Kugel veränderte sich jetzt dramatisch. Immer mehr wurde sie von einem Muster geheimnisvoller Zeichen überzogen. Und als sei das noch nicht genug, begann der Riss, den er dem Stein zugefügt hatte, ebenfalls zu leuchten. Einer blutenden Wunde gleich, teilte sich der Stein über eine Länge von einem Meter. Tief in seinem Inneren vernahm Mondari ein Bersten und Knacken – als stünde das Objekt unter ungeheurem Druck und drohte jeden Moment zu platzen.

Von panischem Schrecken erfüllt, verspürte Professor Mondari nur noch einen Wunsch. Er wollte so schnell wie möglich Distanz zwischen sich und dieses rätselhafte Gebilde bringen. Stolpernd und strauchelnd lief er in die Richtung, aus der er gekommen war. Seine Tasche, die Härteskala sowie sein über alles geliebtes Tagebuch vergaß er dabei völlig. Selbst den Kompass, das Andenken an seinen verstorbenen Vater, ließ er achtlos zurück. Nur weg, und zwar so

Leseprobe

schnell wie möglich. Er rannte, doch die vielen Buckel und Spalten behinderten sein Fortkommen. Sie schienen ihn festzuhalten, als wollten sie verhindern, dass er entkam. Er stolperte, stieß sich die Knie blutig, raffte sich wieder auf und torkelte unter Schmerzen weiter.

Als das Plateau um ihn herum von einem gleißenden Lichtstrahl erhellt wurde, hatte er noch keine zehn Meter zwischen sich und die Kugel gebracht. Eine sengende Hitze ließ die Luft erglühen, brannte ihm die Kleidung vom Körper und fraß sich durch seine obersten Hautschichten. Seine Haare wurden von einem Gluthauch erfasst und in einer Wolke aus Asche davongeweht.

Ein letzter animalischer Schrei entrang sich seiner Kehle.

Francesco Mondari starb einen schnellen Tod. Als das gleißende Licht seinen Körper zu einer Wolke aus organischer Materie verdampfte, blieb nur ein weißer Staubschleier zurück, der in den blauen Himmel geweht und vom auffrischenden Nordostwind davongetragen wurde.

Wie es weitergeht, erfahren Sie in

MAGMA

von

Thomas Thiemeyer

KNAUR